Almost Like Being in Love
by Christina Dodd

思いやる恋

クリスティーナ・ドッド
竹内 楓［訳］

ライムブックス

思いやる恋

主要登場人物

ペッパー・プレスコット……………造園家
ダン・グラハム……………………対テロリスト特殊部隊の中尉
ジェニファー・ネイピア…………陸軍将軍
ホープ・ギヴンズ…………………ペッパーの姉
ザック・ギヴンズ…………………ホープの夫
グリズワルド………………………ギヴンズ家の執事
ガブリエル・プレスコット………ペッパーの兄
ミセス・ドレイス…………………ペッパーの里親
ドナルド・ジャッフェ……………陸軍大佐。ダンの上官
リタ・ジョンソン…………………ペッパーの高校時代の同級生
ラッセル・グラハム………………ダンの父親
バーバラ・グラハム………………ダンの母親

プロローグ

八歳のペッパー・プレスコットが目を覚ますと、キッチンから廊下に明かりが漏れていた。何度かまばたきして、あくびをしながら時計を見る。デジタル時計の文字は二時三六分だ。本来なら寝ているはずの深夜に目を覚まし、彼女は有頂天になった。

明かりがついているということは、パパとママがやっと帰ってきたのね。ペッパーが学校から帰宅したとき、ふたりは家にいなかった。そんなふうに家が空っぽだったことは、今までほんの数回しかない。そういうときは必ず教会の信者の誰かが事故に遭って死にかけていて、その人の家族が死を受け入れるための支えを必要としていた。たいていママはメモを残していくのに、今回に限ってそれが見当たらなかった。ひょっとしたらエアコンに吹き飛ばされたのかもしれないと、ペッパーは床の上まで確かめた。

それから、ママの希望どおりに辺りを探ってお菓子を見つけた。まあ、正確にはママの望みどおりとは言えない。ペッパーが食べたのはアップルパイではなくクッキーだし、観るのを禁じられたテレビ番組を観ながら食べたからだ。そんなわけで、姉のホープが帰ってくるまでは思う存分楽しんだ。

ホープは帰宅するなりテレビを消し、キッチンのテーブルでペッパーに宿題をやらせた。一六歳のホープはいつだって品行方正なのだ。ペッパーの学校の先生たちも、しょっちゅうこう口にする。〝あなたのお姉さんのホープを受けもったことがあるけど、彼女は四六時中おしゃべりなんかしなかったわ〟とか、〝わたしがあなたのお姉さんを教えたとき、彼女の通知表はオールAだったのよ〟と。完璧《かんぺき》な優等生のホープに対する褒め言葉にうんざりしていたペッパーは、姉が教会の託児所に赤ん坊の妹を迎えに行っているあいだ、テーブルの脚を蹴《け》飛ばしていた。

家に戻ってきたとき、姉は眉をひそめていたが、ペッパーにはひと言も説明しなかった。その代わり、兄のガブリエルがサッカーの練習から帰宅すると、部屋の隅に呼び寄せて、ふたりで心配そうにひそひそ話を始めた。

パパとママは夜になっても帰らず、電話もかかってこなかった。

わたしがあのクッキーを食べたせいかもしれない、と後悔しつつ、ペッパーは眠りについた。でも、今はキッチンから話し声が聞こえるから、きっとパパとママが帰ってきたんだわ。ベッドの上掛けをはねのけ、彼女は明かりのついている廊下の先へと向かった。

ホープとガブリエルの声がする。ふたりとも、まるで喉を締めつけられたみたいにささやいていた。男性の声も聞こえるけれど、パパではない。ナイトガウンしか身につけていないペッパーは、戸口の手前で立ちどまった。八歳の女の子はナイトガウン姿で人前に出てはいけないというママのしつけに従って。

ペッパーがドアの隙間《すきま》からキッチンを覗《のぞ》きこむと、見知らぬ人がふたりいた。テキサス州の男女の郡保安官だ。

ホープはテーブルの席につき、ガブリエルはその背後に立って姉の肩に両手をのせていた。

パパとママの姿はなかった。

女性保安官が言った。「午後三時頃《ごろ》、その車はメキシコ国境付近のひとけのない一本道で五回横転し――」

いったい誰のことを話しているのかしら？　それに、どうして保安官がここにいるの？

女性保安官は続けた。「警官が午後八時近くに現場を通りかかるまで、車は発見されなかったの。ふたりの遺体はひどい状態で――」

男性保安官が彼女の脇腹《わきばら》を肘で小突いた。

女性保安官は言葉を継いだ。「ふたりは即死だったわ」

即死って？　いったい誰のこと？　みんな誰について話しているの？

「こんな知らせを伝えることになって本当に心苦しいわ」女性保安官は本気でそう言っているようだ。

けれども、ペッパーはいまだに話がのみこめなかった。いったい誰が即死したの？

男性保安官が尋ねた。「誰かに連絡して、きみたちにつきそってもらうように頼めるかい？　たとえば、叔母さんとか、叔父さんとか」

「いいえ。両親には家族がいないんです。ふたりとも……孤児だったので……」ホープは両手に顔をうずめて泣きだした。

どうしてお姉ちゃんは泣いているの？みんな誰のことを話しているの？心の奥ではわかっていたが、ペッパーはそれを認めることができなかった。

一四歳のガブリエルの口から、ペッパーがこれまで聞いたことのないような声が漏れた。すすり泣きとも、うめき声ともつかない声が。

そして、ペッパーも……いつしか叫んでいた。みんなが振り返って彼女を見るまで、自分でもそのことに気づかなかった。彼女は戸口からあとずさりしたが、喉から漏れる細く甲高い声は大きくなる一方だった。

ホープが席を立ってペッパーに駆け寄ってきた。

ガブリエルもそのあとに続いたが、やや距離を置いてふたりを凝視した――ママに引きとられて家族の一員になる前に、よくそうしていたように。

ペッパーを抱きしめながら、ホープは語りかけた。「しいっ。そんなふうに叫んだら、赤ちゃんが起きてしまうわ。さあ、ペッパー、静かにしないと具合が悪くなるわよ。よしよし……」そして、妹を優しくゆすった。

けれども、ペッパーは片足をもう片方の足にのせたまま硬直し、どうしても叫ぶのをやめられなかった。突然冷や汗が噴きだし、薄地のナイトガウンが肌に張りつく。保安官は、ママが……ママが死んだと言っていた。そのうえ、パパも……嘘《うそ》よ！　わたしは今朝パパを見たもの。疲れた顔だったけど、パパはわたしにキスをして、今日もいい子にするんだよ、と言ったわ。それはパパが毎朝わたしを学校に送りだすときの決まり文句だ。それなのに、わたしはその言いつけを守ったことが一度もなかった。パパ……パパはもう死んでしまったの？　そしてママも？　ぼろぼろになって、この世から消えてしまったの？

ホープはペッパーを抱きあげ、妹のベッドルームへと向かいながら慰めの言葉をかけ続けた。

ペッパーは自分が泣いているとは思わなかった。前に泣いたときは、こんなふうに感じなかったからだ。こんなふうに胸が張り裂けそうに痛んだり、頭が割れそうなくらいがんがんしたり、身も心も……空っぽな気分を味わったりしたことはない。

姉妹はペッパーのベッドに腰かけた。

ガブリエルが戸口に立った。「なにかぼくにできることはある？」そう尋ねたものの、場違いな気分を味わっているらしく、いかにも気まずそうだ。

無理もないわ。ガブリエルがこの家で暮らし始めてから、まだほんの数年しか経《た》っていない。パパとママはガブリエルの本当の両親ではないし、きっとどうすればいいのかわからないのだろう。

ペッパーは一段と激しく泣き声をあげた。ガブリエルはわたしのお兄ちゃんで、誰も理解してくれないときでも、わたしのことをわかってくれる。でも、もうすべてが変わり……がらがらと音を立てて崩れ始めた。

わたしたちの生活は二度と元には戻らない。

ホープはペッパーの両肩をしっかりとつかみ、同じ目の高さになるまで頭をさげてから、妹の目を覗きこんだ。「ねえ、聞いて、ペッパー。お願いだから、わたしの話を聞いてちょうだい」

ペッパーは若干おとなしくなった。ほんのわずかだが。今もなお、悲しみに胸が張り裂けそうだ。これは嵐《あらし》の前の静けさにすぎないと知りつつ、息を詰め、姉の言葉に耳を澄ませる。

「あなたの面倒はわたしが見るわ」とホープは言った。「信じてちょうだい。わたしたちは家族なのよ。だから、決して離れ離れにはならないわ。あなたの面倒はわたしが見るから、どうか信じて」

1

一七年後
六月上旬
ワシントンDC、ジョージタウン

どうか、憧《あこが》れの人物の前にひざまずいて彼女のスカートの裾《すそ》にキスをするような醜態を演じませんように、とジャッキー・ポーターは願った。その光景がありありと頭に浮かび、ぞっとすると同時におかしさがこみあげる。でも、舞いあがらずにはいられないわ。ジェニファー・ネイピア将軍は、わたしが二〇年後にそうなっていたいと思う、自力で成功をおさめた女性なんだもの。

いつかわたしも自らの力で成功をつかみたい。ジャッキーはジョージタウンの人気書店で長蛇の列に並び、じわじわと進みながら、何度も読み返した将軍の自叙伝と、最近出版された著書――ネイピア将軍がどのような信条にもとづいて成功をおさめたのかをわかりやすく語った新刊書――を握りしめた。自分の順番を待つ彼女の胸には、ジェニファー・ネイピア将軍によって灯《とも》された明るい希望の光が輝いていた。

ネイピア将軍は悲惨な状況で両親を亡くし、里親のもとを転々とした。若い頃は何度もひどい過ちを犯し、その汚点や恥辱から二度と立ち直れないと思ったこともあった――ここまではジャッキーとそっくりだ。ところが、将軍は人生を一八〇度転換して陸軍士官学校に入学し、今やアメリカ陸軍で女性としては最高位の将軍にまでのぼりつめた。

ジャッキーは、著書にサインをするネイピア将軍の頭上に吊《つ》りさげられた巨大な写真を見あげた。

五五歳のジェニファー・ネイピア将軍は鋭いブルーの瞳をした魅力的な女性で、白髪交じりのダークブラウンの髪を結いあげ、制帽をかぶっていた。彼女は毎朝運動を欠かさず、厳しく体調を管理し、最高の健康状態を維持している。また、射撃の名手としても有名だった。将軍はまさに著書に綴《つづ》った信条にもとづいて人生を歩んでいた。

ジャッキーも、今ではその信条に従って生活している。運動を日課とし、射撃や護身術の訓練を積み、目標をしっかりと見据えて、友情にも娯楽にも恋愛にも決してまどわされなかった。

ネイピア将軍は独身を貫き、キャリアに人生を捧《ささ》げた。ジャッキーは園芸という別の職種を選んだが、造園家としてワシントンDCで成功するために一心に打ちこんでいた。テキサス出身の貧しい孤児にしてはうまくやっているほうだろう。たとえ、夜ふけに胸が締めつけられるような孤独を感じ、あの恐ろしい過ちを妙に懐かしく思い出すことがあっても……昼間になれば、自ら築きあげた生活があり、それだけで十分だった。

ジャッキーは今、自分を導いてくれたネイピア将軍に感謝の意を伝えるべく列に並び、順番を待っていた。首を伸ばしてほかの女性たちの頭越しに列の先頭を見ると、憧れの人物が初めて垣間見えた。

将軍は写真よりも老けてやつれて見えた。きっと写真は修整してあるのだろう。そんな皮肉っぽい見方をした自分を、ジャッキーはたしなめた。将軍はサイン会で各地を回っているうえに、テレビやラジオのインタビューまでこなしている。相当お疲れに違いないわ。それに、外見を除けば、彼女はわたしの思い描いていたとおりの人物だ。列がじわじわと進み、将軍へと近づくにつれ、ジャッキーの胸は高鳴った。

ジャッキーはこの対面に備えて慎重に身支度をした。一七〇センチの背丈をできるだけ際立たせると同時に、豊満な胸を小さく見せようとして、ダークブルーのスカートと白いブラウスに身を包み、きちんとベルトを締めた。ダークブルーと白のサンダルは、踵《かかと》の低い地味なデザインだ。将軍のアドバイスに従って、アクセサリーはフォーマルかつ高級な金のイヤリングと、金のチェーンネックレス、黒い革バンドのシンプルな腕時計を選んだ。

どの女性もネイピア将軍を前にすると、いかに将軍を尊敬しているかをまくしたて、ジャッキーが考えていたのとほぼ同じ言葉を口にした。ところが、ジャッキーはテーブルの前に進みでたとたん、用意していたスピーチをすっかり忘れてしまった。彼女は震える手で将軍に本をさしだした。

ネイピア将軍はジャッキーをじっと見つめた。「あなたのお名前は？」

「ペッ――」ジャッキーはあわてて言い直した。「ジャッキーです。ジャッキー・ポーターです」もう少しで将軍に本名を明かしそうになるなんて、わたしはよほど動揺しているに違いないわ。

「お名前の綴りは、ジャッキー？」

「J・A・C・K・I・E、P・O・R・T・E・Rです」

「なにかメッセージを添えましょうか？　ハッピー・バースデーがいいかしら？　それとも……」

「いいえ、結構です。わたしはただ……」ああ、なんてこと。今にもひざまずいて将軍のスカートの裾にキスしてしまいそうだわ。

ネイピア将軍は新刊書を開いてサインを始めた。「はい？」

「わたしは……ただ……」ほら、ジャッキー、さっさと話すのよ。「あなたにどれほど励まされたかを伝えたかったんです。わたしは……テキサス州出身で、あなたのように里親のもとを転々としながら育ちました。おまけに……ひどい問題児でした。だから、あなたの自叙伝を読んだとき、心の友を見つけたような気がしたんです」

将軍はジャッキーの話にうなずきながら、飾り文字のサインをし、自叙伝のほうにもサインをした。「お役に立ててうれしいわ。わたしが本を執筆するのもそのためなの。自分には伝えるべきことがあると感じるから」再び将軍はジャッキーをまっすぐ見据え、テーブルの上で両手を組んだ。「肝心なのは、目の前にいかなる障害があろうと、決してあきらめないことよ」

「おっしゃるとおりです！」とたんに、ジャッキーの舌の動きが滑らかになった。「あなたが著書に書かれた、〝わたしは自分を信じてくれた人々だけでなく自分自身も失望させた。彼らや、なにより自分自身のために、成功しなければならなかったのだ〟という一節には深い感銘を受けました」

「まあ！」ネイピア将軍のまなざしが熱を帯びた。「わたしの言葉を暗唱してもらうなんて光栄だわ」

「人生に対するあなたの信条はすべて暗記しました。実は、わたしの父は牧師だったんです。その父と母が教会の資金を横領したあげくに事故死したと警察から告げられたのは、八歳のときでした。わたしは役人たちによって姉や、妹や、里子の兄から引き離されましたが、姉が彼らに協力していたことがわかりました。逆上したわたしは、自分の身に降りかかった不幸の償いを世間にさせようとしたんです」後ろに並ぶ人々がそわそわし始め、将軍に本を手渡す女性が口を挟みそうな気配を見せたので、ジャッキーは早口になった。「わたしは癇癪《かんしゃく》を起こし、タトゥーを入れ、里親のもとから逃げだし、万引きをして――」

「わたしはタトゥーを入れたことはないわ」将軍は即座に言った。「でも、それ以外の生い立ちはそっくりね」

「ある里親の女性が更生させようとしてくれましたが、わたしは手に負えない問題児でした」

将軍はうなずいた。「あなたは自分の力で立ち直ったのね」

「ええ、そのとおりです！　わたしは更生し、それ以来、道を踏み外していません。でも、ある日、ふと孤独に襲われて落ちこんだとき、あなたの自叙伝と出合ったんです。まるで自分に語りかけられているような気がしました」

ネイピア将軍の左側には補佐官が立っていた。ジャッキーは自叙伝に載っていた写真を思い出し、彼が五年前から将軍のもとで働くオットー・ビヤークだと気づいた。いかめしい顔つきだわ。まるでわたしが語ったような身の上話をこれまで何度も耳にして、どれひとつ信じていないかのように。

ジャッキーはまったく意に介さなかった。将軍はわたしの話に関心を示し、目を輝かせて聞き入っている。「単なる支えや激励以上のものを与えてくれたあなたに、どうしてもお礼が言いたかったんです。あなたは神様のお力添えがなければなにごとも成し遂げられなかったと書かれていますが、わたしは……両親を亡くして家族を失って以来、教会に行くことを拒んでいました。でも、あなたのおかげで信仰を取り戻すことができました。それに関しては、感謝のしようがありません」

ネイピア将軍は手をさしだし、ジャッキーがさしだした手を両手で握りしめた。口を開いた将軍のまつげには涙が光っていた。「こういうことがあると、執筆の苦労がすべて報われるわ。話してくれてありがとう。本当に感謝しているわ」

ジャッキーの瞳も涙できらめいた。「いえ、こちらこそ、ありがとうございました」将軍がジャッキーの手を放すと、ジャッキーは自分の本を手に取った。

そして、将軍との対面は終わった。

興奮の余韻に浸りながら、ジャッキーはテーブルをあとにした。まさに期待どおりだった。わたしは将軍を喜ばせただけでなく、自分も幸せな気分を味わった。それも将軍の信条のひとつだ。〝賞賛に値する人に惜しみない賛辞の言葉をかければ、相手の顔に喜びの表情が浮かび、幸せが二倍になって戻ってくる〟またしても、将軍の言うとおりだったわ。

店内を横切っていると、平積みにされたネイピア将軍の新刊書が目に留まった。そうだ、ミセス・ドレイスにも一冊買うべきだわ。あと二週間足らずで彼女の誕生日だし、あのふたりは――反抗的な里子を引きとったミセス・ドレイスと、ネイピア将軍は――厳格な道徳規律を備え、良識的な格言を口にする点でお互いを彷彿《ほうふつ》させる。

なにより、ミセス・ドレイスには時々なにか送って、わたしが気にかけていることを知らせる必要がある。あれ以来、会いに戻っていないのだから。まだ……一度も。わたしは思い出と向きあうことも、彼と再会する危険を冒すこともできず、来年こそは会いに行こうと自分に言い聞かせている。それまでは、プレゼントを送り続けようと。

ペッパーは罪悪感に駆られた。

将軍の新刊書をつかんでくるりと向きを変え、テーブルへ引き返そうとして……立ちどまった。ネイピア将軍は別の客と話しながら著書にサインをしていた。店内の長蛇の列の最後尾まで戻って並び直したら、ミセス・マイレとの造園の打ちあわせに間に合わない。

急ぎ足で通りすぎようとする店員をつかまえ、ジャッキーは尋ねた。「ネイピア将軍はいつまでこちらにいらっしゃるんですか？」

「全員の本にサインをするまでです」男性の店員は笑顔で列を指した。「当分かかるでしょうね。本当にすばらしい方だと思いませんか？　たいていの作家はほんの一、二時間で帰ってしまうのに、将軍は自分のために来店して列に並んだお客様にはサインをするのが当然だとおっしゃるんですよ」

「ええ、彼女は立派な方よ」ジャッキーは熱心に同意した。「あとどのくらいかかりそうかしら？」

店員はじっと列を眺めた。「少なくとも二時間はかかるでしょうね」

彼女は腕時計にちらりと目をやった。ミセス・マイレの自宅はここから一キロ半ほどで、そのジョージタウンの庭はこぢんまりとした中庭だ。今、新刊書を買って、急いで打ちあわせをすませれば、またここに戻ってサインをもらえるだろう。彼女はサインをしてもらっていない本を店員にさしだした。「お会計をお願い。彼女のサインをもらうために、できるだけ早く戻ってくるわ」

ミセス・マイレは手持ちの造園雑誌に掲載されたすべての庭に目を通さなければ気がすまず、おまけに、かなりの冊数を持っていた。ジャッキーの予想に反し、打ちあわせは一時間では終わらずに二時間かかった。ジョージタウンの大通りに駆け戻ったときには、春の黄昏《たそがれ》に街灯の明かりがひとつひとつ灯り始めていた。書店に到着した瞬間、店員が閉店の札を戸口にかけるのが見えた。彼女は三冊の本を小脇に抱え、反対側の痛む脇腹を押さえながら、呆然《ぼうぜん》と凝視した。ネイピア将軍には、ほかにもいくつか大切なことを伝えたかった。ミセス・ドレイスに贈る本にサインをしてもらうあいだ、それを伝えられると思っていたのに。

でも、もう無理だ。

ネイピア将軍はこれからサイン会ツアーの最終目的地に向かうことになっている。そのニューヨークでは、出版社が彼女を女神のように崇《あが》め奉るだろう。

ジャッキーは大きく息を吸い、こみあげる落胆を抑えようとした。そのとき、ふと、ある言葉が頭に浮かんだ。〝障害は乗りこえるためにある〟ネイピア将軍はそう言っていたわ。これは災難ではなく障害で、少しばかり頭を働かせれば、きっと克服できるはずだ。これまでだって、機転を利かせなければならないことが何度もあったし、そのおかげで命拾いをしたこともある。それに比べれば、今回の障害はたやすいものよ。

くるりと向きを変え、彼女は建物の地下駐車場へとまっすぐ向かった。ネイピア将軍の車がまだ駐車場に停《と》まっているかもしれない。将軍を見つけたら、ペンとミセス・ドレイスに贈る本をさしだし、話すのは我慢してサインだけしてもらおう。話しかけたりしたら、〝せっかくの天の恵みを損なうことになる〟――人の厚意につけこもうとすることを、将軍はそう評していた。サイン本を持ってその場をあとにするとき、わたしはきっと晴れやかな気分になっているはずだわ。

グレーのコンクリートの駐車場はセダンやSUVで半分埋まっていたが、そのなかに公用車のナンバープレートをつけた黒塗りの長い車があった。将軍はまだ立ち去っていないらしい。

ジャッキーは胸に手を当て、安堵《あんど》の吐息を漏らした。

頭上に設置された蛍光灯の電球が、床や天井に光や影を投げかけている。暖房と空調用のダクトが帯金で天井近くに吊りさげられ、辺りにはタイヤとダクトの匂《にお》いが漂っていた。ジャッキーの足音が天井や周囲に反響した。突然、自分が愚かに思えて、柱の背後で立ちどまった。ネイピア将軍の補佐官に見守られながら、将軍に近づく図太さがわたしにあるかしら？　別にオットー・ビヤークを嫌っているわけじゃない。ネイピア将軍も著書のなかで彼を高く評価している。ただ、彼はジャッキーの告白に関心を持つどころか、信じてもいない様子だった。

おそらく、ビヤークは厄介なファンを制止するよう指示されているのだろう。

ジャッキーは不意に羞恥心《しゅうちしん》に襲われた。わたしは図々《ずうずう》しすぎたのかしら？

エレベーターの扉が開き、足音が聞こえてきた。オットー・ビヤークの重い足音と、将軍の軽やかな足音が。ネイピア将軍の声がした。「大盛況だったわね。それに、まだ夕食をとる時間もあるわ」

せめてサインをもらう努力をしなければ決して自分を許せないと、ジャッキーにはわかっていた。そうよ、やってみなくちゃ。彼女が柱の背後から踏みだそうとした矢先、ビヤークが足を止め、低く重々しい声で言った。「将軍、わたしは勇気を振り絞ってこの話を切りだすのに一週間かかりました」

ネイピア将軍の足音も止まった。「どうかしたの?」その声には警戒心や不安が入り混じっていた。

ビヤークの低い声が響いた。「あなたのしていることはわかっています」

静寂のなか、ジャッキーの全身が凍りついた。彼は真剣な口調でなにかを非難している。どうやら深刻な状況にうっかり足を踏み入れてしまったようだわ。

「いったいなんのこと?」ネイピア将軍の声もとげとげしくなった。「わたしのしていることをわかっているって、どういう意味?」

「残業していたとき、あなたが専用回線で話すのが聞こえたんです」

ネイピア将軍が声を荒らげた。「少佐、いったいなにが言いたいの?」

ジャッキーは幼少時代の大半を危険の匂いに囲まれて過ごした。あの鼻を突く匂いが、今も漂っていた。

「あなたはテロリストに情報を売っていますね」オットー・ビヤークは取り乱すことなく淡々と恐ろしい糾弾を口にした。「ネイピア将軍、わたしはあなたの身柄を当局に引き渡すつもりです」

重苦しい沈黙が落ちた。ジャッキーは固唾《かたず》をのんで待った。ネイピア将軍が否定して説明するのを……。

「あれは対諜報《ちょうほう》活動の一環だと言っても、あなたの意思は変わらないんでしょうね」

彼は悲しげに答えた。「ええ、将軍、変わりません」

「あるいは、あなたにも利益の一部を渡すと言ったら？　それもかなりの額を」

ジャッキーの心臓が止まった。たった今、憧れの人物が自分の罪を認めたのだ。

オットー・ビヤークの声音が落ちこんだ。「将軍、わたしはあなたのもとで働いているあいだ、毎日あなたに敬意を抱いていました。だからこそ、警告することにしたんです。あなたには大変お世話になりましたから」

将軍の冷酷な声が響いた。「わたしもあなたに借りができたわ」

「将軍！」彼の声に恐怖がにじむ。「どうか、やめてくだ――」

銃声がジャッキーの鼓膜をつんざいた。

残響が消えると、ネイピア将軍のつぶやく声がした。「警告なんかすべきではなかったのよ」

あまりの恐ろしさに力が抜け、ジャッキーはうっかりその場に本を取り落とした。

2

コンクリートの床に本が落ち、銃声に負けないくらい大きな音が響き渡った。

「誰？」ネイピア将軍の鋭い声が車列越しに響く。

本能の研ぎ澄まされた山猫さながらに、ジャッキーは駆けだした。身を低くかがめ、車のあいだをジグザグに縫う。目指す場所はわかっている――あとは、そこにたどり着けるかどうかだ。

再び銃声が空気を切り裂いた。フロントガラスが割れ、破片がジャッキーに降りかかる。

「止まりなさい！」ネイピア将軍が叫んだ。

ジャッキーのあらゆる本能が、逃げろと告げていた。今ほど自分の直感を信じたことはない。柱の背後に隠れたとたん、またしても銃声がとどろき、フロントガラスが割れた――ただし、さっきよりも遠ざかった場所で。

ネイピア将軍がもう一度叫んだ。「止まりなさい！」その声は反対側に向かっている。

彼女はジャッキーを見失ったのだ。

一方、ジャッキーは目指していたものにたどり着いた――幅広い暖房用のダクトから柱に沿って垂れさがる、黄色の細いビニールロープに。駐車場に足を踏み入れたとき、それがちらっと目に留まったのだ。テキサスに住んでいた頃、父が同じようなロープでブランコを作ってくれた。そのブランコは、わたしたち全員が——姉と、里子の兄と、赤ちゃんの妹とわたしが——一緒に乗ってもびくともしなかった。ジャッキーはざらざらした黄色のロープを恐る恐る引っ張った。目の前にロープが落ちて、ネイピア将軍が駆けつけてくるのではないかと、なかば恐れながら。

ロープはしっかりダクトとつながっていた。

ジャッキーは手足を駆使してロープをよじのぼり始めた。血管を駆けめぐるアドレナリンのせいで肉離れを起こしかけていることは、ほとんど感じない。でも、どうして息づかいの音がこんなに大きくなってしまうのかしら？

暖房用のダクトと同じ高さになったところで、ジャッキーは暗闇《くらやみ》へと延びるダクトを見つめておののいた。里親のもとを転々とした少女時代、彼女は何度となく逃げだした。一度、ここととよく似た駐車場に隠れたこともある。だから、薄い金属板でできた箱型ダクトにわたしがのった場合、金属板が圧迫されて雷のような音を立て、ネイピア将軍に気づかれてしまう……と承知していた。

とはいえ、ほかに選択肢はない。ネイピア将軍は駐車場じゅうに目を光らせている。もう叫ぶのはやめたが、その確信に満ちた足取りは、ジャッキーを震えあがらせるのに十分だった。

ジャッキーはそっとダクトの上に身をおろした。

金属板がへこんで甲高い音を立てた瞬間、一台の車がタイヤをきしませて駐車場に滑りこんできた。

「ちくしょう！」ネイピア将軍は口汚く罵《ののし》った。

汗ばんで滑りやすくなったてのひらで、ジャッキーはロープをダクトの上にたぐり寄せた。

「われわれは警察だ！」男性の声が駐車場に響き渡った。「武器をおろせ！」

今度はジャッキーのほうが悪態をつきたくなった。

警察ですって！　わたしが普通の女性なら、警察を救世主だと思っただろう。けれど、これまでの自分の生い立ちを考えると、名高い将軍が補佐官を射殺したと言ったところで信じてもらえるとは思えない。それに、たとえ信じてもらえたとしても、鑑識が銃を調べてわたしの無実を証明する頃には、将軍はとっくに姿を消しているだろう――わたしの息の根を止めたあとで。

今、ネイピア将軍を突き動かしているのは、軍隊で出世の階段を駆けのぼったときに指針とした原則だ。将軍は自分の罪を着せるために、身代わりとなる者を執拗《しつよう》に追い求めるに違いない。

ジャッキーはそのスケープゴートなのだ。

頭を低くしたまま、ジャッキーは駐車場の入口へと急いで這《は》い進んだ。警官の叫び声や、ネイピア将軍の怒鳴り返す声によって、逃走する自分の音がかき消されるように願いながら。

わたしに与えられた猶予は、ネイピア将軍が自分の無実を警官に信じこませるまでのわずかな時間だけだ。

その貴重な時間をジャッキーは最大限に利用した。ダクトは幅広い通路の脇までくると、コンクリートの壁に貫通していた。新鮮な空気が漂ってきて、彼女にさらなる前進を促す。ただし、今度はロープが都合よく垂れさがっていなかった。ほかにおりる手段もなく、コンクリートの床までは三メートルくらいある。

やるしかないわ。素早く息を吸うと、ダクトから身を滑らせ、一瞬両手でぶらさがってから着地した。

とたんに足首に衝撃が走り、その場に倒れこんだ。

どうやら見つかってしまったらしく、叫び声があがった。

彼女はくるりと横転して立ちあがると、即座に駆けだした。自由に向かって。

金網の門扉ががらがらと音を立てており始めた。追っ手の叫び声が荒々しくなり、ジャッキーのほうに足音が駆け寄ってくる。

まだ距離があるはずだわ。

とはいえ、振り返る勇気はない。

目の前のコンクリートの壁に銃弾が当たり、壁に穴があいた。

あともう少しよ。

門扉はほとんど閉まりかけていた。

完全に門扉が閉まる寸前、彼女は床に伏せ、転がるようにして門扉の下をくぐり抜けた。再び立ちあがり、全速力でスロープを駆けあがる。背後でまた銃声が響き、門扉に当たって跳ね返った銃弾が彼女の頭のそばをかすめた。

後方から、男女の怒鳴り声がした。

門扉が再び開く音が聞こえたが、ジャッキーは角を曲がって通りに出た。その場にたたずんで駐車場を覗いていた人々は、彼女が脇を駆け抜けるとあとずさりした。彼女はそのまま一ブロック走って角を折れた。

ここまで来れば、地下の騒動を耳にした人は誰もいないはずだ。それに、歩道のカフェから流れるバンドの生演奏で雑音はかき消されている。観光客や地元住民は六月のあたたかい晩を楽しんでいた。すぐ近くで起きた事件など知るよしもなく、グラスを傾け、談笑しながら。

ジャッキーは息を切らしつつ、歩道のカフェをゆっくりと通りすぎた。誰も座っていない椅子の背から女物の赤いジャケットをつかみ、さっと身につける。次にハンドバッグからヘアクリップを取りだし、うなじにかかった髪をねじりあげて留めた。

その指は震えていた。背後で叫び声があがった瞬間、彼女は銃弾を浴びたようにびくっとした。

だが、撃たれてはいなかった。今はまだ。

ちらっと振り返ると、警官たちはまだ彼女に気づいていなかった。彼らは急ぎ足で四方に散らばった。

あたかも自分の行き先がわかっているように、ジャッキーはしっかりした足取りで歩いた。再び角を曲がり、煌々《こうこう》とした明かりや人ごみをあとにする。そして、路地を見つけて通りを渡った。路地の先には出口が見える。逃げ道だわ。

物陰に入り、ふっと息を吸った。ここにはわたしの過去の匂いが漂っている——ごみ、暗闇、恐怖、裏切りの匂いが。

身をかがめてフェンス沿いに進み、ごみ収集箱を迂回《うかい》して、ひび割れたアスファルトを飛びこえた。こんなところで足首を捻挫《ねんざ》するわけにはいかない。自分の死がすぐ背後まで迫っているときに。

通りの喧騒《けんそう》は聞こえなかった。ジャッキーは今、健全な生活を手放し、暗闇の人生へとあと戻りしようとしていた。ねずみがごみのなかを駆けまわる音や、段ボール箱のなかで身を丸める浮浪者の絶望に満ちたつぶやきが聞こえる。

ジャッキーはハンドバッグのなかに手を伸ばした。ファスナーつきの内ポケットには、過去の名残りがおさめられている。彼女のような女性は、いまいましい運命の女神など信用せず、完全に安心することもなく、常に背後に注意している。

わたしがこれから向かう先は、ダレス国際空港のロッカーだ。そのなかには、一万ドルの現金、二種類の身分証明書《ID》、小さな化粧ポーチ、着替えの詰まったバックパックが入っている。一番早い便のチケットを買って旅立とう。願わくは、警察がわたしの似顔絵を作成して指名手配を行う前に。

書店の防犯カメラにわたしの顔は映っているかしら？　ええ、おそらく。このまま悪運が続けば、警察はわたしの顔写真も入手するはずだ。

彼女は路地を抜ける手前で立ちどまり、小型のアーミーナイフを取りだして、はさみを捜した。

五分後、路地から現れた彼女は、頭皮近くまで髪を刈りこみ、すっかり化粧を落として、シャツの裾を胸の下で結んで腰のタトゥーをさらしていた。

ジャッキー・ポーターは死んだ。

そして、ペッパー・プレスコットが現れた。

3

ダン・グラハム中尉は毎晩床に寝ているわけではなかった。たいていは、普通の人々のようにベッドで寝ている。ただ、亡霊が訪れる満月の晩はリビングルームの壁際で毛布にくるまり、あらゆる物音が危険を意味する、死と隣りあわせの任務中のように、浅く眠っていることがあった。

彼は夜中によく家のなかをうろつくことは気にしていなかった。熟睡できないのは、数年にわたる軍隊生活の代償だ。

先日床で寝たときは、この農家を空き家だと思いこんだ町の子供たちが、好奇心に負けて押し入ってこようとした。だが、ぞっとさせて無人でないことを気づかせてやったら、彼らは死に物狂いで逃げだし、ミセス・ドレイスの自宅の芝生に足跡を残した。

ダンは押し殺した声で笑ったあと、ベッドに戻った。

今夜も侵入警報装置の静かなアラーム音で、ダンは目覚めた。まぶたを開けると、そこは完全な暗闇だった。月の出ない晩、アイダホ州の山脈は漆黒の闇に包まれる。監視モニターを素早く確認したところ、なにか大きなものが納屋の脇を縫うように進み、砂利道を横切るレーザー光線を遮っていた。たいていは鹿《しか》の仕業だが、時には山からうっかりおりてきた熊《くま》が出没することもあった。

だが、もう真夜中過ぎだし、野生動物が餌《えさ》を求めてうろつくのは満月の晩だけだ。

ダンは間に合わせのベッドから抜けだしてジーンズをはき、九ミリ口径のベレッタをジーンズの後ろにさしこんだ。ついに待ち望んだ瞬間が訪れたのか？　連中がやっとぼくの居場所を突きとめたのかもしれない。

軽やかな足音が、幅広い木製のポーチのステップをよどみなくあがってくる。これは女性の足音だ。

通常、女性は男性ほど脅威ではない。通常の場合は。だが、彼はどの女性もそうだと思いこむような過ちは犯さなかった。

玄関のドアノブががたがたと音を立てた。ドアが開かないとわかると、その女性は家の角までポーチを移動した。

アドレナリンが血管を駆けめぐったが、ダンはそれをコントロールして顔や腹部の傷痕《きずあと》のまわりを燃えあがらせた。深々と息を吸い、復讐心《ふくしゅうしん》を切望する匂いを嗅《か》いだ――正義を切望する匂いを。

ダンは家の裏手のキッチンに向かう足音を追った。レースのカーテン越しに明かりが見えないことから、相手が懐中電灯を持っていないことは明白だ。彼はポーチのブランコに女性がつまずくのを待った。

ダンが見守るなか、開いた窓から女性の片脚が入ってきたかと思うと、両手、頭、肩と続

侵入者は窓の日よけをさっと払いのけた。

こいつはおもしろい。彼女はミセス・ドレイスの家の秘密を知り尽くしているらしい。

がんだ窓枠をきしませながら窓ガラスがあがった。

が、彼女はこつを心得ているように窓を揺らした。ほどなく、単純なスライド錠が外れ、ゆ

やりと見えた……窓越しに立ちどまった女性の輪郭も。もちろん、窓には鍵《かぎ》がかかっていた

時計が燐光《りんこう》を放つ古めかしいキッチンでは、木のテーブルや暖炉、背の高い調理台がぼん

ずだ――案の定、彼女は蓋を閉め、また歩きだした。

いた留め金を外して蓋《ふた》を開ける音がする。だが、盗めるようなものはなにも入っていないは

彼女はミセス・ドレイスが昔からポーチに置いている収納箱のそばで足を止めた。錆《さ》びつ

だとすると、この侵入者はいったい何者なんだ？

顔を見せず、正体も明かさない。

いや、それはありえない。ぼくを追っているのは卑怯《ひきょう》な連中だ。あいつらは決して自分の

とも、対決を予期しながら、ぼくを捜しにやってきたのだろうか？

恐れていないようだ、とダンは気づいた。彼女はここを空き家だと思っているのか？　それ

足音からして、彼女はブーツをはいているに違いない。しかも、見つかることをまったく

家の見取り図が頭に入っているのだろう。

彼女は躊躇《ちゅうちょ》することなくブランコを迂回した。暗視ゴーグルをかけているか、ドレイス

いた。彼は身をまっすぐ起こそうとした女性にタックルして押し倒し、両手を振りまわす彼女と床を転がった末に組み敷いた。

すぐさま、彼は女性の正体に気づいた。その体つきや香り、一気によみがえってきた記憶によって。

「ペッパー、ペッパー・プレスコットだな。きみのことをずっと待っていたよ」

タックルされたペッパーは息を切らし、なにも見えなかった。

それでも、相手が口を開かないうちに、誰に組み伏せられたのかわかった。彼の重みや香り、自分に覆いかぶさるすばらしい体の感触によって。

ダン・グラハム。わたしの元恋人、そして、わたしの頭痛の種。

彼を忘れることなど、どうしてできるだろう？

わたしには言うべきことも、尋ねるべきこともあるとわかっているけど、ダンのことしか考えられない。

ダンの体温がペッパーの凍えた体をあたためた。彼は低い声でささやき、彼女の髪に指をさし入れた。「この九年間、きみはどこにいたんだ？」

だが、彼はその答えに関心がない様子で、いきなり彼女の唇を奪った。

びっくりして無防備になった瞬間、ペッパーの脳裏に記憶の断片がよみがえった。〝ティーンエージャーの女の子がうっとりと打ち明ける声が……。〝ダンほどキスが上手な人はいないわ〟

ペッパーにとって、その真偽を確かめることは挑戦だった。

そして、その女の子の言うとおりだと判明した。なんともいまいましいことに。

ダンがキスをしながら唇を開くと、ペッパーは過去も現在も忘れた。この世に存在するのは、彼女にキスをする彼の唇と、足もとのかたい床と、魂の底からわき起こってきた何年も前に消えたはずのぬくもりだけ。

ダンはペッパーの口のなかにゆっくりと舌をさし入れてむさぼった。

許しを待たずに。

昔からそういう人だった。

ダンは誘いかけるように舌を丸めてペッパーを引き寄せ、ためらいがちに探ってはじらし、まるで自分の権利だと言わんばかりに彼女から歓《よろこ》びを得た。だが、ペッパーにも同じくらい快感を与えることも忘れず、深い情熱を惜しみなく注ぎ、愉悦を引きだして、クライマックスを約束した。彼女の体のあらゆる部分が彼を歓喜で満たし、熱い炎をかきたてているように。

ふたりのあいだで燃えさかる炎の匂いが漂ってきそうだわ、とペッパーは思った。

ダンはミント味の歯磨き粉と彼自身の味がした。そのスパイシーな味を、ペッパーは忘れたことがなかった。彼女がまたダンを味わいたくてうずうずしていることを察したのか、彼はキスを深めた。

それでも、ペッパーはダンに応《こた》えなかった。そんなこと、できるはずがない。ダクトからの落下や、危うく殺されかけたことや、この五日間の逃亡で、いまだに狼狽《ろうばい》しているのだから……。

ペッパーが身をこわばらせると、ダンはもどかしげに唸《うな》り、優しく探っていた口づけが、自分のものだと主張するキスに変わった。彼は彼女の口のなかに何度も舌をさし入れた。

思い出がよみがえるにつれて、彼女のためらいは消えていった。ダンとひとつに結ばれた感覚や、彼のたくましさ、欲望、情熱の記憶がよみがえるにつれて。

今まで忘れたことなどない。どんなに努力しても、決して忘れられなかった。

ダンの指に頭皮をマッサージされると、快感の波が肌から胸やおなかへと広がった。昔と変わらずすてきだわ。

いいえ、もっといい。彼のことを恋しく思ってきたぶんだけ。

ダンは唇と唇をぴったり重ねあわせ、ペッパーに考える隙を与えずに思う存分むさぼった。彼の舌が押し入ってくるたび、彼女は少しでも近づきたくて身を弓なりにした。今や、ふたりの体は肩から膝まで密着し、ダンはペッパーの両脚のあいだに立ってジーンズに包まれた下腹部を高ぶらせていた。こんな誘惑をじかに感じたのは九年ぶりだわ。夢に見たことはあったけれど。

昼間はどれほど自制心があっても、ペッパーの夢はワイルドで官能的だった。その夢はダンとあの晩の記憶、処女を失った痛み、彼と味わったエクスタシーで満ちていた。

そして、そのあとの罪悪感も含まれていた。反抗心と怒りに駆られてとんでもない過ちを犯し、ついに越えてはいけない一線を越えてしまったという罪悪感も。

今、ペッパーはダンの愛撫《あいぶ》を受け、全身が燃えあがっていた。彼の腕や、Tシャツに包まれた肩を撫《な》で、久しぶりの感触に心が浮きたった。ダンのことなら、なにもかも覚えている。ああ、彼のすべてがほしい。

今まで彼を求める気持ちが消えたことはなかった。

ペッパーの胸のうちの告白が聞こえたのか、ダンのキスが和らぎ、より優しさを増して……。

彼が顔をあげた。

「ペッパー」そう言ったきり、ダンは押し黙った。

まったくもう。わたしは彼をちゃんと見る前から、本当の自分をさらすところだった。すべての計画が破綻《はたん》したときに決まってするように、ペッパーは敵意をむきだしにして彼の肩を押しやった。「どいてちょうだい」

「いやだ」ダンは短く言った。その冷静でぶっきらぼうな言葉から、彼がどんな大人になったのか、うかがい知ることは不可能だった。

もっとも、ダンはあまり変わっていないようだ。一九〇センチほどの長身、頑強な体つき。わたしが華奢《きゃしゃ》になったような気がするほど広い肩幅。彼は昔から筋肉質だった。毎年、夏は父親の牧場で働き、一七歳になる頃には筋骨たくましくセクシーで尊大な男性へと成長していた。彼はダイヤモンドの町で一番もてただけでなく、アダムス郡でも一番ハンサムだった。

そして、彼女の心をとらえ、魂をわしづかみにした。

でも、そのことは思い出したくない。

ペッパーは再び彼を押しやった。「あんなふうにタックルされて、危うく脚が折れるところだったわ」

「そんなはずはない」ダンの声は揺るぎない確信に満ち、威圧的で、危険な香りがした。彼はペッパーが知っていたダンとは――彼女が愛していた男性とは――同一人物に思えない。

あの頃のダンは荒々しくワイルドで、フェンスを蹴飛ばしたり夕日に向かって疾走したりする暴れ子馬そのものだった。でも、このダンは……怖いくらい冷静だ。

ペッパーの背中に、古いリノリウムの床の丸まった縁が食いこんだ。懐かしいミセス・ドレイスの家の匂いだわ――クローヴの匂い袋や洗濯糊《のり》、家具用ワックスの匂い。その昔ながらの香りに加え、今はかすかに空気に漂う埃《ほこり》の匂いがした。ミセス・ドレイスは、家のなかにわずかな埃が積もることさえ許さなかったのに。

ペッパーのなかで警報音が鳴りだした。

「きみはどうやってここまで来たんだ？」彼が尋ねた。

彼女はダンに目を向けた。家のなかの静寂に耳を澄ませつつ、ぼんやりと応える。「どうやってって？」

「車で来たんじゃないだろう」

まずい。ダンに気づかれてしまった。ペッパーは突然ダンが過熱したかのように彼からぱっと手を離し、指の爪で床を引っかいた。「そんなこと、どうだっていいじゃない。あなたのほうこそ、ここでなにをしているの？　ミセス・ドレイスはどこ？」

ダンはペッパーから身を引いて立ちあがり、手をさしのべた。だが、ペッパーがその手をつかむ間もなく、彼女の腕をつかんで立ちあがらせた。

「彼女はどこにいるの？」ペッパーはそのいくぶんかすれた不安げな声も、頭のなかで渦巻く考えも気に入らなかった。

ダンが明かりをつけた。

不意に三メートル弱の高さから天井の中央の電球に照らされ、ペッパーは目をしばたたいた。広々とした古風なキッチンは、片隅に小さなテーブルが置かれていて、縁の欠けた白いシンクがあり、以前住んでいた頃とさほど変わらないように見える。

けれども、ダンは変わった。彼はもともとダークブラウンの瞳に浅黒い肌をしていた。シヨショーニ・インディアンだった曾《そう》祖母の遺伝子が母方の家系を支配し、彼の体にもネイティヴ・アメリカンの血が色濃く表れたからだ。ところがどういうわけか、ダンの場合、遺伝子が思わぬ影響を及ぼし、一七歳で髪が美しいブロンドに変わった。当時、端整な顔立ちの彼が目を向けると、女の子たちは急にしゃべりだしたり、くすくす笑ったりしたものだ。

今のダンは……無骨だった。ハンサムで魅力的な若者の面影は消え、口のまわりには冷笑の皺《しわ》が刻まれている。ペッパーを見つめるダークブラウンの瞳は、答えを引きだすためなら手段を選ばないと告げているようだ。ダンの顔はぴくりとも動かないが、危険な香りを漂わせていた。

まさに冷酷非情な男性だわ。魂に闇を抱えた男性。

ペッパーは瞬時にすべてを見てとった。昔との類似点と相違点を。変わった点は……彼女はダンへと一歩踏みだした。もう少しで襟に届きそうなストレートの髪。ブロンズ色に日焼けした肌。頬と鼻にかけてジグザグに走る傷痕——その傷は巧みに修復されている。傷痕の下は、頬骨を折られたかのようにややくぼんでいた。肌に走る白く細い筋は戦士の化粧を思わせ、皮肉にも、かつてないほど彼をネイティヴ・アメリカンらしく見せている。

ダンは怪我《けが》を負ったのね。それも、ひどい怪我を。

そして今、彼はミセス・ドレイスの家にいる。本当なら、この先にあるグラハム牧場の自宅にいるはずなのに。

ペッパーは両腕をさすり、ジャケットの滑らかな生地の上から腕をあたためようとした。

「ミセス・ドレイスは病気なの?」

ダンは返事をする代わりに彼女に背を向け、明かりをつけながら家の表側に向かった。

彼女はそのあとを追った。歩くたびに安物のブーツがこもった音を立て、一度つぶれた上にまたできた足のまめをこすった。

一九二〇年代に建てられたこの家は、正面から裏手にかけてリビングルーム、ダイニングルーム、キッチンが一列に並び、それぞれの部屋の横にはベッドルームがあった。ダイニングルームは昔のままだ。壁の幅と同じ長さの備えつけカウンターも、一八名もの脱穀作業員に食事が出せる大テーブルも。唯一コンピューターだけが現代的で、妙に場違いだった。あちこちに置かれている鉢植えはなおざりにされているらしく埃をかぶって干からび、ペッパーのように苦しそうだ。今もリビングルームの椅子の肘掛けには糊のきいたタッチングレースがかけられ、窓はレースのカーテンで覆われている。ペッパーはミセス・ドレイスのベッドルームのドアが開いたままになっていることに気づいた。

ダンは脇に寄ってペッパーを先に通した。

重厚なオーク材で作られたドレッサーは年月を経て黒ずんでいた。埃をかぶった鏡の前にはミセス・ドレイスのブラシや銀の髪留め、好きで集めていた香水瓶がきちんと並んでいる。昔と変わらず、ベッドを覆っているのはダークブルーの地のウェディングリングキルトだ。

ベッドルームは空っぽだった。

ダンに説明されるまでもない。ミセス・ドレイスは逝《い》ってしまったのだ。

「彼女はいつ……旅立ったの?」ペッパーはささやいた。〝死んだの?〟とは訊《き》けなかった。今はまだ。ミセス・ドレイスに対して、死という言葉はまだ口にできない。

「一〇カ月前だ」

「苦しんだの?」

ダンは身じろぎせず、感情をいっさい見せなかった。「心臓発作だった。ぼくが彼女を発見したんだが、庭で亡くなっていたよ」

わずかに安堵し、ペッパーの緊張がほぐれた。「だったら、幸せに亡くなったのね」

「ああ、安らかで満足そうな死に顔だった」

「よかった」ペッパーは彼や、今いる場所から切り離されたような奇妙な感覚に襲われた。頭が重くうずき、はっと息をのむ。「彼女はそんなに年を取っていなかったわ」

「七一歳だった」

「やっぱり、それほど高齢じゃない」ペッパーはダンに非難されないことがありがたかった。わたしが一年近くここで暮らしていたときや、その後、姿を消して二度と振り返らなかったときに、ミセス・ドレイスを悲しませたことに対して。

もっとも、わたしは振り返らなかったわけじゃない。ミセス・ドレイスが心配しないように、おみやげや、ちょっとしたプレゼントや、近況を知らせる短い手紙を時折送った。つい先日も本を買ってサインをしてもらおうと……。

ただ、わたしは誰にも自分の足取りをたどられたくなかった。そして、まだ時間があるといつも思っていた。ここに戻ってくる時間が。ミセス・ドレイスとやり直す時間が。

そんな時間などないことを、誰よりもわかっているべきだったのに。

クローゼットに近づいて扉を開けると、ミセス・ドレイスの服がかかっていた。ラベンダーの匂い袋の香りが、ペッパーをふわっと包みこむ。「彼女が亡くなるなんて思いもしなかったわ」

ばかね。人はみな亡くなるのに。

だが、ダンは同意した。「ああ、ぼくもだよ」

ミセス・ドレイスが夏になると必ず日曜日に教会へ着ていったドレスに、ペッパーは手を触れた。アイロンのいらないコットンのドレス――ミセス・ドレイスにはアイロンをかける暇などなかった。そういう質実さこそ、ミセス・ドレイスの象徴だ。ばかげた真似を許さない率直な物言い。屋外で植物に囲まれて過ごすせいで日に焼けた肌。彼女は一六歳の少女がつく嘘をブルーの瞳で難なく見抜き、堂々と叱《しか》りつける人だった。ペッパーはダンのほうに顔を向けた。「ミセス・ドレイスは孤児を引きとるべきではないと、誰もが思っていたわ」

その感傷的な言葉に驚いたように、彼は片方の眉を吊りあげた。「彼女は他人の意見など気にしなかったよ」

「そうね」ペッパーはドレッサーの黄ばんだ鏡に映る自分の姿を見つめた。鏡の表面がゆがんでいるせいで顔の輪郭がおかしかった。額がやけに広く、顎が細く尖《とが》り、はしばみ色の大きな目は驚愕《きょうがく》の表情を浮かべている。オットー・ビヤークが射殺された音を耳にして以来、初めて恐怖が薄れ、深い悲しみがこみあげてきた。

「きみは本当に知らなかったんだね」それは断定だったが、質問のようにも聞こえた。

ネイピア将軍の裏切りとミセス・ドレイスの死、目の前の男性のせいで――なじみ深いようでいて以前とはまったく違うダンのせいで、ペッパーの世界はゆがみ、異変をきたし、バランスを失った。鏡のなかでふたりの視線が合った。「ええ、知らなかったわ」

彼女の言葉を信じるべきかどうか思案するように、ダンは唇の端をわずかにあげた。「用があれば、ぼくはキッチンにいるから」

そう言って、ダンはペッパーをひとりにした。わたしが泣きたければ泣けるように気遣ってくれたんだわ、と彼女は思った。でも、まだ悲しみに直面したばかりでショックが大きすぎる。泣くことはおろか、なにかを感じることもできない。この九年間、成功したら、自分には帰る場所があると、わたしの自慢話を心から喜んで聞いてくれる人がいると思ってきた。それが実現する場面を何度思い描いたことだろう。

ペッパーはこの牧場に立派な車で乗りつけるつもりだった。メルセデスやBMWで。ううん、それよりヘリコプターで。ミセス・ドレイスは山ほどプレゼントを抱えたわたしを見て誇らしげに目を輝かせ、昔わたしが逃げだしたことを叱ったりはしない。彼女は過ぎたことにこだわらないタイプだもの。わたしがここに住んでいたときも、過去を振り返らずに未来へ目を向けるよう、彼女から何度も言われた。ジェニファー・ネイピア将軍やその格言を見いだすはるか前に、わたしはミセス・ドレイスと彼女の常識に出合っていたのだ。

ミセス・ドレイスは自らの信念に従って生きた。そして、絶対に誰も裏切らなかった。あの恐ろしい殺人者のジェニファー・ネイピアと違って。

ベッドに近づき、ペッパーはキルトの模様をなぞった。

成功をおさめて帰郷する代わりに、わたしは避難場所を求めて舞い戻った。窮地に陥ったとき、自分には逃げ帰る家があると信じて。

けれども、もう避難場所はなかった。ミセス・ドレイスも亡くなり、ペッパーは自業自得という苦い現実を突きつけられただけだった。もうここには誇らしげに迎えてくれる人も、助けてくれる人も、愛してくれる人もいないという現実を。

ミセス・ドレイスはもういないのだ。

痛みに顔をしかめて、ペッパーはブーツを脱いだ。ぎこちなくベッドに這いあがると、キルトの上で身を丸めて枕《まくら》に頭をゆだね、反抗的なティーンエージャーだった自分を引きとって立ち直らせてくれたミセス・ドレイスの死を悼んだ。彼女のおかげで、わたしは自分自身を振り返り、自分を変えようと決意した――そうでなければ、死ぬしかないと。

4

ポーチに出ると、ダンは音を立てないように注意しながら背後でドアを閉めた。Tシャツを着た体が震える。これだけ高地だと、夜間は冷えこみが厳しい。財布を開けてごく小さな薄型のイヤホンとマイクを取りだし、ポーチの端へと移動する。頭上では無数の星が雲やスモッグに霞《かす》むことなく明るい輝きを放っていた。ここから夜空を見あげると、永遠が垣間見えると同時に、地上に地獄が存在することもわかる。

そうさ、ぼくはその地獄を直接体験し、今もそこから抜けだせずにいる。

あの夜空のどこかに、ぼくの通信を受信して、あるオフィスの電話へとつなぐ人工衛星が存在するのだろう。ダンは通信ボタンを押し、こもった雑音に耳を澄ませた。

「やあ、グラハム中尉」ドナルド・ジャッフェ大佐の声がはっきりと響いた。ワシントンDCはもう深夜のはずだが、眠気を感じさせない鋭い声だ。「なにか問題でも?」

「侵入者をとらえました」暗闇に目が慣れると、ダンはステップをおりて私道に向かった。ガレージのほうに目をやってから、納屋へと続く勾配《こうばい》を見おろす。「高校時代の知りあいの女性です」

「えぇ、そうします」斜面になった砂利道にしゃがみこみ、タイヤ痕を捜してから立ちあがって指についた砂を払った。「ただ、こんな夜ふけに突然ひとりで現れるなんて、どうも腑《ふ》に落ちません……しかも、車なしで」

ジャッフェ大佐の口調が厳しくなった。「どうやら筋金入りの犯罪者のようだな」

「彼女の生い立ちを考えると、その可能性は大いにあります」もっとも、あんな髪型をしていても、彼女は犯罪者というより中流階級の女性に見える。だが、外見にまどわされて、ペッパー・プレスコットが犯罪とは無縁の生活を送ってきたと思いこむほど、ダンは単純ではなかった。実際、ダイヤモンドで暮らしていた頃、彼女は転落の一途をたどっていた。

もちろん、それはぼくも同じだったが。

「よし、その女性のことを調べてみるとしよう。用心するに越したことはないからな」ジャッフェ大佐の声に疲労がにじんだ。「それで、彼女の名前は？　彼女についてわかっていることは？」

「名前はペッパー・プレスコット、年齢は二五歳。本人の口からテキサス州出身だと一度聞いたことがあります。彼女は複数の里親のもとで育ち、一六歳のときにダイヤモンドのこの牧場で一カ月間暮らしました」ダンはペッパーについて知っていることをほかにも思い起こそうとした。だが、彼女の外見や内面に映しだされる情熱を説明したところで、調査の役に立つとは思えない。「以上です」

「追い払うんだ」

ジャッフェ大佐はいぶかしげに尋ねた。「わたしが得られる情報はたったそれだけか？」

「ええ、これが精一杯です。ミセス・ドレイスの死後、ペッパーの居場所をつかもうとしたことがありますが、徒労に終わりました。おそらく、彼女は偽名で暮らしていたものと思われます」

「どうしてきみは彼女の居場所を突きとめようとしたんだ？」さすがジャッフェ大佐だ。肝心な点は聞き逃さない。

ペッパーがこの牧場の新たな所有者だと告げれば、大佐は激怒して作戦の中止を求めるだろう。それを阻止するためにも、ダンはこう言うしかなかった。「個人的な事情からです」

「個人的な事情？　彼女と個人的なつきあいがあるのか？」

「昔の話です」

「ほう」

ダンは大佐の考えていることが手に取るようにわかった。自分の頭にも同じ考えがよぎったからだ。「ええ、大佐。われわれの敵が過去の関係を嗅ぎつけて、彼女をスパイとして送りこんだのかもしれません」

「いや、いくらなんでもそれは飛躍しすぎだろう」そう言ったものの、ジャッフェ大佐はその可能性を推し量っているようだ。「わかった。至急、情報を集めよう。彼女が罪のない一般市民なら、その場にいてもらっては困るからな」

「心配無用です。ちょっと怖がらせれば逃げだしますよ」ダンは年月によって研ぎ澄まされた皮肉をこめて言った。「彼女は逃げるのが得意ですから」

「彼女が一般市民でなかった場合は尋問を行いたい」

「承知しました」いずれにしろ、ダンは尋問するつもりだった。それを楽しみにしているからこそ、ジャッフェ大佐にすべての真実を明かさなかったのだ。ペッパーを取り調べたいという気持ちは仕事のレベルを超えている。それは個人的なものだ。昔の恋人や、彼女に対する自分の反応に興味をかきたてられたからでもある。今夜、ペッパーはこの家に侵入しただけではない。かつてのぼくの心にも押し入ってきた。抗《あらが》えない衝動に屈して彼女にキスをしたとき、圧倒されるほど強烈で、懐かしくも新鮮な感情が胸にわき起こった。

それは純粋かつ原始的な欲望だった。別に驚くことではない。ペッパーのことはこれまでも時折思い出したし、ミセス・ドレイスが亡くなってからは真剣に彼女を捜してきた。そのペッパーがぼくの世界にふらりと舞い戻ったのだ。今度はそう簡単に逃がさないぞ。今までどこでなにをしてきたのか、どうして戻ってきたのか、なんとしても突きとめてみせる。もしも彼女があいつらの仲間だったら、お気の毒だな。

どうしても訊かずにはいられなかったのか、ジャッフェ大佐が尋ねた。「彼らが現れた兆候は？」

「ありません。連中の監視は今も続けているんですか？」

「もちろんだ」大佐はダンからそんな質問をされて気分を害したように言った。「彼らは二週間前にラスヴェガスに到着した。二日ほどギャンブルに興じて、まるであと一日しか生きられないかのように羽目を外し、やがてひとり、またひとりと姿を消した。残ったふたりは今もギャンブルを続けている。あとの連中は北西部に散らばった。全員、一二時間以内にきみのもとにたどり着ける範囲だ」

ダンは満足して言った。「あいつらはシュスターの到着を待っているに違いありません」

「きみは怪我の後遺症で明らかに弱っていて無防備な状態だ。われわれはきみの行動や居場所に関する情報をそれとなく流している。なのに、連中はなにをもたもたしているんだ？　なぜ、いまだにきみを殺そうとしない？」

ダンが撃たれる場面を見たいと公言するジャッフェ大佐に、ダンはにやりとした。「きっとやつらは方向音痴なんですよ。今頃、道に迷ったことに気づいて、低俗なアメリカ人の仲間入りをすることにしたんでしょう。冗談はさておき、あいつらはぼくの元恋人を刺客として送りこみ、自分たちの手間を省こうとしたのかもしれません」家のなかから物音がした。「彼女がこっちにやってくるようです。彼女についてなにかわかったら連絡してください」

ふたりは即座に通信を切った。

ダンはペッパーがバスルームに入った隙に屋内へ戻った。そして深夜にもかかわらず、ストーブの火をおこしてキッチンの冷気を払い、コーヒーメーカーをセットした。ペッパーはカフェイン入りのコーヒーが大好きだった。かつて、ふたりで粉末式のエスプレッソを飲みながら、シアトルやパリにいるふりをして幾晩も過ごしたものだ。彼女のことをもっと聞きだして、ここでなにをしているのか突きとめなければ。このコーヒーの香りが、ペッパーをぼくのそばに誘いだしてくれるだろう。

これは単なる帰郷ではないはずだ。ペッパーはなんらかの使命を帯びている。彼女にとっても、ぼくにとっても手遅れにならないうちに、それがなにか把握する必要がある。

ペッパーがキッチンに戻ってくると、ダンは彼女の動きや表情、組んだ両手をしげしげと眺めた。すでにブーツは脱ぎ捨てられ、安物の白い靴下は今にも脱げそうだ。彼女はまだジャケットを身につけたまま、凍えるように体をかき抱いている。窓から侵入してきたときも身を震わせていた。その瞳は不意打ちをくらったように驚愕の色をたたえている。

本当に驚いたのか？　それとも、ミセス・ドレイスの死も、牧場を相続することも、重々承知だったのか？

ダンはカウンターにもたれてマグカップにコーヒーを注《つ》ぎ、ペッパーへとさしだした。

「ありがとう」彼女はダンに目を向けることも必要以上に近づくこともなく、マグカップを両手で包みこんだ。コーヒーの色に目を奪われたかのようにその場に立ち尽くし、湯気を立てる茶色の液体をじっと見つめている。おかげで、彼はゆっくりとペッパーを観察することができた。

そこには年月による変化が刻みこまれていた。さまざまな変化が。

九年前、ペッパーはウェーブがかった長い髪を背中に垂らし、顔のまわりで編みこみにしていた。髪の色は、赤、ブロンド、ブラウンとしょっちゅう変わり、ピンクやブルーやパープルの派手なメッシュが入った。それが今は黒髪で、短く不揃《ぞろ》いにカットされ、きつい巻き毛になっている。もっとも、昔の反抗的なペッパーの片鱗《へんりん》はその髪型だけだった。新たなペッパーは思春期のふっくらした顔立ちから、優美な細面へと成長していた。常にあらわにしていた反抗心も思慮深い知性に取ってかわり、ダンは否応《いやおう》なしに魅了された。大人になった彼女のはしばみ色の瞳はグリーンには輝かず、今夜はくすんだグレーに陰っている。そのまなざしは疲れて悲しげで、用心深そうだ。

彼女は今までどこにいたのだろう？　なぜ、こんなふうに変わったんだ？　いったい誰のせいで？

おそらく、原因は男だな。ペッパーは男たちが争ってでも手に入れたいと願う女性だ。彼女が何歳になろうと、あの美貌《びぼう》のためなら、兵士を乗せた千隻もの船が戦地へと出航するだろう――たとえ今の髪型でも、一〇隻以上は確実だ。

驚いたことに、ダンはその光景が気に入らなかった。ペッパーが彼を見つけて殺すためにやってきたという可能性に劣らぬほど。

ダンが彼女のほうに砂糖壺《つぼ》を押しやると、グリーンのカウンターがこすられて音を立てた。ペッパーはその音にびくっとした。砂糖壺を見てから彼に視線を移し、すっと目をそらす。

「ありがとう」その声はショックを受けたように沈んでいた。

彼女は本当にショックを受けたのかもしれない。多分、ぼくが送った手紙は一通も届いておらず、今回の訪問も単なる偶然だろう。

いや、まさか。そんなことはありえない。

礼儀正しい声で、ペッパーはなにげなく尋ねた。「ところで……最後に会ってから、今までどうしていたの？」

九年ぶりにいきなり真夜中に訪ねてきても別に不自然ではないと思っているかのように、ペッパーはしゃべっている、とダンは冷めた目で観察した。

残念だったな。かつてのぼくは、魅力を振りまきながらこの手の駆け引きを巧みに行ったものだ。だが、もうあんな忍耐力も関心もない。「入隊したよ」

彼女はマグカップを置いた。急に汗ばんだように、てのひらをスラックスで拭《ふ》く。「入隊って……陸軍に？」

彼の鋭いまなざしはなにも見逃さなかった。「ああ、そうだ」

「な、なにか特別な任務に就いていたの？」

対テロリスト特殊部隊に所属していた。だが、誰にもすべての真実を明かすつもりはない。とりわけ、この女性には。「いや、特になにも」

必死に息を吸おうとしているのか、ペッパーの胸は上下していた。彼女は震える指で自分の顔に触れ、彼の顔に走る傷痕の辺りを指して絞りだすように言った。「その怪我は任務中に……？」

「アメリカ兵は世界の大半で歓迎されないからな」ダンはかなり控え目に告げた。

「も、もちろん、そうでしょうね」

ペッパーはぼくの腹部の傷痕のことも知っているのか？　あいつらからぼくの弱点を教わったのだろうか？　連中は彼女にぼくが始末できると確信しているのか？

ペッパーがぼくを殺しに来たのであれば、これが初仕事ではないはずだ。彼女はわざとくつろいだふりをしてカウンターにもたれている。「故郷に戻ってどのくらいになるの？」

「一年弱だ」

彼女はマグカップを手に取った。「ダイヤモンドのことが恋しかったでしょうね。あなたがここを離れたなんて驚きだわ」

ダンは彼女の唇に目を向けた。かすかに腫《は》れた唇だけが、あのキスはただの官能的な夢ではないと物語る唯一の証《あかし》だ。彼女は昔と同じ味がした。貪欲《どんよく》でセクシーな、哀愁に満ちた味が……ぼくのものだという味が。

だが、それはまぼろしだ。ペッパーはぼくのものじゃない。彼女が……いったい何者で、ここでなにをしているのかは神のみぞ知る、だ。不意に、ダンは礼儀正しいやりとりに耐えられなくなった。「ここにはいられなかったんだよ。きみと寝たあとは」

彼女はたじろぎ、マグカップの縁からコーヒーがこぼれた。それでも平静な声を装った。「わたしたちは無分別な子供だったのよ。あれは若気の至りにすぎないわ。わたしはもうふっきれたし、あなただってそうでしょう」ダンが同意するのを待つようにいったん口を閉じたが、彼が黙っていると肩をすくめた。「とにかく、あの過去を振り返ったことはないわ。それに、なにがあったのかも思い出せないし」

轟音《ごうおん》を立てる渓流のように、ある感情がダンの胸でふくれあがった。それは純然たる怒りだった。ぼくはあの夜の記憶のせいでダイヤモンドから逃げだした。ジャングルでも、砂漠でも、ドイツでも、フィリピンでも、あの夜の夢に取りつかれ、深い眠りから目覚めては体に張りついたシーツから抜けだし、ひと晩じゅう部屋のなかを歩きまわった。

それなのに、彼女は覚えていないだって？

ペーパータオルを一枚はぎとり、床にしゃがんでコーヒーを拭きとってから、ダンはペッパーを見あげた。威圧的にならない位置から、弱者に対する優位な立場を放棄した格好で。これなら彼女にも、彼女の返事にも、軽い興味しか抱いていないふりができる。「いったいなにを考えていたんだ？　きみが逃げたあと、ぼくが平気でここで暮らせると思っていたのか？」

ペッパーは言いよどんだ。「ど……どうして暮らせなかったの？」

彼は真実によって彼女を打ちのめした。「ぼくたちのしたことが知れ渡ったからだよ」

彼女はさっと青ざめ、日に焼けた鼻だけが信号灯のように目立った。「なぜそんなことに？　あれは深夜だったたし、まわりには誰もいなかったわ。目撃者はいないはずよ」

「みんなにばれないわけがないだろう？　あの晩、きみは学校をさぼった件でミセス・ドレイスと大喧嘩《げんか》して――」

ペッパーは、マッコールに出かけて背骨の下に小さなドラゴンのタトゥーを入れて戻ってきた冬の日のように反抗的な顔つきになった。

「きみはぼくと一目散に逃げだし、ひと晩じゅう帰らなかった。ぼくたちはマッコールのコンビニエンスストアでビールを盗み、酒を飲んで車を乗りまわした。そのあと、きみはハイウェイにタイヤ痕が残るような勢いでこの町をあとにした。呆然とするぼくを置き去りにして」ダンはペーパータオルを丸めて、勢いよくごみ箱に放《ほう》りこんだ。「噂話《うわさばなし》では、ぼくがきみをレイプしたことになっていた」

ペッパーはぱっと彼のほうを向いた。「レイプですって！」

「ミセス・ドレイスもそう思っていたよ。ぼくは彼女に呼びだされ、叱りつけられて――」

「あなたは無実よ。わたしはあなたにレイプなんかされていないわ」ペッパーはダンと視線を合わせようとしなかった。「話題を変えてもいいかしら？」

そうはさせるか。ぼくはこの機会を何年も待っていたんだ。いったいどうして彼女は逃げだしたんだ？「きみがいい思いをしなかったのは承知しているよ」

「お願いだから黙ってちょうだい」

「皮肉なことに、あの当時でさえ、ぼくはきみに見せた以上のテクニックを備えていた。だが、あまりにも長いあいだきみを求めてきたせいで、コントロールを失ってしまったんだ。そんな間抜けな自分を頭の隅で恥じながら、ぼくは快感に溺《おぼ》れてしまった」

「しいっ！」ペッパーは誰かに立ち聞きされていないか確かめるように周囲を見まわした。

ダンは容赦なく続けた。「きみはヴァージンだったのに、ぼくはすっかり欲情して、ぎこちなく――」

「いいえ!」彼女は低い声で強く否定した。「そんなことなかったわ!」

彼はペッパーの前にひざまずいたまま尋ねた。「だったら、どうして逃げたんだ?」

「あのあと、あなたがあんなことを言ったからよ!」

ダンは必死に思い出そうとした。あのとき、ぼくは半分酔っ払い、完全にペッパーに圧倒されていた。彼女を慰めようと不器用な言葉をつぶやいたことしか思い出せない。だが虚勢を張って、自分がなにを口にしたか覚えているふりをした。「なぜきみはあんな言葉に気を悪くしたんだ?」

ペッパーは言葉に詰まって目を閉じた。再び口を開くと、彼女はまくしたてた。「あなたって人は……なんて横柄なろくでなしなの。まったく変わっていないわね! もういいわ。このことは忘れてちょうだい」

どうやらヒントはくれないようだ。少なくとも今は。ダンはさっと立ちあがり、自分がどれほど長身かを彼女に思い出させて緊張をあおった。「きみに置き去りにされたぼくは、父親や、ミセス・ドレイスや、町じゅうの人々とたったひとりで向きあわなければならなかったんだぞ」それを思い出すと、今でも腹が立つ。

「あの晩のことは誰も知らないはずよ」ペッパーは繰り返した。

「ぼくが酔っ払ってわめき散らしたあとは周知の事実になっていた」

彼女は目を細めた。「だったら、自業自得じゃない」

ペッパーは以前よりほっそりして、まったく化粧をしていない。額と鼻はひどく日に焼け、そばかすの散る色白の肌に染みのような赤みがさしている。ベージュの長袖《ながそで》シャツとお揃いのスラックスは、ディスカウントストアで買ったような安物だ。なんて地味な色だろう。まるで人目につくのを恐れているかのようだ。スラックスの丈はやや長く、ずっと踏んづけて歩いていたのか裾が擦りきれている。そして、ペッパーは独立記念日の花火を怖がる猫のようにびくついていた。

なにより、疲れた顔をしている。容疑者を尋問するには絶好のチャンスだ。ダンはあとずさりして距離を置き、あまり個人的でない話題に切り替えた。別の意味で重要な話題に。

「きみは今までなにをしていたんだ?」

即座にペッパーは訊き返した。「なにをしていたって?」

興味深い反応だ。「どうやって生計を立てているんだ?」

とたんに彼女は肩の力を抜いた。「わたしは造園家よ」スプーンで砂糖をすくってマグカップに入れ、コーヒーをかき混ぜた。

「商売はあまりうまくいっていないようだな。さもなければ、戻ってくるはずがない」

かっとなったペッパーの顔に、昔の彼女の片鱗が覗いた。「あら、自慢話をしに戻ってきたのかもしれないじゃない」

「ああ、そうかもな」彼女は成功したのだろうか? もしそうなら、なぜもっと立派な格好をしていない? そもそも、ここでいったいなにをしているんだ? それに、もっと肝心なことを言えば——。「どうやってここまで来たんだ?」

ペッパーははっと息をのんだ。「どうやってって？」

彼女はぼくの質問を理解したにもかかわらず、時間稼ぎをしている。時には言葉より沈黙が効力を発揮すると経験から学んだダンは、口を開かずにじっと待った。

案の定、ペッパーは沈黙に耐えかねてあわてて言った。「実は、数キロ手前で事故を起こしたの。だから歩いてくるしかなかったわ」

「大丈夫かい？」彼女は怪我をしていないはずだ。動いても痛みを感じている様子はない。

「ええ、大丈夫よ」

だが、ペッパーは事故について話したくなさそうだ。ますます興味深い。生存者はたいてい事故について話したがるものだ。たとえ自分の過失が招いた事故でも。「きみは事故を起こしたが、怪我はしなかった。そして……ここまで歩いてきた」

「ええ、そうよ」

「誰かが通りかかって車に乗せてくれなかったのかい？」

「少し道に迷ってしまったの」彼女はコーヒーを飲もうとしたが、その手は震えていた。

「わたしが通ったのは未舗装の山道よ」

ダンの体が凍りついた。少し道に迷っただって？　山脈を縫うハイウェイはダイヤモンドまでずっと舗装されている。未舗装の道路を通るには、奥まった道でなければならない。しかも、誰も通りかからなかったとなると、野鳥でさえ見つけられないほど山奥のはずだ。

「レンタカー会社に連絡したほうがいい。事故のことを報告すべきだ」

「その必要はないわ。あれはわたしの車だから」ペッパーの声が甲高くなり、一段とかすれた。「ある男性から買いとったの。ちゃんと書類もあるわ。今はないけど。グローブボックスのなかだから」

自分の車だと証明するために、ずいぶん必死な口調だ。「それじゃ、保険会社のほうに連絡するんだな」

彼女はそんなことなど考えもしなかったように見えた。「ええ、明日、電話するつもりよ」

ペッパーのここまでの足取りについて、ダンは推測をめぐらせた。彼女の話はどこまでが真実なのだろう？「きみはボイシまで飛行機を使わず、ずっとここまで車で来たんだね」

「そうよ」

「どこからだい？」

彼に隠す理由はないと言わんばかりに、ペッパーは肩をすくめた。さっきよりも歯切れのいい声で断言する。「デンヴァーからよ」

「じゃあ、きみはデンヴァーで暮らしていたのか」ダンは考えこむように、しげしげと彼女を眺めた。

彼女は勢いよくコーヒーをかきまわし、マグカップの中身が渦を巻いた。「いいえ」

ペッパーがミセス・ドレイスに送った手紙の一通には、デンヴァーの消印が押されていた。ミセス・ドレイスの死後、ダンはデンヴァーでペッパーを捜したが、情報源に恵まれていたにもかかわらず、彼女の居所はつかめなかった。「これまでどこで暮らしていたんだ？」

「あちこちを転々としていたわ」

あいかわらずだな。ペッパーは人とかかわらず、秘密をいっさい明かそうとしない。「きっと路面は滑りやすかっただろうな。デンヴァーの辺りは、まだ積雪量が多いだろうから」

マグカップを置くと、彼女はシンクへと向かった。ミセス・ドレイスがセントポーリアを並べていた窓辺の棚に手を伸ばし、しおれた葉に触れた。「ロッキー山脈を横断したときは怖かったわ」

「それで車が道路を外れたんだな。きっと氷でタイヤが滑ったんだろう」

ダンに非難のまなざしを向け、ペッパーは鉢植えの受け皿に水を注いだ。「鉢植えに時々水をやってくれてもよかったのに」

「明日、事故現場まで送っていくよ。きみの荷物を回収して、車を牽引《けんいん》しよう」彼はペッパーの表情に目を留めた。下唇が突きだし、目つきが鋭くなっている。あなたなんか地獄に落ちればいい、と言う気だな。だが、ぼくはまだ地獄に行く気はない。とりわけ、ひとりでは。

「おなかがぺこぺこだわ。なにか食べるものはある？」

彼女が話をそらすたびに、ダンの猜疑心《さいぎしん》は募った。「クッキーがあるよ」

ペッパーの顔がぱっと明るくなった。瞳が輝き、口もとがほころぶ。だが、そのほほえみが揺らいだかと思うと、眉間《みけん》に皺が寄り、うつろな表情が浮かんだ。「いったい誰が……？」

彼は冷凍庫に近づき、タッパーウェアの容器を取りだした。「亡くなる前にミセス・ドレイスが焼いたものだよ」冷えてかたくなった蓋を外して、ペッパーに容器をさしだす。「きみのために取っておいたんだ」

彼女はミセス・ドレイスのチョコレートチップ・クッキーの匂いを長々と吸いこんだ。

「どうしてわたしが戻ってくることがわかったの？」

ついにこの瞬間が訪れた。ダンは重要な事実を明かして彼女に衝撃を与えた。「ミセス・ドレイスがきみにこの牧場を遺《のこ》したと聞いて、きみが戻ってくると思ったんだよ」

ペッパーは呆然となった。力の抜けた彼女の手からクッキーの容器が滑り落ちた。それが床に衝突する前に、ダンは手を伸ばしてつかんだ。

つまり、彼女は知らなかったわけだ。

「ミセス・ドレイスがわたしに……牧場を遺したの？　ここを全部？　この牧場を？」ペッパーの体が小刻みに震え始めた。おそらく、睡眠不足と、飢えと、ストレスによるものだろう。

クッキーを三枚つかんでペーパータオルにのせると、ダンはそれを電子レンジであたためた。きっかり六六秒で、ちょうどいいかたさになる。今まで何度も解凍したせいで、やり方は心得ていた。「ほら」クッキーを小さく割って、ペッパーの唇へとさしだす。「これを食べれば、なにもかもうまくいくよ」実際には違うが、慰めになることは確かだ。

クッキーを噛《か》んでいるうちに、彼女の顔色がよくなってきた。目に浮かんでいた苦悩の色が薄れ、もうそれほど緊張もしていない。彼女はダンにさしだされたクッキーのかけらを素直にまた口に含んだ。

彼は指に触れたペッパーの唇の感触を楽しんでいた。もう一度キスをして、あたたかいチョコレートや胡桃《くるみ》の豊かな風味を味わおうかと思案しながら。

だが、ペッパーはそんなことや、ダンのことなど考えていなかった。彼女の関心は、自分の直面した状況だけに向けられていた。「だから、あなたはここにいるの？　この牧場を管理するために？」

いや、それが理由ではない。まったく違う。しかしペッパーに真実を告げるわけにはいかず、彼は抜け目なく嘘をついた。「父とぼくはミセス・ドレイスが亡くなる前から、この牧場を切り盛りしてきた。ミセス・ドレイスが自分の庭にしか興味がなかったことは、きみも知っているだろう」

「ええ」ペッパーはか細い声で応えた。

「この家に寝泊まりしたほうが、牧場に目を配りやすいんだ」実は、この母屋に滞在しているのは、大勢の被害者に代わって殺人犯を処罰するという無謀な計画の一環なのだが。

ダンはペッパーにまたクッキーを食べさせようとしたが、いくぶん落ち着きを取り戻した彼女は、そのしぐさの親密さに気づいた。彼女はダンからクッキーを奪いとり、一枚目の残りと二枚目をたいらげた。そしてペーパータオルを置くと、彼の目を真っ向から見据えた。

「彼女が亡くなって……遺言の内容がわかったとき……わたしを捜してくれたの？」

「ああ、きみがミセス・ドレイスに送った小包の消印を頼りに捜したよ」ダンはずっと踏みだしたかった一歩を踏みだし、ペッパーの目の前に立った。彼女は彼を見あげざるをえなくなり、警戒心をにじませた。「ぼくたちの送った手紙が一通も届かず、きみはこの牧場を相続しに来たわけじゃないなら、どうしてここに戻ってきたんだ?」

ダンを見あげるペッパーの瞳孔《どうこう》が広がった。彼女はごくりと唾《つば》をのんだ。「わたしは牧場を相続しに来たの。それが戻ってきた理由よ」

「嘘だ」

彼女は顎を突きだして息を吸った。「どう思おうと、あなたの勝手よ。なんとでも言えばいいわ。もっとひどい悪口を言われたことだってあるもの。さあ、もうへとへとだから、わたしは寝るわね」

「きみのベッドルームの用意は整っているよ」彼はわざとペッパーの良心を突いた。彼女が里親の死を悲しんでいることを確かめたくて。「いつきみが戻ってきてもいいように、ミセス・ドレイスが用意しておいたんだ」

突きだした顎が震えたが、ペッパーはダンのことを知り尽くしていた。彼が冷酷にふるまっていることも重々承知だった。彼女は満面の笑みを浮かべた。「寝る前にシャワーを浴びるわ」最後のクッキーをつまんで向きを変えた拍子に、わずかによろけた。

ダンはペッパーが今までどうしていたのか、まったく見当がつかなかった。疲れきった様子の彼女は苦悩しながらも空々しい嘘を並べたてているが、なんとしてもその理由を突きとめてみせる。ダンは部屋から出ていく彼女の華奢なヒップを見送った。

次の瞬間、ペッパーが再び戸口に顔を突きだし、いたずら好きだった昔の面影をちらりと覗かせた。「ところで」ダイニングルームの床の乱雑な毛布を指してほほえむ。「誰がパジャマ・パーティーを開いたの？」

昔と変わらず、ダンはペッパーの笑顔を見て喉が詰まった。ほほえみ返して、彼女の嘘を信じたい。そして、なにもかもうまくいくと思いたかった。ペッパーのようにほほえむ人は誰ひとりいない。こんなふうに心から喜びをわかちあってくれる女性は。初めてペッパーにほほえみかけられたとき、ぼくは道に迷い、今も帰り道を見つけられずにいる。

ペッパー・プレスコットには、山ほど質問に答えてもらわなければ。

5

ソニー・ミドラー軍曹はカウボーイハットを目深にかぶると、鞍《くら》の上から身を乗りだし、のろのろと言った。「ダン、今度子牛に焼印を押すときは、あなたを木にこすりつけて振り落とすような馬には乗らないほうがいいですよ」

ダンは地面から起きあがって埃を払ったあと、ソニーをぴしゃりと叩《たた》き、間抜けな馬面でにたにたしているサムソンのもとに向かった。「このろくでなし」そう言ったものの、それがサムソンとソニーのどちらに対するものなのか、自分でもわからなかった。どちらでもかまうものか。ソニーはぼくに報復したのだ。軍曹はまた牧場で働くことになって、相当頭に来ているのだろう。サムソンのほうは昔から短気だった。ソニーもサムソンも、今朝ぼくが必要としていたものを与えてくれた――ペッパーの出現によるいらだちを解消する機会を。

「口を慎んだほうがいいぞ、ソニー」ダンが物心ついた頃から牧場で働いているハンター・ウェインライトが手厳しい口調でからかった。「ダンはボスの息子だからな」

ついでにウェインライトも軽く叩いてから、ダンはするりとサムソンにまたがった。いまいましいこの黄金色の馬がぼくのものになってから、もう一二年以上になる。隙あらば乗り手を振り落とそうとするサムソンになぜわざわざ乗るのか、自分でもわからない。多分、サムソンを手放さないのは、ダイヤモンド一大きな去勢馬だからだろう。それに、この馬が必ず家にたどり着けるからかもしれない。

ダンはもうミセス・ドレイスの家に帰る準備ができていた。午前六時から九時までの三時間、父親の牧場で子牛に焼印を押す作業を行った。それは子牛が鳴きわめき、カウボーイが悪態をつくなか、悪臭や埃まみれになる重労働だ。

腸の治療手術を受けたダンは、正直言って、もう二度と内出血したくなかった。だからこそ自分の体調に耳を傾け、去年の秋から今年の春先にかけてゆっくり養生し、夏の終わりまでに体力を回復することにしたのだ。

仕事を途中で切りあげると、最初の数回はカウボーイたちにからかわれたが、鋭い目で長々とにらんでやると、彼らも押し黙った。自分の任務に関して、死や絶望感に彩られた恐ろしい噂が飛びかっていることは承知している。だが、どんな噂も真実とは到底比べものにならない。ぼくが以前にしたことや、今していることは、誰にも想像がつかないはずだ。だからこそ、ぼくはこの仕事を行っている。牧場で懸命に働く人々が、こんな孤独や絶望を決して味わわないように。

ダンは片手をあげて喧騒をあとにし、馬に乗ってミセス・ドレイスの家へと牧草地を引き返した。

長い渓谷が、雪を抱いた峰と青々した丘陵に挟まれてくねくねと延びている。渓谷を流れる川は最終的にはスネーク川に注ぎこむ。その渓谷を二分するのが、ドレイス家とダンの父親の牧場だ。どちらの牧場も周囲の山脈の多くを敷地に含み、冬には放牧された牛がそこを自由にさまよった。

ここは山岳地の気候に支配された土地だ。山地ならではの激しい吹雪に突然襲われ、経験豊富なカウボーイでさえ凍死することもある。夏は非常に短く、独立記念日を過ぎても積雪が溶けないことがあった。この高原に住む人々は、ここにはふたつの季節しかないと――冬と八月だけだと――言って笑うが、まさにそのとおりだ。

だがダンの人格を形成し、彼をタフで孤独な指導者へと育てあげ……故郷へと呼び戻したのは、この山脈だった。病院での苦しい闘病中、ふたつのことがダンを支えていた。故郷に戻れば、切りたった峰が悠久の姿で迎えてくれるという期待と……もうペッパーを捜さなければという決意が。

ところが、ペッパーは見つからなかった。その代わり、彼女のほうがぼくを見つけた。そのことにはなんらかの意味があるはずだ。あとはただ、それを突きとめればいい。

馬で到着したとき、干し草の納屋に変わった様子はなかった。ダンはサムソンを馬房に入れ、ブラシをかけてやった。それから携帯電話を取りだし、父親のラッセルに電話をかけた。

「彼女が戻ったよ」

頭の切れる牧場主のラッセルは、彼女が誰のことか瞬時に悟った。「本当か？　ペッパー・プレスコットが遺産を手に入れるために舞い戻ったんだな」

「さあ、それはどうかな」

商売人のラッセルは、もっとも重要な話を単刀直入に切りだした。「彼女は牧場を売却したがっているのか？」

「さあね」

「もしそうなら、わが家が一番に買い手に名乗りをあげるぞ。彼女だって承知しているはずだ。なにしろ――」ラッセルはようやくダンの返事に気づいて口ごもった。「いったいどういうことだ？　彼女が遺産を相続しに駆けつけたかどうかわからないのか？　それが彼女の戻ってきた理由なんだろう？」

「ペッパーはここに来るまで、ミセス・ドレイスが亡くなったことを知らなかったんだ」

「本人がそう言ったのか？」ラッセルの口調はあからさまに批判的だった。「きっと嘘をついているに決まっているさ」

「真実と嘘を見極める目は確かだよ」

電話の向こうで沈黙が流れると、無精ひげの生えた顎をこする父親の姿がダンの脳裏に浮かんだ。父は息子がどんな任務を行っていたのか知らない。嘘を見抜くダンの洞察力は軍で培われたものだった。父はぼくがミセス・ドレイスの牧場にいる真の理由もわからず、明らかに息子の変化に戸惑っている。それに対しては申し訳なく思うが、これまで目撃した出来事や自分のしてきた行為のせいで、復讐心以外が消えてしまった――ゆうべ、無関心なペッパーに猛烈な怒りを覚え、彼女のキスに熱い欲望を覚えるまでは。

「遺産相続のために戻ってきたわけじゃないなら、彼女はどうして現れたんだ?」ラッセルは尋ねた。

鶏がコッコッと鳴きながら中庭の地面を突き、地虫をついばんでは不満げな声をあげた。

「さあ」だが、ダンはその答えを突きとめるつもりだった。

「あの娘のことだから、なにかトラブルが原因だろう」

「ああ」確かにペッパーはトラブルの種だ。再会したとたん、ぼくは彼女を押し倒し、唇を奪うという失態をしでかした。そのうえ困ったことに、彼女もキスを返してきた。ぼくはペッパーが寝る前にシャワーを浴びる音を聞きながら、全裸の彼女を想像せずにはいられなかった。そのうえ、ペッパーとベッドにもぐりこみ、彼女を忘れるために利用した女性たちから学んだテクニックを披露したくなった。まったく、まさにトラブル以外のなにものでもない。

ラッセルは慎重な声になった。「彼女と一緒にいて大丈夫なのか?」

「もちろん」

「そこはペッパーの牧場だ。彼女に任せておけばいい」

「確かにペッパーの牧場かもしれないが、彼女ひとりではやっていけないよ」

「そんなことは言っていない。だが、彼女だって馬の世話ぐらいできるだろう。おまえはうちからそこに通って手伝えばいいじゃないか」ラッセルは熱心に言った。「さっさと家に帰ってこい」

父親から帰ってきてほしいと思われていると知って、ダンはうれしかった。だが、ぼくがティーンエージャーの頃、親子の折りあいが悪かったことをころりと忘れているなんて、いかにも父親らしい。今でも、ぼくたちは別々に暮らしたほうが仲がいいくらいなのに。

それは父が物知りのせいだ。父はぼくに顔や腹部の傷の治療法についてアドバイスしてきただけでなく、軍隊で稼いだ金をどう投資すべきか、どのトラックを買うべきかにまで口を出した。おまけに、息子にもっともふさわしい結婚相手まで見つけてきた。だからぼくは、ミセス・ドレイスを手伝うという口実で彼女の家に転がりこんだ。実際、ぼくが出ていかなかったら、頑固者同士の親子は殴りあいの喧嘩をしていただろう。

それでも、ぼくたち親子は愛しあっている。だから、ダンは言った。「家にはまだ戻れないよ、父さん。多分、もう少し経たないと無理だ。しばらく様子を見よう」

サムソンが馬房の脇から頭を突きだし、携帯電話に向かって鼻を鳴らすと、送話口に息を吹きかけた。

「今のはなんの音だ?」ラッセルが怒鳴った。

「サムソンさ」ダンは馬の鼻筋をこすってやった。

ラッセルの声が不機嫌になった。「おまえがなんであの根性の曲がったでかい去勢馬に乗るのか、さっぱりわからん。あいつは手間がかかってしょうがないのに」

「こいつを見ると、父さんを思い出すんだよ」ダンはサムソンのブラウンの瞳を覗きこんだ。サムソンはダンを見つめ返してから、彼の手に鼻面を押しつけた。

「まったくつまらん冗談だ。それはそうと、今朝、子牛に焼印を押したんだってな」

その情報はすぐにラッセルに伝わったらしい。「生活費を稼がないといけないからね」

「それは心配ないさ」ラッセルはやや不安に駆られたのか、ペッパーのことに話題を戻した。

「なあ、またあの小娘に引っかかるんじゃないぞ」

「心配は無用だよ、父さん。ペッパーのことはちゃんと対処できるから」

「まさか、もうつかまったんじゃないだろうな？」ひょっとすると、父はぼくのことを本人以上に理解しているのかもしれない。

「父さん、ぼくは彼女にずっとつかまったままなんだよ」ラッセルがまくしたてるのもおかまいなしに、ダンは電話を切った。

最後にもう一度サムソンを掻《か》いてやってから、ダウンのベストを着てシャツの下の拳銃《けんじゅう》とホルスターのふくらみを隠し、さわやかな早朝の空気へと踏みだした。筋肉の凝りをほぐしながら、雄大な渓谷を——自分の故郷を——見渡す。

父親の家は見えない。ダンの実家はここから何キロも離れた渓谷の反対側にあり、両家の希望どおり、お互いが視界に入ることはなかった。昔から野心的だったグラハム家は三つの区間の連邦権を所有し、別の三区画で牧場を営みながら豊かな暮らしをしてきた。一方、ドレイス家の人々は、ラッセルに言わせると役立たずで、青々とした一区画の牧草地も満足に活用していなかった。跡取りのいないミスター・ドレイスが妻を残して亡くなったとき、ラッセルは小躍りした。ミセス・ドレイスが土地を売り渡してくれると思ったからだ。

ミセス・ドレイスがそれをにべもなく断ったときの騒動を、ダンはよく覚えている。率直な彼女は、〝自分の庭を手放して、商店主や、きこりや、ごろつきに囲まれて町で暮らす気は毛頭ない〟ときっぱりはねつけた。ミセス・ドレイスは自宅を売却せず、彼女とラッセルはしぶしぶ理解しあうようになった。そして、ダンの家族はミセス・ドレイスの牧場を手伝う代わりに多額の利益を手にし、彼女は自宅に住み続けて庭の手入れに精を出した。

ミセス・ドレイスは自分が心臓病を患っていることを知っていたのかもしれないな、とダンは思った。亡くなる前、彼女は自宅や納屋を荒れるがままに任せ、愛する庭にだけ専念していた。ポーチに腰かけて一緒に夕暮れを眺めていたとき、彼女は一度だけペッパーのことを口にし、あの子に会いたいと漏らした。ペッパーがここで暮らしていたときにしたことを思い出し、今頃なにをしているのだろうと想像しながら。彼女はペッパーの子供時代にも考えをめぐらせ、それが非行に走った原因だと推察していた。ミセス・ドレイスはダンの知らないことをなにひとつ話さなかったが、逃げだした少女について彼女が愛情深く語るのが、彼は気に入らなかった。

ペッパーは帰ってくるべきだった。彼女はミセス・ドレイスが会いたがっていたことをわかっていたはずだ。

この春先から、ダンは壁の汚れを落としてペンキを塗ったり、フェンスを修理したり、花壇の雑草を引き抜いたりしてきた。時折、庭がちらっと目に入ると、ミセス・ドレイスが大きな帽子のつばをそよ風にはためかせながら、腰に手を当ててまっすぐ体を起こす姿が見えるような気がした。

これまで任務中に何度も人が死ぬ場面を目の当たりにしてきたせいで、ぼくは死を人生の一部として受け入れるようになった。だが、ミセス・ドレイスが亡くなったことはいまだに信じられない。故郷に戻ってきたとき、孤独を必要とするぼくの気持ちを唯一理解してくれたのが彼女だった。

そんな彼女も、ぼくが復讐を渇望していることには気づかなかった。

ミセス・ドレイスの死後、ダンはジャッフェ大佐を牧場に招いた。色白でずんぐりしたジャッフェ大佐は組織運営に長《た》け、並外れた分析力で敵の動向を察知する事務方だ。戦場同様、大佐は牧場でも場違いに見えた。だが、ダンにはある目的があった。大佐をふたつの牧場に案内して孤立した険しい地形を印象づけると、その日の晩、ミセス・ドレイスの自宅のキッチンでふたりぶんのスコッチの水割りを作り、自分の立てた計画を提案した。

ダンはジャッフェ大佐にスコッチを手渡した。「大佐、ぼくは対テロリスト特殊部隊でもっとも優秀な兵士でしょうか？」

大佐は驚いた顔をしてから、慎重に答えた。「ああ、きみの右に出る者はない。パープルハート勲章の授与にも値すると思うが、きみも承知のとおり、それは実現しないだろう」

「勲章なんてどうでもいいんです。ぼくは陸軍でさまざまなことを学びました。独自にものを考える力や、名誉を。戦ったり、命をかけたりする価値のあるものとはなにかを」リビングルームへと先導しながら、ダンは切りだした。「ずっと考えていたんですが、ぼくは死んだ状態に甘んずることができそうにありません」

ジャッフェ大佐はすぐあとについてきた。「中尉、きみにはほかの選択肢はない。なにしろ、シュスターのひとり息子を白兵戦で殺したんだからな。きみの死亡情報を流して周囲を信じこませなければ、シュスターはきみを殺すまで決して満足しないだろう」

ダンは大佐に揺り椅子をすすめた。「ええ、それはよくわかっています」自分もソファに座り、水割りに口をつけ、相手の言葉を待った。

ジャッフェ大佐はアフガン編みの毛布をかけて丸々とした膝をしっかりと包んでから、ダンの目を見据えた。「自分が生きていることをシュスターに知らせたいのか？」

「この六年間、シュスターはわれわれの前に姿を現してはいませんが、数多くの爆撃を指示してきました。あの男を隠れ家からおびきだす方法はたったひとつしかありません。われわれの陣地にあいつを誘いだす唯一の方法は……」ダンは大佐の関心をかきたてるように、わざと言葉を濁した。

「きみだ。そして、きみもあいつに借りがある」ジャッフェ大佐はグラスの縁をこすり、やがてわれに返ったのか首を振った。「あまりにも危険すぎる。きみを餌に罠《わな》をしかけることは可能だが、それを成功させるには、きみが護衛をつけずにここにひとりでいるか、敵とかなり接近しなければならない」

「ぼくはもともと、この家にひとりで暮らしています」ダンは指摘した。「それに故郷に戻って以来、人づきあいはしていません。カウボーイがたまに訪ねてきますが、ぼく自身は町に顔を出しません。ですから、これまでの習慣や生活を変える必要がないんです」

ジャッフェ大佐は乗り気に見えたが、立場上、反対せざるをえなかった。「この牧場はきみのものではないんだろう。新たな所有者が現れて、すぐに相続したいと言いだしたらどうするつもりだ？」

「相続人の女性には連絡を取ろうとしましたが、見つかりませんでした」ダンはペッパー・プレスコットを見つけたかった。あれ以来、どうしているのか無性に気になっていたからだ。だが彼女や、ぼくの好奇心は、ひとまず棚上げにしておけばいい。「ぼくは彼女に遺産のことを知らせようとしました。ですから、訴えられる恐れはありません。作戦が終了したら、どうにか彼女を捜しだして牧場をさしだしますよ」

「牧場じゃなくて、シュスターに破壊し尽くされた荒れ地をだろう！」ジャッフェ大佐は椅子の肘掛けを叩いた。「ダン、無茶なことを言うな。こんな作戦は成功しない。あまりにも無謀すぎる。きみは本当に殺されるぞ」

ダンは身を乗りだした。「丘の上に石造りの山小屋があるんです。あそこなら武器を持ちこめます」

「そうかもしれないが、実行する気はない」

「今のところ、シュスターが発見される見込みはないんでしょう？」ダンは大佐の沈黙を答えと受けとった。「手段を選ばずにあの男をとらえなければならないという状況に至るまで、あと何人のアメリカ人が殺されなければならないんですか？　あと何人の子供たちが犠牲にならなければいけないんです？　あとどれだけ、あいつが恐怖や怒りを生みだせばいいんですか？」

ジャッフェ大佐はスコッチをひと口飲んだ。

「ぼくが生き残って除隊し、アイダホの山地で護衛もつけずに悠々とひとり暮らしをしているという噂が、あいつの耳に入ったら……」

大佐の口にゆっくりと笑みが浮かんだ。「きみの息の根を止めに来るだろうな」

「シュスターは自らやってくるはずです」ブラウンの髪にブルーの目をした長身のアナー・シュスターは、気さくにほほえむ誠実そうな物腰の男だ。そして、ダンが無性に会いたい人物だった。なんとしても、あの男をとらえて殺したい。

シュスターに命を奪われた罪もない人々のために。

あのかわいい少女のために。

「シュスターは、息子がぼくに負けたことを世間に知られたくないはず――」

ジャッフェ大佐は鼻を鳴らした。「〝息子が殺されたことを〟だろう」

「ええ、おっしゃるとおりです。たとえその話が外部に漏れなかったとしても、息子が死んだのにぼくは生き残ったと知ったら、あいつは胸をかきむしられる思いでしょうね」

「確かにシュスターをつかまえられるかもしれない。ただ、同時にきみの命を救えるかどうかは不確実だ」

「危険は承知の上です」万事うまくいったとして、生きのびられる確率はせいぜい五割だろう。「少しは信用してください。ぼくは精鋭の兵士です。これまでだって、死んでもおかしくない戦いから何度も生還しました」

「きみは運がいいという評判だが、その幸運は尽きかけている。このあいだは危うく命を落とすところだったじゃないか」

ダンはこみあげる自信を押し殺し、計画の詳細について語りだした。「大佐、ぼくが生きていることをシュスターに知らせてください。あいつの部下に情報をつかませるんです」

「それなら可能だ」

グラスを持ちあげて、ダンは言った。「そうでしょうね」

ジャッフェ大佐は映っていないテレビ画面を凝視して、歯切れのいい声で言った。「シュスターの手先はわれわれの居場所や動向を事前につかみ、わたしの部下をひとりずつ狙《ねら》い撃ちしている」

それは初耳だったが、ダンはその情報から正しい結論を導きだした。「連中はわが軍の裏切り者から情報を得ているんですね」

「ああ」

「どうか、ぼくをおとりに使ってください」

「わかった」ジャッフェ大佐の頭がめまぐるしく回転し始めた。「作戦開始は約一カ月後だ。ひそかに武器や弾薬を運びこみ、警報装置を敷地に設置するのにそれぐらいはかかる。町や牧場に援護も配備しなければならない」

「時々、町に流れ者がやってくるんです。芸術家や、新鮮な山の空気を好む人間が。兵士を何人か派遣して、ホテルに滞在させればいいですよ」

ジャッフェ大佐はダンが以前所属していた部隊のメンバーをふたりあげた。「ワグナーとヤーネルにしよう。きみが復活したと聞いたら、あいつらは仰天するぞ」

「牧場の援護はソニー・ミドラーに任せましょう。入隊する前、あいつはコロラド州のカウボーイだったんです。おしゃべりな男ですが、射撃の腕前は確かです。自分の背後を守ってもらうなら、あいつに勝る者はいません。ぼくはソニーを牛の世話に雇います。あいつなら牧場にすんなり溶けこむでしょう」ダンはにやりとした。「気の毒なやつだ。牧場から逃げだすために入隊したのに」

ジャッフェ大佐は疲れの見えるブラウンの目を細めた。「きみはずいぶん前から、この作戦を考えていたようだな」

「退院して以来、回復に費やした時間はつらくて退屈でしたからね。自己憐憫《れんびん》にひたるか、計画を立てるかしかなかったんです」ダンは冷笑を浮かべてグラスを傾けた。スコッチが喉を焦がしながら滑り落ちる。「だから計画を立てたんですよ」

6

ダンは大股で小道をたどった。下見板張りの白い母屋が渓谷と山脈を背景にして、小山の上に立っている。芝生を囲む背の高い檜《ひのき》は、冬は防風林の役目を果たし、夏は日陰を作った。その母屋のなかで、ペッパーが以前使っていたベッドルームで眠っている。

ダンの全身が欲求不満で燃えあがった。焦燥感と欲望、彼女を支配したいという衝動で。九年前とまったく変わらないな。ティーンエージャーの頃、ぼくはこの辺りの三つの渓谷で一番のプレイボーイだった。クールな車に乗り、ロデオ大会に出場するたびに優勝して、人気者の女の子たちとベッドをともにした。おまけに、なにをやっても上手にこなした。車の運転も、ロデオも、セックスも。当然、ぼくはみんなからたまらなく魅力的だと思われていた。

ペッパーがこの町に現れるまでは。

ダンはポーチで足を止めると、帽子掛けにカウボーイハットを引っかけ、ブーツを脱いだ。清潔なキッチンの床に泥の足跡をつけることを、ミセス・ドレイスから禁じられたからだ。自分でモップがけをするようになった今、彼女の良識に感謝せざるをえなかった。裸足《はだし》でキッチンに立ち、ダンは沈黙に耳を澄ました。ペッパーはぼくの目を盗んで逃げだしたのだろうか?

いや、それはありえない。たとえペッパーがぼくを殺しに来たわけではなかったとしても、今や遺産があるのだから。造園の仕事でどの程度成功しているのかは不明だが、この牧場に熱心な買い手がいるとすれば――いや、確実にいる――立ち去るのは愚かだ。

バスルームに入り、手と顔を洗ってから顔をあげ、戸口にペッパーが立っていると予想して振り返った。だが、家のなかは息が詰まりそうなほど静まり返っていた。

バスルームとペッパーのベッドルームを隔てる壁にてのひらを当てると、彼女の気配を感じとれそうな気がした。この壁の向こうにペッパーがいる。彼女の存在によって、今日という日のすべてが特別に感じられた。ペッパーがこうして戻ってきた今、ぼくが望むのは、復讐や、満足感や、弁明や、過去の清算や……。くそっ、自分でもなにを望んでいるのかわからない。ただ、彼女はそれを与えてくれるはずだ。ぼくに借りがあるのだから。大きな借りが。

ダンはペッパーのベッドルームに入り、素朴なシングルベッドに横たわる彼女の姿を見おろした。

ペッパーは仰向けで熟睡していた。開いた片手を壁のほうに投げだし、もう片方の手に頬をのせて。身につけているのは、かつてこの家で暮らしていたときに残していった長袖の白いナイトガウンだ。上掛けは腰の辺りまで押しさげられていた。彼女はふっくらした唇を開き、深く息をしている。そのかすかな寝息に、ダンは警戒心を解き、彼女の耳の上に手をさまよわせた。昨日より顔色がよくなった。枕の筋がついた頰に赤みがさしている。黒髪は寝癖がついて、ひどい有様だった。それでも彼女は魅力的だ。こちらの警戒心を失わせるほどに。

そして純真に見えた。

この五日間で初めて熟睡したペッパーは、目覚めたとたん、長身の男性に見おろされていることに気づいた。自分がどこにいるのか、その男性が誰かもわからない。唯一思い出せたのは、誰かに命を狙われていることだけだ。

とっさに防御の構えを取り、男性の股間めがけてパンチをくりだした。

相手はかろうじて攻撃をかわしたが、腿を拳《こぶし》で殴られて、大声で悪態をついた。その瞬間、ペッパーは彼が誰かわかった。

ダンだわ。そして、ここはミセス・ドレイスの家。

わたしは安全なのよ。

彼女はダンを見あげた。まるで獰猛《どうもう》な戦士ね。

どうかこの身が安全でありますように。せめて、彼や、自分自身からは。

ものすごい勢いで打っていた鼓動が、わずかに速度を落とした。

「いったいどういうつもりだ？」ダンは低くささやくようにつぶやいたが、彼女はその無頓《むとん》着《ちゃく》な態度をうのみにしなかった。「きみはグラハム家の子孫を根絶やしにするところだったぞ」

ペッパーはかっとなって片肘を突いた。「あなたのほうこそ、わたしが寝ているあいだに部屋に入ってくるなんて、いったいどういうつもり?」

「ハニー、そうでなければ、きみが起きているときにこの部屋に入ることになる。その場合、結果はまったく違っただろうね」ダンはブルーのデニムのシャツに、色褪《あ》せたグリーンの迷彩柄のベストを重ね着していた。引き締まった腰を覆うのは作業用のジーンズだ。ゆうべよりすてきだわ。それは多くを物語っている。ゆうべの彼は優しいと言ってもいいくらいだった。でも、今日はろくでなしだ。長身で体格のいいハンサムなろくでなし。

ペッパーはぴしゃりと言った。「そんなことにはならないわ、絶対に」ダンになんと言われようと、彼のキスが寒い日のホットチョコレートのように甘く感じられようと、彼を見ただけで胸が締めつけられようと……。決してベッドはともにしない。彼とは一度寝たことがある。もう二度と、同じ過ちを犯して苦しみたくない。「あなたのせいで死ぬほどびっくりしたわ」そう認めたことを打ち消すように尋ねる。「ここでなにをしているの?」一〇年前の映画のポスターが飾られた、明るい日差しがさしこむ、わたしのベッドルームで。

ダンは彼女の古いフランネルのナイトガウンをしげしげと眺めた。それは、セントラルヒーティングが取りつけられなかった家で過酷な冬を過ごす人のためにデザインされたものだった。彼は無表情のままだが、おもしろがっているようだ。

別にかまうもんですか。勝手におもしろがっていればいいわ。わたしはこの牧場で暮らしていた頃、家のまわりの雪がすっかり溶けたとたん、窓を開け放って眠った。都会にはびこる恐怖から解放され、自由を謳歌《おうか》して。彼にこのナイトガウンを見られたからといって、今さらその習慣を変える気はないわ。

ダンの顔に浮かんでいたユーモアのかけらが消えた。「きみがこっそり逃げだしたかと思ったんだよ」

「そんなこと、無理に決まっているでしょう」ペッパーは思わず唇を噛んだ。ここまで歩いてきたことを彼に思い出させるつもりはなかったのに。

「ああ、そうか、きみは車を持っていなかったね」彼は穏やかに言った。「今日、車を牽引したほうがいいな」

ペッパーはコロラド州で買ったポンコツ車から自分の痕跡《こんせき》をいっさい消し去ったあと、後部座席からバックパックをつかんで肩にかけ、一番高い山のひとけのない道から車を突き落とした。あそこに引き返すつもりは毛頭ない。「無理よ。車は崖《がけ》から落ちたの」

彼の体が凍りついた。「道路脇に突っこんだんじゃなかったのか?」

「そうよ。かなり高地の道路だったの」

「でも、崖だったんだろう。どうやって車から脱出したんだ?」

彼がなんとか納得してくれれば……。「飛びおりたのよ」

明らかに癇癪を抑えている声で、ダンは尋ねた。「どうして道路から外れたんだ? 居眠りしていたのか？」

どうにか説明しなければ。「ええ、多分そうだわ」

「どうして車を停めて休憩しなかったんだ？　山道がどれほど危険かわかっているだろう」ダークブラウンの瞳を黒く陰らせ、まるでペッパーのことを気にかけているように、ダンは叱った。

彼が無関心だったらよかったのに。「一刻も早く到着したくて焦っていたの」

「どの道を通ったんだ？」

「さあ」彼女はあいまいに応えた。「砂利道で風が強かったことしか覚えていないわ」

「でも、ここには問題なくたどり着いたわけだ」ダンは威嚇するようにペッパーのほうへ身をかがめ、尋問するのに慣れた様子で厳しく追及し始めた。「きっと、きみは自分の居場所を把握していたんだな」

ああ、もう黙ってちょうだい。「斜面をくだっていたら、ここにたどり着いたのよ」

長い沈黙のあと、彼は言った。「運がよかったな」

「ええ、とても」ペッパーは唇を噛み、愚かでか弱い女性を懸命に演じた。「怖くてたまらなかったから、記憶がぼんやりしているの」

ダンはさらに身をかがめてペッパーの両脇のマットレスに拳を突き、彼女の瞳を覗きこんだ。彼女の演技を真に受けていない様子で。「きみが嘘をついている気がするのはなぜだろう？」

それはわたしが嘘をついているからよ。か弱い女性の演技を見抜きながら、冷静に対処できるなんて、いったいどういう人なの？　そんなことができるのは、わたしを知り尽くしているダンしかいない。

ペッパーはダンをまっすぐに見据え、彼が発散する熱や懐かしい香りを無視して、これほど接近していても動じないふりをした。「あなたはここにいる必要があるの？」

彼はさっと身を起こし、ドレッサーへと移動した。「ここって？　きみのベッドルームのことか？　それとも、この牧場のことか？」

「わたしがなにを言いたいか、わかっているくせに。ええ、牧場のことよ」彼には本当にいらいらさせられる。「ミセス・ドレイスはこの牧場をわたしに遺したんでしょう」

「きみはそれを相続しに戻ってきたと言ったね」

ペッパーはまだ寝起きでぼんやりしていたが、ゆうべダンからミセス・ドレイスの死を告げられたことを思い出した。彼はわたしがここに到着するまで相続について知らなかったことを、お見通しのはずだ。疲労と反抗心からばかな嘘をついたせいで、前言を撤回して最初からやり直す羽目になってしまった。「ここに来るまで相続のことは知らなかったわ。あんなことを言ったのは――」

「攻撃されると、必ず相手に食ってかかるからだろう。きみはいつだって相手に最悪の印象を与えようとするからな」

ペッパーは肩を怒らせ、わたしはもうあなたの知っている短気な不良少女ではないと反論しようとした。「いいえ、もうそんなことはしないわ！」

「ゆうべはしたじゃないか」

「ゆうべは……動揺していたからよ。彼女が亡くなったと知らされて……ああ、今でも信じられない」少なくとも、それは真実だった。不意に目が潤んで喉が詰まり、ペッパーの頰を涙がこぼれ落ちた。

まるで女性の涙には慣れているかのように、ダンは落ち着いた様子でドレッサーからティッシュを取ってペッパーに手渡した。

悲しみや後悔の念に打ちのめされ、彼女は即座に泣きやむことができなかった。それでも、感傷にひたるまいとした。なぜ、よりによってダンの目の前で泣き崩れてしまったの？　わたしは過去の人生の断片から生みだした女性に――冷淡で論理的な野心家に戻らなければ。

ペッパーは平静を取り戻すと、頰を拭いて洟《はな》をかんだ。「ごめんなさい。話題を変えるつもりはなかったの」ダンの目を見ようとしたものの、顎より上に視線を向けられなかった。

「わたしはもう相手に最悪の印象を与えようとはしないわ。昔のわたしとは違うのよ」

「人は変わらないものだ」

ダンの淡々とした言葉に、彼女は遠慮を忘れて目を合わせた。

確か、彼は陸軍に所属していたと言っていた。つまり軍人だったわけだ。配属先はどこだろう？　指揮官は誰かしら？

ジェニファー・ネイピア将軍とは面識があるの？

ペッパーは気分が悪くなった。

ダンはネイピア将軍の指揮下にいたのかしら？　わたしのように将軍を盲目的に崇拝していたの？　わたしが殺人容疑をかけられたら、彼はどんな目でわたしを見るのだろう？　ダンはネイピア将軍の命令に従って、わたしを警察に引き渡すの？

そんな質問をする勇気はなかった。ダンの人生にはかかわりたくないし、それ以上に彼からも干渉されたくない。

ふと、将軍が好んで使う言葉が頭に浮かんだ。〝防御するのではなく攻撃せよ！〟いいアドバイスだわ。「あなたは変わったわね」

彼は小首を傾《かし》げた。「ああ、みんなからそう言われるよ」

確かにダンは変わった。以前の彼は傲慢《ごうまん》な若者で、悠然と歩きながらセクシーな魅力を振りまき、アダムス郡の全女性の視線を釘《くぎ》づけにした。太陽や月や北風を支配するようなダン・グラハムの立ち居ふるまいに、年齢を問わず、すべての女性が目を留めたものだ。

今や、ダンの物腰は変わった。背後からの襲撃を予期するように常に忍び足で、警戒を怠らない。それは自分の身を守る能力を備えた男性の歩き方だった。実際、そういう経験もあるのだろう。無表情なブロンズ色の顔の裏には、彼の魂の光をすべて吸いとった漆黒の深い闇が感じとれた。

ダンは自分の周囲やペッパーに男性的な注意を払っていた。とりわけ彼女に対して。ペッパーがそばにいることに満足した様子のダンを見て、彼女の胸に疑問が芽生え……。「ミセス・ドレイスが亡くなったあと、どうやってわたしを捜したの？」

「きみの最新の住所に手紙を出した」

「わたしは引っ越したのよ」

「ずいぶん頻繁に引っ越したんだな」

ジョージタウンでの出来事は、この牧場にたどり着くまで、ペッパーの頭から片時も離れなかった。わたしはサイン会でネイピア将軍に自分の生い立ちを語った。テキサス出身の孤児であることも、両親が罪を犯したことも。その情報と、うっかり落としてしまった〝ジャッキー・ポーターへ〟と偽名の書かれたサイン本があれば、将軍はわたしの足取りをつかめるだろう。

確か、将軍の格言に〝徹底的に努力すること〟という言葉があった。

遅かれ早かれ、将軍は手がかりをもとにここへやってくる。ダイヤモンドのこの牧場へ。わたしが隠した痕跡をダンが掘り返したら、その時期はもっと早まるはずだ。「わたしが住んでいた場所に、片っ端から手紙を出したの？　警察には届けたの？　インターネットでも検索したの？」

「きみの手がかりはまったく得られなかった。インターネットを使っても。それに、警察は極めて非協力的だったよ。発見されたくないと思っている行方不明者を捜すことには興味がないらしい」

「最後にわたしを捜したのはいつ？」

「数カ月前だ」

ペッパーはわずかに肩の力を抜いた。わたしはこれまでいくつもの偽名を使ってきた。ダンがダイヤモンドからワシントンDCまでわたしの足取りをつかめなかったのなら、ネイピア将軍がワシントンDCからダイヤモンドまでのわたしの逃走経路をたどるのは時間がかかるはずだ。これからはニュースを見て、あの女に関する報道があるかどうか確かめなければ。彼女は母国を裏切った。そしてジャッキー・ポーター同様、将軍を崇拝し、あの書店の列に並んだ人々を裏切ったのだ。

田舎についても調べて潜伏場所を見つけよう。デンヴァーのインターネットカフェから送信したEメールが捜査当局に届かなかった場合に備えて、自分の身を守る方法を考える必要がある。

ペッパーはごくりと唾をのんだ。わたしは果たして正しい相手にメールを送ったのだろうか？　ヴァーガス上院議員はわたしを覚えていてくれるかしら？　上院議員のタウンハウスの造園を手がけたのは一年以上前のことになる。彼は好人物で、わたしの仕事の出来を心から喜んでくれたけれど、この一年のあいだに大勢の人々と出会ったはずだ。

それに上院議員がメールに目を通したとしても、本当に信じてくれるだろうか？　わたしは自分の身のみならず国家の安全も案じていることを伝え、国家安全保障における高官レベルの売国行為を摘発した。それを知らせる相手として、彼は適任だったのかしら？　わたしは一介の造園家で、政府や、官庁や、警察とはいっさいかかわらないようにして人生の大半を過ごしてきたし、この手のことにどう対処すればいいのかまったくわからない。将軍が逮捕されるまで、わたしの心が安らぐことは決してない。そして世界のどこかで爆撃が起こるたび、ジェニファー・ネイピア将軍が関与しているかもしれないと思わずにはいられないだろう。

なんとしても、ダンをこの牧場から追い払わなければ。もう好意は抱いていないとしても、彼が殺されて良心の呵責《かしゃく》を覚えるような事態には陥りたくない。

ナイトガウンの裾を引っ張ってヒップを隠すと、ペッパーはベッドから抜けだした。動くたびに骨が悲鳴をあげる。ゆうべは凍えるような寒空の下、重いバックパックを背負って六時間も砂利道をくだり、ポーチの収納箱にバックパックを隠した。その無理がたたって体の節々が痛む。あと一二時間ぐらい眠れそうだわ。でも、もうじっと寝てはいられない。自分の身や、この牧場や、ダンを守るための計画を立てなければ。

ダンは医師のように冷静な目でペッパーを観察していたが、彼女のぎこちない動作についてはなにも言わなかった。「親父はきみが死んだと思っていたよ」

「そうでしょうね」ラッセル・グラハムはペッパーが息子とデートすることを快く思わず、それを態度ではっきり示したものだ。クローゼットの扉を開けて、彼女はなかに吊るされた服を眺めた。九年前に捨てた服を。作業用のフランネルのシャツとジーンズ。通学用のスパンコールのついたトップスとタイトジーンズ。そして、確実にダンの気をそそる、ぴったりしたTシャツと、ローカットのジーンズと、セクシーなライトブルーのキャミソール。

「ぼくはきみが身を潜めているとわかっていたから、再び顔を出すのを待ち構えていた」

彼女はくるりと振り向いてダンをにらんだ。「わたしは巣穴からひょっこり顔を出して春の到来を告げるマーモットじゃないのよ」

彼はペッパーの頭のてっぺんから足の爪先まで視線を走らせた。だが、いやらしい目つきではなかった。

それでも、ペッパーは気がつくと片足をもう片方の足にのせていた。ナイトガウンは厚地のフランネルで透けないものの、ガウンの下にはなにも着ていなかったからだ。

ダンはそれを承知しているようだ。そしてペッパーが服を着ていようといまいと、ベッドの上掛けに覆われていようと、両足で立っていようと、かまわない様子で見とれている。かつて、彼はよくそういうまなざしでペッパーを見つめていた。どんな脅威や障害からも守ってもらえると彼女に感じさせるまなざしで。死の淵《ふち》に立たされた女性にとって、その幻想は抗いがたいほど魅力的だった。

「ああ、ぼくはきみをマーモットにたとえたことなんてないよ」

両親に捨てられて以来、何年にもわたって学んできたことを忘れないうちに、この男性をどうにかしなければ。

わたしに忠誠心を抱き、守ってくれる人なんてこの世には存在しない。誰ひとり信頼することはできない。

それはネイピア将軍の信条ではなく、ペッパーの持論だった。それをほんの束《つか》の間忘れたせいで、わたしは窮地に陥ってしまった。

ただ、ネイピア将軍が裏切り者であろうと、そのアドバイスは今も有効だ。〝決断力を持て〟と彼女は言っていた。ペッパーはダンに向き直ってドアを指さした。「出ていって！　あなたがここにいる必要はないわ。もう出ていってちょうだい」

「ぼくはミセス・ドレイスの生前からこの牧場を管理してきた。そして、彼女の死後もそれを続けている。きみに引き渡す前に、なにも問題が起こらないよう監督する責任があるからね」

ペッパーはいらだち、焦燥感に駆られた。ダンを追い払いたい。彼がいなくなれば、この土地と自分の身を守るための計画が立てられる。「わたしは自分ですべてこなせるわ。以前ここに住んでいたんだから」

純粋な驚きの表情が、彼の顔によぎった。「本当かい？　牧場の仕事をひとりで行うのは、誰にも不可能だと思うが」

やはりダンのことは信用ならない。彼は次々に仮面をつけ替えているようで、どの表情も本心を映していなかった。

「ぼくは牛や鶏の世話と庭仕事をするのに精一杯で、重労働に関してはカウボーイの手を借りている」

そうだった。牧場の仕事がどれほど骨の折れる重労働か、すっかり忘れていたわ。夏場はフェンスの修理や牛追いに明け暮れ、その合間に庭仕事をしようとしたものだ。彼女はクローゼットからジーンズを取りだした。「あなたは自分の家に戻って、ここまで車で通うこともできるでしょう？」

「砂利道を？」腕組みをしたダンは、ラシュモア山に刻まれた頭像のようにいかめしく不動に見えた。「それには一時間かかる。ぼくは一日に二時間も無駄にするほど暇じゃない」

ペッパーがミセス・ドレイスと一緒に暮らしていた頃、ふたりにもみんなにも、山ほど仕事があった。いつも遠くに牛の世話をするカウボーイの姿が見えた。ダンもよくそのなかに混じって働いていた。それ以外のときは、ペッパーのジーンズを脱がそうと躍起になっていたけれど。

彼女は居心地悪くなって身じろぎをした。両手で持ったダークブルーのジーンズをじっと見つめてから、ダンに胸のうちを見透かされそうな気がしてジーンズを背後に隠す。

「でも、きみが町に行って弁護士と会い、書類に署名をするなら、ぼくは出ていくよ」

ずばり弱みを見抜かれてしまった。「そんなことできないわ」

彼は片方の眉を吊りあげた。「できないだって？」

ええ、できないわ。戻ってきたことは誰にも知られたくない。もちろん、書類にも署名したくない。本名でも、偽名でも。今までは運がよかった。空港で観たCNNで、オットー・ビヤークの死が短く報道されたが、殺人犯の正体はまだ不明だとレポーターは言っていた。その意味を熟考した結果、わたしが逮捕されることをネイピア将軍は望んでいないという結論に達した。将軍がわたしの証言を恐れていることに疑問の余地はない。きっと、彼女は自らわたしの捜索を行っているか、テロリストの仲間に協力をあおいでいるはずだ。それはさらなる危険を意味する。でも、ダンはわたしがどれほど深刻な問題に巻きこまれているか知らない。

ペッパーは寒々とした絶望感に襲われた。このまま一生こっそりと暮らすことになるのだろうか――いつ殺されてもおかしくない短い一生を。「腰を落ち着けて、この土地をどうするか決めるまで、どのくらいかかるかわからないわ。牧場を相続するのは、もう少しあとでもいいんでしょう？」

「ああ、大丈夫だと思うよ」

「あなたが……ここにいたいのなら、わたしはかまわないわよ」

ダンのもう片方の眉が吊りあがった。明らかに、そんな陳腐な懇願では満足しないようだ。

ペッパーは喉を詰まらせそうになりながら言った。「わたしが自力でやっていけるようになるまで、あなたがここにいてくれたら本当にありがたいわ」

「高地に牛を移動させるまでならかまわない。多分、二週間程度だな」

二週間。ネイピア将軍や、彼女の手下や、賞金稼ぎの人間が二週間現れなければ、ダンの身は安全だ。「それなら大丈夫よ」ぜひ、そうであってほしい。

ダンは顎を指でこすり、考えこむように彼女を見据えた。「ペッパー、なにかぼくに話したいことがあるんじゃないか？」

彼女はダンを見つめ返した。長身で魅力的な彼を。

ダンに問題をゆだねれば……どうにか解決してくれるだろう。きっと彼はわたしの話を信じてくれるはずだ。わたしが不良少女だったことや、一緒にマッコールのコンビニエンスストアからビールを盗んだことは思い出さずに。わたしがダイヤモンドを立ち去ったあと、頻繁に転居したことに疑問を抱いたり、犯罪や殺人に手を染めたんじゃないかと疑ったりもせずに……。

ペッパーはネイピア将軍の補佐官だった哀れなオットー・ビヤークに思いを馳《は》せた。高潔な彼は、その信条のために命を落とした。何年も自分のために尽力してきた補佐官をためらいもせずに殺害する冷酷な女によって。

ペッパーは今、そのネイピア将軍に追われている。彼女はダンに目を向けた。もしも将軍に見つかれば、彼は間が悪いときに間が悪い場所に居あわせたせいで命を落としかねない。わたしはいったいなにを考えていたの？　彼をここにいさせるなんてもってのほかだわ。

「ペッパー、いったいどうしたんだ？」ダンは彼女をじっと見つめて尋ねた。

ダイニングルームからかすかなチャイムの音がして、彼女はびくっとした。「今のはなんの音？」

ダンはベルトにつけたポケットベルを見おろしてメッセージを読み、それに話しかけるように言った。「ずいぶん遅かったな」

それはどういう意味かとペッパーが問いただそうとした矢先、私道のほうから音がした。ぱっとそちらを向くと、でこぼこの砂利道を車が走ってくる音が響いた。彼女の脳裏にぱっとある車が浮かんだ。黒塗りの長い公用車が。

緊張に身をこわばらせ、ペッパーは鋭い口調になって詰問した。「あれは誰なの？」

「どうしたんだ？　誰か訪ねてくる予定なのか？」

「いいえ！」

「きみは――」ダンのまなざしが彼女の顔に注がれた。「不安そうな顔をしている」

「そんなことないわ。でも、いったい誰なの？」

気味が悪いほど確信に満ちた声で、彼は答えた。「ぼくの父が訪ねてきただけだよ」

家の表で、車が砂利を跳ね飛ばして停まった。ドアの閉まる音がして男性の声が響いた。

「ダニー！　どこにいるんだ？」

ダンはドレッサーから離れた。「ああ、間違いなく親父だ」

「いったいなにをしに来たの？」

「きみが到着したことを父に知らせたんだ」ダンは戸口に向かった。「まったく、親父のタイミングはいつも最悪だな」

なぜあっという間にこんなことになってしまったのだろう？　ペッパーは自問した。秘密を抱えていることをダンに感づかれ、戻ってきたことをラッセル・グラハムに知られるなんて。これでは広告掲示板に自分の宣伝をでかでかと載せたも同然よ。「まだわたしの噂を広めてほしくなかったわ」

ダンは彼女のほうに振り向いて優しく言った。「まだぼくの父しか知らないよ」

キッチンの網戸がばたんと閉まり、ミスター・グラハムの声がした。「ダン？　ここにいるのか？」

あわてて駆け寄り、ペッパーはダンの腕をつかんだ。「お父さんは誰かに話したかしら？」

ダンは彼女の手を取って握りしめた。「きみのことは黙っていてほしいと親父に頼めばいいさ」

一瞬、ペッパーはダンのぬくもりに慰められた。でも、そこに安全は見いだせない。「ええ、そうね」彼女は握られていた手をさっと引いた。

「ただ、親父はぼくときみがよりを戻すんじゃないかとやきもきしている。だから、これ以上心配させても仕方ない。そのナイトガウンを着たきみは実に魅力的だが、着替えてくれないか。そうすれば、ぼくも厄介なことにならずにすむ」

「わたしがフランネルのナイトガウンを着たからといって、魅力的すぎると文句を言う男性はひとりもいないはずよ」

「いや、ぼくにとっては魅力的なんだよ」最後にもう一度、ペッパーを抱擁するように熱い視線を長々と注いでから、ダンは父を出迎えるために部屋を出て、後ろ手にドアを閉めた。

7

ペッパーが古着の詰まった引き出しを探っていると、ドア越しにミスター・グラハムの声が聞こえた。「おまえは彼女のベッドルームでいったいなにをしていたんだ?」

「ペッパーを起こしていたんだよ」ダンはそっけなく答えた。

彼女は下着とブラジャーと、『スター・ウォーズ』のダース・ヴェイダーに扮《ふん》したじゃがいものイラストが印刷されたアイダホ州のTシャツを取りだした。

「どうやって?」ミスター・グラハムの不安そうな声に、彼女はむっとした。

「ぼくの唇でだよ」

きっとドアをにらみ、ペッパーはナイトガウンを素早く脱いだ。ダンはこの会話がわたしに筒抜けだとわかっているはずだわ。

「もう彼女にキスしたのか?」ミスター・グラハムはぞっとしたように言った。

ブラジャーとショーツはやや大きすぎてゴムもゆるくなっていたが、ペッパーは記録的な速さで身につけた。

「父さん、ぼくは彼女に起きる時間だと告げ<ruby>ただけ</ruby>だよ」

ペッパーはTシャツを頭からかぶったところで手を止め、ダンがゆうべ彼女にキスしたことをつけ加えるのを待った。

だが、ダンは黙っていた。

よかった。

彼女は短く刈った髪を櫛《くし》でとかし――それはあっという間にすんだ――ジーンズのファスナーをあげた。踵のまめに絆創膏《ばんそうこう》を貼《は》ってから、靴下と靴をはく。

「彼女はまだ寝てるのか？」牧場主という職業柄、ミスター・グラハムは夜が明けても眠っていられることが信じられないようだ。「もう正午過ぎだぞ」

ペッパーは勢いよくドアを開け、キッチンに駆けこみながら言った。「わたしがここに到着したのは真夜中過ぎよ。明日は野鳥とともに飛び起きるわ」

ぱっと彼女のほうを向いたふたりは、これ以上ないほど対照的な親子だった。ふたりとも身長は同じくらいだが、ダンが無骨でがっちりしているのに対し、ミスター・グラハムは筋肉質で、後ろのポケットに財布と折りたたんだハンカチが入っていなければヒップはないも同然だった。ミスター・グラハムの薄くなりつつある髪は赤みがかったブロンドで、色白の肌にはそばかすが散り、ブルーの目はさまざまな感情を映している。今、ペッパーはその彼から叱責《しっせき》や嘲笑《ちょうしょう》のこもる目でじろじろ見られ、思わず食ってかかりたくなった。

だが、彼女は自制した。わたしはもう、ラッセル・グラハムの息子を破滅へと導いた反抗的な孤児のペッパー・プレスコットではない。責任感が強く商才に長けた造園家として成功をおさめ、今回の遺産によってミスター・グラハムの隣人にもなった。そして、この土地をどうするか決めるまで、牧場を切り盛りするために彼の善意に頼らなければならないのだ――あるいは、ネイピア将軍にみな殺しにされるまで。

ミスター・グラハムはペッパーの髪に目を留めるなり、声高に笑った。「いったいどうしたんだ？　芝刈り機に刈りとられたのか？」

彼女は思いとどまる間もなく言い返していた。「あなたのように一本ずつ毛抜きで抜くより楽だったわ」

ミスター・グラハムは突きでた額から後退する生え際を撫でた。「老人をからかうのは失礼だぞ」

昔の気性がよみがえり、彼女はミスター・グラハムに近づいて顔を突きあわせた。「ひどい髪型をからかうのだって失礼よ」

「それが母さんに離婚された理由のひとつだよ」ダンが口を挟んだ。「父さんは母さんの髪型にいちゃもんをつけずにはいられなかったからな。そうだろう、父さん？」

ミスター・グラハムは息子をにらみつけ、尊大な口調で言った。「結婚生活というのは、髪型よりずっと複雑なものなんだよ。母さんがわしを捨てた理由は多すぎて、いちいち思い出せん」

ペッパーはつい吹きだしそうになり、唇を震わせた。地元の噂によれば、ダンが六歳のときに離婚するまで、グラハム夫妻が怒鳴りあいの喧嘩をしていたことは郡でも有名らしい。

現在、ふたりは友好的に別れて暮らし、ダンの母親はマッコールで朝食つきの宿を営んでいて、父親は家業の牧場を経営している。ダンがその離婚で心に傷を負ったとしても、両親から深く愛されているという安心感のおかげで、とうに傷は癒《い》えたはずだ。

ペッパーの表情が曇った。そんなふうに愛されていると確信できたら、どんなにいいだろう。ダンをうらやみたくないけれど、羨望《せんぼう》の念を抱かずにはいられない。自分の生い立ちに対する恨みは決して誇れるものではないが、それは消えることなく心のなかにしっかりと根づいていた。

ミスター・グラハムが息子に目を向けた。「髪型といえば、おまえはいつ髪を切るつもりだ、ダニー？」

ペッパーはまたにっこりした。ミスター・グラハムが息子の髪の長さについてがみがみ言っても、ちっとも驚かないわ。今に始まったことじゃないもの。「床屋なら知っているわよ」そう言ったとたん、ダンと視線がぶつかり、彼女の息が止まった。

ダンはシンクの脇に立ち、獰猛な鮫《さめ》を思わせる目でペッパーを見つめていた。まるで、飢えた心の一部が彼女のほほえみで満たされているかのように。言葉や動作はいっさい使わず、彼はペッパーを求めていることを伝えた。ためらい、憤慨しながらも、ペッパーは肉体的に反応し、過去を思い出すとともに緊張がほぐれ、彼に手を伸ばしかけた。

ダンは低く穏やかな声で言った。「きみの髪をカットした床屋なら遠慮しておくよ」

ミスター・グラハムはペッパーに目をやってから、ダンに視線を移し、また彼女を見て冷ややかなまなざしになった。「ペッパー、きみはいつまでここにいるんだ？」

彼女は目を見開いて答えた。「すべてが片づくまでです」どうぞ勝手に解釈してちょうだい！　だが、ダンが咳払《せきばら》いするのを聞いて、ミスター・グラハムの態度を和らげなければならないことを思い出した。「ミスター・グラハム、わたしが戻ったことは誰にも口外しないでもらえますか？」

「この町の住民は誰もきみに興味を示さないよ」ミスター・グラハムは言った。

ペッパーは鼻を鳴らした。ここから小さな丘を越えて五〇キロほど進んだ先に、ダイヤモンドの町がある。人口八三五人の町には大通りが一本と信号機がひとつしかない。学校も一校だけで、周辺の牧場の子供たちはみなそこで学ぶ。住民はダイヤモンドに一軒しかない店で買い物をし、二軒のバーに交互に飲みに行くのだ。町内には会衆派教会とモルモン教会があり、カトリック教会の司祭が月に一度やってきて、ミセス・バックリーの家の居間で告解を聞き、聖餐《せいさん》式を行っていた。

時には、新顔が引っ越してくることもあった。自由奔放な都会人が、田舎の牧歌的な雰囲気を期待して、自然と触れあうために移り住むのが大半のケースだ。だが、零下の気温や荒れ狂うブリザードといった自然の洗礼を受けると、その多くは挫折《ざせつ》し、一刻も早く土地を売り払って文明社会に戻ろうとする。必然的に、ダイヤモンド一帯の住民は、もとから住んでいる家族がほとんどだった。

グラハム一族は一九世紀からここで暮らし、牧場経営や木の伐採を行ってきた。彼らはみんなと知りあいで、誰からも好かれていた。そして代々ほかの牧場主の家族と結婚し、ペッパーのような破天荒な人物にグラハム家の品位を脅かされたことはなかった。

その彼女がドレイス家の牧場を相続した。

この町の住民は誰もきみに興味を示さないですって？　それどころか、全住民がわたしに興味を持つはずよ。

ダンでさえ口を挟んだ。「父さん、よくもそんな空々しい嘘がつけるな！　ぼくは帰郷して以来、一カ月に一時間以上ダイヤモンドの町で過ごさないようにしているよ。ここでは住民同士がみんな顔見知りだが、他人に干渉されるのはごめんだからね」

「もっと頻繁に町に顔を出してもいいんじゃないか、ダニー？」ミスター・グラハムがぼやいた。「町へ行くたびに、みんなからおまえのことを訊かれるぞ。あのジョンソン家のお嬢さんだって、おまえとつきあいたいだろうし」

「それってリタのこと？」ペッパーは唖然《あぜん》として尋ねた。「冗談でしょう。高校生の頃、彼女はダンのことを恐れていたわ。今の彼はもっと――」〝もっと危険だ〟と言いかけて口ごもる。そう思っていることを彼に悟られたくない。「それに、彼女はもう結婚しているんじゃないの？」

「ああ、一度は結婚した」ダンは冷蔵庫からハムを取りだし、スライスし始めた。「だが、うまくいかなかったんだ」

「かわいそうなリタ！　絶対に離婚なんかしないと言っていたのに」ペッパーは甘い香りを

漂わせるピンク色のハムを見つめるうちに、おなかが鳴った。

「生きていると考えが変わることはよくあるよ。彼女には連絡するのかい？」ダンは尋ねた。

いいえ。「ええ、落ち着いたら」彼女は大声で答えた。

「きみから電話をもらったら、彼女はきっと喜ぶよ」昔を懐かしむ声で、ダンは尋ねた。

「マーク・ジェファーズを覚えてるかい？」

「あの耳の大きな子？　ええ、もちろん」ああ、おなかがすいて死にそうだわ。

「彼は芸術家になったよ。それも一流の。今は実家の牧場の丘に建てた山小屋で暮らしながら、ニューヨークの展覧会に作品を送っている」

「それは驚きだわ」彼女はパンの袋を開けて食パンを三枚の皿に並べた。「ジェームズ先生はさぞ喜んでいるでしょうね」

「彼女は昔からマークがすばらしい芸術家になると言っていたからな。どうやって彼の才能を見抜いたのかは見当もつかないが」ダンはペッパーにマスタードを渡してからトマトを取りだし、洗って薄切りにした。

おしゃべりしながら一緒に食事を作るふたりを、ミスター・グラハムは苦虫を嚙みつぶしたような顔で見守っていた。仲間外れにされていることをひしひしと感じて、むっとしながら。「ペッパー、きみはどうして戻ってきたことをみんなに知られたくないんだ？」

「ゴシップや歓迎会に――」彼女はわざと自分を卑下するようにほほえんだ。「というより、厳しい批判にわずらわされたくないんです。今はまだ。ここに落ち着くまでは。だから、黙

らすとなると、誰が夕食を作るんだ？」

ミスター・グラハムはトラブルを匂わせる笑みを浮かべた。「きみたちがここで一緒に暮らすとなると、誰が夕食を作るんだ？」

わたしはまだダンと一緒に暮らすなんて言っていません、とペッパーはつい抗議したくなった。少なくとも、ミスター・グラハムが思っているような意味では。

ところが、ダンの返事は彼女と父親を逆上させるようなものだった。「ぼくは牛の世話や農作業で一日じゅう忙しいから、それはペッパーの役割だと思うよ」

ペッパーは異議を唱えようと口を開きかけた。

ダンはスライスしたトマトを皿に置いた。「少なくとも夏のあいだはね。そして冬になったら、ぼくが料理する」

ミスター・グラハムの愕然とした表情を見て、彼女は口をつぐんだ。

「ダン、まさかそんなに長いあいだ、ここで暮らすつもりじゃないだろう？」ミスター・グラハムは攻撃の矛先をペッパーに向けた。「きみはここにとどまらないに決まっている。この牧場は売るつもりなんだろう？」

「まだ考えていません」それは真実だった。彼女はゆうべ到着したばかりで、今後どうするか考える余裕がなかった。「ミセス・ドレイスに遺してもらった土地ですし、売却するのは冷たいような気がして」

「言っておくが、きみのために牧場の面倒を見る気はないぞ！」ミスター・グラハムは言った。

ダンは父親の背後に立ち、信じがたいと言わんばかりに顔をしかめた。

それを見て、ペッパーは気づいた。ダンはわたしにアドバイスを与えようとしているんだわ。彼女は笑いを噛み殺した。「いい申し出があれば、売却するかもしれません」

「この土地に二〇万ドル以上は期待しないことだ」ミスター・グラハムは両手の親指をベルトの内側に引っかけ、踵に重心をかけて前後に身を揺らした。「ここは荒れ野原で、連邦政府の土地の払いさげでもない。たいして値打ちのない土地だが、間抜けなお人よしなら二〇万ドルを提示するだろう」

ダンは五本指をかかげてから、父親を指さして両方の親指をあげた。

ペッパーは思わず目を見張った。本当に？　五〇万ドルの値がつくの？

ミスター・グラハムは続けた。「きみのような女の子には二〇万ドルは大金だろう」

ダンは両目をてのひらで覆った。

ペッパーの胸にふつふつと怒りがこみあげた。懸命に働き、生活費を切り詰めて貯蓄したおかげで、ジョージタウンの銀行には五万ドルの預金がある。それなのに、預金に手をつけられないどころか、アイダホ州の間抜けな牧場主から見下されなければならないなんて。彼女はにっこりとほほえんで言った。「でも、よく考えてみたら、この牧場を百万ドル以下で手放すことはできません。わたしにとっては思い出深い場所ですから」

「百万ドルだって？」ミスター・グラハムが怒鳴った。「そいつはずいぶん深い思い出だな！」

「ええ、そうです！」気がつくと、ペッパーは不意にこみあげてきた涙をこらえようと必死でまばたきしていた。

カウボーイや牛と大半の時間を過ごす男性の例に漏れず、ミスター・グラハムは青ざめた。

「なあ、お嬢さん。涙は禁物だ。ミセス・ドレイスが亡くなって、わしたちはみんな寂しい思いをしている。だけど、ダニーもわしも女の子みたいに泣きじゃくったりしないだろう」

「父さん、ペッパーは女の子だよ」ダンは彼女を椅子に座らせた。「ペッパー、きみが最後に食事したのはいつだい？」

ペッパーはそれをよく覚えていた。でも、あのクッキーは食事とは言えない。「昨日のお昼よ」もうこんなふうに感情をさらけだすのはやめなければ。わたしらしくないもの。でも、怖くてたまらない。それにミセス・ドレイスが恋しい。わたしは……。ペッパーはダンに目をやった。自分でもなにを求めているのかわからないけれど、それが手に入らないことだけは確かだわ。

グラハム親子のどちらかが目の前にサンドイッチを置いてくれたらしい。彼女がその香ばしい黒パンにかぶりついた拍子に、ミスター・グラハムの声がはっきりと聞こえた。「ダニー、おなかをすかせた女は危険だと、ちゃんと教えておいたじゃないか」

彼女は食べ続けた。

ダンは応えなかった。

ミスター・グラハムはそれを非難と受けとったらしく、こう言った。「もうにらむのはやめてくれ。わしは彼女が今まで耳にしなかったようなことはなにひとつ言っていない。彼女の姿を初めて目にしたときのことは、一生忘れないだろう」

妙に傷ついたような声でダンが言った。「ぼくも彼女が転校してきた日のことはよく覚えているよ」

8

学校初日、ペッパー・プレスコットはタトゥーにピアス、武装さながらの化粧をして、わがもの顔で講堂に入ってきた。一五三人の全校生徒は一斉におしゃべりをやめ、彼女を見つめた。ペッパーの髪はブロンドに脱色され、赤いメッシュが入っていた。それも、神様が創造した赤ではなく、チェリーパイや標的を彷彿させる赤だ。両耳にはリング型のピアスが連なり、シャツの裾はふくよかな胸の下で結ばれ、ピアスをしたおへそと細いウエストがあらわになっていた。冷笑を浮かべた口もと、引き締まったヒップを包むジーンズ。保守的な田舎の高校にどれほどの衝撃を与えたか十分に自覚しつつ、ペッパーが戸口でポーズを取るあいだ、誰ひとり身動きしなかった。

ペッパーに比べていかに自分が平凡か思い知らされた女の子たちの顔は、一見の価値があった。彼女のワイルドなセクシーさにうっとりする男の子たちの顔も、同様に滑稽《こっけい》だった。

もっとも、ぼくも同じ表情を浮かべているはずだと、ダンは席に座って前かがみになりながら思った。下半身も高ぶっている。男子生徒はみんな同様の状態で、もじもじしながら楽な体勢を探っていた。だが、ペッパーをめぐる争いでは自分のほうが有利だ。なにしろ、ぼくはグラハム家の人間で、最上級生だし、喧嘩も強い。それに、一九六六年型のヴィンテージ車、エル・カミーノを乗りまわしているやつなんてほかにはいない。ぼくは校内一危険な男なのだ。

ペッパーの視線がまったく興味を示さずにダンを素通りすると、彼は憤慨して背筋を伸ばした。グラハム一族が名家であることを彼女は知らない。ペッパーはダンに目もくれなかった。

校長のミセス・スウィートはペッパーが現れることを予期していたらしく、彼女を手招きして言った。「席に座りなさい、ミス・プレスコット。まもなく始業式が始まるわ。それが終わったら、わたしのオフィスにいらっしゃい。服装規定について話しあいましょう」

転校生の女の子がミセス・スウィートに生意気な口をきくのを、みんなわくわくしながら固唾をのんで待った。

ところが、ペッパーは素直にうなずき、チアリーダーのキャプテンのリタ・ジョンソンの隣に座った。純粋無垢《むく》でありふれた女の子のリタは、『コスモポリタン』の表紙を見ただけで赤面するタイプだった。彼女は恐怖のあまり今にも気絶しそうな顔でペッパーのほうを向き、匂いを嗅いだ。非合法ドラッグどころか、体臭が匂うんじゃないかと疑うように。

ペッパーはリタに向かってにっこりした。彼女の明るさを思いがけず目の当たりにし、ダンは思わずほほえんだ。彼女の陽気な笑顔が伝染性であるかのように。リタは一瞬びくっとしたあと、なんとピアスをしたエキゾティックな転校生にほほえみ返した。ほどなく、ふたりはひそひそ話を始め、校長先生は歓迎スピーチを中断して、ふたりを注意しなければならなかった。リタは叱責を受けるのは生まれて初めてだったが、ダンの予想に反し、泣きださなかった。それどころか、ふてぶてしい笑みを浮かべた。あたかも、不可能に思えた目標を達成したように。

もちろん、ミセス・スウィートからお説教を受けたあと、ペッパーはシャツをジーンズにたくしこみ、両耳にひとつずつしかピアスをつけていなかった。そのうえ、ほかの生徒に悪影響を与える格好で子供を登校させるのは不適切だという抗議の手紙を、ミセス・ドレイス宛《あて》に託されていた。

案の定、校長の危惧《きぐ》は的中した。あの日を境にペッパーの服装はTシャツとジーンズに変わったが、悪影響はすでに広まっていた。全校生徒は彼女のようにクールになろうと躍起になった——あのリタ・ジョンソンでさえも。いや、とりわけリタは。自分の服を手作りする彼女は、一週間もしないうちに控え目なワードローブを見事なものへと一新させた。

おかしなことに、ペッパーはリタやほかの生徒のそういう努力を嘲笑《あざわら》わなかった。それまでに住んだ場所のことも話さず、ダイヤモンドを都会と比較したり、こんなちっぽけな町は死ぬほど退屈だと言ったりすることもなかった。そして、自分自身についていっさい口を閉ざした。みんながペッパーに好感を持った。チアリーダーやミセス・スウィートでさえも。ペッパーはなにをしようと、どれほど怠けようと、何度学校をさぼろうと、みんなの人気者だった。

ダンも彼女のことが好きだった。

慎重に言葉を選ぶ、ゆったりとした思慮深い話し方にも惹《ひ》かれた。その抑揚は南部の方言を連想させたが、鼻にかかる声ではなかった。彼女はテキサス出身かと問われると、肩をすくめて答えた。「わたしはどこの出身でもないわ」

そのドラマティックな響きに、彼は心酔した。

放課後、ペッパーは学校の敷地から一歩出るやいなや、校長のオフィスから見える場所で、外しておいたピアスを必ず全部耳につけた。彼女のそういうところも、ものうげにヒップを揺らしてダイヤモンド高校の男子生徒の目を釘づけにする歩き方も、ダンは好きだった。なにより傑作だったのは、グラハム家より勝ると自負するマルトキン家の間抜けなペックが、女子トイレの前でペッパーの胸をつかもうとしたときのことだ。彼女はペックの手首をつかむなりひねってねじ伏せ、この世に生まれてきたことも含め、すべてを許してほしいと懇願させた。

ダンはペッパーに好意を抱いていたが、困ったことに、彼女のほうは違った。彼がなにをしようと、どれほどペッパーの目の前で能力をひけらかそうと、彼女は気にも留めなかった。どうしてなのか、ダンにはさっぱり理解できなかった。町じゅうの女の子が彼とつきあいたがっているというのに。

ペッパーはなにが気に入らないんだろう？

生まれて初めて、ダンは自分のほうから女の子を追いかけなければならなかった。慎重に計画を練り、彼はミセス・ドレイスの家に通い始めた。彼女は昔からの隣人で、町一番のクッキー作りの名人だったし、ふらっと訪ねてペッパーがクッキー作りを学ぶ様子をキッチンで眺めるのは少しも面倒ではなかった。

ただ、ミセス・ドレイスは怠け者を許さない性格だったので、ダンもいつしかエプロンをつけ、小さく丸められたピーナッツバター・クッキーの生地をひとつひとつフォークで押しつぶし、オーブンに天板を入れる作業を手伝わされていた。

それでも、ペッパーはダンに対して口数が少なく、〝ベーキングパウダーを取って〟とか、〝泡立て器についたバターを舐《な》めるのはやめてちょうだい〟としか話しかけてこなかった。

ミセス・ドレイスは澄ました顔でふたりを見守り、なぜ彼がそこにいるのか気づかないふりをした。

初めてキッチンで手伝いをした翌日、ダンはクッキーを焼いたことをペッパーに言いふらされるだろうと覚悟して登校した。そうなれば一生忘れられない汚点になることは確実だった。

ところが、彼女はダンのしたことを学校の誰にも話さなかった。まるで一緒に過ごしたことを恥じているように。

いったい、ぼくのどこがいけないんだ？

そこでカレン・ダマートに頼んで、ダンが恋人としてどれほどすばらしいか、ペッパーにじっくり話してもらうことにした。カレンは彼の最初の恋人で、車の窓を曇らせるほど熱い交わりを教えてくれた女の子だった。

その作戦は完全に裏目に出た。ペッパーは以前にも増してダンを無視するようになり、リタが耳の軟骨にピアスの穴をあけるのを手伝ったり、メーガン・ドーソンにヘナのタトゥーの入れ方を教えたりするのに時間を費やした。ペッパーは男に興味がなさそうだったが、ダンに見られていないと思っているときには、慎重ながらも好奇心を抑えきれない目で、こちらを見つめていることがあった。

冬が深まるにつれ、数人の女の子とデートをしたが――みんなダンとつきあいたいと言うんだから仕方がない――ミセス・ドレイスの家にも通い続けた。彼は仕事を手伝い、うんざりするほど植物に詳しくなった。ミセス・ドレイスとペッパーが大の園芸好きだったせいで。一番日当たりのいい、家の裏手にあるベッドルームの窓の下に温室があり、ふたりはそこで山麓《さんろく》の過酷な寒さにも耐える多年生植物や、通常の半分の期間で熟して収穫量が倍になる野菜の実験栽培を行っていた。ダンはペッパーの生い立ちについて尋ねたが、それほど苦労しても、頭のおかしな兄のようにしか扱ってもらえなかった。

ペッパーが転校してきて半年が経ち、クリスマスが過ぎたあと、ついに、先生たちが寒さをものともせず〝手のかかる高校生たち〟を天然温泉のプールに連れていく、毎年恒例の遠足の日がやってきた。気温が低く、プールの端は凍っていた。付き添いの大人は暖房の入った小屋から子供たちを見守り、注意するときしか出てこなかった。だが、プール自体は水温が三〇度もあって熱かった。飛びこみ台にあがって温泉に飛びこむくらい楽しいことといったら、飛びこむ女の子を眺めることだけだった。ワンピースの水着姿の女子生徒が――ミセス・スウィートはビキニを認めなかった――飛びこみ台に立って笑ったり、身を震わせたり、自分の姿を見せびらかしたりする様子に、男子生徒全員が注目した。そのうちのひとりのデイヴ・ゲーリーが、ローラ・バーナーズを見あげて言った。「彼女の乳首はガラスを切れそうなほど尖ってるぞ」

ペッパーが飛びこみ台にあがると、すべての男子生徒がすでに知っていたことが実証された。彼女が均整の取れたすばらしいプロポーションをしていることが。ペッパーの水着はどちらかといえば控え目なデザインだったが、長い脚を隠す役目は果たしていなかった。ヒップは小さく、ウエストはきゅっと締まり、胸は水着からあふれそうなほど豊満だ。ダンはプールによだれを垂らすほかの男どもを溺れさせたい衝動に駆られた。彼女は完璧なフォームでプールに飛びこみ、水中生物さながらにすいすいと泳いだ。その上手な泳ぎによって、またひとつペッパーの謎《なぞ》が増え、なんとしても彼女に好かれたいという思いが一段と強まった。

そのときはまだ、まもなく自分に幸運が訪れ、人一倍ワイルドな女の子と春のあいだじゅうデートすることになるとは気づいていなかった。

ミセス・スウィートとミセス・ドレイスが表に出てきて、お互いをプールに投げ飛ばしていた男子生徒たちを注意すると、すぐに屋内には戻らず子供たちに話しかけた。ふたりとも生徒たちに人気があった。ミセス・スウィートは頑固だが公平だったし、ミセス・ドレイスも頑固だが楽しい人だったからだ。

ほかの付き添い人たちのもとへ戻る前に、ミセス・スウィートはミセス・ドレイスに言った。「ペッパー・プレスコットはうまく学校になじんでいます。彼女がダイヤモンドに腰を落ち着けてくれたら、みんな喜ぶでしょう。彼女も自分が不良だったことを忘れて、地元のよき一員となるはずです。すぐに夫も見つかると思いますよ。たとえばイェーガー家の息子とか、マイケル家の息子とか」

ミセス・ドレイスは辛辣《しんらつ》に言い返した。「ペッパーはあの子たちにはもったいないし、ひとりでちゃんとやっていけます」

だが、校長が前言を撤回するには手遅れだった。

ダンだけでなくほかの生徒数名が、ミセス・スウィートの発言を耳にしたからだ。みんなすぐさまペッパーのもとへ直行し、それを一言一句伝えた。

ペッパーは驚愕の表情を浮かべたかと思うと、さっと青ざめた。イェーガー家は貧乏なうえに間抜けな一家だった。一方、マイケル家の息子は無口で用心深いマザコンで、他人に対して批判的だ。ミセス・スウィートがペッパーを気に入っていたのは確かだが、彼女の考えはこれ以上ないほど明白だった。ペッパーは自分の得られるものに満足し、それに感謝すべきだと校長は思っているのだ。

ペッパーは感謝などしなかった。

彼女はダンに向かって泳いできた。「女子更衣室の前で会いましょう」そうささやくなり、プールからあがった。

ペッパーの歩き方は、ダンがそれまで目にしたものとはまったく違っていた。大きな歩幅、悠然とした足取り、見ている者を催眠術にかけるように前後に揺れるヒップ。彼女はトラブルを起こそうとしていた。

それなら、ぼくが手助けしよう。ダンはペッパーと落ちあうことを誰にも悟られないようにしばらく待ってから、彼女のあとを追った。

ドアの前で待っていたペッパーは鳥肌に覆われていた。彼女はいきなり彼に抱きついてキスをした。

ダンは今でも、あの日のペッパーの味を思い出すことができた。塩素と、チューインガムと、反発心が入り混じった味を。絡みあったふたりの体は、彼のホルモンと彼女の反抗心にあおられて一気に燃えあがった。ようやくダンがペッパーを放してひと息つくと、彼女は彼の唇に向かって言った。「さあ、服に着替えて行きましょう」

「ああ。でも、どこへ?」

「どこへでも、ダーリン」彼女はダンの唇に指で触れた。「あなたの行きたいところへ」

9

「ところで、ペッパー、きみは今までどこでなにをしていたんだ？」ラッセルが再び攻撃を開始した。

ペッパーはサンドイッチを食べ終えて元気を取り戻し、ミスター・グラハムとやりあっても勝てそうな気分だった。「わたしは造園家で、裕福な人々の庭を造っています」

ダンは父親とペッパーに交互に目をやりながら耳を傾け、ひと言も聞き逃さなかった。

「大学には行ったのか？」ラッセルが尋ねた。

「いいえ、大学には行っていません。必要なかったので」授業を受けてさまざまなことを学び、立派な造園家となるべく学位を取得できたらどんなによかったか。でも、わたしにはその選択肢はなかった。「ミセス・ドレイスから植物について教わったおかげで、苗木畑で仕事を得ました。そこであらゆることを学び、庭の規模や場所にかかわらず、どんな造園でも手がけられるようになるまで修業を積んだんです」

「今はどこで働いているんだ？」ラッセルは彼女の顔を覗きこんだ。「別の苗木畑か？　それは女向きの仕事とは言えないな」

ペッパーは啞然とした顔で彼を凝視した。「あなたみたいな女嫌いがいまだに存在するなんて信じられないわ」

「そうだろう?」ダンはそつなく仲裁に入った。「ぼくもしょっちゅう驚いているよ」

ラッセルは眉を吊りあげ、ふたりを交互ににらみつけた。「わしは女嫌いじゃない。ただ、世の中の仕組みをよく理解しているだけだ」

ペッパーがさらなる怒りをぶちまける前に、ダンが口を挟んだ。「でも、ペッパー、ぼくも興味があるよ。きみは今どこで働いているんだい?」

彼女はいかにも無邪気そうに両方の眉をあげてみせた。「ここに決まっているじゃない」

本当の答えを聞きだすのは次の機会でもいいと思っているらしく、ダンはうなずいた。そして、次の機会は必ずめぐってくるとペッパーにはわかっていた。

「きみがいなくなったあと、ぼくはかろうじて高校を卒業した」ダンは言った。

「わたしは卒業しなかったわ」学校という組織を飛びだし、家柄や生い立ちではなく自分自身の力で評価されたかったからだ。お金を出せば、どの町でも運転免許証が手に入り、わたしはそれを使って銀行口座を開き、アパートメントを借りた。そうやって、常に自力で一から生活を築いてきた。この親子は、わたしがこれまでにどれだけのことを成し遂げてきたか知るよしもないけれど。

「高校中退のきみを雇うなんて、いったいどんな会社だ?」ラッセルが尋ねた。

ペッパーは誇らしげに答えた。「わたしは自営業者です」

「きみはここに戻ってきたが、ダンが言うには、遺産のことは知らなかったそうじゃないか。ということは、事業がうまくいっていないに違いない」

ペッパーは手にしたナプキンを握りしめた。わたしの仕事は上向きだったのに、ミスター・グラハムに堂々と言い返す代わりに、自制心を最大限に発揮して舌を嚙んでいなければならないなんて。「休暇で来たのかもしれないでしょう」

「前もって連絡しないなんて、妙な休暇だな」

ダンはふたりのほうにクッキーの皿を押しだした。

ペッパーはクッキーを一枚つまみ、ダンを横目でちらっと見た。彼はまるで、喧嘩好きな二頭のライオンに向かって檻《おり》の隙間から肉をさしだす飼育係のようだ。

その手はうまくいった。ミスター・グラハムがクッキーを嚙んで飲みこむまでは。それから、彼は息子のほうを向いた。「来週の土曜日、わが家のディナーに数人の客を招く。おまえも来い。人数合わせのために必要なんだ」

ミスター・グラハムには気の毒だが、ダンはディナーに呼ばれたことをあまり喜んでいない様子だった。「パーティーはあまり好きじゃないんだよ」

ペッパーはダンにクッキーの皿をさしだした。「あなたもどうぞ」

彼は一枚取ってひと口食べた。

ペッパーがダンを見つめるうちに、グラハム親子の会話は雑音と化した。ふたりはまだ話し続けていたが、彼女はダンと再会したショックをようやく実感し始め、話の内容を理解できなかった。この数年間、ずっと彼のことを夢見てきた。今頃なにをしているのだろうと思いをめぐらす一方で、自分の行動を頭のなかで正当化しようとしながら。そのダンがあたたかい生身の姿で向かい側に座っている。昨日わたしは彼に抱きしめられ、唇を奪われて欲望をかきたてられた。そして容赦ない質問攻めに遭ったあと、ミセス・ドレイスの死を告げられた。けれども、自分の状況にショックを受けるあまり、睡眠や食事を取って逃走の疲れから回復するまで、ここでの出来事を現実のものとして受けとめられなかった。

でも、ダンは本当に目の前にいて、ブロンドの髪やダークブラウンの瞳でわたしの目を奪っている。彼はわたしに食事を出し、わたしを求めただけでなく、ダイヤモンドを離れて以来、意識することのなかったわたしの体を目覚めさせた。ペッパーも負けないくらいダンを求めていた。ダンを信頼したい。でも、そんなことをして彼を死の危険にさらすわけにはいかないわ。

ただ生きのびるためのシンプルな計画が、どうしてこれほど複雑になってしまったの？

ダンがペッパーのほうをちらりと見た。彼女からじっと見つめられていることに気づくと、問いかけるように両方の眉をあげた。

ペッパーはわれに返った。頭を振って、彼から視線を引きはがす。しっかりしなければ。

うんざりした様子で、ラッセルが椅子から立ちあがった。「仕事に戻らないと」そう言って、じっと息子を見据える。「本当に家に戻ってきたくないのか？」

ダンは父親の腕をつかみ、玄関へと促した。「はっきり言って、父さんみたいに無愛想な老人と、ペッパーのような美人のどちらかと暮らせと言われたら、父さんを選ぶことはまずないよ」

「それでこそ、わしの息子だ」ラッセルはダンの背中を叩くと、帽子掛けからカウボーイハットを取り、禿《は》げかかった頭に慎重にかぶった。そして、近づいてきたペッパーに向かってにやりとした。「ダンは女を見る目があるし、女からもてる。そうだろう、ペッパー？」

ミスター・グラハムもなかなかやるわね、と彼女は感心した。さりげなさには欠けるけど、彼は自分の意見をしっかりと告げた。確かに、何人もの女の子がダンとつきあった。わたしは彼に恋した大勢のうちのひとりにすぎない。もうダンを求めるつもりはないし、ミスター・グラハムにそれを知らせて安心させても害はないだろう。「ええ、彼の魅力に抵抗できる女性はいません。でも、わたしは抗おうとしています」

「いいぞ、その調子だ」ラッセルは玄関から外に出た。

ダンはペッパーにさっと目をやり、彼女の決意がそれほど強固でないことを見抜いた。カウボーイハットをつかんで目深にかぶると、彼は帽子掛けに残ったもうひとつのカウボーイハットを手に取った。

彼女はそれをしぶしぶ受けとった。

あれから何年もここにあったのかしら？　それとも、わたしが寝ている隙に、今朝ダンが見つけてきたの？

淡いベージュのカウボーイハットを見て、ペッパーの脳裏に思い出がきらきらとよみがえった。幼い頃のペッパー・プレスコットは想像したこともなかった、昔ながらのクリスマスの思い出が。

ペッパーはこんなふうにグループの輪に加わるのは初めてだった。ミセス・ドレイスの家のキッチンでは三〇人の高校生がひしめきあい、純白のタフィキャンディをグレーになるまで引っ張っていた。

ミセス・ドレイスはそんな学生たちを笑って警告した。「タフィがどんなふうになっても、ちゃんと食べなきゃだめよ」

ペッパーはリタの肩を突いた。「おいしいから食べてみて!」それは本当だった。クリスマスを祝ってみんなで作ったペパーミントタフィは、舐めるたびに喜びや善意に満ちた甘さが口のなかに広がった。

リタは恐る恐るタフィを口に入れ、ブルーの目を見開いた。「おいしいわ!」

「わたしに毒を盛られるとでも思ったの?」ミセス・ドレイスがふたりの背後から尋ねた。

リタはうろたえた。「いいえ、とんでもありません。そんなこと、全然思ってません」

ペッパーはミセス・ドレイスと笑みを交わした。チアリーダーのリタはユーモアのセンスがゼロだったが、ペッパーは彼女のことが好きだった。小柄でグラマーなブロンドのリタは陽気な性格で、五〇年代のビーチリゾート映画に登場するティーンエージャーに外見もふるまいもそっくりだった。そして、なぜかペッパーを気に入っていた。リタはペッパーの冗談に笑い、おどおどしながらペッパーの荒っぽい口調を真似た。ペッパーはリタの下手な悪態に爆笑すると同時に、下品な言葉を慎むようになった。リタは人間の善性を信じていたが、ペッパーは両親に捨てられた時点でそういう気持ちを失い、決してリタのようにはなれないと悟っていた。

視線を感じてペッパーが周囲を見まわすと、いまいましいダン・グラハムにじっと見つめられていた。彼はあのダークブラウンの瞳で女の子をとりこにして、車の後部座席に連れこんでいるらしい。耳にした噂の半分が正しければ、ダンは町じゅうの女の子のみならず離婚女性の大半とも寝ていることになる——もちろん、リタを除いて。きっと、彼は自分のことを女性に対する天の恵みだと思っているのだろう。ペッパーはダンの威張りくさった歩き方や、唇の片端をあげる笑みを見るといらいらした。彼は鏡の前で笑顔の練習をしているに違いないわ、と思わずリタに言ったほどだ。今、ダンはその笑みを浮かべ、彼女を呼び寄せようとしていた。

たちまちひそひそ話が始まった。ペッパーは、クリストファー・バーディがチャーリー・ジェームズに賭《か》けを持ちかけていることに気づいた。

みんな地獄に落ちればいいわ。

ダンも含めて。わたしは町一番の不良少女かもしれないけれど——一番といっても、たかが知れている。こんなちっぽけな町だもの——ダン・グラハムと寝る気はない。ヴァージンだからというだけでなく、彼がわたしを押し倒して自分のものにしたと吹聴《ふいちょう》したがっていることを誰よりもわかっているからだ。誰かの自慢話の種になるなんて、まっぴらごめんよ。こうなったら、彼をきっぱりはねつけて……。ふと、ミセス・ドレイスのほうを見ると、彼女は背の高い男の子たちの耳をつかんで外に連れだしていた。

偶然にも、その少年たちはクリストファー・バーデイとチャーリー・ジェームズだった。ミセス・ドレイスはダンを気に入っていた。自宅にも快く招き入れ、彼が怠けているとお尻を蹴飛ばして言うことを聞かせた。彼女が怒りだすと、彼は子犬のように飛びあがった。

もっとも、それはペッパーも同じだった。彼女は今までミセス・ドレイスのような里親を持ったことがなかった。ミセス・ドレイスは六〇歳前後だが、明るく活発で、舌鋒《ぜっぽう》鋭く、虚飾を好まなかった。すらりとした長身の彼女は髪を黒く染めていた。そして具合が悪かろうと、大雪に閉じこめられようと、毎日納屋で日課をこなした。卑猥《ひわい》な冗談を言い、みだらな詩を暗唱する一方、ペッパーに植物と人間について同等に教えてくれた。だからダンと、がさつで失礼きわまりないミスター・グラハムに礼儀正しく接するようミセス・ドレイスに言われたとき、ペッパーは言いつけに従った。

でも、ダンに呼ばれたからといって彼のもとに行く必要はないわ。ペッパーは彼を無視してパーティーの続きを楽しんだ。

子供たちがそれぞれの車に乗りこんで帰途につくなか、ペッパーはポーチに立って身を震わせながら手を振り、大声で叫んだ。まるで平凡な生活を送ってきた普通の女の子のように。なんて美しい幻想かしら。涙に目を潤ませ、彼女はミセス・ドレイスに感謝した。

「あなたは普通の女の子よ」ミセス・ドレイスは言った。「つらい経験はしたけど、そのせいで自暴自棄になってはいけないわ。あなたは自分で思っているとおり、本当にいい子なんだから」

「ええ」ペッパーはもう少しでミセス・ドレイスの言葉を信じそうになった。

「ダンがまだ残っているわ。あなたに渡したいものがあるんですって」ペッパーはうめき声をあげたかったが、ミセス・ドレイスが彼女の肩を抱いてささやいた。「彼は自分で思っているほどタフじゃない。あなたもそうよ」ミセス・ドレイスは家に入ってドアを閉め、ふたりを冷え冷えとする寒いポーチに残した。

窓から漏れた家の明かりが木の床を四角く照らしている。ダンはシープスキンのジャケットを着て、黒いカウボーイハットをかぶり、暗闇にたたずんでいた。ペッパーが近づくと、彼は美しい包装紙に包まれた円筒形の大きな箱をいきなり突きだした。そんなぎこちない彼を見るのは初めてだった。「ほら、きみにだ」

彼女は箱を見おろして、決まりの悪さを感じた。「でも、わたしはなにもあなたにプレゼントを用意していないわ」

「知ってるよ、でも、ぼくは渡したかったんだ。それに母さんが選ぶのを手伝ってくれて……包装紙で包んでくれたから……。なあ、プレゼントを開けないのか？」

ペッパーがポーチのブランコに腰かけると、ダンは目の前に立ち、彼女の反応が気になって仕方がないように落ち着きなく身を揺らした。彼はペッパーがほどいたリボンをぱっと奪い、彼女が慎重に包装紙のセロハンテープをはがすのを見てうめき声をあげた。「まさか、きみも包装紙を大事に取っておくタイプなのか？」

包装紙なんてどうでもいいわ、わたしはただ、プレゼントをもらうというめったにない経験を一秒でも長く味わいたいだけよ。ペッパーはそう伝えることもできたが、代わりに言った。「ええ、そうよ。わたしは環境を大事にするタイプなの。あなたがそうじゃなくて残念だわ」

「いや、ぼくだってそうさ！　ねえ、もう開けたかい？」

ペッパーが包装紙を外して蓋を開けると、淡いベージュの女性用のカウボーイハットが現れた。彼女はうやうやしい手つきでそれを持ちあげて、フェルトのつばを撫でた。

どうしてダンはわたしのほしいものがわかったのかしら？　牧場の子供たちが春のロデオ大会の話で盛りあがり、どの種目に出るか、どんな格好をすれば本物のカウボーイらしく見えるかしゃべっていたとき、わたしはさも小ばかにしたふりをしていたのに。どうせ自分は仲間外れになると思っていたのだ。いつだってそうだった。それにミセス・ドレイスは裕福ではないし、すてきなカウボーイハットはとても高価な代物だ。「これは……もらえないわ」

彼女はささやいた。

「大丈夫だよ。買う前にミセス・ドレイスの了承を得たから」ダンは挑むようにつけ加えた。

「本人に訊いたってかまわないよ」

「本当に？」ペッパーは呆然としたままささやいたが、やがて咳払いをした。「ミセス・ドレイスが了承したのなら……とてもきれいな帽子ね」

ダンの顔がほころんだ。その満面の笑みを見て、彼が緊張していたことにペッパーは気づいた。今の彼はクールなダン・グラハムではなく、自分のしたことが正しいかどうか知りたがっているただの男の子だった。「気に入ったかい？」

「ええ、すごく」

「かぶってみろよ」彼は待ちきれずにペッパーからカウボーイハットを奪いとり、彼女の頭にのせた。「ぴったりだ」

まるでシンデレラの靴みたい。そう思ったものの、口には出せなかった。だから、ペッパーは立ちあがって言った。「ありがとう」ダンのジャケットの襟をつかみ、爪先立ちになってキスをした。つつましいキスを。そして、ぽかんとした顔で彼女を見送る彼をポーチに残し、あわてて家に駆けこんだ。

今、ダンはそのカウボーイハットをつかんでペッパーの頭にのせた。「今でもぴったりだ」

確かにぴったりだった……まるでシンデレラの靴のように。

10

カウボーイハットを押さえながらポーチに現れたペッパーが、ダンをロデオのチャンピオンのように見つめているのが、ラッセルは気に入らなかった。厄介なことになった。まったくもってけしからん。だが、彼女の態度をあらためさせる方法は心得ている。ペッパーがプライドと不安の入り混じる目で牧場を見渡すのを見て、ブルドッグさながらの無遠慮さを誇りとするラッセルは言った。「ここには、きみのような女性では務まらないことが山ほどある」

ダンは父親のほうに踏みだしてから凍りついた。

ペッパーがさりげなくラッセルに目を向けた。「わたしのような女性とはどういう意味でしょう？」

「都会の女性ってことだ」彼女は傷ついたのか？　そいつはお気の毒さま。「子牛は荒っぽいし、雄牛は懲りずに何度もフェンスから出ようとする」

「驚きだわ」彼女はラッセルを見つめたまま言った。「そこまで完全に男性ホルモンに毒されているなんて」

ラッセルは息子のプライバシーを侵害したくなくて、ペッパーをじっと見つめるダンから目をそらした。ダンはまるで、彼女を抱きあげて手近なベッドに連れこみたいと思っているかのようだ。

わしもダンの母親に同じような気持ちを抱いたことがあった。だが、その結果どうなった？ すばらしいセックスとひどい喧嘩が何年も続いた。わしの心は離婚によって引き裂かれ、愛する元妻のせいでほかの女性には惹かれなくなった。ダンがペッパーの罠にかかる前に、彼女を追い払う方法がなにかあるはずだ。

ラッセルはペッパーを怯《おび》えさせて追い払うことにした。「熊が山からひょっこりおりてきたり、子をはらんだ山猫が餌にありつこうと辺りをうろついたりすることもある。母熊と子熊のあいだにうっかり足を踏み入れてしまったら、きみはどうするんだ？」

「あなたのようにちびってしまうでしょうね、ラッセル」

彼は吹きだしそうになったが、無理やりいかめしい顔を保った。「えらそうな口をきくんじゃない」

「あら、わたしはただ正直に言ったまでですが」

変わらないこともあるんだな。彼女はいまだに小生意気なままだ。

「きみがこの牧場に住み続けて、女性がひとり暮らしをしているという噂が山のふもとに住む悪党に伝わったら、もっと厄介なことになるぞ。きみの牛を狙った泥棒がヘリコプターで現れたらどうする？」

にこやかにほほえむペッパーを見て、ラッセルは不安になった。

彼女は網戸を開けて爪先立ちになり、ほかの牧場主同様、ミセス・ドレイスがドアの上のフックにかけておいたライフルに手を伸ばした。

ダンは彼女に銃を持ってほしくないのか、ややびくっとした。

ラッセルも同感だった。「おい、銃の扱いには気をつけろ！」

ダンはおもしろがっている顔で、ライフルをおろすペッパーに手を貸し、銃を点検する彼女を背後から見守った。「どうしたんだ、父さん？　緊張しているのか？」

ライフルに弾丸が装塡《そうてん》されていることを確認すると、彼女は安全装置を外し、ライフルを肩にのせて尋ねた。「ミスター・ラッセル、なにを撃てばいいですか？」

「なにも撃つな！　実演しなくていい。きみが銃の扱いを心得ていると言うなら信じるよ」

「今はそう言うでしょうけど、車で走り去ってから、こうつぶやくはずです。彼女ははったりが上手だからポーカーに向いている、と」

「ペッパーは空恐ろしいくらい父さんのことを知り尽くしているね」ダンが言った。

恐ろしいのは、それほどまでペッパーを誇りに思っているダンのほうだ。息子は誰にも気づかれないと思っているとき、クリスマスと誕生日を一度に迎えたような顔で彼女を見つめている。国外任務から帰国してからというもの、ダンはまじめで責任感が強く、ラッセルの歯が痛くなるほど皮肉屋だった。なにかをきっかけに、よく笑ってばか騒ぎをする昔の息子に戻ってほしいと願ってきたが、ペッパーではだめだ。前回のような失恋をしたら、ダンはもう立ち直れない。

ペッパーはラッセルのトラックに向けて銃身を揺らした。「あなたのタイヤを撃ち抜きましょうか？」

ラッセルは彼女にライフルを突きつけられたように両手をかかげた。「きみを信じると言っただろ」運の悪いわしのことだから、彼女はタイヤを外してガソリンタンクを撃ち抜き、ピックアップトラックを炎上させるだろう。

「でも、わたしの弾はタイヤの代わりにガソリンタンクに命中し、あなたのトラックを炎上させるかもしれないわね」

父親の顔に浮かんだ表情を見て、ダンは爆笑した。「彼女になにもかも見透かされたんだろう、父さん？」

ペッパーはダンにちらりと目をやった。一瞬、ふたりの視線が重なるのを見て、ラッセルは反抗的だった昔の彼女を思い出した。あの頃の彼女はもっと感情的で、ラッセルを挑発する方法も稚拙だったが、当時から彼をいらだたせることができた。今のペッパーは洗練され、ラッセルを悩ませるこつも心得ている。いったいどちらの彼女のほうがましなのだろう？

「トラックはまだ新車みたいだから」ペッパーは落ち着いた声で言った。「あの枯れた枝を撃ち落とすことにするわ。ほら、あそこに松の木があるでしょう。ダン、距離はどのくらいかしら？」

ダンは一瞥《いちべつ》しただけで答えがわかった。「一八〇メートルくらいだ」この距離だと、親父には無理そうだ。実際、ペッパーの弾が命中したら、ぼくは相当感心するだろう。感心しているよう、ダンは彼女のそばに立った。

……警戒するはずだ。万が一、ペッパーが自分や父親の命を狙おうとした場合には銃を奪えるよう、ダンは彼女のそばに立った。

ラッセルは目をすがめて枝を見た。彼女が失敗すると思っているのは一目瞭然《りょうぜん》だった。

「もしきみがあれを撃ち落とせたら、わしはカウボーイハットにおがくずをかけてそれを朝食に――」

銃声が彼の言葉をかき消した。

幹との境目に銃弾が命中し、枝が地面に落ちた。

ラッセルの口がぽかんと開いた。

ダンは驚きを押し隠し、静かに尋ねた。「なにを言いかけていたんだい、父さん?」

ラッセルは驚愕の目でペッパーを見た。

彼女はライフルをおろし、枝があった場所を見つめて、当然だと言わんばかりにうなずいた。

「父さんはカウボーイハットを朝食に食べると言いかけたんだろう」ペッパーに対するダンの意見は、たった今確かなものとなった。彼女はたいした女性だ――昔からそうだった。ペッパーは誰のことも恐れない。ぼくの父も、ぼくのことも。それに、堂々と自分の意見を口にする。ダンが彼女に目を向けると、そこには彼が永遠に忘れたと思っていた嘘偽りのない正直さがあった。

だが、ペッパーが嘘をついていないとは言いきれない。ぼくを殺す機会をうかがっている裏切り者の可能性は大いにある。そもそも、どこであんな射撃の腕を身につけたんだ？

ダンは彼女の手からライフルを奪った。

ラッセルが詰問した。「ダン、おまえは彼女の射撃の腕前を知っていたのか？」

「いいや。初めて見たよ」ダンはライフルをテーブルに置いた。「すごかったね？」

「ああ」ラッセルはすねた少年のように唇を突きだした。「だが、おまえほどじゃない」

いい指摘だ。親父がそう言ってくれてよかった。ペッパーがぼくを出し抜こうとするなら、寝ているところを狙わなければならないだろう。「ああ、でも、ぼくは子供の頃からやっている。父さんから教わった射撃の腕は、軍隊でさらに磨きがかかったしね」

射撃のうまい女性を見てむっとしたらしく、ラッセルは言った。「きっと、きみは一〇人以上の人間に教わったんだろう、ペッパー？」

「ミセス・ドレイスも同じくらいの腕前でした。わたしは彼女からいろいろ教えてもらったあと、何カ月も射撃練習場に通ったんです」

「確かにきみは銃が撃てる」ラッセルは言った。「だが、誰かに家に押し入られたとき、手もとに銃がなかったらどうする？」

その質問を予期していたのか、ペッパーはラッセルの手首とシャツの前をつかんで「こうするわ」と言うなり、彼を投げ飛ばして尻もちをつかせた。

ラッセルはどすんと仰向けに倒れて木の床を揺るがし、ミセス・ドレイスの家のポーチの天井を見あげてつぶやいた。「ペンキを塗り替えたほうがいいぞ」

父親がペッパーにやっつけられるところを目の当たりにして、ダンは思った。これほど愉快な気分になったのは……いつ以来だろう？　おまけに、ペッパーはぼくの前で自らの能力を明らかにした——それは彼女が無実であることを物語っている。どうして彼女が射撃や柔道に熟練しているのかは不明だが、テロリストの手先であれば、わざとか弱いふりをして実力を隠すはずだ。だが、ペッパーはそんなことなどおかまいなしに、自分の能力をすべて披露した。

ペッパーはラッセルを見おろした。「怪我をさせてしまったかしら？」

「その心配はないとわかっているくせに」ラッセルは不機嫌そうに応えた。「きみは映画に出てくる柔道のチャンピオンのように、きれいな投げ技を決めたんだからな」

ダンはペッパーの頰に触れ、ゆっくりと顎まで撫でおろした。「見事な投げ技だった。誰に教わったんだい？」

彼女はダンに触れられたくないように頭を横に傾けたが、唇を舐めた。ダンが入院中にさんざん観たトーク番組の司会者なら、今のペッパーは葛藤《かっとう》している女性だと分析するだろう。

「ハン師匠よ。彼はヴェトナム人チャンピオンで、ジョージタ——」彼女はさりげなく言い直した。「アメリカに移住して自分の道場を開いたの」

「それはどこにあるんだ？」ダンは訊いた。

その問いが聞こえなかったように、ペッパーは続けた。「わたしはそこで三年間、柔道を習ったのよ」

ダンは質問を無視した彼女をとがめなかった——今回は。

「黒帯を取ったのかい？」

「ええ」彼女は自慢げな様子もなく、ラッセルに手をさしのべた。

ラッセルはペッパーに助け起こしてもらってから、ズボンの尻についた埃を払った。ダンが予想したとおり、ラッセルは彼女に最後のせりふを言わせなかった。「なかなかやるな、賢いお嬢さん。だが、複数の男が武器を持って襲ってきたらどうする？」

ペッパーの顔から一気に血の気が引いた。ティーンエージャーの頃の面影は消え、年齢相応の顔になった。それも疲れた顔に。「そうなったら、わたしは死ぬわ」

その率直で絶望的な口調に、ダンは思いをめぐらせた。彼女が射撃や柔道を身につけたのは、誰かから身を守るためだったのか？　ストーカー、夫、あるいは恋人から。

決して冷酷な人間ではないラッセルは、ペッパーの力ない言葉にうろたえ、慰めの言葉をかけた。「そんなことにはならないさ」

ダンも言いそえた。「ああ、ぼくがここにいる限りは」

ペッパーは案じるようにダンを見た。彼女がストーカーに狙われているという仮説が、ますます濃厚になってきた。「あなたは家に戻るべきよ。お父さんに必要とされているんだから」

ラッセルは同意しようと口を開きかけた。

だが、ダンが機先を制した。「父さんはもう何年も前から、ぼくがいなくても悠々自適に暮らしているよ」

「わたしたちがここで同居していることが噂になるわよ」ペッパーは指摘した。

ラッセルがうなずいて口を挟もうとした。

「いや、きみが戻ってきたことを誰にも知られなければ大丈夫さ」ダンは父親が口を開かないうちに言った。「それがきみの望みなんだろう？　戻ってきたことを誰にも知られたくないんじゃないか？」

そう問われて敗北を認めたらしく、ペッパーは肩を落とした。「ええ、そうよ」

「だったら大丈夫だ。もっとも、ぼくはきみと暮らしていることをダイヤモンドの誰に知られようと、ちっともかまわないけどね」

ラッセルがなんとしても自分の意見を伝えようと口を開いた。「彼女とベッドをともにしたら厄介なことになるぞ」

「彼とは寝ていません」ペッパーはきっぱりと否定した。「それに、これからもそんなことをする気はありませんから」

ダンは父親を見据えた。「いつからセックスが問題になったんだ？　父さんはぼくを種牛みたいに町じゅうの女性とくっつけようとしているじゃないか。それなのに、どうしてペッパーとのセックスはだめなんだ？」

ペッパーはグラハム親子がそんなふうに自分について話していることが我慢ならなかった。

「どうしてペッパーとのセックスはだめなんだ、ですって？　当の本人がここにいるのよ。わたしが戻ってきたのは誰かとセックスするためじゃないわ。とりわけダン・グラハムとはね。過去の経験から教訓を得たもの」

「どんな教訓だ？」ダンは危険きわまりない表情を浮かべた。

彼女は慎重に一言一句をはっきりと口にした。「セックスなんて、わざわざするほどの価値はないってことよ」

ダンは一歩踏みだしてペッパーの目の前に立った。ペッパーは十分に睡眠と食事を取ったにもかかわらず、ゆうべのようにダンに見おろされると、彼の背の高さや距離の近さに圧倒されずにはいられなかった。だが、彼は耳を澄まさなければ聞きとれないような声でつぶやいた。「それはどうかな」

彼は、わたしがなにもかも忘れてしまうくらいすばらしいセックスをほのめかして脅している。お互いここにいる限り、その危険はつきまとうだろう……わたしはまだダン・グラハムを忘れられないのだから。

ミスター・グラハムの声がぼんやりと聞こえた。「ダニー、おまえのほしがっていた圧縮機を持ってきたぞ。ピックアップトラックの荷台に積んであるが、重さが四〇キロ以上ある。おまえが取ってきてくれないか？」

ダンはペッパーから離れた。

安堵のあまり朦朧《もうろう》としながら、彼女は息を吸いこんだ。

ダンは父親に険しい目を向けてから、ふたりをポーチに残して歩きだした。「行儀よくしろよ、父さん」

ペッパーは遠ざかるダンを見つめ、その大股の歩幅に秘められた約束に目が釘づけになった。ダンの歩き方を見ただけで、彼が忘れられない恋人になるとどんな女性も察するはずだ。かつてダンとつきあったときは、権威に対抗して勝利をおさめたと思った。でも今回感じているのは、少女の反抗心ではなく、ダンの生々しい男らしさに対する大人の女性の反応だ。こんなふうに身も心も惹かれてしまうことが怖くてたまらない。完全に失われた自制心、心臓が止まりそうなほどの切望、あからさまな欲望。ダンを見たり、彼の声を聞いたり、匂いを嗅いだりすると、彼ならわたしのことを守ってくれるという本能的な直感と、彼が望むものならなんでもさしだしたいというみだらな情熱に引き裂かれてしまう。

「頼むから、ここにはとどまらないでくれ」ミスター・グラハムがぶっきらぼうに言った。「昔、きみが息子と寝たとき、ダニーはきみを忘れるのに八年もかかって、そのあいだに一四カ国に行き、二度も瀕死《ひんし》の重傷を負った。もう息子をあんな目に遭わせたくないんだ」

わたしだって苦しんだわ、とペッパーは言い返したかった。けれども、つらい経験から学んだ事実を受けとめた――どの親も彼女のことを実の子供のようには気にかけてくれないことを。ミスター・グラハムにとっては、わたしの心の傷なんてどうでもいいことだ。「ダンなら心配しなくても大丈夫ですよ」

「きみはそう思うんだろうな。だがダニーは帰国して以来、女にも、車にも、友達にも興味を示さない。あいつの母親でさえ、息子の口からふた言以上は引きだせずにいる。男には死ぬほど小言を言う、あいつの母親でさえ」ミスター・グラハムの顔は真実をありありと映していた。彼は口うるさいでしゃばりの年寄りかもしれないが、息子を愛し、心を痛めているのだ。「最悪なのはあいつの目つきだ。恐ろしいものを目撃したかのように、すっかり老けこんでいる」

ええ、確かに。ペッパーもダンのそんな表情を目にしたことがあった。あたかも別の時代や、別の場所を眺めているようなまなざしを。生きのびるためには、感情も色彩も存在しない世界に引きこもるしかないと考えているような表情を。

「きみがどこからともなく現れたとき、われわれはきみが地域に溶けこめるよう、あらゆるチャンスを与えた」ミスター・グラハムは、ダンがトラックの荷台から大きな圧縮機をおろそうと格闘している姿を眺めた。「でも、きみは人一倍目立たなければ気がすまなかった」

「わたしがダイヤモンドの人たちのようになることを望まなかったということですか？ わたしはみんなとは違います」

「ああ、それは間違いない。だいたい、誰が女の子にこしょう《ペッパー》なんて名前をつけたんだ？」

彼の嘲笑はペッパーの心に突き刺さった。「わたしの両親です」

「両親？ われわれはきみの家族が誰なのかも知らない」ミスター・グラハムはダンが引き返してきたので早口になった。「きみだって自分の家族を知らないはずだ。誰がきみの両親かも」

ダンはクーガー並みの聴覚を備えているらしく、庭のほうから答えた。「いや、彼女は知っているよ」

ペッパーは喉が詰まった。これまでに自分の生い立ちを語った相手はふたりしかいない――ジェニファー・ネイピア将軍とダンだ。今、彼はそれを父親に話そうとしている。感情的に声を震わせ、彼女は懇願した。「ダン、お願いだから言わないで」

それを意に介さず、ダンは話し始めた。「彼女はテキサス州の牧師とその妻のあいだの娘だよ。八歳のとき、両親を交通事故で亡くしたんだ。その後、姉や妹、里子の兄と引き離されて里親に預けられた。だからここに来たとき、あんなに荒れていたんだ。今、この牧場をなんとか切り盛りしようとしているのも、そのせいだよ」

ミスター・グラハムがくるりと振り向いてペッパーを見つめた。「本当なのか?」

彼女は腕を組み、答えなかった。ミスター・グラハムに理解してもらう必要はない。さまざまな理由から、ダンに生い立ちを話したことを後悔したが、今は彼がその話を利用して彼女の評判をあらためようとしたことに憤りを覚えた。わたしはミスター・グラハムにどう思われたって全然かまわない。彼のことも、誰のことも必要ないもの……。

不良少女だった頃のペッパーの声が頭に響いた。

ただ正直に言うと、ミスター・グラハムにどう思われるのかは大いに気になった。それに彼のことは必要だ。この牧場を守っていくために、力を貸してもらわなければならないのだから。自分を鼓舞するように息を吸いこんで、彼女は認めた。「本当です」

ミスター・グラハムはいぶかしげにペッパーを見つめた。「どうして今まで言わなかったんだ？」

「あなたはわたしのことを、かわいい息子に道を踏み外させるろくでなしと見なして楽しんでいましたから」

ダンが彼女の隣に立った。「確かに、ぼくはきみのせいで道を踏み外したよ」

「あなたが経験していないことをさせた覚えはないわ」

「聞くところによると、こいつはきみが未経験だったことを手ほどきしたそうじゃないか」

ミスター・グラハムは頬を赤く染めたペッパーをしげしげと眺めた。「まったく」ダンをさっとにらんだ彼の声音に、ペッパーは一瞬、自分の父親の面影を感じた。「ティーンエージャーの若造ときたら、どいつもこいつも欲望のことしか頭にない」ミスター・グラハムは南側の草地を指した。「ダンはそろそろアルファルファが収穫できそうだと言っているが、きみはどう思う？」

彼はわたしをミセス・ドレイスの土地の所有者として認めてくれたんだわ、とペッパーは気づいた。収穫に関するちょっとしたやりとりから、わたしへの敬意がうかがえる。

「わたしにはわかりません、ミスター・グラハム。ぜひアドバイスをお願いします」

「わしのことはラッセルと呼んでくれ」

ラッセルが収穫時期とその理由を詳しく説明し始めると、ペッパーは思った。わたしは彼になによりも大好きなことを行う機会を――豊富な知識を披露する機会を――与えただけでなく、わたしを好きになる口実をさしだしたんだわ。ラッセルは相手と敵対するより、友人になりたがるタイプだ。

わたしも……そのほうがうれしい。

ダンはまるで自分が問題を解決したかのように得意顔だ。でも、わたしは彼に問題を解決してほしくないし、どんな借りも作りたくない。恩返しはできそうにないもの。

ひととおり説明してから、ラッセルは言った。「よし。じゃあ来週、われわれがきみの土地の収穫を行うよ。それまでになにか質問があれば、ダンに訊いてくれ」

「ほかの人には、わたしがここにいることを知らせないでください」ペッパーは言った。

ラッセルはトラックへと歩きだし、了解したしるしに片手をあげたが、彼女の言葉を真剣に受けとめていないのは明らかだった。

「どうかお願いします」ペッパーは念を押し、ダンとともにあとを追った。冷気をかき消す午後の日差しが肩に降り注ぎ、肌や筋肉がぬくもりを帯びて骨の髄まであたたかくなった。

「わたしはミセス・ドレイスに会うために戻ってきました。まさか——」彼女は片手でぐるりと周囲を指し示した。「こんな遺産が待っているとは思いもしませんでした。わたしにはミセス・ドレイスの死を悼む時間や、そのための平穏で静かな環境が必要なんです」なによりも、ヴァーガス上院議員がわたしのEメールを読んだかどうか確かめ、読まなかった場合にはネイピア将軍から身を守り、自分の人生を取り戻すために、ほかになにができるか模索しなければならない。どういうわけか、この時代遅れの自分の土地でなら、それができそうな気がする。「二週間もすれば、わたしも人づきあいができるようになりますから」あるいは死んでいるだろう。

「ペッパー、きみの造園会社はどうするんだ？」ダンが尋ねた。「戻らなくていいのか？その会社はどこにあるんだい？」

「戻る必要はないわ」

長い沈黙が落ち、ダンは彼女のこわばった表情をじっと見つめてから続けた。「会社を売却するか、代理人を雇って運営を任せなくていいのか？」

これまで必死に築きあげた評判が傷つくのは避けられないだろう、とペッパーは覚悟した。顧客はいきなり放りだされて激怒するはずだ。決意とともに、彼女は背筋をぴんと伸ばした。ペッパー・プレスコットは、これまで問題が生じるたびに逃げだしてきた。だが今度ばかりは、どれだけ早く遠くに逃げても逃げきれず、自分にとってかけがえのないものまで失った。もうこれ以上は逃げずに、ここでネイピア将軍と対決しよう。「もちろん、代理人ならいるわ。有能な女性だから、わたしの留守中も会社を任せられるはずよ」

「本当かい？」ダンは怪訝《けげん》そうに尋ねた。

ラッセルが肩をすくめた。「よし。どうやらきみは状況をしっかり掌握しているようだ。ダン、彼女が腰を落ち着けて、この土地の所有者らしくふるまうようになったら、おまえはすぐに家へ戻ってこい」

「今だって所有者はわたしよ」

「ほらな？　もう所有者らしくなってきたぞ」ラッセルはカウボーイハットをかぶった。

「ところで、今度の診察はいつだ？」

ダンは父親に不機嫌そうな視線を投げかけた。「明後日だよ」

「医者がなんて言ったか教えてくれないか？　頼むよ」そんな謙虚な物言いをするラッセルを、ペッパーはこれまで見たことがなかった。

彼女はふたりをじっと見つめた。いったいどういうこと？　ダンの怪我はどのくらい深刻だったの？

ラッセルの控え目な態度が功を奏したらしく、ダンは同意した。「ああ、電話で知らせるよ」

「ぜひそうしてくれ」ラッセルはトラックへと歩きだした。「認めるのは癪だが、ここはこの辺りで一番きれいだな」

車で走り去る彼に向かって、ペッパーは叫んだ。「いいえ、アイダホで一番美しい場所よ！」くるりと母屋に振り向くと、幅広いポーチを縁取る紫陽花《あじさい》が白く咲き乱れていた。その下には、金色の雄しべをつけた青や紫のアネモネが満開だ。家の裏手の日当たりのいい区画は、広々とした庭園に生まれ変わっていた。納屋は冬場でも作業が行える距離にあるが、牛や馬の匂いが漂ってくるほど近くはないと、かつてここで暮らしたペッパーは知っていた。

「確かに、アイダホで一番美しい場所だ」ダンも同意した。

ペッパーは誇らしい気持ちになった。ここでは文明が自然との闘いに勝つことはない。渓谷を取り囲む雄大な山脈が脅威と保護をもたらし、過酷な冬と美しい夏がめぐってくる限り。大気には常に松の木の香りが漂い、ごつごつした岩底を小川が流れている。豊かな土壌は春の訪れとともに草木に彩られ、冬は休眠状態となった。そして、ここは野生動物の宝庫でもある。ミセス・ドレイスと暮らしたあの春、幾度となく窓辺に呼び寄せられ、芝生をゆったりと横切る鹿や、枝を駆けまわるシマリス、冬眠から目覚めてうっかり姿を現した熊を目にしたものだ。

今や、その土地がペッパーのものとなった。

わたしはこれまでなにかを所有したいと夢見たことはない。そんなお金はなかったし、法的な文書に偽名で署名をする度胸もなかった。それに一箇所に腰を落ち着けることを恐れていた——今回はついにその真実と向きあわざるをえない。どこかで長く生活すると、隣人と知りあい、地域の一員となる必要が生じて……。実際、ジョージタウンでもそうなりつつあった。事業を始め、しばらくそこで暮らすうちに友人ができた。わたし自身を気に入ってくれて、わたしの意見に興味を示してくれる友人が。そして、個人的な質問をしてくる友人が。ミセス・ドレイスの遺産は、ジョージタウンで暮らすという選択肢をわたしから奪い去った。でも……。ペッパーはくるりと向きを変え、渓谷を見渡した。これがわたしのものになったんだわ。

一箇所にとらわれると思ったとたん、いつもの不安がこみあげた。

彼女はすがすがしい空気を吸いこみ、緊張を和らげた。ひとつの場所に縛りつけられることに耐えられなくなったら、この土地を売ればいい。ペッパー・プレスコットのものになった土地を。

意外にも、彼女は失望感に襲われた。再び周囲を見まわす。ここを売るですって？　どうしてそんなことができるの？

わたしはなにを望んでいるのだろう？　成功するには目標を持たなければだめだと、ネイピア将軍は言っていた。ペッパーには目標があった——お金を稼ぎ、自分の出自や身元など問題でなくなるくらい大金持ちになるという目標が。でも、今のわたしには土地がある。この土地を売却すれば、残りの人生をひとりで歩んでいけるだけの資産を得られるわ。反対に、どうにか生きのびてネイピア将軍を刑務所に送る方法が見つかれば、これがすべてわたしのものになる。望むなら、ずっとここで暮らすこともできる。ここにとどまれば、わたしは牧場主となり、いろいろ困難はあるにせよ……自由な生活を手に入れられるだろう。

ここで暮らしたい。この牧場がほしい。ペッパーはそう望んでいる自分に気づいて愕然とした。ぼうっとした声で、彼女は言った。「ここは本当にわたしの土地なのね」

ただし、ひとつ問題がある。

かたわらに立つ長身のダンは、女性が頼りにできるような男性だ。

だが、ペッパー・プレスコットにはとても手に入れることのできない男性だった。

11

マサチューセッツ州ボストン

「ペッパーの捜索をどこから始めるべきかわかったって、どういうこと？」ホープ・ギヴンズは執事のグリズワルドをじっと見据えた。ホープのハーヴァード大学院卒業と、まもなく彼女とザックの第一子が誕生することを祝ってギヴンズ邸に集まった大勢の客や親族を無視し、彼女は強いまなざしで年老いた執事からただちに答えを引きだそうとした。

ギヴンズ・エンタープライズ社のＣＥＯ、ザック・ギヴンズは、妻が大きなブルーの瞳で相手を見据えて説明を求めるとき、どれほどの威力を発揮するか重々承知していた。何度も身をもって経験したからだ。ふたりが結婚してもう七年になるが、ホープは世界一優しく穏やかな女性だった。ただし、正さなければならない不正を発見したときや、彼女が友人と呼ぶ何百人のうちの誰かが助けを必要としているとき、長年消息不明のきょうだいの捜索が行き詰まったときは態度が一変した。

グリズワルドは今、瀟洒《しょうしゃ》なギヴンズ邸のパティオに立ち、額に汗を浮かべていた。禿げ頭を撫でてから、バセットハウンドのような目をザックに向け、歯切れのいいイギリス英語で言う。「旦那《だんな》様、今はお祝いのパーティーの最中ですし、妊娠後期ということを考えますと、奥様がこのように興奮なさるのはお体によろしくないかと存じます。詳しいご報告は旦那様の書斎のほうで……」

ホープは唸り声としか言いようのない声を発した。

グリズワルドは言葉を濁し、怯えた顔をするだけの良識を備えていた。

ザックの両親と叔母のセシリーは、執事の不手際に啞然としたように頭を振った。

執事の身に危険が及ばないよう、ザックはグリズワルドと妻のあいだに割りこんだ。

妊娠八カ月と三週間のホープは、女性ホルモンが体内で大量に分泌されているせいで、『アイ・ラヴ・ルーシー』の再放送を観ては泣き、『三ばか大将』に爆笑し、三歳児も顔負けの癇癪を爆発させた。普段はおとなしく分別のある女性だと、みんなから思われているにもかかわらず。

もちろんザックはホープの癇癪を経験ずみで、結婚前に彼女によって人格や自尊心をずたずたに引き裂かれた。それは当然の報いだったが、あれ以来、彼女のことを御しやすいタイプと見なす過ちは犯していない。

ホープは過去にふたりの妹と里子の弟と引き裂かれた。両親が教会の資金を横領した罪で訴えられた直後に交通事故で他界し、残された彼女にはどうすることもできなかったのだ。

ザックと出会った頃、ホープはきょうだいを捜していた。彼がホープに結婚を承諾してもらえたのは、ひとえに里子であった弟のガブリエルを見つけだしたからだ。あの七年前から、親族は一丸となってふたりの妹を捜してきた。インターネットの達人のグリズワルドがどんな情報をつかんだにせよ、ホープはそれを一刻も早く聞きたいはずだ。

いつの間にか、ザックの隣にはガブリエルが立っていた。つややかな黒髪にエメラルドグリーンの瞳をしたガブリエルは出自が不明だが、彫りの深い顔立ちや広い額からラテン・アメリカ系であることは明らかだった。彼は冷静に提案した。「ザックの書斎に身内だけ集まって、グリズワルドがつかんだ情報を聞くべきだ」

「すばらしい考えだな」ザックはホープの体に腕を回し、椅子から立ちあがるのに手を貸した。そして、まわりをうろうろしている客たちに呼びかけた。「このままパーティーを楽しんでいてくれ。近々、みんなで祝うことがさらに増えると約束するよ」

招待された友人たちや親戚《しんせき》は揃ってうなずいた。みなホープのきょうだいが消息不明だと承知していて、捜索にもできる限り協力していた。

ザックはホープのあとを追いながら、妻がゆっくりと歩いていることに気づいた。疲れているようだ。きっと娘が生まれるのももうすぐだな。どうか一日も早く生まれてきてほしい。わが子をこの腕に抱く日が待ちきれない。ホープが娘の誕生を心から喜べるように、ペッパーも見つかればいいが。

ホープは書斎の戸口で立ちどまった。「ごめんなさい。知らせを聞く前に、トイレに行ったほうがよさそうだわ」

三人の男性はうなずいた。三人とも彼女の最近の習慣に通じていて、そう言われても誰も驚かなかった。

「でも、わたしがいないあいだにペッパーの話を始めたら承知しないわよ」ホープは釘を刺した。

ガブリエルは姉がトイレに入ってドアを閉めるのを待って、つぶやいた。「はい、奥様。なんでも仰せのままに」

ザックは閉じたドアを見つめて頭を振った。「大の男が三人揃ってひとりの妊婦に恐れをなすなんて、実に嘆かわしいことだ」

「わたくしは奥様を恐れてなどいません、旦那様。ただ、奥様があまり興奮なさらないよう、お体に配慮しているだけです。では失礼して、わたくしは先になかでお飲み物の用意をいたします」そう言うと、グリズワルドは書斎に入った。

「彼は現実逃避しているよ」ガブリエルは口の端でつぶやき、執事のあとに続いた。

ザックはホープに手助けが必要か確かめるべく廊下にとどまった。

彼女はトイレから出てくるなり、夫を見てうれしそうにほほえんだ。「あなたはとてもハンサムだって、最近言ったかしら?」

「いや」彼は大げさにため息をついた。「おかげでぼくの自尊心はぼろぼろだよ」

ホープは吹きだし、ザックが両腕を広げると、すぐさま近づいてきた。「あなたは自尊心をくすぐられなくたって平気よ。もう十分にうぬぼれ屋だもの」

「それはきみを手に入れたからだよ」ザックの胸に愛情がこみあげた。「そして赤ん坊もね」胴まわりの大きくなった彼女は腕のなかにおさまりきらず、圧迫された赤ん坊はさかんにおなかを蹴った。

ホープは彼の胸に頭をすり寄せた。「この子は奇跡だわ」

「本当にそうだな」

つきあい始めた頃は決して順風満帆ではなかったが、ザックにとってこの七年はかつて味わったことがないほどの幸福に満ちていた。だからこそ、なんとしてもホープを幸せにしたい。

「今回はペッパーを見つけられると思う？」彼女は尋ねた。

ザックはホープのブラウンの髪を撫でたが、軽々しく楽観的な意見は口にしなかった。

「わからない。だが、そうなるよう願っているよ」長年、ホープは貧困や不自由と闘いながら、家族の情報をつかもうとしてきた。だが、調査はことごとく阻まれた。同様の目に遭ってきた彼は、ついに胸の奥の本音を明かした。「きみたちきょうだいを引き離さない努力がまったくなされなかったことが、どうも腑に落ちない。それに、きみが故郷から遠く離れた土地に追いやられたことも妙だ」

「ええ」彼女はささやいた。「わたしも前々からそう思っていたわ」

「ぼくの財力やわが一族の影響力を持ってしても、いまだにきょうだいの手がかりを得られないことには、さらに疑念を感じるよ」まるで強大ななにかが、ぼくたちの調査を妨害しているかのようだ。

「熟睡できなくて疑心暗鬼になっているだけだと思うけど、最近――」ホープはザックの胸から顔をあげて、夫を見つめた。「ホバートの郡庁舎で起きた火災は、わたしたちの記録を葬り去るための放火だと思う？」彼女はあわててつけ加えた。「そんなの、ばかげてるわよね？」

「何者かがきみたちの記録を抹消するために、テキサス州ホバートの郡庁舎に放火したと考えることがかい？　確かに荒唐無稽《こうとうむけい》な話だが……ぼくもその可能性は考えたよ」ガブリエルは放火だと確信しているが、ザックはまだ妻にそのことを伝えたくなかった。

ホープは息を詰めてから、ふっとため息を漏らした。「それが真相だと思えれば、ほっとできそうだわ。きょうだいの行方がつかめないのは、あなたやわたしやみんながあまりにも無能なせいだと考えるよりいいもの」

「誰かが真実を隠そうとしていると考えるほうが、もっと恐ろしいよ」ザックは優しく言い足した。「そんな真実は邪悪なものに決まっている」

「両親はふたりとも善良だった」彼女の口もとがこわばった。「とても横領なんかする人たちじゃないわ」

「だったら、誰かに殺されたんだ」

ホープのブルーの瞳が涙で潤んだ。「そんなことを想像するのは耐えられない」

よりによってこんなときに話を持ちだした自分を、ザックは罵った。彼女が感情的になっているときに。「だったら、想像するんじゃない。さあ、なかに入って、グリズワルドの報告を聞こう」

書斎に入ると、ザックはホープを一番快適な革張りの椅子に座らせ、妻の手を握れるように肘掛けに腰をおろした。

ガブリエルが彼女の足の下にオットマンを置いた。

グリズワルドは水の入ったグラスをホープに手渡してから、暖炉の前に立ち、ザックとガブリエルには報告ずみの事実をホープに語り始めた。「ミス・ペッパーはワシントンＤＣに住み、造園家として成功しています」

「造園ですって？」ホープは執事の言葉に聞き入った。「幼い頃のペッパーはいつも騒がしかったわ。あの子がそんなおとなしい職業に就くとは夢にも思わなかった」

「実は」グリズワルドはそこでひと息ついた。「ペッパーという珍しい名前にもかかわらず、里親の記録をたどるのが困難だったため、わたくしは前々から彼女が偽名を使っているか、本名が変わったのではないかと思っておりました。まず頭に浮かんだのは、養子になった可能性です。テキサス州を……離れた当時、彼女は八歳でしたから、それが論理的に思えたのですが、養子縁組の記録の調査は徒労に終わりました」

「養子縁組の事務所は、きみが資料にアクセスすることを許可してくれたのかい？」ガブリエルが興味深そうに尋ねた。

「それは……いいえ、〝許可〟されたというわけでは……」

「きみは彼らのデータに侵入したのか？」ガブリエルは厳しい声で尋ねたが、ザックは彼が内心おもしろがっていることをお見通しだった。

「ガブリエル、あなたも彼がしたことを承知のはずでしょう。だったら、黙っていてちょうだい」ホープがぴしゃりと言った。以前ひとりで妹を捜していた彼女は、養子縁組の事務所が情報提供に協力的でないことをよく知っていた。「わたしはグリズワルドの報告が聞きたいのよ」

「ありがとうございます、奥様」グリズワルドはイギリス人執事ならではの優越感を漂わせて、ガブリエルに冷笑を向けた。それから、興奮気味に調査について語りだした。「わたくしは、ミス・ペッパーだと思われる女性の消息をニューメキシコ州アルバカーキでつかみました。四年前、彼女はそこで短期間暮らし、ペッパー・ポーターと名乗っていたそうです。彼女の知りあいと直接話したところ、ペッパー・ポーターの風貌と、われわれの想像する今のミス・ペッパーの容姿が一致しました」

ザックは専門家に依頼して、八歳のペッパーの写真をもとに大人になった彼女の顔写真を精密なコンピューターソフトで作成させていた。はしばみ色の瞳がこちらを冷静に見つめ返す写真は、なんとも不気味だった。ホープは初めてそれを見たとき、愛する妹のデスマスクのようだと声をあげて泣いた。それこそまさに妻が恐れていることだと、ザックにはわかっていた。ペッパーが見つからないのは死んでいるからかもしれないと恐れているのだ。ついにペッパーの手がかりを得た今、ホープがどれほどの期待と焦燥感に駆られているのか、彼は推し量ることしかできなかった。

「彼女は名前を変えています。しかも何度も」グリズワルドはペッパーに故意に妨害されたと言わんばかりに、憤慨のため息を漏らした。

ホープは背筋を伸ばして詰問した。「どうしてそんなことを？　あの子はトラブルに巻きこまれたの？」

「それはわかりません、奥様」

ホープはガブリエルと意味ありげなまなざしを交わした。ザックにはその理由がわかった。ペッパーについていろんな話を聞いていたからだ。彼女は牧師の娘と思えないほど反抗的で、生意気で、大胆不敵だったらしい。おそらく、ホープとガブリエルはペッパーが困った状況に陥ったに違いないと思っているのだろう。

ザックはそつなく話を戻した。「彼女はＩＤをどうしたんだ？」

「インターネットで偽造ＩＤを購入していました」グリズワルドが答えた。

ホープは髪をかきあげた。「それは違法じゃないの？」

「ええ、奥様、重大な犯罪です。ミス・ペッパーのもといた居場所までたどることはできませんでしたが、わたくしは偽造ＩＤを彼女に売った紳士に圧力をかけました」グリズワルドは当然のごとく得意満面だった。「その結果、彼女がアルバカーキからミネアポリス、そしてタンパへと移動し、最終的にワシントンＤＣに移り住んだことを突きとめました。現在はジャッキー・ポーターと名乗っているそうです。自宅はすぐには見つかりませんでした。というのも、彼女はジャッキー・ポーターという名前で仕事をし、ジャクリーン・P・ピーターズという名前でコンドミニアムを借りていたからです。その偽造IDは別のルートで購入されていました」

じっとしていられずに、ガブリエルは書斎のなかを行ったり来たりし始めた。「ぼくたちはあと少しでペッパーを見つけるところだったんだ。ワシントンDCでわずかの差で行き違ったあと、彼女は姿を消した。ザックとぼくはデンヴァーまでの足取りをつかんだ。ペッパーはそこで車を買って山岳地帯に向かい……その後、消息が途絶えた」

「どうして？　ペッパーはなぜ成功している造園の仕事を手放して姿を消したの？」ホープは問いつめた。

「それは……」グリズワルドは言いよどんだ。「実は『ワシントン・ポスト』の記事にジャッキー・ポーターの名前が……」気遣うようにホープを見てから続けた。「殺人事件の容疑者として載っていました」

ザックは思わず立ちあがった。「なんてことだ」

ガブリエルも足を止め、さっと青ざめた。「誰が殺されたんだ？」

ホープだけが揺るぎない自信に満ちた声で言った。「そんなこと、ありえないわ。あの子は無実よ」

「その奥様の考えに、いえ、わたくしたち全員の考えに賛同する人物がいます。ミス・ペッパーのワシントンDCの自宅を突きとめたあと、彼女のコンピューターに侵入したところ、ミス・ペッパーの無実を信じて彼女の力になりたいと書かれたEメールを発見しました。その女性の力添えがあれば、必ずミス・ペッパーを発見し、疑いを晴らせるはずです。ミス・ペッパーの無実を信じている人物とは――」グリズワルドは意気揚々と著名人の名前を告げた。

「ジェニファー・ネイピア将軍です」

12

「さあ、牧場を案内するよ」ダンは言った。

ペッパーがついてくるかどうか確かめずに、彼はトラックへと歩きだした。

淡いグリーンのトラックは車高が高く、頑丈で、牧場の大事な仕事道具としてしっかり整備されていた。四輪駆動の大型タイヤのおかげで雪の吹きだまりにはまることはなく、強力なエンジンによって急な坂道でも難なくのぼる。長い荷台は大量の干し草だけでなく、時には手のかかる子牛の運搬にも使われた。運転台のすぐ背後には、道具を保管する鍵つきの道具箱もあった。トラックの車体は上から下まで砂利道の砂埃に覆われ、ホイールカバーの内側には泥が飛び散っていた。ダンのトラックは、この郡の牧場で使われている多くのトラックとなんら変わりなく見えた。

だが、このトラックには特別なものも積んであった。ダンが運転席の背後に設置したモニターは、母屋のモニターと接続されていた。彼のポケットベルは、なにかが――あるいは誰かが――母屋の周囲に張りめぐらされたレーザー光線のセンサーを遮断すると、警告を発する仕組みになっている。それによって侵入者のサイズや方向も読みとれた。座席の背後には武器も備えてあった。牧場主が背後のラックにかけておくような普通のライフルではなく、大半の一般人が所有していないどころか使い方もわからない代物だ。

ペッパーはダンのあとを追い、喧嘩腰に言った。「ええ、どうぞ案内してちょうだい。わたしが覚えなければいけないこともすべて教えて。確か二週間と言ったわよね? 高地に牛を移動させるまでの二週間で、それ以上長居はしないと」

「きみのことをよく知らなければ、ぼくにここにいてほしくないんだと思ってしまうところだよ」ダンはペッパーのためにドアを開け、彼女がステップにのぼった拍子にぴんと張った腿に目を留めた。観察眼に優れた彼は、ベンチシートに腰かけた彼女の引き締まったヒップをしげしげと眺めた。ああ、彼女にキスしたい。

「あなたはここから立ち去ったほうがいいわ」

「誰にとっていいんだい? ぼくはいやだな」ダンは両手を組みあわせた。ぼくがペッパーにしようと思っているキスは、生まれたままの姿で横たわった状態で交わさなければならない。だが、そのほかにも、彼女の怒りを静めて愛の営みへといざなうキスを念入りに計画している。とはいえ、ぱっと頭に浮かぶのは、口を開いてむさぼりあう情熱的なキスだった。

不思議だな。多くの人間を殺害しながら一向につかまらないテロリストを追うことに全身全霊を傾けてきたぼくが、今はペッパーを誘惑することに同じくらいのめりこんでいるなんて。「きみとここで過ごすのは楽しいよ。まるで昔に戻った気分だ――愉快な反抗期に。もっとも、今回はセックス抜きだが」

ペッパーははっと息をのみ、ショックに目を見開いた。「あなたって最低ね」彼女は身を乗りだし、彼の鼻先でばたんとドアを閉めた。

ダンはトラックの前を回りこみ、運転席に飛びのった。わざとからかって、ペッパーに癇癪を起こさせるのは痛快だ。もちろんこれは彼女が正直かどうか確かめるためであって、彼女といると、つい少年時代のいたずら心が呼びさまされるからではないが。

トラックで走りだしてから、彼は目の端でペッパーを眺めた。下手なヘアカットのせいで、ウェーブがかかった髪はひどい状態だ。もともと色白の顔を乱れた黒い巻き毛が囲み、鼻や額には日焼けで皮がむけた跡が残っている。それでも、長いまつげに縁取られた目は大きくて思慮深く、バービー人形を思わせる体はジーンズとTシャツがよく似合っていた。

親父がぼくたちの同居を案じるのも無理はないな。たいていの男は彼女に手を出さずにはいられないだろうし、それを我慢したいとも思わないはずだ。ぼくだって例外ではない。それに、ぼくには彼女に用心する正当な理由がある。ただ、用心するということは注意深く見守ることを意味し、その行為には不謹慎なほど気をそそられた。

納屋で車を停めて、ダンは言った。「ここで待っていてくれ。すぐに戻るから」

「どうぞごゆっくり」ペッパーはとげとげしい声で言った。

納屋に入ると、彼は財布から通信機を取りだして耳にはめた。ボタンを押したとたん、ジャッフェ大佐と回線がつながった。「例の女性に関する情報は？」

非常に忍耐強い声で、大佐は応えた。「わたしが調査を開始してから、まだ二十四時間も経っていないぞ。どうやら、寝ているあいだに彼女に命を狙われるような目には遭わなかったようだな」

「ええ」

「彼女はきみを誘惑しようとしたか？」

「いいえ、とんでもありません」

ジャッフェ大佐は声高に笑った。「この世にも分別のある女性がひとりはいたらしい」

「彼女は疲れ果てていたんですよ」ダンは尊大に言い返した。「きっと今夜はぼくのベッドに忍びこんでくるはずです。もちろん、あの連中がいまだに田舎でぶらぶらしながらシュスターの到着を待っているのであればですが」

大佐の口調が仕事モードに切り替わった。「まだ動きはない。彼女はなにか不審な行動を取ったか？」

「ペッパーはここに戻ってきたことを誰にも知られたくないようです。友人を訪ねようともせず、これまでどこで暮らし、どこで働いていたのかも明かそうとしません。ぼくも彼女のことを口外しないよう、かたく口止めされました」

「きみを殺したあと、身元がばれないようにするためか？」

「どんな可能性も否定はできません」ダンは認めた。

「もう少し彼女をそこにいさせてもいいだろう。その女性が無実で、何者かがきみを見張っているとすれば、彼女の存在がこの作戦のカムフラージュとなってくれる」

この件は前にも大佐と話しあったが――。「誰かがぼくを監視しているんでしょうか?」

「いや、きみの忠実なカウボーイのなかに裏切り者が紛れていない限り、それはない。ミドラー軍曹によれば、カウボーイは全員シロだそうだ」

「了解しました。それじゃ、これからペッパーに牧場を案内して、牧場経営に関する深い知識と、ぼくの大きな――」ダンは男らしく声を落とした。「カウボーイハットで彼女をうっとりさせてきます」

「まあ、その手のことにうっとりする女性もなかにはいるだろう」ジャッフェ大佐はいかにも退屈そうな口調で言った。

「いえ、全員です、大佐。女性はみんなそうですよ」にやっとして、ダンは通信を切った。

作業用手袋をはめ、一八キロの岩塩のブロックを抱えてトラックへと運びだした。トラックのかたわらには、ソニー・ミドラー軍曹とハンター・ウェインライト、若いカウボーイのTJ・ラヴィングが立ち、それぞれカウボーイハットを手にしながらペッパーに話しかけていた。

赤褐色の巻き毛に親しげな笑顔のソニーは、女性の目からするとハンサムらしい。それに話し上手でもあった。もっとも、おしゃべりが度を超して、ダンから〝おまえは才能がありすぎだ〟と注意されることも少なくなかった。

ウェインライトは大人の魅力で、日頃から女性にもてた。あの白髪交じりの髪に女性は弱いらしい。

TJはまだ青二才だが、少年っぽさに惹かれる女性にとっては理想の相手だろう。

三人とも筋肉質でハンサムだし、ダンが女性はカウボーイに弱いとジャッフェ大佐に言ったのは冗談ではなかった。ペッパーが大きなカウボーイハットやくだらないおしゃべりにうっとりしないだけの分別を備えていればいいが。だが、嫉妬《しっと》せずにはいられない。そんな自分にダンは驚いた。ぼくは不合理な男ではないし、相手がどんな女性であれ、九年間も禁欲を貫くことを期待してはいない。実際、ぼくも禁欲とは無縁の生活だった。

とはいえ、ペッパーに対する思いは特別なものだ。欲望に独占欲が入り混じり、激しい欲求がこみあげてくる。これほどまでにベッドをともにしたいと思った女性はひとりもいない……この九年間では。ペッパーを貪欲に求めてしまうのは、きっと処女を奪ったことが原因だろう。そのせいで、ぼくは彼女を自分のものだと思いこんでいるのだ。

実際、下半身のほうもそう主張し、熱くうずいている。

ペッパーはなんらかの理由で人目につきたくないと思っているが、あの三人はダンに恋人ができたと言いふらすだろう。仏頂面をしていると自覚しつつ、ダンはトラックに歩み寄った。

ペッパーは少しでも顔を隠そうと帽子のつばを思いきり引きさげ、カウボーイの話にうなずいていたが、驚くほど寡黙だった。男たちはダンの表情を見るなり押し黙った。彼は立ちどまって三人を眺めた。

男たちはしゃんと背筋を伸ばした。

「仕事を探しているのか？」ダンは尋ねた。

ソニーは持っていたカウボーイハットのつばをひねりながら言った。「はい、フェンスを修理したほうがいいか確認したかったんです」敬意のこもった声だが、口もとはにやにやしている。女性を落とすことにかけては、ソニーは大部隊のなかでダンに次いで二位だった。そして、ダンの女性を横取りすることをなによりの楽しみとしていた。それが成功したことはなかったが、だからといってあきらめなかった。ダンが岩塩のブロックを持ちあげてトラックの荷台にのせようとすると、ソニーがすかさず駆け寄った。「重いでしょう、手伝いますよ」

まるでぼくが年寄りみたいな言い草だ！「ああ、頼むよ」ダンは一八キロのブロックを手渡し、ソニーが持ちあげたところで腹部を手刀で叩いた。

ソニーはトラックの荷台にどすんと岩塩を落とし、その衝撃で車体が揺れた。肺から一気に息を吐き、彼は体を折り曲げた。

ウェインライトとＴＪが吹きだした。

ペッパーは前方を見据えたままだった。

父親のような口ぶりで、ダンは問いかけた。「持病のヘルニアが痛むのか、ソニー？」

「ええ」ソニーはあえいだ。「ヘルニアのせいです」

声を落として、ダンは言った。「勝てば官軍さ」そして声を張りあげた。「さっさと仕事に取りかかれ。ぼくはこちらのレディに牧場を案内する。その後、彼女は旅立つ予定だ」

「ミス・ワトソンからもそう聞きました」ＴＪはがっかりしたように言った。

誰だって？　ダンは困惑した。

「今夜〈ジェム・ラウンジ〉に来てほしかったのに、午後には飛行機で発《た》たなければならないと彼女に断られました」ＴＪは言った。

ソニーが呼吸を取り戻して言った。「年寄りのダンと過ごしても仕方がないからだよ。彼にはどんな女性の相手も務まらない」

「おまえに皿洗いをさせてもいいんだぞ」ダンは言った。

ソニーは飛びのいた。「皿洗いは勘弁してください。さっそく仕事に取りかかります」

カウボーイたちを乗せた車が走り去ると、ダンはトラックに乗りこみ、ばたんとドアを閉めた。「ばかなやつらだ。きみはあいつらになんて言ったんだ？」

「名前しか言わなかったわ、グレンダ・ワトソンという名前しか」ペッパーの声にいらだちがにじんだ。「男って、ちっとも成長しないわね」

ダンはトラックをバックさせて父親の牧場とは反対方向へと走りだし、再び母屋を通りすぎて渓谷の端を回りこむと、川岸の岩塩置き場を目指した。「なんのことだい？」

「岩塩をトラックにのせるときのやりとりのことよ。それからソニーがあなたを年寄り呼ばわりして、わたしがここにセックスをしに来たと思いこんだこと。あなたたちはみんな、薄ら笑いを浮かべたろくでなしだわ」

「そうだな」

ダンのあっさりした返事に、ペッパーの瞳が燃えあがった。「出会ったときから、あなたはいまいましい人だったけど、それは今も変わらないようね」

「ああ、きみと同じく」なんて控え目な言い方だろう。

「わたしは生い立ちが不幸だったわ。でも、あなたがあんなに無作法で生意気な不良少年だった口実はなんなの？」

「口実なんて必要ないさ。ぼくはグラハム家のひとり息子で、当時一七歳だった。問題を起こすのは、いわば一族の古いしきたりだよ」トラックはがたがた音を立てながら未舗装の道を走り、轍《わだち》や、凍って盛りあがった地面を通るたびに車体が揺れた。「それに、あの頃はまだ少年だった。少年というのはワイルドなものだと決まっているじゃないか」

ペッパーははっと息をのみ、くるりとダンのほうを向くと、彼が本気かどうか探るように見つめた。ダンは慎重に無表情を装って言い足した。「そして、女の子というのはおとなしくて礼儀正しいものだ」

「あなたのトラックの床に吐きそうだわ」彼女はにべもなく言った。

「頼むからやめてくれ。ぼくたちには、このトラックしかないんだから」

ペッパーの顎がこわばった。

彼女はまた自分の車について訊かれるんじゃないかと不安なんだな。だったら、尋ねてやるしかない。「あときみの車を牽引しに行こう」

ペッパーは噛みつくように言った。「車は谷底にあるし、引きあげるのは無理よ。母屋に戻ったら保険会社に電話するわ」

「いい考えだ。だが、いずれにしろ車は牽引しなければならない。保険査定員は廃車だと宣言する前に調べたいはずだ」

ペッパーは長々と息を吸い、ダンのほうを向くと、不意打ちをくらわせた。「あなたはなんでも支配しなければ気がすまないんでしょう？　自分のやり方でなければ認めないのね」

彼はブレーキを踏んでトラックを停めた。土埃がおさまるのを待ってから、エンジンを切って窓ガラスをさげる。座席の背に片手をかけて、ペッパーのほうを向き、しげしげと眺めた。

ペッパーは唇を引き結び、顎を突きだした。怒りを漂わせながら、ダンの視線をまっすぐ受けとめる。もはや彼女は洗練されたミス・プレスコットではなく、一六歳の頃のペッパーに戻っていた。彼はそれを歓迎した。これならぼくの知っている少女だ。ぼくの理解しているペッパーだ。

「わたしがなにを問題にしているか、ちんぷんかんぷんなんでしょう？」彼女は挑戦的に尋ねた。

「ああ、さっぱりわからない」それが問題なのだ。ペッパーはなにも言わなくても察してもらいたいと思っているが、ぼくは皆目見当がつかない――昔からそうだった。でも、今はわかっているふりをするほど愚かではない。ダンは素直に言った。「教えてくれ」

「あなたはわたしの両親についてお父さんに話したけれど、すべての真実は明かさなかったわ。彼がわたしを気に入るように、うまく取り繕ったのよね。わたしがなにを望んでいるか確かめもせずに、あなたは自分で勝手に決めたのよ」

「ぼくがなにを取り繕ったというんだ?」

「わたしの両親が教会の資金を横領して子供を捨てたことを話さなかったじゃない」両親に対するペッパーの恨みは、年月とともに薄れるどころかいっそう募っていた。「両親は逃げようとして事故死したわ。子供たちを残して……そのせいで、わたしたちきょうだいは引き裂かれ……それぞれひとりぼっちになって……」胸がぐっと詰まり、目頭が熱くなったが、彼女は泣かなかった。むしろ怒りに燃えていた。

ペッパーはぼくの暗殺をもくろんでいるのか? その可能性は否定できないが、彼女がいらだてばいらだつほど、ダンはリラックスした。後ろ暗いところのある女性なら、こんなふうに取り乱すことは絶対にないはずだ。それにこれが彼女流の誘惑だとしたら、お粗末としか言いようがない……もっとも、ぼくは気をそそられているが。「両親の犯罪のせいで、ぼくに軽蔑《けいべつ》されるんじゃないかと恐れているのか?」

「いいえ、そうじゃないわ!」ペッパーは息を吸った。「昔、両親のことや、両親から捨てられたことを打ち明けたとき、あなたがなにをしたか覚えてる?」

「ぼくはきみの家族を見つけようとした」

「ええ、あなたは彼らを見つけようとした。わたしの家族を捜そうとして、テキサス州のホバートに問いあわせの手紙を出したわ」

そうだった。ペッパーの失踪《しっそう》に打ちのめされたぼくは、そのことを――そして問いあわせの手紙について打ち明けたときの彼女の反応を――すっかり忘れていた。

ダンはスラックスを引きあげてシャツをたくしこむと、なにごともなかったようなふりをしたが、ペッパーとのセックスはかつて経験したことがないほどすばらしかった。エル・カミーノの暗い車内で、彼女が必死に衣服の乱れを直し、泣いているように時折洟をすするのが聞こえた。

くそっ。ぼくはペッパーを手荒に扱った。きっと彼女を傷つけたに違いない。だが、なんと声をかければいいのかわからない。ペッパーが帰る家に本物の家族が待っていれば、彼女と寝たことにこれほど良心は痛まないはずだ。別にミセス・ドレイスが悪いわけじゃない。実際、彼女はすばらしい人だ。ただ彼女は年を取っていて、自分のやり方に固執する面がある。なにより、ペッパーの実の母親ではない。

ダンは助手席に座っているペッパーが静かになるまで待ってから、手を伸ばして彼女を引き寄せ、抱きしめた。

ペッパーは身をこわばらせて彼を拒もうとした。

だが、ダンがそのまま抱きしめていると、彼女はわずかに肩の力を抜いた。ほんのわずかだったが。それから、彼は思いつくなかで最高の慰めを与えた。ぼくのすばらしい行いを知ったら、彼女はなんでも許してくれるはずだ。「このあいだ、きみは秘密を打ち明けてくれただろう？　きみの家族のことを」

ペッパーはまた身をこわばらせた。

「実は、とびきり最高なことをしたんだ」

体を震わせながら、彼女は尋ねた。「いったいなにをしたの？」

「別に悪いことじゃないよ！　秘密は誰にも漏らさなかった。そんなことじゃないんだ」ペッパーに誤解されたと感じて、ダンは少し傷ついた。「ぼくはきみの家族の捜索に協力したんだよ。ホバートの郡庁舎宛に手紙を書いて、きみのきょうだいの記録を見せてほしいと頼んだんだ」

驚いたことに、ペッパーはダンの腕から身を振りほどき、息を切らして怒りを爆発させた。

「あ、あなたって人は！　よくもそんなことを」

「どうしたんだ？」彼は愕然とした。ペッパーはぼくに感謝するどころか、責めたてている。

「きみを困らせるようなことはなにもしていないよ。ぼくは最善だと思うことをしただけだ」

「まあ、心から感謝します、ジョージ・ワシントン。あなたの助けがなければ、わたしは今頃どうしていたかしらね」

その当てこすりに、ダンはかっとなった。「おい！　ぼくに向かってそんな口をきくなんて、誰であろうと許さないぞ」

「もちろんそうでしょうね。偉大なダン・グラハムだもの」ペッパーは皮肉たっぷりに言った。「ねえ、こうは思わなかった？　わたしがすでに問いあわせたけれど、誰にも取りあってもらえなかったのかもしれないと――」彼女は言葉を切った。そして、張りつめた小さな声で言った。「ドレイス牧場まで送って。もうここにはいられないから」

ダンはそれを聞いて、ペッパーは車からおりたいのだと受けとった。

だが、彼女が意図したのは町から出ていくことだった。

結局、ホバートへの問いあわせの返事はいっさいなかった。ダンはそれを奇妙に感じ、気に入らなかった。そのとき以来、彼は奇妙なことには用心するようになった。

ペッパーの語気がさらに荒くなった。「わたしがダイヤモンドを去った理由を知りたい？それはあなたがグラハム流にふるまったからよ。わたしがなにを望もうとおかまいなしに、独断的だったからよ」

ペッパーはトラックの車内に閉じこめられ、どこにも逃げることはできない。それを承知の上で、ダンは彼女のほうに身を乗りだし、さらに厳しく問いただした。「どうしてぼくがきみの家族について調べようとしてはいけないんだ？　それは正しいことだろう」

「それはあなたの判断でしょう！　いつもそんなに自分が正しいと確信しているの？」

ダンの胸に記憶がよみがえった。去年の夏の記憶が。灼熱《しゃくねつ》、異国の匂い、日干し煉瓦《れんが》の家、そこで暮らす子供……ぼくの人生をずたずたにした爆発。「いや、いつもじゃない」

「でも、わたしの代わりに決断する資格があると思ったんでしょう。まだ一八歳の少年だったのに」

「だから、ぼくのもとから逃げだしたのか？」

「別にあなたから逃げたわけじゃないわ」

冷静な口調で、ダンは切り返した。「さっき、そう認めたじゃないか」

「あなたには関係ないわ。あれはわたしの問題なの。いい？　この世のすべてがあなたを中心に回っているわけじゃないのよ」

本来なら、こんなことはいちいち女性に説明しなくていいはずだ。女性は知っていて当然なのだから。「あの夜の出来事は、きみだけの身に起こったわけでも、ぼくだけの身に起こったわけでもない。ぼくたちはありとあらゆる意味で結びついていた。ともに怒り、愛を交わしたじゃないか。あれはぼくたちのどちらかではなく、ふたりの出来事だ」

ダンが激怒すると、たいていの人間はあとずさりする。だが、ペッパーは目に炎を燃やして彼と対峙《たいじ》した。「ふたりの関係はもう終わったのよ。だから忘れてちょうだい」

「忘れろだって？」彼は必死に癇癪をこらえた。「男には転機と呼べる瞬間が何度かめぐってくる。その後の人生を決定づける瞬間が。ダーリン、あの夜はぼくにとってそういう瞬間だった」ほかの転機は……つらいものだったが、あれだけは大切な思い出だ。「きみにとって、あの晩はそういう転機じゃなかったのか？」

13

あの晩を境に、ペッパーの人生は一変した。

窃盗や、飲酒や、唯一頼りになるミセス・ドレイスを故意に傷つけてしまったことへの羞恥心。ダンに対する情熱や苦悩。そしてダンの協力によって、きょうだいが彼女を見つけたとしても……喜ばないかもしれないという不安が胸にわき起こった。

だが、ペッパーは自分の胸のうちを語ることができなかった。あの晩だけでなく、ほかの晩や……ほかの日のことも。そうやって、この九年間ずっと感情を押し殺してきた。ことあるごとに幼稚で過激な態度を取ってはひどい目に遭ってきたけれど、あの悪癖がまた顔を出しそうで怖い。とりわけ今は。生き残るために理性と分別を総動員しなければならない、死と隣りあわせの今は。

ペッパーは探るようにダンを見つめた。彼は燃えるような目をして、片手でハンドルを握り、もう一方の手で座席の背をつかんでいる。

わたしがここにとどまれば、ダンと常に顔を合わすことになる。彼が最終的にわたしになにを求めているのかわからないけれど、さしあたっての望みは明白だわ。本人も態度ではっきり示しているとおり、わたしとベッドをともにしたいのだ。

わたしには彼を拒む強さがあるかしら？

ダンのことなど求めていないと自分自身を納得させるだけの強さが。

どこからそんな質問が飛びだしたのかわからないが、ペッパーはいきなり尋ねた。「どうしてあなたは病院に行かなければならないの？」

「それがきみの答えか？　あの晩が人生の転機になったのかと質問したのに、きみはどうしてぼくが病院に行かなければならないのかと尋ねるんだな」ダンは怪訝そうに言った。

「わたしはただ……ラッセルがあなたの診察のことを話していたのを思い出して……」彼女は身を引いてドアに体を押しつけた。

憤慨して、ダンは尋ねた。「きみの答えはぼくの返事次第で変わるのか？」

「いいえ」ペッパーは肩を怒らせた。「あなたの質問に答えるつもりはないわ」

ダンの形相が険しくなった。わたしを怖じ気《け》づかせようとしているのね。その手には乗るものですか。

彼女は座席の背に身を預けてシートベルトを締めた。「あなたもわたしの質問に答える気がないようだから、おあいこね」

ダンはトラックを発進させ、家畜用の岩塩置き場へと向かった。「つまり、ぼくたちは高校生に逆戻りしたわけか」彼はこわばった声で言った。トラックががたがたと揺れる。春の雪解け水ででこぼこになった道路をならしたほうがよさそうだな。

長い沈黙が続き、ダンはようやく重い口を開いた。「ぼくは腹部を負傷したんだ」

ペッパーは彼の顔を見つめてから、生地越しでも怪我の程度が推し量れるかのようにシャツを眺めた。「いつ怪我をしたの?」

「戦っているときだ」

「ふうん、戦っているとき、ね。その戦いというのは、男性ふたりがお互いに腹を立てて取っくみあうこと? それとも戦闘のこと?」

「その両方だ。ぼくには二、三人味方がいたから戦闘だと言える。だが、ぼくが相手に激怒していたことも紛れもない事実だ」

「どのくらいひどい怪我だったの?」ペッパーはいくぶん落ち着きを取り戻して尋ねた。

「ぼくは撃たれて腸の一部を失った」トラックは氷の張った沈泥をたっぷり含む小川を、水しぶきをあげて渡った。

彼女は窓ガラスに押し当てた手を握りしめた。「大丈夫なの?」

「ああ、すっかり回復したよ」ダンは斜面にトラックを停めた。眼下には岩塩置き場や、山の裾野の林と荒野と牧草地が交わる川沿いの広大な平原が一望できた。

「だったら、どうして病院に行かなければならないの?」

「軍隊にはいろいろ規則があるんだ。この六カ月検診でひと段落して、あとは年に一度の通院になる。健康診断のようなものさ」

ようやく彼女は尋ねた。「軍隊ではなにをしていたの?」

「兵隊仕事だよ」

ダンがサイドブレーキを入れた拍子に耳ざわりな音がして、ペッパーはびくっとした。

〝兵隊仕事〟ですって？　それはいったいなにを指すの？　ダンが外国へ行っていたことはわかっている。ラッセルがそう言っていた。でも、ネイピア将軍も国外勤務だったわ。ふたりは面識があるのかしら？　ダンは彼女の指揮下に配属されていたの？　わたしが真実を打ち明けたら、彼は軍人として指揮官に忠誠を示し、わたしをすんなり引き渡すのかしら？　昔のダンなら、わたしのために命さえ投げだしただろう。でも、新たなダンはわたしを監視しながら探りを入れ、なにか隠していることを見抜いている。はっきりとはわからないけれど、離れていた歳月のあいだに、彼はなにかを失ったように見える。優しさか、希望か、人間や神や善良さを信じる心か。

変わってしまったダンを頼ることはできないわ。ペッパーは頭を振った。

ここではなにもかもが広大だ。細長く延びる渓谷、そこに散らばる牛たち。まわりを取り囲むようにそびえる山々は岩肌と松林に覆われている。まぶしく澄んだ青空の下で、ペッパーは裸になった気分だった。

どこに隠れればいいのだろう？　牧草地は論外だし、山のなかも無理ね。ネイピア将軍の追跡装置に発見される恐れがあるもの。

「なにか変わったものが見えたかい？」ダンは若葉を食《は》む二〇頭もの牛たちを指さした。

ペッパーの身が凍りついた。なにか変わったもの？　それこそ、わたしが恐れるものだわ。

ただ、彼の声には穏やかな好奇心がにじんでいた。

その瞬間、雄牛たちに混じってゆっくりと進む、二頭のほっそりした雌鹿とぶちの子鹿たちが目に入った。鹿は細い岩塩のブロックに近づくと、優雅に心ゆくまで舐め、時折安全を確認するように頭をもたげた。子鹿たちは日差しに毛皮をきらめかせて跳ねまわっている。その楽しげな様子は、見ている者まで陽気な気分にさせた。

意表を突かれ、ペッパーは思わず吹きだした。トラックのドアを開けて、鹿を怯えさせないようにそっと外に出る。

ダンもそれにならい、車の前を回ってペッパーの隣に移動した。「あの鹿は岩塩を舐めに山からおりてくるんだ。そして薔薇《ばら》の花を食べに、母屋のほうにも現れる」そう言って、おどけた顔をした。

「美しい鹿ね」彼女はささやいた。まったく日の当たらない日陰に積もった雪の脇で、うっすらと生えた緑の草がきらめく。春の雪解け水によって運ばれてきた丸石が、そこここに顔を出していた。頭上を吹き抜ける風に樹木がうめき声をあげる。まるで長い冬のあとにダンスをした老人のように。陽光に照らされた川は、鮮やかな金色のブレスレットへと姿を変えた。

離れているあいだに、ペッパーはこの空間や孤独や広大さが、どれほど自分の魂に語りかけてくるか忘れていた。淡く色褪せたこの土地は悠久の時を刻んでいる。わたしは不安にとらわれるあまり、その音が耳に入らなかった。でも、この風景を目にし、その音を聞いた今、って心が軽くなった。

〝嵐が訪れなかったのなら、空を見あげて雨雲を探すのはやめなさい〟

そう言ったのは誰だったかしら？　ネイピア将軍、それともミセス・ドレイス？　今となっては思い出せない。

ほほえみながら顔をあげると、自分を見つめるダンと目が合った。

彼は無表情のまま、ペッパーに真剣なまなざしを注いでいる。

〝男には転機と呼べる瞬間が何度かめぐってくる。その後の人生を決定づける瞬間が。ダーリン、あの夜はぼくにとってそういう瞬間だった〟

ダンの言葉が彼女の頭のなかに響いた。

あれは本当かしら？　ふたりともまだ十代だった頃、ペッパーはダンを愛していた。家名や、端整な顔立ちや、かっこいい車で、彼はみんなから受け入れられた。誰もがなりたいと思う人物で、わたしにとって憧れの的だった。別れてからの数年間、あの恋は激しい情熱に浮かされただけだと自分に言い聞かせてきた――一番ハンサムな男の子とデートしたいという、少女時代の浅はかな衝動にすぎないと。

ダンがなにかを指さしながら話す声が、かすかに聞こえた。「ここからアルファルファの畑も見えるよ。牛が入りこもうとするから、カウボーイがフェンスを監視しているんだ」

それでも、かつてのわたしはダンに身を任せた。自分を受け入れてほしいという純粋な願いからではなく、なにもかも拒絶したいという強烈な反抗心から。彼のなかにも、同じワイルドな魂を見いだしたからだ。ふたりは天と地ほど違っていながらも、非常によく似ていた。

「もしも畑に入りこんだら、間抜けな牛たちは死ぬまでアルファルファをむさぼるからな」

ダンは言った。

生い立ちは異なっていたものの、ふたりとも本が大好きで、高校を卒業して無分別な冒険心がおさまったら行きたいと思っている場所について語りあったものだ。

ダンが警告した。「いいかい、牛は人間によく似ている。賢いやつもいれば、乱暴なやつもいる。決して雄牛に背を向けるんじゃないぞ」

わたしたちは何時間も語りあい……何時間もキスをした。ダンの膝の上にのって彼を高ぶらせ、お返しをされたこともある。ふたりはお互いに夢中だった。「ええ、わかっているわ。牛のことはよく覚えているもの」

「きみが知っているのを百も承知で思い出させているんだよ。牛の体重はきみの一〇倍はある。危険は冒すなよ」

ペッパーはうなずいた。「ええ、本当にわかっているわ」

「この岩塩を置いてくるよ。それから出発しよう」

時間と距離によって、あることが証明された。ペッパーとダンのあいだの情熱は、もともとお互いに備わっていたもので、溶岩と氷のように触れあうと激しく爆発し、すべてを粉々にするということが。彼女はダンが岩塩のブロックを抱えて、しっかりした足取りで斜面をおりていくのを見守った。とたんに雌鹿は飛びのき、子鹿もそのあとを追って林に逃げこんた。牛が無頓着に居座るなか、彼は岩塩を置いて引き返してきた。

ダンの顔に陽光が降り注いだ。太陽でさえ、彼を崇拝しているのだ。

ゆうべキスされたとき……彼と唇が重なったとき、わたしの体はひとりでに反応し、胸がうずいて両脚が震えた。

頭のなかも空っぽになった！　あらゆる良識や現実的な不安が消え、体が欲望で熱くなった。今でも彼に駆け寄って、湿った大地に押し倒され、流れに身を任せて交わりたくなる。

ダニエル・ジェームズ・グラハムとひとつになりたいという衝動は生存本能をも上まわり、そのことがペッパーをなによりも怯えさせて分別を取り戻させた。あわててトラックに駆け戻り、ドアを開けて助手席に乗りこむと、ばたんと閉めた。ダンには紳士的にふるまってほしくない。ダンの視線を感じたり、彼がいとも簡単にわたしに触れられることに気づいたり、彼を拒めるかどうか思い悩んだりしたくない。

ダンがトラックのエンジンをかけるなか、ペッパーはドアに身を寄せていた。わたしは牧場主らしく考えることに慣れ、するべきことをしなければいけない。今すぐに。

「今夜、仕事を手伝うわ」彼女は言った。

「明日でいいよ」ダンは穏やかに応じながらトラックをバックさせ、もと来た道を引き返した。「きみはまだ疲れているだろう。今夜は夕食を用意してくれれば十分だ。ぼくはもう自分の料理にうんざりだから」

ふとあくびが漏れて、ペッパーは驚いた。まだ疲れているんだわ。「どんな食材があるの？」

彼はあいまいなしぐさをした。「手っ取り早く準備できる缶詰だ」

男性特有のばかげた物言いに、ペッパーはいつになくリラックスした。「最高だわ。手っ取り早く調理できる缶詰は大好きよ」

「昔のきみは料理上手だったのに」

「あら、今でも料理は得意よ。本物の材料を使えばね。新鮮な野菜や肉、ハーブ……」

「そういう本物の材料はいっさいない」

「リストを作ってあげるわ。病院へ行くとき、食料雑貨店に寄ってちょうだい。それまでは、今あるものでなんとかやってみるわ」彼女はまたあくびをした。「ところで、何時から？」

「仕事を始める時間かい？　五時だよ」

「五時ね」ペッパーは深々とため息をつき、念を押した。「午前五時ってこと？」

「ああ、午前五時だ」ダンは愉快そうに言った。「サムソンに餌をやって馬房の清掃をしてから、あいつを牧草地に放す」

「サムソンって、あのサムソン？」

「ああ、同じ馬だ。年は取ったけど、あいかわらず丈夫だよ。天気のいい日は、納屋を掃除して古い藁《わら》と新しい藁を交換する。それから園芸用の堆肥《たいひ》積みもしている」ペッパーをちらっと横目で見て、ダンはまじめな声でつけ加えた。「それに卵も取らないと」

昔の記憶が急によみがえり、ペッパーは座席の背に頭を預けた。「ああ、最悪。卵を取るのは大嫌いなの。雌鶏《めんどり》はしょっちゅう姿を消して、納屋に卵を隠すのよ。蜘蛛《くも》の巣だらけのぞっとするような場所に――」

「そして、蛇もうようよしている場所だろう?」ダンは合いの手を入れた。

「ええ、蛇がうようよしている暗がりに」彼女は身震いした。「そんなところに手を伸ばして、卵を見つけなければならないなんて」

「懐中電灯を使えばいいさ」

ダンの口ぶりは冷淡ではなかった。ペッパーと昔ながらのおしゃべりをしながら、くつろいでいる様子だ。とはいえ、ふたりの友情の陰には情熱がきらめいている。ありふれた会話を交わしつつ、彼女の体は次第に熱を帯びていった。

ダンはハンドルを握り、轍のついた道路から目をそらさなかったが、お互いに相手から求められているという思いがふたりの距離を満たしていた。

ウェイト・トレーニングを行うペッパーは筋肉には自信があった。だが、Tシャツから覗く腕は妙に女らしく、欲情した男性をさらにそそっているように見える。家に戻ったら、長袖のシャツを見つけて肌を覆い隠そう。自力で牧場を切り盛りできるようになってダンが立ち去るまでは、ショートパンツなんて引っ張りださないことね。

ペッパーは辺りを見まわした。ネイピア将軍が、その機会を与えてくれればの話だけど。

視界に現れた母屋は背の高い木々に囲まれ、あたたかい憩いの場に見えた。ペッパーはなにげなく言った。「ヘリコプターで母屋のそばに着陸しようとしたら苦労するでしょうね」

「きみはヘリコプターを所有しているのか?」ダンが穏やかに尋ねた。

こんな話を持ちだすんじゃなかったわ。「いいえ」

「きみの恋人がヘリコプターを持っているのかい?」

わたしの恋人ですって? 「もうわたしが言ったことは忘れてちょうだい」

ダンは木陰に車を停めた。

ペッパーはドアに手をかけたが、ダンが彼女の前に身を乗りだしてドアを閉めた。「きみには恋人がいるのか?」

「いいえ、恋人なんていないわ」彼の手を叩こうかとも思ったが、その手は大きく、彼女の手のすぐそばに置かれていた。「夫も交際相手もいない。ひとり暮らしで、仕事もひとりでこなしているわ。それが性に合っているから」これでわたしの考えがはっきり伝わるといいけれど。

ダンがあまりにもそばにいるせいで、閉所恐怖症になりそうだ。それに、彼がわたしを信じていないこともわかった。

ペッパーはかっとなって、ダンの手を叩いた。結果的に自分の手のほうが痛くなったが、彼は解放してくれた。彼女はトラックから飛びおり、母屋へと駆けだした。

脚の長い彼は、数歩でペッパーに追いついた。「母屋は丘の上に建てられている。背後には山脈がそびえ、背の高い木々が母屋の正面と側面を一〇〇メートル近く覆っている。ここに着陸しようとすれば、どんなヘリコプターもプロペラを失うだろう」

「ずいぶん自信たっぷりな口ぶりね」彼女は嚙みつくように言った。

「ああ。現役の頃、何度かヘリコプターで危険な着陸を試みたからね」

ポーチのステップをのぼりながら、ペッパーは好奇心に駆られて歩調をゆるめた。「あなたはパイロットだったの？」

「いいや」ダンは彼女のためにドアを開けた。「ぼくは質問に答えた。今度はきみが答える番だ。どうしてヘリコプターがここに着陸できるかどうか気になったんだ？」

彼女は口実を提供してくれたラッセル・グラハムに、生まれて初めて感謝の念を覚えた。

「あなたのお父さんは時々知ったかぶりをするんでしょうけど、彼によれば、最近の牛泥棒はヘリコプターを使うそうよ」

「ああ。だが、連中の向かう先は牛がいる場所で、母屋のそばじゃない」

「あら、そうね。そのことを見過ごしていたわ」わたしが案じているのは牛じゃない。どこにも逃げられずに母屋にとらわれてしまった自分の身だ。「今朝はあなたのお父さんにさんざん脅かされたわ。誰かが本当に押し入ってこようとする場合に備えて、あなたが出ていく前に警備を厳重にしたくなったもの」

「そいつらを撃って、柔道のわざで撃退する以外にかい？」ダンの瞳には、彼女の腕前に対する賞賛の念がありありと表れていた。

そのまなざしがあまりにも魅力的で、ペッパーはつい身じろぎし、もっと露出の少ない服を身につけなければとあらためて思った。「でも、警報装置があれば便利だわ。だから警備について考え始めたの」

「保安官に通報できるからかい？」

「それに逃げられるからよ」彼女は窓辺のバスケットから垂れさがる大きな椿《つばき》に近づいた。かわいそうに萎《しお》れていて、白い花が一輪しか咲いていない。Tシャツの裾で葉についた埃をぬぐってから、指先で土を確かめる。「植物も人間のように花開くには水が必要なの」

「つい忘れてしまったんだ」

ペッパーはとがめるような目で彼を見た。

ダンはペッパーがじょうろをつかむのを眺めていたが、本当に彼女を見つめているわけではなさそうだ。なにやら考えこみ、眉間に皺を寄せている。やがて決断したのか、ようやく口を開いた。「誰かがここに押し入ってくるんじゃないかと不安がる必要はない。ぼくが警報装置を取りつけておいたから」

「この家のまわりに？」ペッパーは椿にたっぷり水をやった。

「ああ、だが、母屋のまわりだけでなくもっと広い範囲に。納屋の周辺や、丘陵沿いや、道路にも」

その言葉が彼女の関心を引いた。ダンが話しているのはごく普通の警報装置じゃない。もっと高度なものだわ。

「誰もぼくに気づかれずに母屋に接近することはできない」彼はダイニングルームの食器棚を指した。「誰であろうと、なんであろうと、ここに近づいてくれれば警報装置が鳴る」

「どうしてそんな装置を取りつけたの？　侵入者がそんなに大勢いたの？」ネイピア将軍のほかに、牛泥棒の心配までしなければならないのかしら？

「ミセス・ドレイスが亡くなったことや、きみがまだ見つかっていないことは周知の事実だ。乱暴者は常に楽しみを求めてる。実際、ぼくが移り住む前に多少荒らされた跡があったし、それ以降も何人か追い払った」ペッパーの肩に両手をのせ、ダンは彼女の瞳を覗きこんで安心させるように告げた。「信じてくれ。ここにいればきみは安全だ。どんな脅威であろうと、その規模にかかわらず」

ダンの手のぬくもりがシャツ越しにペッパーに伝わった。彼の香りに慰められると同時に刺激され、彼が嘘をついていることに気づいた。わたしにとって最大の脅威はダンだ。彼には決して抗うことができない。どうしても。

だめよ。そんなの不可能だわ。彼女は慎重に言った。「ありがとう。おかげで安心したわ」

「それこそ、ぼくの望みさ」彼はペッパーの肩から手を離した。

ただ、ダンの用意周到さに、彼の過去に対する疑問が深まった。「ダン、あなたは軍隊でどんな任務に就いていたの？」

「警備だよ」彼は穏やかにほほえんだ。「ただの警備だ」

14

翌日の午前五時はあっという間にやってきた。

ダンにドアをノックされると、ペッパーはよろめきながら立ちあがり、自分が今どこにいて、なぜ起きたのかを思い出そうとした。

そうだ、仕事だわ。仕事をしなければ。わたしはこれから一生——まあ、いつまで生きていられるか定かじゃないけれど——五時に起床して着替えをすませ、鶏やサムソンに餌をやり、馬房の掃除をして……。

もっとも、警報装置があれば安全だとダンが請けあってくれたおかげで、ペッパーは熟睡できた。そんなささやかな安心感でも、彼女にはありがたかった。

でも……彼がレーザーセンサーやポケットベルや警報装置でこの牧場を警備する理由が、ほかにもあるのかしら？

ばかね、そんなことあるわけないわ。わたしは取り越し苦労をしているのよ。ミセス・ドレイスがよく言っていたように、疑心暗鬼になるのはやめないと。

ジーンズに薄手のタートルネックの長袖セーター、ブーツという服装に着替えながら、ペッパーはドレッサーにちらりと目をやった。ゆうべ、ダンが納屋に行っている隙にバックパックをそこに運びこんだのだ――最初の晩、母屋に入る前にポーチの収納箱に突っこんでおいたバックパックを。今、収納箱にはIDと現金が隠してある。どうか、また逃げなければならない事態になりませんように、とペッパーは神に祈った。

背筋をぴんと伸ばし、すっきり目覚めているふりをして、彼女はキッチンに足を踏み入れた。

ペッパーの努力は徒労に終わった。彼女が起きていようがいまいが、全身を服で覆っていようがいまいが、ダンはおかまいなしだったからだ。ダンは彼女のつつましい服にセクシーなダークブラウンの目を留め、そんなもので彼の欲望を簡単に静められると思った彼女をからかうように言った。「すてきだ」

ダンは本気で言っているんだわ。たとえわたしが麻布をまとったとしても、彼は気をそそられるはずだ。そして、わたしの体は汗ばむだろう。「今朝は寒そうだと思ったのよ」ペッパーはもごもごとつぶやいた。

「いい勘をしているな。今朝は四度だ」彼はコーヒーカップをペッパーに手渡し、彼女が数回口をつけるまで待った。それから、ベージュのシンデレラのカウボーイハットをペッパーの頭にかぶせ、彼女を従えて家を出た。

外は身を切るように寒かった。ペッパーは白い息を吐きながら、納屋まで続く曲がりくねった小道を足早にくだった。銀色の霜がうっすらと緑の葉を覆っている。陽光が地平線に広がったかと思うと、オレンジの縁が覗き、あちこちの残雪を赤く染めあげた。空は淡いブルーへと薄れ、まばらに浮かぶ雲は金色がかったピンクへと鮮やかに色を変えた。きれいだわ。でも、もう少ししてからのほうがもっときれいなはずよ。たとえば一〇時頃とか。

干し草の納屋はあたたかく、馬や革の匂いがした。懐かしい匂いだ。この匂いを恋しく思っていたなんて気づきもしなかった。一列に並ぶ牛房は、放牧された牛の帰りを待つように柵《さく》が開け放たれている。屋根裏の下の広々とした空間に、さまざまな道具が――コードレスのドリルや白い染みのついたペンキの缶、ペンキのはけが――置かれた作業台があった。そのかたわらには木製の椅子が二脚。ひとつは修理されてペンキが塗られ、もう片方は横木が折れて傾いていた。ここは完全に男性の場所で、納屋というより作業場だ。

ダンはペッパーに女性用の作業手袋を渡して鶏小屋のほうを指した。彼女は小屋に入る前に、小さなちゃぼの雄鶏《おんどり》を追い払わなければならなかった。雄鶏は男らしく憤慨して立ち去った。なかにいたのは六羽の雌鶏だけで、みんな巣の上で眠っていたが、ペッパーが雌鶏の下に手をさし入れて卵を探したとたん、一斉に鳴きだした。「ええ、わかってるわ。まだとんでもない早朝よね」彼女は一番年寄りの雌鶏の目をまっすぐ見据えた。「こっそり抜けだして、どこか別の場所に卵を産まなかったでしょうね?」

老いた雌鶏はたじろぎもせずに彼女を見つめ返した。

「やっぱりね」ペッパーがさらに卵を見つけて餌をまき終わった頃、ダンもサムソンの馬房の清掃を終えた。大きな去勢馬を牧草地へと導く彼のあとを追いながら、彼女は馬の落ち着かない足どりに目を光らせた。「昔からサムソンはわたしのことが嫌いだったわ」

「こいつはきみを気に入っているよ。ただ、誰からも気を許されたくなくて、時々蹴っ飛ばすのさ」ダンは声音を変えずに続けた。「ぼくの父みたいに」

ペッパーは馬の後ろ姿をしげしげと眺めた。「確かに似ているわね」

「きみがそう言っていたと、必ず親父に伝えるよ」ダンは彼女を母屋へと追いたてた。

ペッパーはむしゃくしゃしていたものの、もうすっかり目覚めていた。小道の両脇に立ち並ぶ巨大な白樺《しらかば》や、枝を覆う鮮やかな木の葉が目に留まる。芍薬《しゃくやく》がいくつも蕾《つぼみ》をつけていた。彼女は立ちどまって一輪の白い花の香りを嗅いだ。それは甘く濃厚な香りだった。山地に春が訪れるのはまだ先だが、大地はあたたかい空気と陽光を最大限に利用しようと息づいている。

ペッパーはゆうべから胸にくすぶっている疑問を、もう一度口にすることにした。「ダン、あなたは軍隊でどんな任務を行っていたの？」

「警備だよ」彼はにっこり笑った。「さあ、朝食にしよう。冷たいシリアルでもいいかい？」

「ええ、かまわないわ」彼女はダンの任務について、さらに探りを入れようとした。だが、彼に機先を制された。「だったら、ぼくが作るよ」

「まあ、それはどうも」その朝初めて、彼女の仏頂面に笑みが浮かんだ。

ダンはペッパーを引きとめて、彼女のカウボーイハットのずれを直した。それから、彼女を見おろした。

ダンはキスをする気だわ。きっとそうよ。思わず唇が震え、彼に身を寄せたい衝動に駆られる。

でも、抵抗しなければ。ダンが迫ってくるたびに、彼の腕に身を投げだすわけにはいかないもの。

予想に反し、彼はただペッパーの頰を親指で撫でた。「ぼくはきみの笑顔が大好きだ」その飾り気のない言葉やダンの姿に、ペッパーは息を奪われた。彼のブロンドの髪がさわやかなそよ風に揺れ、日に焼けた顔がまぶしい早朝の光を浴びてブロンズ色に染まっている。顔に走る白い傷痕は、いまわしい暴力を受けた証だ。これほどまでに男らしく精悍《せいかん》で、忍耐強い寡黙なダンに、彼女は胸を締めつけられた。彼を抱きしめ、慰めを求めると同時に、救いを与えたくて心が痛む。

こんなふうに感じるなんて、不安のあまり正気を失っている証拠だわ。わたしには彼に与えられるものなんかない。ネイピア将軍のせいで彼を墓場送りにすることを除けば。

ペッパーはダンの胸を見つめ、急速に失われていく良識にしがみつこうとした。人生から得た教訓を思い出すのよ。

〝誰も信用せず、誰も愛してはならない〟

「ペッパー?」過去を振り返っていた彼女は、ダンの深い声でわれに返った。

あなたにはわたしを心配する権利などないわ、と言わんばかりに、彼女はほほえんで顔をあげ、さりげなく遠ざかった。「シリアルを食べましょう。おなかがぺこぺこよ!」

「ペッパー」彼は命ずるように、もう一度名前を呼んだ。

しぶしぶ彼女は振り向いた。

ダンは鋭いまなざしでペッパーの仮面をはぎとり、彼女の臆病《おくびょう》さをさらけだした。「これで終わりじゃないぞ。ぼくたちはいずれ話しあうことになる。そのときは真実を話してくれ」

こんな皮肉を言っても、どうせ彼には通じないだろう。「わたしたちがそれまで長生きすることを願うわ」

「ミセス・ドレイスはわたしが送った植物を受けとったのね！」

ペッパーは両手の指を組みあわせ、母屋の裏の広大な庭を見つめた。ダンは彼女が有頂天になるとわかっていたが、喜びに顔をピンク色に染めるとは思わなかった。

彼女は指さした。「あの温室を見て。以前の二倍の大きさだわ！」

孔雀《くじゃく》のように、ダンは自分の男としての実績をひけらかした。「ミセス・ドレイスがきみから受けとった種をどこかに植えたいと言うから、ぼくが温室を拡張したんだよ」

「その種はちゃんと育ったの？　ミセス・ドレイスとわたしは、しょっちゅう新しい花の色や、多年生植物の寒さに強い品種を生みだそうとしていたわ。ここを去ったあとも、わたしはそれを続けて、種を送ってはことあるごとに手紙で質問し……あっ、見て！」ペッパーは弾むような足取りで庭を突っきった。「これは新種の多年生植物よ！」

ダンの植物の知識は、すべてミセス・ドレイスの話から吸収したものだった。ペッパーが同じように植物への愛情と興奮をにじませてしゃべっているのを見て、彼の胸に満足感が広がった。花は牛に餌を与えてくれるわけでも、納屋にペンキを塗ってくれるわけでもないが、ミセス・ドレイスやペッパーにとって大切なものだ。ぼくはその庭をふたりのために維持してきたのだ。

ペッパーは地面から一列に顔を出した大きなグリーンの葉の手前に膝を突き、根もとを覆う藁を脇に寄せた。「このギボウシのサイズを見て！　なんて大きいのかしら。ミセス・ドレイスは象とかけあわせたに違いないわ！」

ぼくはペッパーに対してもっと用心すべきだ。過去に一度、彼女に人生を引き裂かれたのだから。それに、また同じ目に遭ってもおかしくない。彼女のほほえみによって——あるいは銃弾によって。

腹部を負傷した日のことは思い出したくない——シュスターの息子を殺した日のことは。その前にあいつと遭遇したときは、フランケンシュタインの怪物さながらに顔を何針も縫われる羽目になった。ぼくは復讐心に燃え、それを成し遂げるためには命も惜しくなかった。たとえ死んでもかまわなかった。

ダンは幾多の戦いを切り抜ける原動力となった本能を——なんとしても生きのびようとする不屈の意志を——まだ取り戻していなかった。極悪非道なシュスターを倒すという決意だけに支えられて人生と向きあいながら、この土地を守るふりをしているのは妙な気分だった。

だがあの晩、ペッパーが現れて以来、ぼくの心にさまざまな感情が芽生えた。欲求や、切望や、怒りが……。興味深いことに、ペッパーを見て、彼女が自分の救済者かもしれないと思う反面、救済者であろうとなかろうとそんなことはどうでもいいと感じた。とにかくペッパーを手に入れたかった――たとえ、彼女がぼくを破滅へと導く使いだとしても。

ペッパーには警報装置のことを話したが、その性能についてはかなり控え目に説明し、彼女が装置を破壊しようとするかどうか確かめた。

彼女はなにもせず、ひと晩じゅう熟睡していた。

ダンはそれを事実として知っていた。何度もペッパーのベッドルームまで確かめに行っては、彼女が目覚めて一緒にベッドにもぐりこめることを願ってじっと見つめていたからだ。

「ほら、あのラズベリー畑も見て。わたしがここにいた頃、ミセス・ドレイスは種なしのブラックベリーを開発しようとしていたのよ。ダン、彼女がどこに資料を保管していたか知ってる？　できるだけ早く目を通したいわ」

「ああ、きみのためにしまってある。今夜もう一度言ってくれたら、見つけてくるよ」ペッパーがテロリストだとしたら、無実の人間を装う演技は完璧だな。事実、ぼくは刻一刻と彼女の潔白を確信している。

彼女を牧場から遠ざけるべきだった。

だが、ぼくはそうしたくなかった。ペッパー・プレスコットの謎を解き明かすために、手もとに置いておきたかったのだ。シュスターはまだアメリカに到着していないし、やつの部下は北西部に散らばっている。彼女はもうしばらくここにいても安全だろう。

「ミセス・ドレイスの九年間の成果を見てちょうだい！」ペッパーは庭を抱擁するように両腕を広げた。「信じられないわ！」

思春期の頃、ダンはペッパーと魂の絆《きずな》を感じた。彼女と同じく、彼も地元にとどまることを望まなかった。静かな田舎町のダイヤモンドは、山脈のせいで外部から孤立し、住民の親切な気質によってほかのアメリカの土地とは異なると思っていたからだ。そしてテレビや本を通して外の世界を知るにつれ、そこに待ち受ける冒険への憧れが募った。

だがあれから、世の中にどんな冒険が潜んでいるか身をもって学んだ。そんなことは知りたくなかったが、もはや昔の純真な自分には戻れなかった。部屋に足を踏み入れるたびに、そこにいる全員を勘ぐらずにはいられないし、もう二度と背後の足音を無視することもできない。

「これはきっとわたしが送ったローズマリーよ」ペッパーは枝を摘み、香りを吸うなり笑い声をあげた。「やったわ。わたしは耐寒性のローズマリーの開発に成功したわよ！　種の販売会社をおこして、わたしたちは大金を稼げるわ」

ペッパーの興奮や熱意がダンにも伝わってきた。彼女は彼があげたカウボーイハットをかぶっている。その帽子のおかげで彼女が高地の強い日差しから守られていると思うと、ダンは原始人のように自分の女を保護しているという満足感を覚えた。

「戻ってきたら、ミセス・ドレイスと一緒に会社を立ちあげようと思って……」ペッパーは言葉を濁してうなだれた。震える指先で慈しむようにローズマリーに触れる。「ローズマリーの花言葉は〝追憶〟よ」

彼女はまたミセス・ドレイスの死を悼んでいた。

まだなにも植えていない畝を横切って、ダンはペッパーの隣にひざまずいた。彼女の背に腕を回して頭からカウボーイハットを取り、自分の胸に抱き寄せる。

ペッパーは素直にダンの胸に顔をうずめ、彼の慰めを受け入れた。ダンは自分にもたれる彼女の重みや香りを――女性らしさと、大地と、ローズマリーがないまぜになった芳香を――堪能《たんのう》した。

彼女がずっとダイヤモンドにとどまっていたら、こんな会話や親密さを味わっていただろうか？　それとも、父親や町の住民から反対されて破局を迎えただろうか？

身を引きながら、ペッパーは言った。「ありがとう。ミセス・ドレイスがここにいないと思うと、まだショックで……。〝家に入って宿題をやりなさい〟って今にも彼女に呼びかけられそうな気がしてならないの」弱々しくほほえみ、彼女はシャツの袖で鼻をぬぐった。

ダンは彼女の無防備な様子につけこんで尋ねた。「もしも彼女がここにいたら、この九年間なにをしてきたのか話すのか？」

ペッパーはさっと彼を見あげてから、目をそらした。「造園の仕事をしてきたと言うわ。それ以外になにがあるというの？」

またた。彼女は嘘をつき、なにかから、あるいは誰かから隠れている。ぼくは欲望にのまれそうになると、警戒心が薄れることを自覚する必要があるな。

ペッパー・プレスコットはぼくを求めて帰ってきたわけじゃない。彼女が戻ってきたのは、避難場所を探すためか、ぼくを罠にはめるためだ。

そのどちらが真実なのか、見極めなければならない。

15

ペッパーが牧場で暮らし始めてから三日目、ベッドルームのドアがノックされた。冷気で鼻がつんとする。ダンの声が響いた。「朝だ、起きろ！」

目を閉じたまま、彼女は言い返した。「わたしは明けの明星じゃないのよ」

彼の忍び笑いに続き、キッチンへと向かうブーツの音がした。

午前五時がまためぐってきたんだわ。

今朝は一段と寒い。ペッパーは冷たい床に両足をつけないようにむなしく飛びはねながら服を着た。ストーブのぬくもりと熱々のコーヒーを求めて、キッチンへ駆けこむ。

「おはよう、お嬢さん」男性の声がした。ダンではない男性の声が。

たくましいふたりの男性を見て、ペッパーは目をしばたたいた。あの赤毛のカウボーイだわ。わたしに色目を使い、ダンを年寄り呼ばわりして……トラックの荷台に岩塩のブロックを落とした人だ。彼女は必死に彼の名前を思い出そうとした。「ソニー」

ソニーはダンとほぼ同じくらい背が高く、筋肉質で、ひょろりと脚が長かった。わずか数分の会話をもとに、ペッパーは彼が自分自身や女性の扱いに自信があると見抜いていた。ソニーは胸に手を当てて言った。「きみはなんて優しいんだ。ぼくの名前を覚えていてくれるなんて！」彼はダンの肩を拳で叩いた。「ほらね、彼女が一番好きなのはぼくだと言ったでしょう」

ダンは謎めいた言い方をした。「ソニー、おまえはロープを渡されるたびに、どうして自分で自分の首を絞めるような真似をするんだ」

あの日、ペッパーは午後に町を発つとソニーに伝えた。それなのに、ここに滞在していることが彼にばれてしまった。この手の男性のことはよくわかっている。きっと彼はわたしがここにいることを最悪の形で解釈し、そんな尻軽女なら手を出してもかまわないだろうと思っているはずだ。

世の中には変わらないものもあるのね。

彼女は口ごもった。「その……わたしがここにいるのは……」

「わかってる、ダンから聞いたよ」ソニーは彼女にウィンクした。

ペッパーは深く息を吸い、口を滑らせたダンを厳しく非難しようとした。彼はソニーがあんなふうににやにやするようなことを言ったに違いない。

だが、ソニーは続けた。「車がだめになったんだってね。ダンに連絡できてよかったけど、ぼくに連絡してくれてもよかったんだよ」

ペッパーは詰めていた息を少しずつ吐いた。男性ふたりは共通点がいっさいなさそうだが、それでいて似ている面もある。立ち姿とか、部屋じゅうに目を配る様子とか。ふたりとも、自分より劣った人間から不意打ちをくらうことを絶えず予期しているかのようだ。「自分の知らない悪魔より、旧知の悪魔に対処するほうがましだもの」彼女は言い返した。

ソニーは大声で笑った。「どうりで中尉はきみをここに引きとめておくはずだ。彼は機知に富んだ女性が好みだから」しゃべりすぎたと思ったのか、ソニーはたじろいだ。「もっとも、彼はもう中尉じゃないが」

ペッパーはとても冷ややかに応えた。「それに、わたしをここに引きとめているわけでもないわ」

ソニーはさらに失言を重ねた。「ああ、もちろん違う。この牧場はきみのものだし、厳密に言えば、きみのほうが……彼を……引きとめている」ダンの鋭い視線を浴びて、ソニーはしゅんとなった。「すみません。その……ぼくはポーチで待つことにします」

「さっさと仕事に取りかかれ」ダンは命じた。

「はい、じゃあ、また」ペッパーに会釈をすると、ソニーは戸口からするりと抜けだした。

ダンはカップにコーヒーを注いでペッパーにさしだした。「ソニーはどうしようもない間抜けのようにふるまうこともあるが、あれでいて困難に直面すると本領を発揮するんだ」

彼女は敵意をみなぎらせた。「だから？」

「ぼくは今日病院の予約がある。きみも知ってのとおり」

「ええ、覚えているわ」挽《ひ》きたてのコーヒーの香りに誘われて、ペッパーはカップに口をつけ、もうひと口飲んだ。カップの縁越しにちらっとダンを見て言う。「でも、それじゃあ、ソニーに必要ないことまで話した理由の説明にはならないわよ」

「きみがぼくのトラックを使えるように、彼に親父の車を届けてもらったんだ。車を持っていないきみをここに残していきたくなかったんだよ。万が一なにかがあって……きみがどこかに行かなければならなくなった場合に備えて」

「やっぱり説明になっていない——」

「彼は今朝も今夜も仕事をしてくれる」

「わたしだってできるわ」いらいらしながら、ペッパーは彼から遠ざかった。「正直言って、ソニーにはやってもらいたくないの」

ダンは思案するように彼女をじっと見つめた。

ペッパーはさっと顔を赤らめた。わたしったら、まるでだだっ子みたい。カフェインのぬくもりが全身に行き渡ると、彼女はより理性的な声でつけ加えた。「自分で牧場の仕事をしたいのよ。あなたがいなくなったら、わたしはそうしなければならないんでしょう？」

「そうなるね」彼の深い声は言外の意味も含んでいた。

ダンのブロンドの髪がきらきらと光った。糊のきいた黒い長袖シャツは広い肩幅を際立たせ、黄褐色のウールのスラックスは長い脚と引き締まったヒップを覆っている。カウボーイ姿のダンもハンサムだけど、こういう格好の彼を見るとよだれが出てしまいそうだわ。それに、あの服の下の肌を撫でたくて両手がうずうずする。

ペッパーは椅子に座ってカップを両手で包み、そのあたたかさにひたった。

ダンがいずれ出ていくと決まっていて本当によかった。このままそばにいたら、『ナショナル・ジオグラフィック』に載っていた写真のなかのライオンに襲いかかるガゼルのように、彼を押し倒してしまいかねない。我慢するのにひと苦労だろう。

ダンは言った。「納屋を通るとき、きみのために午後の仕事を残しておくようソニーに伝えるよ。だが、彼の助けが必要になったら、従業員宿舎にいる彼に連絡してくれ。電話番号のメモは電話の脇にある」

「わかったわ」ダンを見つめていたことを本人に気づかれてしまった。

例によって、彼はわたしの考えをすっかり見抜いているみたい。

視線をそらしてから、ペッパーは尋ねた。「どうしてわたしがこの牧場の持ち主だとソニーに教えたの？　わたしの本名を知られてしまったじゃない！」

「つい口が滑ったんだよ。心配することはない。ぼくはソニーになら自分の命を預けられる。それにきみの命も」

ダンはわたしになにか伝えようとしているの？

ペッパーがまた口を開きかけると、彼は言った。「すまなかった。もう誰にも言わないよ。普段はとても口がかたいんだ」

ペッパーはダンを罵りたかったが、そんなことはできなかった。彼の言うことはうのみにできない。ダン・グラハムはうっかり口を滑らせるタイプじゃないわ。彼はいったいなにをしようとしているの？　彼女は不安げにダンを見つめて気づいた。ふたりのあいだでは欲望の糸がぴんと張りつめているのに、それでもわたしは彼を信用していないんだわ。「ええ……わかったわ。決して誰にも言わないで。誰にもよ、ダン！」

「ああ、約束する」

彼女はコーヒーから立ちのぼる白い湯気を見おろした。この複雑に絡まった状況から抜けだしたい。うっかり他人とかかわると、こういう羽目になるのよ。ダンとかかわると……。

「ペッパー、なにか困っていることがあるなら教えてくれ。ぼくが力になるよ」ダンはあたたかい声で彼女をなだめ、かたくなな心を開かせようとした。

だが、ペッパーは誰にも救ってもらえないとわかっていた。「わたしのことは心配しないで。あなたの留守中も大丈夫だから。庭仕事で忙しくしているわ。残りの植物の根もとの藁も外さないといけないし」

ダンはテーブルに近づき、彼女が自分を見あげるまでじっと見おろした。「藁は外すんじゃない。まだ霜がおりるし、雪も降りそうだ」

「でも、もう六月よ」

「ここは山地だよ。山地では弱者は淘汰《とうた》され、強者だけが生き残る」

彼はわたしのことを言っているのかしら？　わたしになにか伝えようとしているの？　こんな早朝に謎めいた言葉を理解するのは無理よ。

「病院の予約に遅れるわけにはいかない。もう出発したほうがよさそうだ」ダンは肩をすくめてコートを着た。「買い物リストも持ったよ。でも、雪が降ったら低地に一泊する」

「それはいい考えね！」

彼の表情が消えた。「そう思うのかい？」

「だって……」ペッパーは、ひとりで一日過ごせるなんてほっとした、と言うつもりだった。ひとりなら、ダンをなんとも思っていないふりをする必要もない。でも、わたしが本当にしたいのは、彼の服も自分の服もはぎとって……。「だって、あなたに邪魔されずにいろんなことができるもの」

「帰ってくるのは今夜遅くか、明日になる」ダンはペッパーの手からカップを奪い、彼女の腰に腕を回して立ちあがらせた。「少しはぼくのことを恋しがってくれ」

愚かにも、ペッパーは不意を突かれた。昨日、ダンはキスできたのにしなかった。今日の彼は、そうせずにはいられないようにわたしに触れている。まるでこれから戦場へと旅立ち、戻ってこられないかもしれないというように。じわじわと引き寄せられながら、彼女はダンの欲望の強さに怯えた。彼からも、そのダークブラウンの瞳からも、彫りの深い顔からも目をそらすことができない。ふたりの体が触れあうと、ペッパーは甘美な抱擁に息を奪われた。ダンは彼女の背をそらせ、唇を閉じたままキスをした——自制しながらも激しいキスを。

彼はペッパーを放してカップを返すと、外に出ていった。

一陣の風がキッチンを吹き抜けたが、彼女はコーヒーのことも忘れて呆然と立ち尽くしていた。

ネイピア将軍を打ち負かし、ミセス・ドレイスの土地を相続したら、わたしはどうすればいいの？

ダンはここから出ていくかもしれないけれど、無言で快感を約束するセクシーな彼が渓谷の反対側に住んでいるのよ。顔を合わせる機会は頻繁にあるだろうし、彼が必ずそうなるように仕向けるはずだ。わたしの胸や下腹部はうずき、心は手に入れる勇気のないものまで切望するようになるだろう。

ペッパーはうろたえて目をしばたたいた。窓辺に駆け寄ると、長身のダンが車高の低い真っ赤なコルヴェットに乗りこむのが見えた。向こうからは見えないのを承知で、走り去る彼に向かって手を振ったが、さっとその手をおろして握りしめ、胸に押し当てた。

わたしはいったいいつから、カントリーウェスタンのラヴソングに出てくるような女性になってしまったのかしら？

ダンが納屋に車を引き入れると、ソニーが待ち構えていた。

尊大な態度はすっかり鳴りを潜め、ソニーはいかめしい顔できぱきとダンを手伝い、追跡装置と、周囲の衛星画像を映すモニターをコルヴェットに取りつけた。

油で汚れた手を拭きながら、ソニーは言った。「さあ、中尉、準備が整いました。これで誰かに追跡されてもすぐわかります。でも、相手を見つけた場合はどうするんですか？」

「ぼくには拳銃といくつか秘密兵器がある。それに、この車は飛ばすにはもってこいだ」ダンはコルヴェットのボンネットを叩いた。「親父が中年の危機に陥ってくれたおかげだな」

ソニーは笑い返さなかった。「やはり、ぼくも同行すべきです」

「おまえにはここにいてもらわないと困る」

ソニーは手を拭いた布を脇に放った。「これまで牧場周辺でトラブルが起きたことはありません。ここは墓場のように静かで退屈そのものですよ」

「ジャッフェ大佐は、カウボーイのなかにテロリストの手先が紛れこんでいることを懸念しているんだ」

「ぼくを除けば、あの若造のTJ以外に新顔はいません。ダイヤモンドにいるワグナーやヤーネルも、不審な動きはまったくないと言っています。テロリストが中尉に忠実な古株のカウボーイの誰かを買収しない限り、ここはいたって安全ですよ」

「それに退屈だ」ダンはソニーの言葉を引き継いだ。「だが、なにがあってもおかしくない。おまえだって、それはわかっているはずだろう。だから、おまえにはここにいてもらわなければならない」

「彼女を監視するために？」ソニーは母屋を指した。「それじゃ、子守をするようなものです。グレンダだか、ペッパーだか知りませんが、彼女はテロリストじゃありません」

ダンの顔から愉快そうな表情が消えた。「彼女をそこまで信用する理由があるのか？　彼女が美人だという事実のほかに？」

「はい。中尉は彼女を信用しているようですし、ぼくの知る限り、中尉は誰よりも人を見る目が確かですから」

シュスターの息子に刺された傷痕がうずきだし、ダンは苦々しく口もとをゆがめた。「褒め言葉をありがとう、ソニー。だが、おまえも覚えているだろうが、ぼくだって絶対に間違いを犯さないわけじゃない。それにこの作戦は極めて重要で、ここでしくじるわけにはいかないんだ」

「おっしゃるとおりです。あなたはこの作戦にとって欠かせない存在です。ボイシに行くのはやめるべきですよ。見晴らしのいい田舎道を三時間も運転するなんて、あまりにも無謀すぎます」

「誰かに監視されているのなら、襲われる心配などせずにのんきにしていると思わせたい。それに予定を変更したくないんだ」

「そんなこと、誰も気づきませんよ」

ダンはソニーに雄弁なまなざしを向けた。

「ええ、確かに」ソニーはしぶしぶ認めた。「ダイヤモンドの誰もが、中尉の予定を把握しています」

「シュスターの部下を怖じ気づかせて追い払うような真似はしたくない。連中を誘いだしたいが、まだ全員遠くにいる。ぼくはこれ以上ないほど安全だよ。おまえも承知のとおり」ダンは身を縮め、車高の低いコルヴェットの狭い座席に乗りこんだ。「おまえはこの寒さのなかで牛追いをするのがいやなだけだろう？」

ソニーはあきらめた。「そうだとしても、ぼくを責められますか？」

「いや」ダンは装置の最終確認を行った。「おまえはここにいて道路を監視してくれ。誰ひとり侵入させるな。彼女も逃がすんじゃないぞ」彼はエンジンをふかした。「それから、彼女の身も守ってくれ」

16

「ああ、寒い」ドクター・メリングはダンを見送ろうとボイシの退役軍人病院を出たとたん、身震いした。「昨日トマトの苗を植えたのに、今日は雪が降りそうだわ」

彼は灰色の空に目を向けた。「ここは大丈夫ですよ。高地では間違いなく雪になりますが。ぼくが家にたどり着く前に降り始めるでしょうね」

「今夜はボイシに泊まったほうがいいんじゃない？」ドクター・メリングは外科手術用の薄地の白衣のなかで身を縮めた。「わたしの家に泊めてあげてもいいわよ」

ドクター・メリングは幾多の戦闘をくぐり抜けてきた頑強な兵士だ。自分の意見をはっきり口にする彼女は、知的で魅力的だった。それに報告書に目を通しているせいで、ぼくがこれまで味わったつらさを誰よりも理解してくれている。ペッパーがいなかったら、今夜はドクター・メリングの自宅に泊めてもらっただろう。

だが、ペッパーが相手では、彼女に勝ち目はない。

生来礼儀正しいダンは丁重に断った。「ありがとうございます。でも、雪が降るとなると、牛を納屋に入れなければいけません」

誘いを断られたことなど気にしていないと言いたげに、彼女はうなずいた。「大変そうな仕事ね。わたしは健康証明書を出したけれど、早く戦地へ戻りたいなら無理は禁物よ」

ドクター・メリングは、彼が現在任務に就いていることに気づいていなかった。

ダンの沈黙を誤解して、彼女は厳しい声で続けた。「わたしのほうがあなたより立場は上なのよ、中尉。これは命令です、しっかり養生しなさい」

「はい、先生」

手を振って、ドクター・メリングは病院に戻った。

まだ正午にならないうちに、ダンはハイウェイ九五号線を北上し始めた。ダイヤモンドを目指して山間部を進むにつれ、冬のような寒さに包まれた。寒冷前線が移動しているのだ。衛星画像を確かめたが、背後には誰もいなかった。行く手に待ち伏せする者もいない。やはり、ボイシに出かけてもなにも起こらなかった――くそっ。

こうして待つ時間が一刻も早く終わってほしいと、これまで以上に思う。そして、ペッパーの真意はどこにあるのか、なにを隠しているのか突きとめたい。彼女が牧場に示した関心は本物なのか、それがここに落ち着きたいという気持ちにまで発展するのか見極めたい。ペッパーがこの土地にとどまるという決断をくだせば、彼女を自分のものだと主張したい衝動も和らぐはずだ。

ダンは苦笑いを浮かべた。ぼくは自分に嘘をついている。彼女を自分のものにする以外、この切迫した衝動を和らげるすべはない。

自分の世界を揺るがすほどの激しさで、ダンはペッパーに対する考えが間違っていないことを願った。そして彼女に対するソニーの意見が正しいことを。ペッパーは潔白で——逮捕するのではなく、自分のものにできることを。

ダイヤモンドに到着する前に、ダンはジャッフェ大佐と事務的な短い会話を交わし、ボイシへの外出が平穏無事に終わったことを報告した。大佐はテロリストがまだ動く気配を見せないことに触れ、ダンが襲撃される場面を見たいとまた漏らした。ダンも同感だった。

ダイヤモンドにさしかかると、ダンは一本しかない大通りに入って停止信号のそばに駐車し、買い物リストを取りだして〈ハードウィック食料雑貨店〉にぶらりと入った。買い物客の一団を目にしたとたん、彼は思わずうめきたくなった。この界隈《かいわい》の牧場主の半数が、妻を連れて勢ぞろいしている。ダンが店に足を踏み入れたとたん、彼らは一斉に叫んだ。「久しぶり！」

ダンは片手をあげて挨拶《あいさつ》した。客たちは全員顔見知りで、彼の同窓生か、その親だった。店をあとにするまで、ぼくはなにも問題を起こさないようにしなければならない。つまり、ペッパーの秘密を守り、テロリストの襲撃を避ける必要があるのだ。

彼は牧場主たちの真ん中にいる、間抜け面のワグナーとヤーネルに目をやった。ふたりは清らかな生活を求めてやってきた低地の人間に扮していた。オーバーオールに釣り用の帽子といういでたちの彼らは滑稽そのもので、まるでこの役を演じるために生まれてきたようだ。ふたりとも、自動小銃の撃ち方を忘れていなければいいが。

ダンは店主に声をかけた。「突然の寒波で店は大繁盛でしょうね」

「ええ」ミセス・ハードウィックはダンの母親と言ってもいい年齢だったが、彼の買い物とヒップを必ずチェックした。「おかげであなたもやってきたし」

みんなが笑い声をあげた。

「たまにはディナーを食べにいらっしゃい」レベッカ・ハンターが声をかけてきた。ミセス・ハンターはぼくが長女のグロリアに夢中になることを切望しているのだ。以前、グロリアからこう言われたことがある。わたしは牧場を相続しても自分で経営できるから夫は必要ないけど、もしも必要だったら、あなたが最有力候補だわ、と。グロリアはすばらしい女性だし、ぼくは光栄に思った。

「ええ、そうします、ミセス・ハンター」ダンはそう応えたが、それは完全に社交辞令だった。

「きみはいつ散髪に来るんだ?」リタの父親のミスター・ジョンソンが尋ねた。「本物の男の散髪をしに」彼はダンが思い出せないくらい昔からダイヤモンドで理髪店を経営していたが、一種類のカットしか知らなかった——対になった電気バリカンで、頭皮近くまで短く刈りこむやり方しか。ダンは自分で運転して別の店まで行けるようになって以来、ミスター・ジョンソンの理髪店には行かなくなった。

カウボーイハットをしっかりとかぶり直し、ダンは嘘をついた。「つい最近、切ったばかりなんです」

それから買い物リストに目を通したが、その半数はどこにあるのかわからなかった。ミセス・ハードウィックに尋ねると、彼女のふさふさしたグレーの眉が吊りあがった。「あなた、お料理を習ってるの？」

その大きな声に、みんなが聞き耳を立てた。

彼女は精肉売場に向かった。「あなたが豚ひれ肉の調理の仕方を知っているなんて、夢にも思わなかったわ」

「料理なんて簡単だよ」チャーリー・ジェームズが口を挟んだ。「おれの女房以外にとっては」

彼の妻が夫の腕を折りそうな勢いで叩いた。

「男が料理を始めるってことは、なにを意味するかわかるか？」クリストファー・バーディが口を開いた。チャーリーとクリストファーは頭を寄せあったかと思うと、ヨーデル風に叫んだ。「そいつはしぼんじまっているんだよ」

こいつらは高校時代もばかだったが、あれからちっとも成長していないな。ダンは恥ずかしそうに赤面するふたりの妻を気の毒に思った。

バスケットをつかみ、ダンは缶詰の棚へと歩きだした。アーティチョークの蕾が見つかればいいが。こんなことなら、ボイシで買い物をすませてくるんだった。この店でトラブルを切り抜けたり、生まれた頃からの知りあいと顔を合わせてまったく共通点がないことを悟ったりするより、テロリストと対峙するほうがよっぽど楽だ。今回帰郷して、この町が薄気味悪いほど変わっていないことに気づいた。なにひとつ変わっていない……ぼくを除いては。

レジに引き返したとき、リタ・ジョンソンが店に入ってきた。

ダンは思わず大声でうめきそうになった。

かわいそうなリタ。優等生でチアリーダーのキャプテンを務めた典型的なアメリカ人の女の子だったのに。彼女が行った唯一突飛なことといえば、ペッパー・プレスコットと友人になったことだ。大人たちはそれを慈善行為と見なし、リタが腰を落ち着ける前に一度だけ羽目を外したかったからだとは思わなかった。今や、彼女はダイヤモンドで最悪の女性になってしまった——二児を抱えて離婚した女性に。

だが、勇敢な彼女は二〇人以上から詮索《せんさく》と哀れみのまなざしを向けられても、うつむかずにまっすぐ店に入ってきた。

彼女はダンに気づいたとたん、踵を返して店を出ていきそうになった。

だがミスター・ジョンソンがベンチから立ちあがり、娘の腕をつかむと、ダンのほうに引きずってきた。「リタ、ほら、彼のお出ましだぞ！ つい先日の晩も、ダンはたったひとりでどうしているんだろうと、おまえは心配していたんだよな？」彼はさらに念を押した。「さぞ寂しい思いをしているだろうと」

かわいそうに、リタは本気でそう思っていたに違いない。でも、それはミスター・ジョンソンが——そしてぼくの父が——明らかに願っているように、彼女がぼくの子供を産みたいからではなく、幼稚園の頃からの優しい幼なじみだからだ。「会えてうれしいよ、リタ。最近、なにかゴシップを耳にしたかい？」

彼女は唖然とした顔でダンを見つめてまばたきしたが、彼の意図に気づくと、唇を噛んで笑みをこらえた。「ダグ・ウェーバーがヴィッキー・ホワイトとつきあいだしたわ」

「彼女は結婚していると思っていたよ」

「もうしていないわ」愉快そうに、リタは続けた。「この町は離婚ブームみたいよ」

熱心に彼女を見つめていた買い物客は視線を落とし始めた。

「あなたのお父さんはマッコールで誰かとデートしているそうよ」

ダンは仰天して言った。「でも、あそこは母さんが住んでいる町じゃないか。まったく、親父もナンパするなら別の町ですればいいのに」

「男性だもの、仕方がないわ。世の中の男たちの例に漏れず、彼にも悪癖があるのよ」リタは楽しげに男性をこきおろした。「ああ、それから、シェリル・ケナーがわたしに言い寄ってきたわ」

「えっ」ダンは愕然とした。「彼女は自分がレズビアンだとカミングアウトしたわけか」

「ええ。わたしは両性愛者になろうかと思案しているところ」

ミスター・ジョンソンが大きく咳《せ》きこみ、誰かがその背中を叩いた。

「なぜだい？」ダンは尋ねた。

リタは上品かつ堂々とそのせりふを口にした。「そうすれば、土曜日の晩にデートするチャンスが二倍になるもの」

ダンの推測は、リタのその言葉によって証明された。結婚、離婚、そして失望によって、彼女のユーモアのセンスは剃刀《かみそり》の刃のように研ぎ澄まされたのだ。にやりとして、彼は尋ねた。「ゴシップはそれだけかい？」

「ええ、そうよ」リタはそう請けあっただけでなく、大きくうなずいた。

「よし！　それじゃあ、買い物もすんだし、ぼくは帰らないと」彼はミセス・ハードウィックに代金を払い、買い物袋を持って店を出た。

リタはペッパー・プレスコットが帰ってきたことを口にしなかった。だが、どうしてあんなふうに大きくうなずいたんだ？　親父がペッパーの秘密を漏らして、リタに黙っているよう口止めしたのかもしれない。リタは分別のある女性だが、親父には厳しく注意しておかなくては。

ついにダンは、ペッパーが戻ってきて以来ずっとやりたかったことをすることにした。彼女の車が崖から落下した地点を、なんとしても突きとめたい。それまでは雪が降らないといいが。乾いた路面ではコルヴェットの走りは最高だが、路面が凍ると、まったく当てにならない。時速一〇数キロで雪道を運転するのはごめんだ。

だが、絶対に家へは帰りついてみせる。ペッパーには帰宅の予定をわざと誤解させたが、なにがあろうと、彼女の眠る家に帰らないなんてことはありえない。とりわけ、ちょっとした春の嵐に邪魔されるくらいでは。

幸い、そこらじゅうを探しまわる必要はなかった。この辺りで、ミセス・ドレイスの家まで歩ける距離にある未舗装の道や切りたった崖といえば、そう多くない。まずカーフマン・クリークに向かい、坂道をゆっくりとのぼったが、無駄足だった。タイヤのスリップ痕もなければ、断崖《だんがい》から車が落下した形跡もなかった。

次にリフォーメーション・ビュートへも行ってみたが、ここでも事故現場は見つからなかった。ただ、明らかに除雪車が二四時間以内に通った跡があり、彼女の車のタイヤ痕があったとしてもかき消されてしまっていた。

午後三時。雲が厚くなっていくなか、ダンはグレー・ピークを目指した。風が勢いを増し、松林がうめき声をあげる。彼は徐行運転をしながら、窓から顔を突きだし、険しい崖から眼下の小川になにか落下した痕跡がないか、道路の端を目で確かめた。

渓谷へとくだる途中の最後の高台で、手がかりは見つかった。彼は車を停めて外に出ると、道路を調べた。タイヤのスリップ痕も、スピードを出しすぎた形跡も、砂利にタイヤをとられてハンドルが利かなくなった跡もなかった。ただ、道路脇の盛り土を乗り越えたタイヤの痕がくっきりと残っていた。

ダンがにらんでいたとおり、ペッパーは事故を起こしたわけではなかった。彼女はわざと崖から車を突き落としたのだ。

鬱蒼《うっそう》と木の茂る急勾配の頂上に立つと、はるか眼下に金属の光が見えた。おまけに溶けたプラスチックや焦げたペンキ、熱された鉄の匂いもかすかにする。車が炎上したか、彼女が火をつけたのだろう。

これでひとつのことが明らかになった――ペッパーはテロリストの刺客ではない。ぼくを殺したがっているテロリストはプロの集団だ。連中なら、こんなぶざまな真似はしない。彼女があいつらの一味であれば、のんきにきれいな姿で現れたはずだ。ぼくを悩殺するようなドレスを着て――凶器をたずさえて。

ダンの頭にいくつもの疑問と、その答えと思われる可能性が次々と浮かんだ。

なぜ彼女は崖から車を突き落としたのだろう？　どうしてあんなに用心深い不安そうな目でぼくを見るんだ？

ペッパーはなにかから逃げている。

警察から？

その可能性は否定できない。

あるいは、彼女に執着する恋人から逃げているのか？　それとも夫から？

いや、夫のはずはない。彼女の指には結婚指輪の跡がなかった。

ダン自身もペッパーに取りつかれつつあった。彼女の車の残骸《ざんがい》を見つめるうちに、執着心だけでなく怒りがこみあげた。彼女はぼくに嘘をついた。いったいなぜ？　どうして命がけでこんな危険を冒したんだ？　そんなに困っているなら、なぜぼくに話してくれないのだろう？

真相を突きとめなければ。今すぐに。

牧場に戻ろう。ペッパーのもとに。そこで、ぼくが知りたいと思う答えをすべて明らかにしてみせる。

ペッパーはテレビを消した。依然として、ジェニファー・ネイピア将軍に対する捜査の報道はいっさいない。実際、CNNは将軍がサイン会を成功させてワシントンDCに戻ったと報じていた。

ワシントンDCで、将軍は絶大な影響力を行使して、かつてテキサス州で罪を犯した夫婦の記録を洗いだし、ジャッキー・ポーターの本名を突きとめ、里親の記録からわたしの足跡をたどろうとするはずだ。

ただ……かつてわたしがきょうだいの行方を捜そうとしたとき、テキサス州ホバートの記録は取り寄せられなかった。郡庁舎で火災が起き、記録が焼失してしまったのだ。運がよければ、そのせいでネイピア将軍の調査も難航するだろう。

窓の外を眺め、ペッパーは束の間ほっとして笑い声をあげた。白い雪が風に舞い、早くも夜の帳《とばり》がおりようとしている。

ソニー・ミドラーには帰宅するように告げた。それに、今夜はネイピア将軍がやってくる可能性はない。彼女ひとりであろうと、テロリストの仲間と一緒であろうと。

なにより、ダンが官能的な香りや欲望を漂わせながら家のなかをうろついていないのがありがたかった。彼は夜遅くまで帰らないと言っていた。雪が降ったらボイシに泊まる、とも。

ネイピア将軍が補佐官を射殺した場面を目撃して以来、わたしは初めてひとりでいても心から安全だと感じている。今夜はダンのダークブラウンの瞳から解放されて、ひとりの時間を楽しもう。

ペッパーはぎこちなく肩をすくめた。ダンがそばにいるとわき起こるあの感情は、いったいなにかしら？　愛情のはずはないわ。きっとただの欲望よ。それなら理解できる。でも、かつて彼に抱いた愛情は、これほどまでの歓びや切望はもたらさなかった。ダンと一緒にいると、彼を危険から遠ざけなかった罪悪感にさいなまれる。けれど、あらゆる分別に反して、彼ならわたしを守ってくれるという安堵も覚えた。そして、ありありと欲求をたたえた目でダンから見つめられると、思わず胸がときめいた。

でも、わたしは逃げだした時点でダンを失い、それでも生きのびた。今回だって、彼がいなくても生きのびられるはずよ。ダンのいない今夜は、自分の過去も彼の過去も忘れて、やりたいことをしよう。仕事が片づき次第、女らしいことをしたい――マニキュアを塗るとか、パックをするとかしてみようかしら。それとも、はさみを見つけて、路地でやみくもに切った髪を整えてもいいわね。

コートを着てブーツをはき、冬用の帽子をかぶると、彼女は納屋へと急いだ。懐中電灯に照らされた雪片が舞い踊っている。

ダンはペッパーがどんな髪型をしていようとまったく無頓着だった。それどころか、彼女のくるくるした巻き毛が気に入ったように、魅力的な目でじっと見入っていた。そのまなざしが脳裏をよぎり、彼女は身を震わせたが、これは寒さのせいだと自分に言い聞かせた。

納屋の戸口のそばでは、サムソンがなかに入れてもらおうとじれったそうにペッパーを待っていた。馬は白目をむきだしにして彼女をにらんだ。ペッパーはあたふたと鍵を探しながら言った。「確かにあなたとラッセルはそっくりだわ」

ふんと鼻を鳴らし、サムソンが鼻先で彼女を小突いた。

泥や肥やしや雪に足を滑らせ、ペッパーは地面に倒れて両手を突いた。液体と固体の入り混じる強烈な匂いの馬糞《ばふん》が、腕やジーンズに飛び散った。

サムソンは頭をのけぞらせ、笑っているようにいなないた。

「なんて悪い子なの」立ちあがって泥をぬぐいながら、彼女は馬をにらみつけた。「あなたが去勢馬じゃなかったら、わたしが去勢してあげるところよ」

ペッパーがドアを開けると、サムソンはすっかりご満悦な様子で納屋に入った。

屋内は静寂に包まれ、革と干し草と馬の匂いがした。雌鶏はあたたかい小屋のなかで身を寄せあっている。サムソンは自分の世話をする卑しい人間をやりこめたことに満足したらしく、まっすぐ馬房に入った。餌をやりながら、彼女は馬に尋ねた。「あなたとラッセルはきょうだいなんでしょう？　母親は違うかもしれないけれど、あなたも彼もダンにとってなにが最善かわかっているつもりで、わたしを振りまわせると思ってる。でも、そうはいかないわよ」

サムソンは餌を嚙みながら、悪臭を放つ彼女の濡《ぬ》れた服を軽蔑の目でじろじろ眺めた。

「確かにあなたはわたしを馬糞に突き落とせるけど、わたしは何度でも立ちあがるわ」大げさな手つきで、ペッパーは馬房の柵を閉じた。「お行儀よくしないと、朝食抜きよ!」いらだたしげに頭を振った様子からして、サムソンは彼女の脅しを真に受けていないようだ。

ペッパーは仕事をすませると、足早に母屋へ向かった。冷たい風がびしょ濡れの膝や袖口に吹きつけ、凍りつきそうなほど寒い。

ポーチにあがって服を脱ぐ準備に取りかかった。だが、まずは周囲を見まわして誰にも見られていないことを確認した。ばかね。雪が横殴りに降っている寒い暗闇のなかで、誰かがわたしを見ているはずがないでしょう。でもダンに彼の刻印を押されたせいで、ダイヤモンドに住んでいた一〇代の頃以来、初めて自分の体を意識するようになっていた。

ああ、ダンがほしい。でも、彼をほしいと思う反面、彼を恐れていた。ダンに欲望をかきたてられたり、心を支配されたり、深夜の夢だけでなく白昼夢にも彼が現れたりすることが怖かったからだ。

ブランコに服を放ってから、ペッパーは苦労してジーンズを脱いだ。素肌に風を受けたとたん真っ青になり、あわてて母屋に駆けこむ。ジーンズとシャツを洗濯機に放りこんでスイッチを押し、悪臭を漂わせながらバスルームに直行した。

その晩、ペッパーは人生で一番長いシャワーを浴びた。納屋の前庭でついた汚れをきれいさっぱり消し去るべく、肌がピンク色になって輝きだすまでごしごしと体を洗った。シャワーの音で、ダイニングルームで鳴った警報音には気づかなかった。

裸足のまま、ペッパーは自室に駆け戻って両手をこすりあわせた。ここはなんて寒いのかしら。でも、キッチンに行ってオーブンをつければ……そう考えて、口もとがほころんだ。なんの迷いもなく、今夜することが決まった。

クッキーを焼こう。

彼女はコットンの赤いセーターと、お揃いの赤い巻きスカートを素早く身につけた。これであたたかく快適な服装になったし、クッキー作りに取りかかれるわ。

レシピはストーブの上の棚に並ぶ花柄の小さなブリキ缶のなかに入っていた。ペッパーはカウンターの上にレシピを広げ、黄ばんだカードに書かれたミセス・ドレイスの上品な文字を見つめた。

ピーナッツバター・クッキーでも、オートミール・バタースコッチ・クッキーでもなくて……。

最初はスニッカードゥードル・クッキーよ。ダイヤモンドを去って以来、スニッカードゥードル・クッキーは食べていなかった。全粒粉を使った歯ごたえのある古風で素朴なシナモン風味のクッキーは、わたしの大好物だ。オーブンを一八〇度に設定し、カウンターの上に材料を揃えて、生地作りを開始した。

表では、軒が風にあおられていた。ハミングしながら作業していた彼女は、車のドアが閉まった音にも、ポーチを移動するブーツの音にも気づかなかった。

だが、ドアがばたんと閉まると、スプーンを落として飛びあがった。

ネイピア将軍だわ。

さっと振り向くと……そこにはダンが立っていた。

白いペンキの塗られた木のドアを背に、彼は黒い影のように見えた。大柄な体とせっかちな態度で部屋を支配する様子は、いかにも威圧的だ。

ダンは怒っているみたいだわ。ラッセルが警告していた泥棒よりも、ネイピア将軍が仕掛けてくる攻撃よりも、危険そうに見える。

ペッパーはまず肩の力を抜いた。

将軍ではなかった。わたしは安全よ。

そして、思いがけなくダンを目にした喜びに胸が高鳴った。

続いてショックと興奮と……まったく別の種の不安で、彼女は凍りついた。

ダンはわたしを求めている。その感情を、一緒にいるときは絶えずあらわにする。なにかをしたり、口にしたりするのではなく、自分の求めるものや……もどかしい思いを伝えてくるのだ。

ペッパーはテーブルの端に腿が食いこむまであとずさりした。ペンキの塗られたテーブルの端を、指から血の気が引くほどぎゅっとつかむ。「今日帰ってくるとは思わなかったわ」

「そうみたいだな」ダンは暗がりにたたずんだまま、ベルベットのような声で彼女を愛撫した。闇のなかに生息する生き物のように、彼には暗闇がよく似合った。

「あなたに邪魔されるまで、わたし――」彼女はうろたえながら、材料が並ぶカウンターを指した。「クッキーを作っていたの。診察はどうだった？」

「健康だとお墨つきをもらったよ」ダンはドアから離れた。

そして、ペッパーのほうに近づいてきた。「それはよかったわね」彼女はダイニングルームへそろそろと移動した。「ちょっと待っていてくれたら、ジーンズに着替えてくるわ。それから話しましょう」

「その必要はない」ダンの声は具合が悪そうにかすれていた。でも、具合が悪いせいではないとペッパーはわかっていた。それは彼から放たれる欲望の炎に負けないくらい明白だ。ダンの声がかすれたのは、あまりにも長いあいだ激しい欲望を抑制してきたからだ。「警告しておくが、きみの作戦はまったく無意味だ」

彼女の頭に警報音が鳴り響いた。なにが無意味なの？ ネイピア将軍から逃げたこと？ ここに隠れていること？ 身の潔白を証明しようとしていること？ 「い……いったいなんの話？」

「きみの格好だよ」ダンは彼女のむきだしの脚や素足を指した。「毎日スカートをはいたっていいんだよ。きみはいつもジーンズをはいて、ぼくを寄せつけまいとしているが」

ペッパーはダンの目を見ることができなかった。その瞳は影のように暗かったが、それでも、彼がどんな目で彼女を見つめているかわかった。ペッパーの脚を見て欲望をかきたてられ、スカートの下になにがあるか承知しているまなざしに違いない。

ダンは続けた。「あの着古したジーンズは、きみの腿にぴったりと張りついて曲線を浮きあがらせる。ぼくはきみが動くのを眺めながら、きみと腿が触れあったら、きみのなかに身を沈めたらどんな気分だろうと想像をめぐらしていたんだ。きみがぼくの上で体を揺らし、生きたまま燃え尽きそうなほどすばらしいクライマックスへとふたりを導いてくれたら、どんな気分だろうと」

ペッパーは膝から力が抜け、テーブルに座って、震える手を喉もとに当てた。人と対立するのは怖くない。これまでだって勇敢に人生を切り開いてきた。でも、彼の大胆な言葉に情熱をあおられると、自制心を失ったらどうなるのだろうと恐ろしくなる。

ダークブラウンの目をきらめかせ、ダンはカウボーイハットを脱いで、つばに積もった雪を払った。ブロンドの髪は乱れてくしゃくしゃだ。彼が明かりの下に移動すると、ペッパーはそのこわばった冷たい表情に息をのんだ。

「なにがあったの?」不安と欲望に喉が詰まって声がかすれた。「いったいどうしたの?」

なにがダンの自制心を奪い、忍耐力を消し去ったのだろう?

「なにがあったかって?」彼は鸚鵡《おうむ》返しに言った。「それを訊きたいのはぼくのほうさ。いったいきみの身になにがあったんだ? 今までどこにいて、なにをしていたんだ?」

「今までって、今日のこと?」そう訊いてから、ペッパーは気づいた。ダンが尋ねているのは、そんなことじゃない。わたしが彼と別れてからこれまでどうしていたのか知りたいのだ。

それも今すぐに。

だが、ペッパーはダンに話すつもりはなかった。目の前に立っている男性は、わたしの不安をなだめて正義を成し遂げるために力を貸してくれるような、優しく頼りになる人物ではない。彼はわたしにあらゆるものを求めたあげく、なにも返してくれないはずだ。彼女は肩を怒らせ、ぐっと顎をあげた。「あなたがこれまでなにをしてきたか教えてくれたら、わたしがどこに住んでいたか話すわ」

「きみは以前とは別人のようだ。きみのことは知っていると思っても、すぐに意表を突かれる」ダンが近づいてくると、その広い肩幅がペッパーに影を落とした。彼はまだ触れてこなかったが、間近にいるせいで彼の熱が感じとれた。「ぼくはきみを誠実で潔白だと思っていた。だが、きみは崖から車を突き落として燃やした」

彼女はさっと青ざめた。「なぜそれを……?」ああ、なんてこと。認めてしまったわ。

「きみは犯罪者なのか、ダーリン?」ダンはペッパーのショートヘアの毛先を撫でた。「車を盗んだのか? 警察から逃げているのか? さあ、話してくれ」彼女はダンの香りに包まれた。石鹸《せっけん》や、シェービングクリームや、ゆったりとした濃厚なキスと遠い一夜の交わりを思い出させる男らしい香りに。

ペッパーは彼に打ち明けたかったが、生来の用心深さから思いとどまった。すでに、ネイピア将軍の殺人を摘発するEメールをヴァーガス上院議員に送ってある。いくらなんでも、もう今頃は誰かがそれを読み、ペッパーの告発は真実だと判断して動きだしているはずだ。ほどなく、捜査が進行中だとニュースで流れるだろう。

そうでなければ国土安全保障省に連絡するまでだ。将軍や、警察や、政府に居場所を突きとめられる恐れはあるけれど、自分自身とダンと国家の安全を守るために行動を起こさなければならない。

ペッパーは震えながら息を吸った。「話せないわ。でも、わたしは……わたしは……」

「無実なのか？」

不意に彼女は気づいた。ダンは単に欲情しているだけじゃない。激怒しているのだ。

それも当然よね。

でも、わたしにだって正当な理由があるし、誰からも甘んじて侮辱を受けるつもりはない。

ペッパーは拳をぎゅっと握りしめた。「正直に言わせてもらうけど、あなたのことは信用していないの。あなたをよく知らないから。わたしが愛していた少年とは違うし、あの少年が大人になった姿とも一致しない。あなたはまるで別人だわ。それなのに、どうしてそうなったか話してくれない。だったら、わたしもあなたに説明する義務はないわ。そうでしょう、ダン。なぜあなたに正直に話さなければならないの？」

ダンにじっと瞳を覗きこまれた拍子に、ペッパーには彼の混沌《こんとん》とした魂の奥底が垣間見えた。そこには怒りや欲望、昔の恋、新たな裏切りが渦巻いていて、じりじりと迫りくる強大な氷河を前にした巨岩のように打ち震えていた。今夜の彼は、文明社会からすっかり遠ざかっているようだ。

今のダンはペッパーに信用されなくてもかまわない様子で、彼女を求め、奪おうとしている。ペッパーの想像に反し、彼は決して忍耐力を備えていたわけではなかった。ただ時機を見定めていただけなのだ。もう待てなくなる時機を。

　そして、彼はもはや待てなかった。

「でも、ぼくはきみが愛した少年と同一人物だよ。だからこそ、きみと過ごした最後のときを一分一秒思い出せる」頭をさげて、ダンは彼女の髪の匂いを吸いこんだ。「きみが立ち去ったとき、ぼくがどんな思いをしたかわかるか？　きみはぼくに思い出だけを残していった。きみの香りや、きみが漏らしたあえぎ声や、ふたりが完璧に結びついた感覚の記憶だけを。きみがぼくの心にくっきりと足跡を残したせいで、ぼくはどんな女性にも夢中になれなかった」彼はペッパーの頭のてっぺんに頬をのせた。「そんなことをされて、ぼくがきみを許すと思うか？」

　彼女は脚が震え、ダンの息を受けて髪が揺れた。「許してほしいと頼むつもりはないわ」

「当たり前だ。ぼくもきみにそんなことはしてほしくない」彼はペッパーの首にてのひらを滑らせた。「きみには懇願してもらう」

　懇願ですって？　許しを乞《こ》うために？　それとも抱いてほしいと頼むために？

　そう詰問したかったが、できなかった。

　ダンが彼女の頭をのけぞらせ、唇を重ねてきたからだ。

17

ダンはペッパーの唇を奪うと、その下唇を歯でこすり、敏感な神経を刺激した。それから、彼女の唇のまわりに舌を滑らせ、期待を引きのばすようにゆっくりと舌をさし入れた。思わず、彼女は爪先立ちになった。

ペッパーは抵抗しなかった。わたしはそれほど間抜けではない。今一緒にいる男性は、かろうじて理性的にふるまっている状態だ。少しでも火に油を注ぐようなことをすれば、彼は原始人のようにわたしの頭を殴って自分の洞窟《どうくつ》へと運びかねない。

ただ、ダンの誘惑に抗うことはできる。ペッパーはテーブルの端を両手でしっかりとつかみ、彼を抱きしめたいという衝動をこらえた。ダンとの対立は恐れていないけれど、彼の性的な魅力には脅威を感じる。ダンがわたしを肉体的に傷つけることはない。でも、心の秘めた部分にダメージを与える恐れはあるわ。そんな彼に屈するのは愚かよ。

ダンはペッパーから身を引いた。「かまわないよ、ダーリン。いくらでも抵抗してくれ。そのほうが、きみの降伏がより甘美に感じられる」彼女をテーブルに座らせて、その腿に両手を這わせ、巻きスカートの裾を広げていく。彼のたこのできたてのひらがペッパーの滑らかな肌をこすると、彼女はその感触に喉を詰まらせた。ペッパーの肌触りに歓びを感じるかのように、ダンは彼女を撫でた。

ダンがその愛撫からどんな満足を得ているのかわからなかったが、ペッパーは彼に触れられることによって力を奪われた。奪われたのは……力ではなく分別かもしれない。もっと上に触れてほしいと懇願したくなるなんて。

ああ、もう、わたしは愚か者だわ。彼にすっかり魅了されている。

ダンの指がショーツの縁をなぞった。「これは邪魔だな」

「あなたの邪魔をするなんてとんでもないわね」ペッパーの皮肉をあっさりと聞き流し、ダンはポケットナイフを取りだした。彼が親指ではじくと、長く鋭利な刃がきらりと現れた。彼女がダンの意図に気づく間もなく、冷たいナイフが腿に触れ、ショーツを切り裂いた。スパンデックスの生地が一気にウエストまでめくれあがると、ナイフがおなかの上を滑って上部も切り裂き、ショーツをテーブルに落とした。

彼の驚くべき行動に、ペッパーは禁断のスリルを覚えた。浅はかなスリルを。「気は確かなの？」彼女は詰問した。

「ああ、確かにぼくは正気を失っている」ダンは刃をするりと柄に戻し、ナイフをポケットにしまった。そして、じっと彼女を見つめながら深々と息を吸い、胸を隆起させた。

ペッパーの全身に不安のさざ波が駆け抜けた。彼は大きすぎるし、俊敏すぎるし、威圧的で、要求も多すぎる。

ダンを見つめるうちに、ペッパーの脚のあいだが潤いだした。ここにやってきて以来、体の奥がうずき、強烈な切望感にさいなまれている。彼のせいで四六時中、自分が恋人を求めている女性であることを意識せずにはいられない。ダンを拒んでも、この切迫した欲望のゲームからなにも得られなかった。それどころか、自制しているせいで彼を求める気持ちはいっそう募るばかりだ。

ダンの指先が彼女の秘めやかな部分を守る茂みを撫でた。

茂みはまったく防御の役目をなさず、ペッパーは敏感に反応して身を震わせた。

「教えてくれ。きみはいったいなにから逃げているんだ?」ダンは彼女のなかに指を一本さし入れた。指のつけ根まで。

「ひどい人ね」ペッパーは息をのんだ。ダンはわたしをじらし、わたしの体を使って情報を引きだそうとしているんだわ。わたしはその手に引っかかり、彼を求め、情熱に溺れている。でも、ダンのほうは違う。彼はわたしを尋問できるだけの理性と距離を保っている。「なんて卑怯者なの!」彼女はダンを蹴った。

彼はペッパーの足をつかんで自分の肩にのせた。「卑怯者だって? なぜそんなふうに言うんだ? ぼくはきみの望みをかなえているだけじゃないか」

彼女は必死に上体を起こして、仰向けに倒れないようにした。「わたしはこんなこと、望んでないわ!」背後に両手を突いて後ろに身を倒し、とらわれた足を引き戻そうとした。

「本当に?」彼はペッパーのなかにうずめていた指をゆっくりと途中まで引き抜いた。彼女の内側はすっかり潤っていたが、今やダンのおかげで外側も濡れてしまった。「ハニー、いくら嘘をついてもかまわないよ。でも、きみの体は正直だ」

ペッパーは再び足を引っ張った。両脚を大きく開く格好になったが、今度は反対側の足で彼の腿を蹴った。

ダンはひるみもしなかったが、ペッパーの足を放した。ただし、指は彼女のなかにうずめたまま絶え間なく動かしていた。「きみはなにから逃げているんだ？」

ダンには話せない。ネイピア将軍のことは。彼は兵士だもの。それに、かつてわたしに窃盗癖があったことも知っている。

彼女はさっと後ろにさがった。

ダンはペッパーから手を離すことなく詰問し続けた。彼はなんとしても真実を突きとめるつもりだわ――少なくとも真実の一部を。そう考えて、彼女は言った。「わたしは間違った人間とかかわってしまったの」

「そうか」ダンは息を吸った。「やはり、ぼくの思ったとおりだ」

「〝思ったとおりだ〟ってどういうこと？」

ダンは指を曲げ、ペッパーを絶頂の縁へと押しあげた。「ぼくはきみがいなくなったわけをさんざん考えたあげく、きみが外の世界を体験したくて、ぼくやぼくたちの関係から逃げだしたんだという結論に達した。だから教えてほしい。ほかに何人いたんだ？」

「何人って？」

「教えてくれ」彼の息がペッパーの耳をかすめた。「いったい何人の男とつきあったんだ?」

ペッパーは思わず彼を引っぱたきたくなった。ダンがわたしを操っているのは、彼が知る権利もない情報を聞きだすためだったのね。それなら嘘をついてあげるわ。「二〇人以上よ」

「本当かい?」ダンは指を引き抜いてから、今度は二本の指をゆっくりとさし入れた。彼女は広げられるにつれて不快感を覚え、痛みを感じそうになった。「どいつのペニスも針みたいに細かったのか? だって、きみはぼくが処女を奪った晩と同じくらいきついよ」

ダンはあまりにも女性に詳しすぎるわ。それに、わたしのことも知り尽くしている。

「何人の男とつきあったんだ?」彼は低い魅力的な声でなだめすかして、ペッパーから答えを引きだそうとした。「本当のことを教えてくれ。いったい何人だ?」

別に打ち明けても害はないだろう。遅かれ早かれ、屈することになるのだから。ダンのシャツの襟をつかんで頭を持ちあげると、ペッパーは彼の首筋に向かってつぶやいた。自分の息が彼の肌を撫でるのを承知の上で。「教えてあげたら、もう黙ってくれる?」

「真実を話してくれればね」ダンの親指が、もっとも敏感な部分で円を描きだした。

真実ですって? 彼女はかろうじて声を振り絞った。「ああ、ダン、もう死にそうよ」

「こんなの序の口だよ。ぼくはこんなふうにきみに触れることを、九年間待ち続けてきたんだ。まだ始まったばかりさ」彼は親指でペッパーをこすりながら、二本の指で秘めた部分を愛撫した。彼女はもだえ、オーガズムの前兆の震えに襲われた。

とたんにダンは手を止めた。「まだだよ、ダーリン。まだいってはだめだ」

ダンのシャツをわしづかみにして、ペッパーは彼をにらんだ。「わたしはいつでも好きなときにいくわ」

彼は低くしわがれた声で小さく笑った。「ぼくは言葉できみをいかせることができる。この手で触れていかせることもできるよ。スラックスのファスナーをおろし、きみをテーブルに横たえ、両脚を大きく開かせてから何度もきみを貫いて——」

ペッパーは予期せぬクライマックスの波に襲われた。全身の血が駆けめぐり、ダンの指のまわりの肉が痙攣《けいれん》する。彼女はさらに快感を引きのばそうとダンに向かって身をそらし、空気を求めてあえいだ。すべてが終わったあと、ペッパーはぐったりと彼にもたれた。

ダンは彼女を支えて笑い声をあげた。その低く深い声がペッパーの耳に響いた。「自分の体やクライマックスを支配するのは自分だなんて言うなよ。主導権を握っているのはぼくだ。きみがいい子にしていたら、求めるものを与えてあげよう」

それこそ、ペッパーの恐れていたことだった。自分の求めるものをダンから与えられること。そんなことをされたら、もっと求めてしまう。懇願しては彼に満たされるという無限のサイクルにはまってしまう。わたしはすでに一度、ダンを忘れる苦痛を味わった——彼の情熱を忘れる苦痛を。

でも、もう一度、彼を忘れられるかどうかわからない。

「いったい何人だ？」ダンは容赦なくペッパーを尋問し、攻めたて、狼狽させる一方、自分の目的は決して見失わなかった。

ペッパーは彼のやり方に憤りを覚えた。こんなふうにわたしの口を割らせようとするなんて。期待に喉を締めつけられながら、彼女は言った。「ひとりもいないわ。誰ともつきあわなかったから」

どうせダンは信じてくれないに決まっている。そうしたら、わたしはどうすればいいの？もちろん、嘘をつけばいいのよ。嘘をつくのは得意だもの。

しかし、ダンは鼻を鳴らしたり、吹きだしたり、反論したりせず、ペッパーの嫌う冷静な声で尋ねた。「なぜだい？」

だから、彼女も嘘はつかずに真実を告げた。「ほかの人とはつきあえなかったの。誰もあなたじゃないから」

ダンはペッパーの髪に手をさし入れ、彼女の顔を引き寄せて瞳を覗きこんだ。ペッパーの魂の奥底まで探るように。「ちくしょう、きみはぼくの心を引き裂いたんだぞ」彼はささやいた。

ペッパーの顔にダンの息がかかり、彼のまなざしで彼女の仮面は完全にはぎとられた。

「じゃあ、わたしを信じてくれるの？」

「ああ、信じるよ」雷に打たれたように、ダンはいきなり彼女を放してあとずさりした。シャツを力任せに開き、脇に放る。続いて白いTシャツを頭から脱ぐと、腕の筋肉がうねって収縮した。あらわになった腹部は平らで、スラックスのファスナーの辺りが盛りあがっていた。

そして、肋骨《ろっこつ》から下に向かって白い傷痕がジグザグに走っている。

ペッパーが心配そうに無言で見つめると、彼は頭を振って請けあった。「心配ないよ。ぼくはもう大丈夫だ」

彼はブーツを引っ張って脱ぎ捨ててから、スラックスを脱いだ。

ダンの引き締まった腹部やたくましい腿、下着のふくらみに、ペッパーは目を奪われた。多くを約束する下腹部の高ぶりに。

彼女は口のなかがからからになった。初体験は夜の闇に包まれたダンの車の後部座席で迎え、ティーンエージャーらしいぎこちなさと、ダイヤモンドにとどまって彼の恋人にはなれない悲しみを味わった。

でも、今回はあのときとまったく違う。ここは天井の明かりに照らされたキッチンで、バニラとシナモンのエキゾティックな香りが漂っている。わたしはもう怒りや恨みにとらわれて自ら身の破滅を招く愚かな少女ではなく、昔は気づかなかった欲望を抱えた大人の女性だ。

ダンは自分がその欲望をかきたてていることをわかっている。筋肉を隆起させてマッチョなポーズを取ることはしなかったが、悠然とした足取りで近づいてきた。わたしに逃げたり、悲鳴をあげたり、考え直したりするチャンスを与えながら……あるいは、彼のすばらしい体に見とれる時間を。

椅子を引きずってキッチンの中央に移動させると、ダンは腰かけた。そして、ついに慎重に下着を脱ぎ始めた。ヒップを浮かせて下着を引きおろすと、太いペニスが頭をもたげた。

ペッパーの胸は激しく打ち、不安と期待に喉が詰まった。彼女はすべてをあらわにしてテーブルに座り、ヒップの下にはショーツの切れ端が落ちていた。しげしげとダンを眺めていることを決まり悪く感じながらも、目をそらすことができない。どうしたらいいのか、彼が自分になにを期待しているのか、わからなかった。

彼は椅子に腰をおろして両脚を開くと、手招きした。「初めてのときは、ぼくがきみを奪った。今度はきみがぼくを奪ってくれ」

ダンが図々しくもそんな要求をし、恥ずかしげもなく身をさらして手加減なく誘惑してくることが、ペッパーには信じられなかった。

ダンのもとへ行ったらだめよ。そんなことをするなんて正気じゃないわ。でも、心のなかでは抑えがたい欲望が火花を散らしている。彼はわたしのショーツを切り裂き、秘所をあらわにした。ダンの愛撫によって、わたしはすっかり燃えあがっている。ペッパーは彼をじっと見つめるうちに、目がひりひりしてきた。

ダンは自分の望みに従うよう、無言でペッパーに要求していた。

彼女自身の望みに従うようにと。

まるでじっと息を詰めていたように――いや、本当にそうしていた――ペッパーはとうとう肺が痛くなり、決断をくだした。

初体験のときに味わった本能的な衝動を恐れて、自分自身を否定するなんてばかげているわ。わたしは成熟した大人だし、もう体を重ねることによってふたつの魂が結ばれるとは信じてはいない。セックスは単なる肉体的な交わりにすぎないのよ。

それならわたしにだってできる。

テーブルから滑りおりて、ペッパーは裸足で静かにキッチンを横切った。そして巻きスカートの両端の裾をつかんで広げ、慎重にそっと椅子にまたがった。

彼に。

ダンの言いなりになるなんて愚かな女ね。いっそ彼に奪われたほうがよかったわ。

だが、ペッパーはダンのことを理解していた。彼は車の後部座席でぎこちなくわたしと抱きあった一八歳ではない。一人前の男性だ。ダンがそう決めれば、わたしは彼と交わることになる。遅かれ早かれ、ベッドをともにすることになるのだ。さもなければ、またつきまとわれて試練を味わい、彼がわたしを求めながら隣の部屋で眠っていることを意識して幾晩も過ごす羽目になるだろう。

狂おしいほどの欲望を抱えながら、また平然と一夜を過ごすなんて、もうわたしには無理よ。どうしても彼とひとつになりたい。今すぐに。

ダンは片手でペッパーのヒップを支え、手品師のようにコンドームを取りだした。ずっと握りしめていたのか、小さな包みには皺が寄っている。彼女はなにを期待されているか承知の上でそれを受けとった。

ダンが準備万端の状態で待つなか、ペッパーは包み紙を放って、彼のペニスにコンドームをかぶせた。徐々に彼自身を覆っていくと、頭のなかで警報音が鳴りだした。かつてわたしは彼と交わり、そのあとに逃げだした。わたしは今、自分のしていることをちゃんとわかっているのかしら?

そのとき、ダンがうめいた。ペッパーが目を向けると、彼は彼女に触れられる歓びに溺れまいと必死に自制していた。

警報音は今も鳴り続けていたが、もはや彼女の耳には届かなかった。

両足をぺたりと床につき、ペッパーはダンの上に身を沈めた。潤った部分が彼自身にそっと触れた瞬間、まだなにも始めていないのに達してしまいそうになった。

身震いして自制心を取り戻すと、彼女は自分の中心が彼自身の真上にくるようにヒップをずらした。

わたしたちはぴったりだわ。それに心地いい。ペッパーは彼の顔をじっと覗きこみ、いとしい瞳や、浅黒い精悍な顔や、傷痕や、短くカットされたブロンドの髪を見つめた。

ヒップをさげながらダンを迎え入れても違和感はなかった。ペッパーは彼の熱い高ぶりに満たされた。とはいえ、ダンの言っていたとおり、わたしはきついようだ。それに、彼はわたしには大きすぎる。そのたくましさに圧倒され、思わず歯を食いしばってうめき声をこらえた。

だが、ペッパーが味わっているのが苦痛だとすれば、ダンが感じているのは耐えがたい苦《く》悶《もん》だった。彼はさっと頭をのけぞらせたかと思うと、顔をゆがめ、首筋を硬直させた。彼女を一気に貫きたい衝動をこらえているらしく、腰が小刻みに痙攣している。ペッパーがダンをすっぽり包みこむと、彼の額には玉の汗が浮かび、彼女をのせた腿がこわばった。

ダンがもがいている限り、彼女は満足だった。口もとをかすかにほころばせて腰を沈め、また体を持ちあげてから、さらに深く身を沈めた。

コントロールを失った状態をなんとかしようと、ペッパーはダンの胸に爪を立てた。息を弾ませ、深いうずきと切望に身を震わせながら、思わず口走った。「ダン、お願いよ、ダン」

自分でもなにを求めているのかわからない。

そんなこと、どうだっていいわ。どうせダンは、自分の望むものしかわたしにくれないもの。彼はペッパーのウエストの結び目を解いてスカートを脇に放るなり、彼女の大きく開いた腿のあいだに指を戻した。そっと円を描くように愛撫されるうちにペッパーは燃えあがり、自分自身を包み隠さずさらけだした。

息を切らし、自制心を失って、ダンの脚や腹部に触れるまで一気に身を沈めた。素早く腰を持ちあげたとたん、彼のペニスに体の奥をこすられ、胸が高鳴った。彼女はうめき、笑い声をあげた。荒々しい情熱の波にのまれて。

おそらくペッパーの笑い声が、ダンの自制心の最後のかけらを打ち砕いたのだろう。あるいは、彼はずっと受け身でいる気はなかったのかもしれない。ダンは彼女の動きに合わせて下から突きあげた。ペッパーは彼のたくましさに満たされながらも突き返し、主導権を手放すまいとした。

ゆっくりと始まった交わりは、動きも、音も、感覚も激しさを増していった。椅子が床をこする音が広々とした明るいキッチンに響く。

ペッパーのヒップに彼の指が押し当てられた。

彼女の足もとの床は冷たかった。

ダンが深くかすれた声でうめく。

ペッパーはダンの肩に指を食いこませ、何度も彼の上で身を浮かしたせいで腿が震えた。

彼が突きあげ、ペッパーが身を沈めるたびに、ふたりはしっかりと結びつき、パラダイスへとぐんぐん引き寄せられた。

ペッパーは切望の波にのまれ、思わず目を閉じた。恍惚《こうこつ》となる間もなく、クライマックスを先のばしにするゆとりもなかった。稲妻のような絶頂に襲われた瞬間、ふたりの肌が焼けつき、溶けあった。彼女の胸の奥で燃えさかる炎が、ダンとひとつに結ばれた歓びと苦悩以外の感情をすべて消し去った。

だが、ダンはペースを落とさなかった。ペッパーを持ちあげ、導きながらも、ともにクライマックスは迎えず、容赦なく快感を与え続けた。ペッパーの全身の血がすさまじい勢いで駆けめぐり、彼女が激しく身を震わせて、言葉では言い表せない充足感に大きな叫び声をあげるまで。

ついにダンがペースを落とすと、彼女は呼吸や意識のかけらを取り戻した。

ダンの声が響いた。「ペッパー」

彼女は目を開けた。

周囲が目に入ると、ほんの数秒前までの切望感が狂気の沙汰《さた》に思えた。彼女は自分のしたことや、今していることに気づいてたじろいだ。

ダンは挑むようにペッパーを見据え、彼女の両手をつかんで、自分の胸に押し当てた。ペッパーのてのひらに、彼の体温だけでなく欲望に脈打つ鼓動が伝わってきた。ダンのダークブラウンの瞳は独占欲に燃えている。「ぼくは誰だ？」彼は問いかけた。「ぼくが誰か教えてくれ」

彼女はその質問の意図がつかめなかった。「ダン」彼女はささやいた。「あなたはダンよ」

「きみを抱いているのは誰だ？　きみのなかにいるのは？」彼はそう言って突きあげ、またペッパーを貫いた。「きみをいかせようとしているのは誰だ？」

ようやくペッパーは理解した。ダンは彼女に正気を失わせながらも、自分のクライマックスは先のばしにしている——彼女を自分のものにするために。ペッパーを支配し、自分が彼女の主人であることを認めさせたいのだ。

そんなダンのやり方に、ペッパーは怒りを覚えた。その反面、彼を求めてもいた。これまで彼を忘れたことなど一度もなかった。

「ペッパー、言ってくれ」ダンは徐々に勢いを増して、彼女の体を上下させた。

ペッパーはダンを乗りこなすうちに絶頂に達した。息を奪うような震えが、再び全身を駆け抜ける。ダンの上で身を揺らしてしまったのは、どうしても彼とひとつになりたかったからだ。体にそう要求され、降伏するしかなかった。

「きみとひとつになっているのは誰だ?」ダンは彼女の瞳を覗きこんだ。「きみのなかにいるのは誰だ?」

目をそらすことができず、ペッパーは声を絞りだすようにして言った。「あなたよ、ダン。ああ、お願いだから……」

ついにダンは屈した。熱に浮かされたようにペッパーの体を揺らし、最後にもう一度貫いてから、彼女をぎゅっと抱きしめた。ペッパーのなかで彼のペニスが躍動し、情熱で彼女を満たした。

ペッパーはさらなる快感を求めて身を震わせ、めくるめくような恍惚感に襲われて、意識が遠のいた。

ついに歓喜の波が耐えがたい領域に達し、徐々にその波が引き始め……興奮の名残だけが残った。

ペッパーの体から力が抜けた。まだ熱く燃えあがる欲望の証に満たされていたが、もはやダンの上で上体を起こしてはいられなかった。彼にゆっくりと覆いかぶさるのは、狂おしい交わりというより降伏したように感じられたが、ついに全身の力を抜いて彼に倒れかかった。それを待ち構えていたように、ダンはペッパーに両腕を回して抱き寄せ、彼女の頭を自分の胸にもたれさせた。

ペッパーはダンにすっかり身をゆだねてリラックスした。考える力が戻り次第、無数の問題に直面することになるとわかっていながら――たとえば、セックスに関して要求の多い、この怒りっぽい大柄な男性をどうするか、とか。

だが、今は満ち足りた気分だった。最初にダンから逃げだして以来、こんなふうに感じたことはない……。そう思ったとたん、ペッパーの胸に疑問が芽生え始めた。

18

情熱がおさまるにつれ、ペッパーは身をこわばらせた――拒絶心や、ダンには理解できない不安によって。今度は彼女を逃さないということしか、彼にはわからなかった。抗議の声を漏らし、彼はペッパーをきつく抱きしめて立ちあがった。彼女とひとつになったまま、自分のベッドルームへと向かう。ペッパーが肩にしがみついてくると、ダンはささやかな満足感を覚えた。少なくとも、彼女は消耗しすぎて逃げだせないらしい。少なくとも、ぼくがそうさせたのだ。

キルトの上掛けと毛布を引きさげて、彼女をシーツに横たえた。

ペッパーは弱々しく見えた。まるで彼と目が合うのを恐れるようにまぶたを閉じている。ダンは冷たい水にひたした布でペッパーのほてった顔を拭いてあげたかった。彼女を慰め、安心させる言葉をかけてあげたい。だが、ペッパーのことは心得ている。ぼくが一瞬でも気を抜けば、彼女は不死鳥のようによみがえり、再び独立心を取り戻そうとするはずだ。

だから、彼女の両脚を思いきり開かせて深々と貫いた。

ペッパーがぱっと目を開き、動揺した目で彼を見つめた。「あなたはたった今……」

「ああ、達したよ」ダンはゆっくりと身を引いてから、再び彼女を満たした。「でも、きみが相手だと回復にあまり時間がかからない」彼はペッパーを腰でマットレスに強く押しつけ、彼女のもっとも感じやすい部分を刺激した。「きみのこととなると、ぼくは完全に分別を失ってしまうんだ」それは本当だった。さっきペッパーのなかに自分を解き放ってすばらしい快感を味わったばかりなのに、もう股間がじわじわと高ぶっている。洪水のあとにまた水位があがっていくダムのように。

彼女は唇をわずかに開き、息を乱してダンを見つめていた。

「いったいなにを期待していたんだ？　ぼくはこれを九年も待っていたんだぞ」彼はうめき、またペッパーから身を引いた。自分のベッドに彼女を引きとめておくためには、忍耐強さと、戦略と、冷静に計画を練る巧妙さが肝心だと、頭のなかの声が力説している。だが、体のほうは別のことをもくろんでいた。

ペッパーの秘所はすっかりほてり、情熱的に潤っていた。「ぼくのペニスは、きみのなかに長くとどまっていればメッセージが伝わると思いこんでいるんだよ」

彼女はまたダンに体の奥を突かれてうめき声をあげたが、彼が訊いてほしい質問は口にしなかった。〝どんなメッセージ？〟とは尋ねなかった。

彼はペッパーや、彼女が質問しなかったことを気にする自分を胸のうちで罵った。

ペッパーはまぶたにまぶしい光を感じた。いつもと同じく、あっという間に朝がめぐってきた証拠だわ。そう思ったとたん、別のことが頭によみがえった——ゆうべはすばらしい至福のひとときで……無意味だった。

　横を向いてダンの枕に顔をうずめ、彼の香りを吸いこむ。目を開けなくても、彼がいないことはわかった。ダンはわたしに何度もオーガズムを味わわせたあと、この戦いの場に置き去りにしたのだ。おかげで全身が筋肉痛になり、両脚のあいだにも特別な痛みを感じる。体の隅々まで彼に所有されたことを物語る痛みを。

　彼女は片腕をあげて目を覆い、うめき声を漏らした。

　一度ダンのもとから逃げだし、こうして舞い戻ったわたしを、彼は征服の対象と見なしている。そんな人に奪われてしまうなんて。ゆうべは夏の日差しを浴びたアイスクリームのように、彼の上でとろけてしまった。ダンの要求や……提案に……うまくのせられて、ありとあらゆる愛の行為も試した。もう二度とまっすぐ歩くことはおろか立つことさえできないかもしれないと感じるまで、幾度もクライマックスに達した。

　ペッパーは思わず手を握りしめ、てのひらに爪が食いこんだ。

　ダンはわたしに自分の焼印を押したんだわ。わたしはなんてばかだったのかしら？　今日はさらにどんな降伏を求められるの？

　心をかき乱す考えから逃れようとして起きあがり、彼女はダンの部屋を見まわした。ゆうべ、ふたりは情熱に身をゆだねてシーツに絡まり、古いベッドスプリングを鳴らした。もう二度と彼や昨夜のことを思い出さずに、この家のベッドに横たわることはできない。それに

――。

「いけない！」ペッパーは津波のような現実に打ちのめされた。もう一〇時だわ。仕事をするはずだったのに。上掛けをはねのけてベッドから飛びだし、大急ぎで服を身につけた。歯を磨き、顔を洗って髪をとかす。目を細めて鏡に映った自分の姿を確かめたあと、キッチンに駆けこみ、カウボーイハットをさっとかぶった。朝食をとる暇はないわ。すぐに納屋へ行き……自分にできる用事を探して片づけないと。戸口から飛びだしたとたん、サムソンに乗ってポーチへと近づいてくるダンを目にして立ちどまった。

馬の背が高いうえに彼も長身なので、ペッパーはぐっと見あげなければならなかった。ダンは両膝を締めたり、軽く鞭《むち》を使ったりしてサムソンを誘導していた。そのひとつひとつの動きに筋肉が波打つ。普段のいかめしい顔つきが和らぎ、口もとは今にもほころびそうだ。ペッパーに見とれながら思い出にひたっているのか、彼は彼女の動揺した表情や腫れぼったい目に見入っていた。ダンのブロンドの髪が朝日に照らされ、後光のような輝きを放っている――とはいえ、昨夜の出来事のあとでは、ペッパーはだまされなかった。彼は天使なんかじゃないわ。わたしを誘惑し、燃えるような情熱で連れ去ろうとする、しぶとい悪魔よ。

ゆうべのことなどなかったかのように、彼はさりげなく言った。「ピクニックに行こう」

「えっ？」ペッパーは辺りを見まわした。「今日？」

「雪はすぐに溶けるよ」

確かに、彼の言うとおりだった。時季遅れの寒冷前線は夜のあいだに遠ざかったようだ。

風も西へと進路を変えた。雪が地面をところどころ覆い、屋根から滴る雪解け水が丘を流れ落ちている。

「さあ」ダンが手をさしだした。「サムソンなら、ぼくたちふたりを運んでくれるよ」

ペッパーはすがすがしい空気を吸いこみ、しばし考えた。ゆうべは今日のことなど考えもしなかったけれど、もし考えていたら、ダンがもっと挑戦的で威圧的な態度を取ると予想したはずだ。ところが、彼はピクニック用のバスケットをぶらさげた巨大な馬に乗り、学校をさぼる生徒のように、わたしが一緒に来ることを期待している。ふたりともまだ若く、無邪気で、軽率にふるまっても報いを受けずにすむかのように。まるで……人生の最後の一日を過ごしているかのように。

実際、そうなってもおかしくないわ。

ポーチのステップをおりると、彼女はダンの手をつかんで引っ張りあげてもらい、彼の後ろにまたがった。

「しっかりつかまっていろよ」ダンはサムソンをギャロップで走らせてから尋ねた。「これからどこに行くかわかるかい?」

「ええ、もちろんよ」ダイヤモンドを去って以来、ペッパーは馬に乗ったことがなかったが、サムソンのとどろくようなギャロップや、あたたかい体臭を昨日のことのように思い出せた。こうして馬に乗っていると、疲れた筋肉が引きつれたが、風を顔に受けるうちに九年前の春の記憶がよみがえってきた。毎週土曜日の朝、ダンはわたしを迎えに来て、ふたつの牧場や山脈を案内してくれた。わたしは必ずサンドイッチを持参し、彼はいつもソーダとポテトチップスを持ってきた。ふたりは春先の子羊のように跳ねまわり、最後は決まって毛布に寝そべって、欲望といらだちでお互い真っ赤になるまで愛撫しあった。

ペッパーは自由で若々しい気分に元気づけられた。大きな蹄のサムソンは広い背中にふたりを乗せ、急勾配の細い山道をのぼっていく。ダンが強情な馬を操るたびに、ペッパーの腕のなかで彼の体が動いた。彼のぬくもりと、遠い過去や昨夜の記憶が混じりあって奔流となり、彼女を押し流した。行き着く先は……おそらく破滅だろう。

さらなる破滅だ。

山をのぼるにつれ、松林が密集してきた。太古の雰囲気のなか、ペッパーはさわやかな空気を肺が痛くなるほど深々と吸いこみ、ぞくっと身を震わせた。大自然には伝染的なものがある。用心しないと、向こう見ずな昔の自分に戻って、ふたりのあいだの問題が片づかないうちに彼に屈してしまいそうだわ。

ゆうべあんなことがあったあとでは、ダンと話しあう必要がある。じっくりと腰を据えて話しあう必要が。

目の前に平原が開け、ドレイス一族の初代が建てた母屋が現れた。もともとは冬の風雪から身を守るために丘陵の端に作られた、ひと部屋だけの地下壕《ごう》だった。だが一九世紀に入って、ドレイス家のある女性が母屋をもっと広くすべきだと訴え、森に面してポーチとガラス窓を備えた木製の山小屋が斜面に増築された。昔は樹木を伐採して庭のスペースを確保していたようだが、以前ペッパーがダイヤモンドに住んでいた頃は、山小屋のすぐそばまで若木が生えていた。

今は若木も茂みもなく、一〇メートルほど先の林まで再び庭になっていた。でこぼこの芝生に夏の日差しが降り注ぎ、そこらじゅうで雪が溶け、雫《しずく》が小川となって川を目指して斜面を流れ落ちている。

ダンはサムソンを止めて鞍から飛びおりると、ペッパーを見あげた。彼女は戦利品を見るようなまなざしを向けられ、周囲の原始的な風景と、ダンの燃えさかる欲望を痛いほど意識した。呆然と目をしばたたくペッパーに、彼は手を伸ばして命じた。「おいで」

愚かなペッパーはダンの望みに従い、鞍から彼の腕のなかに滑りおりた。ダンは彼女のウエストをつかんで引き寄せ、自分の体に添わせるようにしてゆっくりとおろした。高まる期待に、ペッパーは息が詰まった。

ふたりの顔が同じ高さになったところで、ダンはペッパーを止めた。ダンの目に浮かぶ表情にペッパーの心は熱くなり、彼のたくましさに体もあたたかくなった。完全に分別を失い、彼女はダンに両脚を巻きつけて引き寄せ、顔をさげて唇を重ねた。長々とキスを味わったらポーチへと移動して、またすばらしいセックスに溺れるんだわ。どうしよう、わたしはいやがるどころか、すっかりその気になっている。

突然、ダンがペッパーから顔を離して叱りつけた。「こらっ、サムソン！」彼女をぱっと地面におろし、ダンは駆けだした。

欲望が薄れるにつれ、彼女は納屋に引き返そうとする反抗的な馬を追いかけるダンを見て愉快な気分になった。

ダンは手綱をつかんでサムソンをつかまえ、大きな去勢馬を従えて戻ってきた。ペッパーは近づいてくる彼を眺めて、自分の体を抱きしめた。あのゆったりと味わうキスはひとつのことを証明している。ダンはゆうべだけでは満足しなかったのだ。わたしたちの情事は一夜では終わらず……あとどのくらい続くのかしら？

彼がポーチの支柱にサムソンの手綱をくくりつける様子を、ペッパーは不安そうに見守った。「本当にその馬は家を崩壊させないと思う？」

ダンは奇妙な笑みを浮かべて頭を振った。「この家は驚くほど頑丈だ。開拓者たちが未来の子孫のために建てたものだからな。さあ、なかを覗いてみよう」彼はサムソンの背中から大きなバスケットをおろした。

彼女はポーチへと湿った芝生を進んだ。「この山小屋はそよ風でも倒れそうよ」体重をかけたとたん粉々になるのではないかと恐れながら、慎重にポーチのステップをのぼる。だが、ステップはきしみもしなければ揺れもしなかった。木製の階段は見かけと違って丈夫だった。

「ここは安全だよ。二〇年以上前の地震でも崩れなかった。渓谷の母屋でなにかに襲撃されたら、ここに逃げてくればいい」ダンはなにげなく言った。ただの世間話をしているように穏やかな口調で。

だが、ペッパーはそれをなにげない発言とは受けとれなかった。ネイピア将軍に命を狙われている今は。彼女は注意深くダンを観察した。わたしは寝言を漏らしたのかしら？　彼はわたしがなにを恐れているか気づいたの？

彼女の不安をよそに、ダンはポーチにあがってドアを開けた。「ちょっと洞窟みたいだな」

屋内は暗かった。「というより、墓場みたい」

「ドレイス家がなぜここに山小屋を建てたのかは一目瞭然だよ」彼は家のなかへと手招きした。「誰であろうと、この小屋に奇襲をかけることは不可能だ。このなかにいれば、背後や目の前の高地に対して難攻不落の防壁がある」

ペッパーは一歩踏みだしたところで、戸口から漂う土くさい匂いに気づいて立ちどまった。時間稼ぎをしながら言う。「あなたのその兵士みたいな話し方、気に入ったわ。思わずうっとりするくらいよ」

「なにを怖がっているんだい？　ここには前にも来たことがあるだろう」

だが、ペッパーは毎回いやでたまらなかった。ペッパーが家に入るまで納得しない様子でダンが突っ立っているのを見て、彼女は足を踏み入れた。部屋のなかには古びた家具が置かれ、木の床に影を落としている。その中央に長いテーブルと数脚のスツール、ベンチ、底の深いトランクが寄せ集められていた。室内の闇を支配するのは、グレーの丸石で作られた大きな幅広い暖炉だ。その開いた口からいきなり甲高い音がした。

彼女は思わず飛びのいた。「今の音はなに？」

「こうもりだよ。ねずみも数匹いるが、ここはいたって安全だ」

ペッパーは身震いしてすぐさま外に出た。「ねずみもこうもりも嫌いだし、洞窟も好きじゃないわ」

ダンはドアを閉めて彼女にほほえみかけた。「きみは自分がどんなにきれいか知っているかい？」

彼女は自分を見おろした。顔を洗って髪をとかし、歯を磨いただけなのに、ダンはわたしをきれいだと思ってくれるの？「わたしが着ているのは作業着よ」

「ああ」彼は独占欲もあらわな目でペッパーの姿を長々と眺めてから、彼女の顔に視線を移した。「とても魅力的だ」

見栄えの悪い服を着ればダンを寄せつけずにいられるなんて、どうして思ったのだろう？彼が求めているのはフランネルのシャツとジーンズの下に隠れたわたしの体……そして多分、そのなかの女だ。長年誰からも求められなかったペッパーにとって、それは頭がくらくらするほど魅惑的だった。

「さあ、おいで」ダンは日の当たるポーチの端へと移動した。バスケットのなかを探り、白地にブルーと赤の模様が入った古い毛布を取りだして、老朽化したポーチに広げる。続いてウェイターのようにナプキンを腕にかけ、〈スターバックス〉のフラペチーノの瓶を取りだした。

ペッパーは息をのんだ。まだ朝食を食べていないし、コーヒーも飲んでいない。カフェインに飢えた体が目覚め、口のなかに唾がわいた。畏敬《いけい》に満ちた声で、彼女は尋ねた。「どこで手に入れたの？」

「秘密の場所に保管しておいたのさ。誰もそのことを知らない。ぼくと……きみ以外は」ダンは毛布の上に瓶を置いてから、もう一本取りだした。「これは特別なときにしか飲まない。でも、今朝は間違いなく特別なときだ」

ペッパーは瓶をつかんで振ってから蓋を開けた。クリーム入りの甘いコーヒーの味が舌の上に広がった。目を閉じて、一滴一滴味わうようにして飲む。目を開けたとき、ダンは毛布に膝を突いてごちそうを並べていた。多分サラミのサンドイッチ、ピクルス、熊の形のグミキャンディ。誘惑と下手な料理の絶妙なコンビネーションね。彼の不器用さに魅力を感じてしまうなんて、わたしの人格は問題ありだわ。

ダンが大げさなしぐさで言った。「さあ、召しあがれ」

今日は彼の心の闇が遠のいているようだ。消えてはいないけれど、確実に薄れている。

ペッパーは毛布の端に腰を落ち着けた。皿を受けとってサンドイッチにかぶりつく。ガーリックの豊かな味わいと、ナッツ入りのパンを引きたてる西洋わさびのぴりっとした辛さ。これほど完璧な朝食を食べたのは初めてかもしれない、とぼんやり思った。バターを塗ったパンに挟まれたピクルスを噛むと、甘酸っぱい味が広がった。陽光を浴びて、ポーチの床や毛布がぬくもりを帯びてくる。小鳥たちもあたたかいそよ風に元気を取り戻して林のなかでさえずり、春の再来を熱烈に歓迎していた。

時間の感覚がなくなり、ペッパーは既視感《デジャヴ》に襲われた。九年前も、こんなうららかな日にここへ来た気がする。ふたりでサムソンに乗って。ピクニックのバスケットを持ってきたのはわたしだった。わたしたちは瓶入りのコーヒーではなくソーダを飲んだ。でも、今と同じようにそよ風が木々のあいだを吹き抜け、森が生命にあふれていた。そしてあのときも、ダンに飢えた目で見つめられ、全身の血が駆けめぐり、欲望のさざ波が背中に走った。

ゆうべあんなふうに過ごしたのに、どうしてまだ彼がほしいの？

でも、求めずにはいられない。昨日の晩、ダンはわたしを追いつめ、大切な恋人のために取っておくような情熱をぶつけてきた。今日は朝食を用意して、わたしの世話を焼いている。明日はいったいどうなるのかしら？

ひょっとすると、ふたりともネイピア将軍に殺されるかもしれない。

ペッパーは思わず口走った。「今は牧場が忙しい時期なんでしょう。自分の家の牧場を手伝わなくて大丈夫なの？」

ダンはサンドイッチを置いて脇に押しやり、この機会を待っていたように言った。「本当のことを教えてくれ。どうしてそんなにぼくを追い払いたいんだ？」

「ここにいたらあなたが実家の仕事をできないから、気がとがめるのよ」だが、ペッパーは視線を落とした。彼の目を見て嘘はつけない。

「なぜきみは自分の車を燃やしたんだ？」ダンは毛布の上で手を伸ばして彼女の両手をつかみ、引き寄せた。「どうしてここに戻ってきた？」

なにを話せばダンに信じてもらえるかしら？　真実よ。それしかない。彼に真実を打ち明けよう。ペッパーは口を開いた。だがその瞬間パニックに陥り、肺が締めつけられ、肌がぴりぴりした。過去のさまざまな不安に喉が詰まり、声が出ない。とても打ち明ける勇気なんてないわ。

ペッパーは自分の知る唯一の方法でダンの気をそらすことにして身を乗りだし、キスをした。

別にわが身を犠牲にしているわけじゃない。今朝ダンを目にして以来、いいえ、初めて彼を見たときからずっとキスをしたかった。ダンの放つ熱気、革やカウボーイ特有の匂い、父親に対してわたしをかばってくれたこと、誇らしげにカウボーイ仲間に紹介してくれたことがすべて相まって、わたしのあらゆる感覚を目覚めさせた。今は彼の口を封じなければならないけれど、同時にわたしの欲求も満たしたい。

まさに最高の取引ね。

ダンのまぶたが震えながら閉じて、鋭いダークブラウンの瞳を覆った。ペッパーはじっと座っている彼に口づけして唇の輪郭をたどり、その柔らかさや感触を堪能した。ダンが口を開いてあたたかい息を吐きだすと、彼女の背中に鳥肌が立った。ペッパーも唇を開いて応え、彼の口に舌を滑りこませた。かつて感じたことのない優しさが胸にこみあげてくる。ダンのこれまでの人生や苦悩を読みとれそうだわ。彼を包みこみ、悲しみにとらわれた心を癒《いや》してあげたい。

おそらく、ダンもペッパーが抱える同じ怒りや、長い放浪生活での孤独に気づいたのだろう。彼はペッパーの腰に両腕を回して抱き寄せた。彼女はふたりのあいだで指をさまよわせたあと、ダンの肩に両手をのせた。彼のぬくもりに胸から腿まであたたかくなる。ダンは彼女の唇を味わいながら、かつてふたりが交わした純朴なキスや、お互いにかきたてた若々しい情熱を思い出させた。でも、今は情熱だけの関係ではない。大人になったふたりは完璧にわかちあい、多くを失った共感で結ばれていた。

ふたりは互いをも失ったのだ。

ペッパーはダンの首筋に両手を這わせた。彼を引き寄せ、唇で愛を交わし、徐々に高まっていく情熱に溺れた。ふたりの舌が触れあっては離れ、欲望に満ちたダンスを踊る。彼女はダンの髪を撫で、てのひらの上でまぶしく輝くブロンドにうっとりしてあえいだ。

ダンはペッパーのヒップを包みこんでから、その手を腿へと滑らせ、彼女を膝の上に抱えあげた。そして、ゆっくりと毛布の上に仰向けに倒した。彼はペッパーに覆いかぶさり、胸を重ねて抱きしめ、たくましい体で彼女をやすやすと支配した。ペッパーは主導権を失い、切望の波にのまれてあえぎ、感覚が研ぎ澄まされた――ダンに対する感覚が。もう彼のことしか考えられない。

ダンはペッパーのTシャツの裾から手をさし入れ、ブラジャーのゆるんだワイヤーの下に滑りこませた。彼女の口のなかを舌で探りながら、ふくらみを愛撫して震えを引きだす。快感と苦悩がないまぜになり、ペッパーは胸が張り裂けんばかりだった。

ダンの親指が乳首のまわりをなぞると、彼女はそこにキスしてもらいたくなった。両脚を開いて彼を迎え入れたい。強引に奪われたい。何年も満たされずに欲求だけを募らせていたわたしを満たしてほしい。その結果に直面するのはあとでいいわ。

いいえ、本当は絶対に直面したくない。

だが、ペッパーがダンの苦痛を察したように、彼も彼女の不安に気づいていた。いらだたしげに唸ったかと思うと、ダンは彼女の両方の手首をつかみ、自分の首から引き離した。

「これでいくつかの質問の答えが明らかになった。全部じゃないが、少なくとも重要な答えは」

彼とのキスに肺が痛むほど息を切らしながら、ペッパーはかろうじて言葉を絞りだした。

「どういうこと？」

「きみは死ぬほど怯えている」ダンは彼女の瞳の奥を覗きこんだ。「誰かにつきまとわれているのか？」

その問いに愕然とし、ペッパーは再び息を失った。「なんですって？　つきまとわれている？　それじゃ、あなたは……」ネイピア将軍のことを知っているの？

しかし、次にダンが口にした言葉に、彼女は驚愕した。「元恋人につきまとわれているんじゃないかと思ったが、ゆうべきみはその可能性を打ち消した。そいつはきみがデートを断った男か？　それとも寝るのを拒んだやつか？」

ペッパーはダンを凝視しながら、徐々に状況を理解し始めた。彼はネイピア将軍のことを知らないんだわ。それどころか、わたしが考えもしなかった理由を思いついた。完璧に筋の通った理由を。

ダンは続けた。「その男はきみを手に入れようとしているのか？　それなら、ぼくがそいつを片づけてやる。任せてくれ。なんであろうと、ぼくが解決するよ」

長々と息を吐くと、ペッパーは真実を打ち明け、彼に嘘を信じこませた。「ええ、わたしはつきまとわれているの。それに死ぬほど怯えているわ」

19

ペッパーは嘘をついた経験に乏しいわけではなかった。八歳のときから里親たちやソーシャルワーカーに嘘をつき続けてきたし、一六歳からは自分の身元や行く先についてみんなをだましてきた。ためらいがちに真実を多少話すようになったのは、ほんの数年前のことだ。ただ、ダンに対してはうまく嘘をつけなかった。多分、腕がなまったのだろう。あるいは、彼がX線のような鋭い目でわたしの魂を見透かそうとするからかもしれない。ともかく、ストーカーの話をでっちあげながら、わたしは過ちを犯した。前言を撤回して矛盾したことを口走ったのだ。ダンは終始無言で耳を傾け、わたしの話を信じるようにうなずいていた。

ペッパーの話は楽しかった午後に水をさした。とりわけ、〝警察に通報するから、どこでストーカー被害に遭ったか教えてくれ〟とダンに言われたときに。

彼女はそんなことはしないでほしいと懇願し、警察は接近禁止命令を出すことしかしないと言い張って、自分がいた場所に関する質問は無視した。

ダンは再びうなずき、きみは安全だとペッパーに請けあってから、牧場に戻ろうと言った。ふたりはサムソンにまたがり、無言で山道をくだった。それは友人同士の心地よい沈黙でも、欲望に張りつめた沈黙でもなかった。重苦しい静寂に、彼女の耳は詰まり、心は沈み、ほかにはなにも考えられなくなった。

ダンに真実を話すべきだった。やはり打ち明けよう。だが、話を切りだそうとして最初の言葉を頭のなかでつぶやくたびに身がすくんだ。

〝ダン、さっきストーカーの話をしたでしょう。あれは嘘なの〟

〝ダン、わたしはばかなことをしたわ。殺人を目撃したのに、警察から逃げだしてしまったの。何年も偽名で暮らしていたから、どうせ信じてもらえないと思って〟

〝ダン、わたしはベストセラー作家の陸軍将軍から追われているの。彼女はテロリストの共犯者なのよ〟

どの言葉も、ペッパーは口に出せなかった。そのどれもが、この一七年間貫いてきたルールに反するからだ。真実を打ち明ければ、自分の身を他人にゆだねることになる。

でも、話さなければ。彼を信じるのよ。母屋に着いたら、しっかり向きあって話そう。ペッパーはそう決意した。

だが、母屋が視界に入ったとたん、誰かがポーチに立っているのが見えた。女性だが、ネイピア将軍とは似ても似つかない。青いブラウスにペイズリー柄のスカーフを巻いた小柄なブロンドの女性は、ふたりを見るなり、子供のように飛びはねて手を振った。

ペッパーは目を凝らしつつ、ほっとする気持ちを抑えようとした。これでダンに秘密を打ち明けられなくなった。少なくとも今すぐには。あと三〇分、あるいは一時間、ひょっとするとあと一日、告白を先のばしにできるかもしれない。別にそうしたってなんの問題もないわ。まだ危険の気配はいっさいないもの。

「あれは誰?」そう尋ねた瞬間、ペッパーは訪問者が誰かわかって、彼の肩を叩いた。「リタだわ。ダン、あれはリタよ!」

「ああ。どうやら親父は口をつぐんでいられなかったようだ」

もう少し経てば、ラッセルへの怒りがこみあげてくるだろう。でも、今は喜びで胸がいっぱいだ。ペッパーも手を振って身を弾ませた。「リタ!」サムソンが家の前で立ちどまらないうちに、ペッパーは滑りおりていた。

リタが駆け寄ってきた。矢車草を思わせるブルーの瞳を涙できらめかせたかと思うと、彼女はペッパーの首にいきなり両腕を回し、長年離れ離れだった親友同士のようにぎゅっと抱きしめた。

ペッパーもいつしかリタを思いきり抱きしめていた。リタのメイクに関する驚くべき知識や、マニキュアとシャツの色をお揃いにする技や、下品な冗談を言うとき後ろめたそうにくすくす笑う声が懐かしかった。ミセス・ドレイスを除けば、リタほど恋しかった人はいない。ダンも恋しかったけれど、放浪生活を送っていたあいだは彼のことを決して考えまいとしてきた。

昔と変わらないリタは、開口一番に言った。「ペッパー、その髪型はどうしたの? まるでアルプス山脈で暴風に襲われたハイジみたい」

ペッパーはこらえきれずに吹きだした。「あなたもとてもすてきよ」

お世辞ではなく、リタは本当にきれいだった。生き生きとした美人の彼女は快活にほほえみ、ピンクがかったクリーム色の肌をしていた。ヘアクリップで留めた長いブロンドの髪、美しく顔を縁取る巻き毛。はいているジーンズさえ、彼女のためにあつらえたもののようだ。実際そうなのだろう。高校時代、彼女はアダムス郡の品評会で裁縫の賞を受賞したことがある。

ただ、よく見るとリタはやつれていた。ペッパーはそのわけを尋ねたかった。でも、本当の友達なら承知しているはずだ。ペッパーは昔逃げだしたことを謝りたいという衝動に抗った。ダイヤモンドで暮らしたのは一年足らずだし、ここから立ち去ったからといって親友を見捨てたわけじゃない。

でも、まさにそんなことをした気分だわ。

ぎこちなさをまったく感じさせずに、リタは言った。「ハーイ、ダン。あなたが社交嫌いなのは知っているけど、ラッセルからペッパーが戻ってきたことを聞いて、来ずにはいられなかったの。お邪魔するお詫《わ》びのしるしに、焼きたてのチェリーパイを持ってきたわ」

ダンはゆったりとした優しい声で言った。「きみならいつでも歓迎するよ、リタ、わかっているだろう」

ペッパーに向かって、リタは打ち明けた。「時々、両親や子供たちから離れたくなると、こっそりここに来るの。でも、みんなには内緒にしているわ。そうしないとゴシップが広まるから」彼女はぐるりと目を回した。「わかるでしょ？」

「ええ、もちろん」ペッパーはちらりとダンを盗み見た。彼はカウボーイハットを持ってにこにこしながら、ふたりを眺めている。リタのなにかが、男性から必ずそういう反応を引きだすのだ。彼女がダイヤモンド高校で一番もてたのは、その寛大で陽気な性格ゆえだろう。ラッセルが彼女を息子と結婚させたがるのも無理はないわ。リタはわたしと正反対で、地元出身の家庭的な女性だもの。

ペッパーの考えなど知るよしもなく、リタは彼女の肩を叩いた。「ラッセルからあなたが戻ってきたことを誰にも知られたくないと思っていると聞いて、彼の痩《や》せこけた首をつかんで釘を刺しておいたわ。もしも誰かにペッパーのことを話したら、二度とシナモンロールを焼いてあげないわよ、って。ラッセルはしゃべりたくてうずうずしているけど、黙っているはずよ」

ダンが含み笑いを漏らした。「料理上手な女神の力は侮れないな」

リタは続けた。「ダン、サムソンを馬房へ連れていく前に、はさみと櫛を取ってきてもらえる？　それから、ペッパーの肩にかけるタオルも。わたしは誰かさんの下手なカットをやり直さないといけないから」

「わかったよ、リタ」ダンは彼女の頬にキスをして、抱擁を受けてから家に入った。

ダンの背後でドアが閉まった瞬間、ペッパーの胸が嫉妬と独占欲でちくりと痛んだ。ダンはわたしのものよ。彼とリタのあいだには友情しか存在しないのは明らかなのに、理性ではこみあげるライバル心を抑えられなかった。ペッパーは彼とのセックスをかりそめの情事だと思いたかった。土曜日の晩をともにしても、月曜の朝には忘れてしまうような情事だと。でも研ぎ澄まされた感覚は、ダンが近づいてくると警告を発し……。

そして幽霊のように音もなく、彼が戻ってきた。

リタがびくっとして息をのんだ。

ペッパーは無反応だった。望んでもいないのに、ダンとは見えない力で結ばれているらしく、彼の気配を事前に察したからだ。

リタは手を振ってダンを追い払った。「さあ、あっちへ行って。あなたがいると気が散るから。この髪をカットし直すには集中力が必要だわ」

「ぼくはペッパーの髪型を結構気に入っているよ」彼は鞍にまたがった。「頭のおかしな妖《よう》精《せい》みたいに見えるから」

「そんなお世辞じゃ、どんな女性も喜ばないわよ!」リタは馬房に向かうダンに叫んだ。それから普通の声で言った。「カウボーイブーツをはいているのに、どうしてあれほど静かに歩けるのかしら? 彼はいつもわたしを驚かせるのよ」ペッパーを座らせて髪をとかすと、リタは困ったように何度も舌打ちした。それから、ペッパーの肩にタオルをかけて髪を切り始めた。「彼の検診結果はどうだったの?」

むっつりと考えこんでいたペッパーは、びくっとして訊き返した。「えっ?」

「ダンの検診よ。ダイヤモンドの住民はみんな、彼が昨日病院に行ったことを知っているわ」リタはひそひそ声で言った。「ダンは謙虚な人だからあなたには言っていないでしょうけど、この国を守るために命を落としかけたことがあるのよ——二度も」

「怪我をしたとは聞いたけど、詳しいことは知らないわ」無関心でいるべきなのに、ペッパーはあふれる好奇心をこらえきれなかった。「いったいなにがあったの？」

「詳しいことは誰も知らないのよ。ただ、ダンの両親はワシントンDCの病院で生死をさまよう彼に一カ月近くつきそっていたわ」リタは髪を切っては口を開き、また切っては話を続けた。「ラッセルが帰ってきたとき、話してくれたの。あれほどまでの道義心と誠実さを兼ね備えた部下はめったにいないと、ダンの上官は言っていたそうよ。それに、ダンは犯罪の匂いを嗅ぎつけて容赦なく制裁を加える、たぐいまれな能力を備えているんですって」

その言葉を聞いたとたん、ペッパーの背筋に寒気が走った。

「ごめんなさい」リタが切るのをやめた。「痛かった？」

「ええ、ちょっとだけ」ええ、とても。ダンはわたしを疑っている。疑わないはずがない。わたしの行動は不審そのものだもの。それに彼は軍の任務を通して世の中に疑惑の目を向け、絶えず問題を探すように訓練されている。警察を嘲笑っていた少年は、情け容赦なく正義をまっとうする男性へと成長したのだ。それなのに、わたしは嘘をついて状況を悪化させてしまった。しかも、彼もそのことを承知しているんだわ。

わたしは完全に窮地に陥ってしまった。ゆうべはダイヤモンドを去ってから積み重ねてきた経験をかき集め、それを盾にしてダンと親密な関係になるまいとした。でも、その盾を彼に突き破られ、不可解なほど従順にふるまった。

本能に身を任せてダンにまたがるなんて、いったいどういうつもり？　単に彼を歓ばせたかったの？　わたしは世界一か弱い女性のように、ダンにしがみついてしまった。彼がわたしの降伏をどう解釈したかは明らかだ。それに、次になにが起こるのか不安だわ。

まず、ダンは勝利をおさめたと思うはずだ。それから本当にわたしをほしいのか自問するだろう。次にわたしを避ける口実を作って身を引き始める。あるいは、わざわざ芝居などせずに肩をすくめて立ち去るかもしれない。

もっとも、立ち去らない可能性もある。それこそ、ペッパーがもっとも恐れていることだった。

わたしのストーカーのことは心配しないで、これはわたしの問題よ、とペッパーはダンに言いたかった。でも、ダン・グラハムが助けを必要としているわたしを見捨てるとは思えない。たとえもう二度とセックスしなかったとしても、彼はわたしを助けようとするはずだ。

ペッパーは自ら招いた窮地に陥り、事態は刻一刻と深刻になりつつあった。

カットを再開して、リタは言った。「彼は検診のことをいっさい話さないけど、あなたには打ち明けたんじゃないかと思ったのよ」

ダンはなにも話さなかった。ペッパーも彼に尋ねようとさえしなかった。「わたしは知らないわ」彼女はつぶやいた。

リタは忍び笑いを漏らした。「そうよね。あなたは家に戻って以来、ひと言も口をきく暇がなかったんでしょう」頭をさげて、ペッパーの耳もとでささやく。「ねえ、彼って噂どおりベッドでは最高なの？」

ペッパーは心の底から啞然として叫んだ。「リタ！」

「いいじゃない。わたしはこの一帯で唯一、彼と寝ていない女なのよ。だから、わたしの好奇心を満たしてちょうだい」

「リタ！　昔のあなたはそんなこと絶対に口にしなかったのに」遅ればせながら、ペッパーはつけ加えた。「それに、わたしたちは四六時中ベッドで過ごしているわけじゃないわ」

「それは残念ね」リタはせつなげに言った。「楽しんでいる人がいると思うとうれしいのに。わたしはブライアン・ドモコスと結婚したの。彼のこと、覚えてる？」

「ええ」ブライアンはダンの模倣にすぎなかった。ハンサムで機知に富んだ、たくましい男性だと、本人は――そしてリタも――思っていたけれど。

「あなたは昔から彼のことが嫌いだったわよね？」リタが尋ねた。

ペッパーは決まりの悪い思いで肩をすくめた。

「あなたは正しかったわ。以前のわたしはブライアンのことをギリシャ神だと思っていたけど、今はただのいまいましいギリシャ人だと思ってる。彼は歌手になる夢を追いかけて、わたしを捨てて出ていったのよ」ブライアンは未成年のプレスリーを思わせる髪型でギターを弾き、腹痛を起こしたカントリー歌手のように歌った。

礼儀をかなぐり捨て、ペッパーは皮肉っぽく尋ねた。「それで、彼は成功したの？」

「なんの連絡もないわ。もし居場所がわかったら、未払いの養育費を請求するために保安官をけしかけるんだけど」リタは相当腹を立てているようだった。「一度、ミセス・ドレイスにどうして再婚しないのか尋ねたことがあるの。彼女はこう言っていたわ。〝あなたも男を相手にするのがどういうことかわかるでしょう。男とは一緒に暮らせないわ。泣き言をやめさせるために、ずっと相手の頭を枕で押さえつけておくことはできないから〟って」

ペッパーは吹きだした。わたしもミセス・ドレイスが同じせりふを言うのを聞いたことがある。

「あのときは仰天したわ」リタは自分自身や自分の純真さを茶化すように言った。「でも、今は彼女の言いたかったことがわかる。わたしは子供たちと実家に身を寄せているの。学歴はないし、ダイヤモンドから出ていくことも、自活することもできないから」

ペッパーはリタの夫に対して憤る以上に、自分たちを過酷な目に遭わせた運命の女神に激怒した。わたしは殺人者や裏切りのせいでここに逃げてきたけれど、危険はすぐ背後まで迫っている。リタは彼女を救ってくれる男性がひとりもいない小さな町にとらわれて、自分自身を救うすべも持たない。どちらの状況を哀れむべきなのか、ペッパーにはわからなかった。

リタはペッパーの前髪を切りながら、彼女の表情に気づいた。「そんな顔しないで。それほど状況は悪くないから。子供たちはブライアンのことをほとんど恋しがらないの。それにわたしが結婚からひとつ学んだことがあるとすれば、間違った相手と一緒に暮らすことほど苦痛なものはないということよ」

「いいえ、ほかにもあるかもしれないわ」マイホームのような場所で、自分と相性がぴったりだと感じる男性と同居していることとか。

リタはペッパーの肩を抱いた。「なにもかもうまくいくわよ。わたしたちは強い女だもの。なにがあったって、最後には乗りこえられるわ」

確か、こんな格言があった。〝誰もがうろたえているときに冷静さを保っているのなら、問題を理解していない証拠だ〟まさにリタを言い当てた言葉だわ。

それでも、ペッパーはおずおずとほほえみかけた。リタが前向きだからといって、彼女が悪いわけじゃない。それは性格的なものにすぎないもの。

リタはまたはさみを動かし、もう髪が残っていないのではとペッパーが心配になるまでカットを続けた。なだめすかすような口調で、リタは言った。「ダイヤモンドを出ていってからどうしていたか、全部聞かせてちょうだい」

ペッパーの脳裏に、殺された哀れなオットー・ビヤークがさっとよぎった。「それにはかなり時間がかかるわ」

「あなたは自分が前に住んでいた場所について話すのが嫌いだったわね」リタは傷ついた声で言った。まるで、胸の奥にしまっていた大切な秘密を打ち明けたのに、ペッパーがそれに応えてくれなかったかのように。

それは事実だった。「リタ……」ペッパーはたじろいだ。

「気にしないで。わかってるわ。あなたのような生い立ちだと、人を信用するのが難しいってことは。しばらくここで暮らしたら、あなたもなにか話せるようになるかもしれない。わたしはこの州から一度も出たことがないから、ここでの暮らしにだんだん息が詰まってきたわ」リタはまたいたずらっぽい口調になった。「でも、あなたはファンタジーをかなえるために戻ってきたんでしょう。ようやくダンと一緒に暮らしているのね！」

「やむをえず同居しているだけよ。牧場や……いろんなことを自分で切り盛りできるようになるまで、ダンの助けが必要なの。当然、お互いのことにも詳しくなるわ」ペッパーはいかにもさりげなく話す自分を誇らしく思った。「わたしは彼が早食いだってことを知ったし、彼はわたしがいつまでも皿洗いをしないことを知ってる。ダンがコーラを飲むたびにげっぷをすることも――」

「ぼくはきみのほうが大きなげっぷをすると知っているよ」ダンがポーチの端から言った。

今度はペッパーも飛びあがった。「あなたは誰よりもげっぷが上手だったわ、ペッパー」

リタがくすくす笑った。彼はわたしにも忍び寄ることができるのね。

ペッパーの肩からタオルを外し、髪を払った。「この髪型、どう思う、ダン？」彼女はわざわざそんなこと訊かなくても、彼は意見を言うに決まっているわ！

ダンはポーチを横切ってきた。今度はブーツの足音を大きく響かせて。

ペッパーはダンが近づいてくると立ちあがり、懸命に無関心を装おうとした。だが、彼の顔を見つめた瞬間、ダークブラウンの目と視線が重なってまつげが震え、まぶたをさげた。自分の瞳や魂を隠そうとして。ダンはわたしをじっと眺めているに違いない。だからこんなふうに鼓動が速くなって肌がほてり……彼がほしくなってしまうのよ。

「とてもきれいだ」ダンの深い声やゆったりした口調に、ペッパーは昨夜のことを思い出した。暗闇に包まれてふたりで行った秘めごとや、情熱的に体で交わした約束を。

リタもその声音に気づいたらしく、てのひらで頬をあおいだ。「ごちそうさま」

ペッパーはダンに無関心でいられないとわかっていたが、リタの言葉が頭から離れなかった。〝ダンは犯罪の匂いを嗅ぎつけて容赦なく制裁を加える、たぐいまれな能力を備えているんですって〟わたしは彼にネイピア将軍に関する真実を打ち明けるつもりでいたけれど……また不安になってしまった。

こんなふうに怯えるのはもううんざりよ。ペッパーは意を決して背筋をぴんと伸ばした。リタが立ち去ったら、ボイシまで車を走らせて連邦捜査局《FBI》に通報しよう。わたしは信じてもらえずに、無慈悲な正義を突きつけられ、捜査員から疑惑の目を向けられるかもしれない。でも、彼らの疑念なら受けとめられる。ダンから疑惑の目を向けられたり、正義を突きつけられたりするわけじゃないもの。

リタがペッパーと腕を組んで言った。「さあ、あなたにも新しいヘアスタイルを見せてあげるわ」

ダンはふたりのあとについて家に入り、深い満足感とともに女性たちを眺めた。ある意味、親父がペッパーの秘密を漏らしてくれてよかった。リタとの友情はペッパーをここにつなぎとめる新たな理由となるはずだ。ペッパーをこの牧場に引きとめることが、いつの間にかぼくの目標になっている。

彼がバスルームの戸口から見守るなか、ペッパーは鏡を見て息をのんだ。その髪型は彼女の大きなはしばみ色の瞳と、美しい顔の輪郭を引き立てていた。ペッパーはささやいた。

「まるでオードリー・ヘップバーンみたい」

満足しきった表情で、リタは言った。「わたしは昔からそう思っていたわよ」

ペッパーはリタのほうを向いた。「わたしはあなたのことを、永遠の幸せを手に入れるおとぎばなしのプリンセスだと思っていたわ」

「これからだって、そうなる可能性はあるわよ。わたしはまだ死んでいないもの」さすがリタだ。逆境にあっても気丈にほほえんでいる。「お父さんにも言っているの。インターネットでショップを開く資金さえあれば、手製のキルトを売って、かなりの収入が得られるって。でも、協力してくれないのよ」

ダンはふたりがバスルームから出られるように脇に寄った。「どうしてだい？」

リタは顔をしかめた。「お父さんはインターネットがすぐに滅びると思っているの」

ペッパーは吹きだした。

「ぼくが資金を用立てるよ」ダンが申してた。

意外なほど横柄な口調で、リタは言った。「そんなつもりで言ったわけじゃないわ」

「ああ、わかっているよ」リタが鼻を鳴らすと、ダンは説明した。「ぼくたちは幼なじみじゃないか。きみが計画を立てて一生懸命やってくれれば、ぼくはきみの事業に口出ししない。

それに、きみはどう思っているかわからないが、ぼくはお互いの両親がぼくたちをくっつけようとするのにうんざりしているんだ。十分な金が貯まれば、きみは引っ越すこともできる。でも、ぼくの金などいらないと言うのなら——」

リタは飛びつかんばかりに言った。「いるわ」

ペッパーは口を挟んだ。「万事うまくいけば、わたしも新種の種や植物を販売しようと思っているの。リタ、あなたはホームページでキルトと花を一緒に販売したらどうかしら。ひょっとすると、町のほかの女性たちもなにか販売したいものがあるかもしれないわ。そういう場合は手数料をもらえばいいのよ」

リタは好奇心に顔を輝かせた。「そのウェブサイトは女性向けの田舎の雑貨店みたいになるのね」

話に引きこまれて、ダンは尋ねた。「うまくいくかな？」

「もちろんよ。証明してあげるわ」リタはリビングルームのテレビをつけた。「この手の商品を紹介するテレビコマーシャルが見つかれば……」

リタがチャンネルを変えていくと、トーク番組の人気女性司会者の顔が画面に映しだされた。好奇心に満ちたあたたかい声で、彼女はゲストに尋ねた。「最近悲惨な出来事がありましたが、あなた自身に悲劇がつきまとうのではないかと案じることはありますか？」

ダンはペッパーの顔から片時も目をそらさなかったせいで、彼女が電気柵に触れたようにびくっとしたのに気づいた。顔色も蒼白だった。彼女の目が画面に釘づけになっているのを見て、ダンもテレビに目を向けた。そこには見覚えのある女性が映っていた。鋭いブルーの瞳をしたネイピア将軍はきちんと髪を結いあげ、テレビ画面の向こうからまっすぐこちらを見て質問に答えた。「いいえ。わたしは常に自分やほかの人々のために不幸を幸運に変えてきましたから」

ペッパーは一心に画面を見つめていた。その視線の先では、ジェニファー・ネイピア将軍が補佐官の死について饒舌《じょうぜつ》に語り、なんとしても犯人を見つけだすと息巻いていた。

「あなたはO・J・シンプソンと同類よ」リタは嫌悪感をあらわにした。「わたしはどうも彼女のことが好きになれないわ」

「待ってくれ！」ダンはチャンネルを変えようとしたリタを制した。

「ごめんなさい、ダン。あなたは軍隊で彼女と面識があるの？」リタが尋ねた。

ペッパーを見守りつつ、ダンはうわの空で答えた。「一度会ったことはあるが、ぼくは現場で活動していたから、将軍とはほとんど接点がなかった」ほかの兵士同様、ぼくも将軍たちにはある程度の敬意しか抱いていない。彼らは必要悪か、偉ぶって空論をまくしたてる輩《やから》か、偉大な政治家のいずれかで、たいていの場合はその三つが組みあわさっていた。

だが、ペッパーがこの将軍と面識があるのは間違いない。しかも悪い意味で。ネイピア将軍の一語一句に耳を傾けていたペッパーは、警察が将軍の説明にもとづいて犯人の似顔絵を作成したと聞いた瞬間、大きくあえいだ。今度はさすがにリタも気づいた。

リタはペッパーのかたわらに駆け寄った。「ペッパー？　どうしたの？」

テレビ画面に、四〇代の白人女性の似顔絵が映った。ダークブラウンの髪、ダークブラウンの瞳、大きな鼻、引っこんだ顎。ダンには見覚えのない女性だった。

だが、ペッパーには見覚えがあるのだろう。おそらく。彼女はリタに促されて椅子に座ったが、テレビ画面から目をそらさなかった。リタのこともダンのことも意識にないらしく、似顔絵だけに見入っているようだ。ペッパーが画面を凝視して一心に耳を澄ますなか、ネイピア将軍はジャッキー・ポーターという女性の名前を口にし、彼女を目撃したら通報してほしいと視聴者に訴えた。将軍が強い要請を受けて西部の州でも追加のサイン会を行うことにしたと告げたとたん、ペッパーの体が震えた。

漂白剤のボトルが踊っているコマーシャルに切り替わると、ペッパーはやっと肩の力を抜いた。

ダンはペッパーが自分以外にふたりの人間が部屋にいることに気づいた瞬間をとらえた。彼女がさっと周囲に目を走らせた拍子に、ふたりの視線が絡みあった。ペッパーの瞳には恐怖がありありと浮かんでいた——彼に対する恐怖が。

ペッパーが尋ねた。「リタ、あなたはネイピア将軍を好きになれないと言っていたわね？」

「彼女は冷酷よ。彼女を見るたびに、世界一冷たい女性だという印象を受けるわ。でも、なぜそんなことを訊くの？」

「わたしは以前、彼女を心から崇拝していたの」ペッパーはなにごともなかったように立ちあがった。「あなたの子供たちは何時に学校から帰ってくるの？」

やや戸惑った顔で、リタは答えた。「シェリーは一時間後に帰ってくるわ」

「あなたは完璧な母親なんでしょうね。だから、娘が帰ってくるときには家にいたいはずよ」ペッパーはリタを玄関へと導いた。「訪ねてきてくれてありがとう。本当に楽しかったわ。あなたのことが恋しかったから」ペッパーの声が震えた。「とても恋しかった。また近いうちに会えたらうれしいわ」

20

ダンは年季の入った小型乗用車までリタを送り、彼女が乗りこむあいだ、ドアを押さえていた。

「ペッパーが戻ってきてうれしい？」リタは彼が答えないうちに言った。「ばかな質問だったわ。あなたが喜んでいるのは一目瞭然だもの。でも、今度は彼女を引きとめるつもり？」

「前回だってペッパーを追い払うつもりはなかった」そして、今回も引きとめるチャンスがあるのかどうかわからない。テレビの前の彼女の様子で、あることが証明された。ペッパーはストーカーの被害者かもしれないが、彼女自身なんらかの……罪を犯していることが。

リタは車のドアを閉めて窓ガラスをさげた。「今度は彼女が望んでいるものを与えてあげないとだめよ」

「望んでいるものって？」

「逃げださない理由」リタは手を振って走り去った。ダンは呆然と見送りながら思った。この世に自分の言いたいことを明確に伝えられる女性など存在するのだろうか？

母屋にちらりと目をやってから、彼は胡桃の木の裏側に回って太い幹にもたれ、身を隠した。通信機を取りだし、ボタンを押して回線がつながるやいなや尋ねた。「大佐、ジェニファー・ネイピア将軍についてなにかご存じですか？」

驚いたように押し黙ってから、ドナルド・ジャッフェ大佐は答えた。「本を執筆したこととか？」

「どうやらペッパー・プレスコットはネイピア将軍と面識があるか、将軍についてなにか知っているようです。それがなんにせよ、決していいことではありません」

「そうか」ジャッフェ大佐の声が好奇心にうわずった。「特になんの噂も聞かないが……いや、待てよ。二週間ほど前に、ネイピア将軍の補佐官が殺害されたはずだ」

「ええ、ワシントンDCで。たった今、テレビのトーク番組でネイピア将軍を見ました」

「ほう、トーク番組でね」ジャッフェ大佐の口調は、高級なシャルドネのように辛口だった。

「ペッパー・プレスコットが事件に関与していると思うか？」

「少なくとも、彼女は事件を目撃しているはずです」

「よし。これで彼女が突然そこに現れた理由が明らかになったぞ」謎解きを好む大佐は満足そうに言った。「その事件や彼女の関与について探りを入れてみよう。なにかわかったら折り返し連絡する」

「ところで大佐？」

ジャッフェ大佐は、ダンが尋ねようとしていることを察して言った。「シュスターが現れた形跡はない。以上だ」

「くそっ！」自分がおとりになるのはすばらしい考えに思えたが、今となっては一刻も早く終わらせたい。ペッパーとの問題に腰を据えて取り組みたいが、作戦が終了しない限り無理だろう。

それにペッパーがぼくのもとにとどまるために必要としているものを突きとめるには一生かかりそうだと、次第にわかってきた。

ぼくは軍人だ。だが、これからもそうである必要はない。任務で重傷を負ったし、ジャッフェ大佐が手続きを行ってくれれば除隊できる。これまではほかに行きたい場所もなかったうえ、この件について考えたことはなかった。でも今は……。ダンは渓谷やまわりにそびえる山脈をさっと見渡した。幼い頃から知っているこの土地には愛着があるし、大事に守っていきたい。ここは国内一標高の高い広大な荒野で、アメリカでもっともすばらしい土地だ。いきたい。過去の象徴であると同時に未来への希望でもある。ペッパーがここで暮らすなら、ぼくはもうどこにも行きたくない。

ただし、シュスターに制裁を加えるのが先だ。

ペッパーがなぜダイヤモンドに戻ってきた理由を偽ったのか、ネイピア将軍の補佐官が殺害されたことを黙っていたのか、なんとしても突きとめようと決意して、ダンは母屋へと引き返した。ペッパーが殺人犯だとは微塵《みじん》も思わないが、だったら彼女はなにを隠しているのだろう？

どうしてぼくを信頼してくれないんだ？　ふたりのあいだには問題が山積みで、どこから手をつければいいのかわからない。

ペッパーは家のどこにもいなかった。

一瞬、ダンの胃が締めつけられた。彼女は逃げたのだろうか？　それなら気づくはずだ。周囲を見まわすと、いや、そんなはずはない。ぼくは外にいたし、それなら気づくはずだ。周囲を見まわすと、彼女のカウボーイハットと園芸用の手袋が消えていることがわかった。

餌を求める鳥のように、ペッパーは心の糧を求めて庭に向かったのだろう。

外に出ると、戻ってきた春の陽気と午後の日差しにあたためられた時季外れの雪が、溶けて庭の畝に水たまりを作っていた。ペッパーはそこにはいなかったが、蒸気で曇る温室の窓越しに彼女の輪郭がぼんやりと見えた。

ペッパーからストーカーの話を聞いたとき、ダンはそれを信じた。自分自身を責める被害女性特有の羞恥心が見られたからだ。女性は変質者に遭遇すると、自分のせいだと思いこむ傾向がある。だが、ペッパーが口にしたほかのことは──ストーカーが職場で出会ったたくましい男だという話は──全部でたらめだ。ぼくの尋問を受けるうちに、彼女は矛盾したことを言いだした。おまけにぼくが警察に通報しようとすると、それをかたくなに拒否した。

あのとき、彼女は手をきつく握りしめていたせいで、てのひらに三日月形の爪の痕がくっきりと残っていた。

それから、ペッパーはぼくに再びキスをした。

ぼくを間抜けだと思っているのだろうか？　ペッパーのキスは、まんまとぼくの気をそらした。だが、夢に見た女性から唇を押しつけられ、空想していたことが鮮やかな現実となったら、心をかき乱されない男なんていやしない。

それにペッパーもぼくを求めていた。目が合った瞬間、彼女のまぶたが閉じ、重なった唇から力が抜けた。彼女はぼくに胸のふくらみを押しつけ、触れてほしいと言わんばかりだった。そんな妖婦の呼びかけに、ぼくは耳を傾け、彼女の胸をてのひらで包みこんだ。輝きを放つ滑らかな丸みに、ぼくの欲望は一気に燃えあがった。

ペッパーは誰かをかばっているのだろうか？

それとも、誰かを殺したのか？

犯罪を目撃して容疑者となることを恐れているのか？

ダンは泥でぬかるんだ小道をたどり、ドアを開けて、湿った匂いに包まれた温室に足を踏み入れた。「きみの力になるよ」

ペッパーがぱっと振り向いた。

恐怖に目を見開いた彼女は、持っていた移植ごてをダンの頭めがけて投げつけた。土が四方に飛び散る。

彼はひょいと頭をかがめて言った。「いったい……？」

移植ごてが窓を突き破り、ガラスの破片が榴散弾《りゅうさんだん》のように彼に降りかかった。

うろたえたペッパーは手で口を覆い、おののきながら凝視した。

すぐさま彼女はダンに駆け寄った。「ごめんなさい。本当にごめんなさい。いきなりあなたが現れたから、びっくりしてしまって。怪我はない？」

「大丈夫だよ」彼はハンカチで眉に垂れた血を拭いた。

ペッパーはさっと手袋を外し、ダンの腕に触れた。「ガラスの破片が刺さった？」

「大丈夫だ」彼は無性に腹を立てながら繰り返した。頼もしい救世主を演じるつもりで現れたのに、移植ごてで怪我をするなんて。「以前にもっとひどい怪我をしたこともある」

「もちろんそうでしょうね」ペッパーはダンの襟を引っ張って、自分のほうに頭をさげさせた。「でも、それはわたしが負わせた怪我じゃないわ」彼女はそっと傷口にハンカチを押し当てた。「痛い？　まだガラスの破片が刺さってる？」

「大丈夫だよ」同じ目の高さになったことを利用して、ダンは彼女の顔を覗きこんだ。「きみはずいぶん神経質になっているな」

ペッパーは彼を放してあとずさりした。瞳に涙と反抗心を浮かべながら。「あなたが来たことに気づかなかったの。ごめんなさい」

「きみが銃を持っているときは忍び寄らないように警告してくれ。銃口を向けられたら、致命傷を負いかねない」

「さあ、行きましょう。手当てをするわ」

ダンはペッパーに導かれるままにガラスの破片を横切って母屋へ向かい、バスルームに入った。彼女は便座の蓋をおろすと、ダンをそこに座らせた。それからハンカチをはがして傷口を確かめ、安堵の吐息を漏らした。「これなら大丈夫だわ」

「さっきそう言っただろう」ダンは、薄汚れた古い作業着姿で頬に泥をつけているペッパーをじっと見つめた。こんなふうにぼくを心配する彼女は、今まで見たことがないくらいきれいだ。ペッパーには自分でも認めることのできない感情をかきたてられる。欲望や欲求を超えた感情を。だが、それがなんなのか理解できない。唯一わかっているのは、ペッパーがほしいということと……彼女もぼくを求めているということだけだ。ペッパーはぼくにはなにも隠せない。彼女のはしばみ色の瞳に、ダンを案じる気持ちや欲望が映っているのを見て、歓喜の念がわき起こった。体の奥底から胸へと……いや、胸じゃない。

頭へと。

ダンは本能的な直感や論理や思考を信じるタイプだった。

だが、感情について深く考えることは避けていた。この二年間の経験を経て、感情を取り戻したいと思わなくなった――少なくとも深い感情は。心に傷痕を残し、苦悩にさいなまれるような感情は。

ペッパーが震える唇をずっと噛みしめているので、ダンはキスをして安心させてやりたくなった。

彼はペッパーへと手を伸ばした。

彼女もダンのほうに身を傾けた。

次の瞬間、ペッパーはピンで刺されたように飛びのいた。ダンには理解できない不安げな表情を浮かべて絆創膏をさしだすと、彼女はダイニングルームへと逃げこんだ。

ダンはすかさずあとを追った。「ぼくたちは話しあう必要がある」

ペッパーは反抗的な若い頃の姿を彷彿とさせて、ダンに向き直った。「なにについて？ わたしの黒焦げになった車のこと？ ストーカーのこと？ わたしの家族のこと？ わたしは自分ではなにも解決できないと思っているの？ 自分に必要なものさえわからないと？」

「温室でぼくが言ったことが聞こえなかったのか？」うつろなまなざしのペッパーに向かって、ダンは再び言った。「きみの力になるよ。ぼくがきみを助ける」

「あなたの助けなんかいらないわ。わたしが求めているのは――」彼から遠ざかり、ペッパーは肩越しに言葉を投げつけた。「自ら自分の道を切り開く自由よ」

ああ、なんてペッパーは強情なんだ。ダンはあとを追ってキッチンに入り、彼女の手をつかんで自分のほうに振り向かせた。「ぼくに言わせれば、きみはその自由のせいで命を落としかねない」

ペッパーは彼から目をそらした。

「きみにはぼくしかいないんだよ」

ダンの手を振りほどき、彼女は言い張った。「いいえ、あなたには頼れない。あなたはわたしのものじゃないわ！」

確かにペッパーの言うとおり、ぼくは彼女のものではない。でも一緒にいると、甘美な愛の営みに溺れ、別れのつらさを思い出す。「だったら、きみは誰を頼るんだ？ 手を貸してくれる家族もいないのに」

ペッパーは彼からゆっくりと離れた。

後ろめたい表情に孤独な目をしたペッパーを信じていいものかわからず、ダンはふたりの関係にかかわる問題を棚上げにして、彼女の家族を勇敢に弁護した。「インターネットを使えば、きみのきょうだいは見つかるはずだ」

シンクまで行って、彼女は勢いよく顔を洗った。「なぜそんなことをしなくちゃいけないの？」

「少なくとも興味はあるだろう。姉さんや妹や兄さんがどこかできみのことを捜しているかどうか、確かめたくないのか？」

「わたしのことなんて捜していないわよ」ペッパーは言い返した。

「ぼくにもしきょうだいがいたら、そばにいてほしいと思うだろうな」ダンは彼女に近づき、カウンターとのあいだに挟みこんだ。「きみたちが離れ離れになったとき、きみのきょうだいはまだ幼かった」

「でも、赤ん坊ではなかったわ。もちろん、妹のケイトリンがわたしを見つけてくれるとは思わなかった。ソーシャルワーカーに連れていかれたとき、あの子は赤ん坊だったから」ペッパーの声に深い心の傷がにじんだ。「でも、あとのふたりはわたしよりも年上だったわ。姉や兄はわたしを捜すことができたはずよ」

ダンは食いさがった。「どうして彼らがきみを捜さなかったと決めつけるんだ？」

ペーパータオルをつかみ、ペッパーは頬についた泥をこすり落とした。「ふたりが本当に捜していれば、もうわたしを見つけているはずだもの」

「いや、そうとは言いきれない。実際、ぼくはきみを見つけられなかったじゃないか」

「それはダイヤモンドを去ったあと、わたしが見つからないようにしていたからよ」ペッパーは逃げ道を探すように周囲を見まわし、テーブルの椅子を見つけて腰かけた。悩ましげにペーパータオルをねじり、細かく引きちぎる。「でも以前ここにやってくる前は、不安で孤独だった。ひどい里親のもとを転々としながら、きょうだいに気づいてもらおうとトラブルばかり起こしていたわ」無頓着そうに肩をすくめたが、彼女が気にしていることは明らかだった。「でも、きょうだいは気づいてくれなかった。わたしを捜していなかったからよ。それに、わたしに見つかりたくないんだわ」

「でも、きみが積極的に捜していないなら、きょうだいがきみ宛のメッセージをインターネットに残してもわからないはずだ」ダンはペッパーからペーパータオルを奪ってごみ箱に放りこんだ。一〇代の頃は、なぜ彼女が家族の捜索をためらうのかほとんど理解できなかった。彼の両親は離婚後も愛情に満ちた家族として、息子にできるだけのことをしてくれたからだ。だが社会に出たあと、ぼくは人間の最悪な面を目の当たりにし、エネルギーの源となるはずの家庭が時として破滅をもたらすことを知った。「きみの家族は幸せじゃなかったのかい?」

「当時は幸せな家族だと思っていたわ。すっかり誤解していたのね。ひとつ言っておくけど、わたしはきょうだいを恋しがったり、きょうだいがわたしの生死を気にかけなくても失望したりしない」ペッパーが立ちあがると、椅子の脚がリノリウムの床をこすった。「もうこれ以上話すことはないわ」

「いや、ぼくの話は終わっていない」

ペッパーは歯を食いしばり、冷笑を浮かべた。「ええ、そうでしょうね。あなたはちっとも変わっていない。一八歳の頃も、自分は常に正しく、なにをすべきかわかっていると自負していたわ。あなたはわたしと一緒にビールは盗んだけど、グラハム家の人間だし、いとこは保安官だから、絶対に罰せられることはないと知っていたはずよ」彼女は片方の肩をあげてみせた。だが、昔の反抗的なポーズを取りながらも両手は震えていた。

怒っているのか？　いや、違う。彼女はまだぼくのことを恐れるように見つめている。

ペッパーは次第に早口になった。「わたしに家族を見つけるべきだなんて言うのも、自分が正しく、わたしが間違っていると信じきっているからよ。いい、よく聞いてちょうだい、わたしは家族のしがらみなんてほしくないの。世界のどこかにきょうだいが生きているのかどうかも知りたくないわ」

完璧な論理で、ダンは切り返した。「きみはきょうだいを失ったとき、まだ子供だった。事実がきみの記憶どおりとは限らないと思ったことはないのか？」

ペッパーは両脇にまっすぐ腕を垂らし、拳を握りしめた。「両親が亡くなった晩のことはよく覚えているわ。ホープはこう言って、わたしを慰めたの。〝あなたの面倒はわたしが見るわ。信じてちょうだい。わたしたちは家族なのよ。だから、決して離れ離れにはならないわ。あなたの面倒はわたしが見るから、どうか信じて〟と。わたしが里親に引きとられることになったときも、〝いい子にしているのよ。すぐに捜しだすから〟と言っていたわ。そう約束したのよ。一三歳のときに里親の女性から真実を告げられるまで、わたしは姉を信じていた。〝夜中に泣いたり、一日じゅう癇癪を起こしたりするような子は、誰もほしがらないわ〟と言われるまでは。ホープはわたしを厄介払いしてせいせいしたのよ」

　ダンは啞然として尋ねた。「きみはそんなろくでもない里親の言葉を信じたのか？」

「彼女はそれほど悪い人ではなかったわ。わたしを叩いたことは一度もなかったし、毎日三食ちゃんと食べさせてくれたもの。ただ、自分の子供が五人もいて、わたしが愚痴を言うのをやめさせたかっただけよ。だから、わたしは泣き言を言うのをやめたの」

「でも――」

「もうそっとしておいて」ペッパーはダイニングルームへと向かった。「いいから、放っておいてちょうだい」

　ダンは彼女のあとを追った。「きみが無意味に腹を立てているとしたらどうする？　きみの家族が亡くなっていたとしたら？」

「ばかなことを言わないで」ペッパーはさらに声を荒らげた。「みんな元気でいるはずよ」

「人生にはいろんなことが起こる。事故に巻きこまれる可能性だってあるんだ」彼はペッパーに近づきながら、自分の説得力を最大限に発揮して彼女を納得させようとした。「泥棒や凶悪犯は世界のいたるところにいる。きみにはわからないのか――」

　ペッパーの顔から血の気が引いた。「もしわたしが死んだら？」彼女は自分の死を迫りくる脅威のように考えているようだ。

たちまち、話題はペッパーにつきまとう危険に戻った。「いや、きみが死ぬことはない」

彼は請けあった。

ペッパーはダンにうつろな目を向けたものの、本当に彼を見ているわけではなさそうだ。

「そんなこと、あなたにわかるはずがないわ」

ダンはペッパーの手をつかんだ。その手は氷のように冷たく弱々しかった。「ぼくがきみを守る。絶対にきみを守り抜くと約束するよ」

「そんなこと、わからないわ」彼女は素早く立て続けに息を吸った。ダイニングルームに入り、テーブルの上のコンピューターへと近づく。「それに手紙を書かないと。二通の手紙を。一通はホープ宛に。わたしが元気だということと、里親に引きとられたときに姉に怒鳴った言葉は……本心ではないということを伝えるために。もう一通は、いつも守ってくれたガブリエル宛に」キーボードを指で叩きながら、なにも映っていない画面を見つめた。「ふたりとも見つかるかしら……」

「ぼくも捜すのを手伝うよ。インターネットの検索サイトを使えば――」

ペッパーはいきなりダンの腕をつかみ、彼をさっと見た。「やめて！　コンピューターは使わないで。わたしの家族を捜さないで。今はまだ」

彼は自分の腕からペッパーの指を引き離した。

「お願い。今はやめて。きょうだいの住所は今すぐ必要ないわ。なんて書けばいいか考えなければいけないし。とにかく、わたしは——」

「ここにいることを誰にも知られたくないんだね」ダンは彼女の言葉を継いだ。「そう言っていたよな。きみはここに戻ってきた理由をぼくに話す気があるのか?」

「別に理由なんてないわ。ここには骨休めに来たの。ミセス・ドレイスと会って、牧場が見たかったから。今度ここを立ち去るときは、わたしは遺産を売却して裕福な女性になっているでしょうね。それまでは——」

「ぼくに嘘をつくのか?」ダンは予期せぬ怒りに襲われた。ペッパーに信用されていないと感じるたびに頭に来たが……それはひどくなる一方だ。今や、より個人的な激しい怒りへと変わっている。「きみは揺り椅子で埋め尽くされたポーチにいる猫みたいにびくついている」

「そんなことないわ!」

「きみは道路から車を突き落とし、ぼくに移植ごてを投げつけた。それにストーカーにつきまとわれているとも言った。そうだったよな?」

彼女は平静なふりをやめた。「前にも言ったけど、あなたがわたしを信じていないように、わたしもあなたを信じていないの」

ペッパーの激しい拒絶に、ダンは愕然とした。確かに、ぼくはジャッフェ大佐からの報告を待たないと、彼女に真実を打ち明けられない。だが、女性はもっと従順に相手を信用するのが当然だろう。「ゆうべのことは、なんの解決にもならなかったのか?」

「わたしたちは長いあいだ悩まされてきた欲望を解消しただけよ」

小生意気な魔女め。ぼくの人生で最高の一夜を、よくもそんなふうにけなしてくれたな。「ぼくたちはうまく欲望を解消しなかったようだ。ぼくはまださいなまれているからね」そう言うなり、ペッパーを抱きしめた。

彼女はまるでダンを恐れるように、半狂乱になって彼の腕を振りほどいた。「やめて!」

ダンはまた彼女を抱きしめないよう、自制心をかき集めなければならなかった。「きみのことはさっぱり理解できない」

「わたしだって、あなたのことが理解できないわ」ペッパーは制御を失った風車のように両腕を振りまわした。「最初はわたしの家族のことや……いろんなことで腹を立てていたのに、次の瞬間にはわたしとセックスしたいと言うなんて」

「ぼくはいつだって、きみと愛を交わしたいと思っている。だがそれとは別に、ほかの感情も存在するんだ」完全に筋が通った話だし、これのどこがそんなに理解できないんだ?

「確かにあなたはわたしを誘惑することができるわ」

ああ、そうだとも。

「でも、あなたはそれを望んでいないと言ったでしょう」

「なんだって?」そんなことを言うなんて、ぼくは正気を失っていたのか?

「ゆうべのあなたはわたしを誘惑したがっていたわ」

「それはゆうべのことだ」それに、ぼくは〝誘惑〟という言葉は使わなかった。

「お互いを心から信頼できると言えるまで、この情熱から距離を置くべきよ。ずっとセックスをしているわけにはいかない――」

ふつふつとくすぶっていたダンの怒りが燃えあがった。一歩踏みだし、わざとペッパーの前に立ちはだかった。「あれは愛の営みで、セックスじゃない。ぼくたちは愛を交わしたんだ」彼女につかみかかり、自分の言葉を態度で証明しないうちに足早に遠ざかった。だが、戸口で足を止め、彼女の傷ついた顔を見て言った。「それも何度も」

ダンは戸口を抜けてポーチに出た。ポケットが振動し、またたく間にベルが鳴りだした。ジャッフェ大佐から連絡が入った合図だ。

ダンの胸に安堵の思いがこみあげた。ついに来たか。そうに違いない。作戦の終了、あるいはペッパーに関する情報だろう。この状況は日増しに耐えがたいものになっている。なにか手を打たなければ。ダンはイヤホンをつけた。

前置きなしに、ジャッフェ大佐が言った。「シュスターが到着した」

よし。ダンは母屋へと引き返し始めた。「あいつはどこに?」

「ユタ州だ」

「すぐにペッパーを避難させます」

「だめだ!」ジャッフェ大佐の声には焦燥感がにじんでいた。「誰も所定の位置から動くな」

ダンは立ちどまった。「どういうことですか？　シュスターの手下は、やつの到着を待っていたはずです」

「どうやらそうではなかったらしい」ジャッフェ大佐は繰り返した。「誰も所定の場所から動くな」

ダンはなにかを投げつけたくなった。「連中はなにを待っているんです?」

「わからない。だが、彼らが罠を疑っているというのが論理的な解釈だろう。誰かがきみの動向を監視しているとすれば、今、彼女を避難させるわけにはいかない。そんなことをすれば、彼らが怖じ気づくのは明らかだ」

この復讐をダンは心底望んでいた。それなのに、また延期になるとは。そのうえ、ペッパーの存在が支障となっている。「かまいません。彼女をここにいさせるわけにはいかないんです。もうこれ以上、一般市民を犠牲にするわけにはいきません」

「作戦を台なしにしたいのか? そうではないだろう、中尉! われわれはこの作戦に多大な労力を注ぎこんできた。今は成功するかどうかの瀬戸際だ。なんとしてもシュスターはとらえなければならない。ペッパーにはそこにとどまってもらう」ジャッフェ大佐の声音に、ダンは自分と同じ決意を聞きとった。

だが、今や状況が変わった。極悪非道なシュスターがこの牧場から数時間の距離で待機している。あの男は誰に邪魔されようとおかまいなく、ぼくを殺す気だ。「これは策略です」

ダンは言った。

「その可能性もあるが、われわれはこのチャンスに賭けることにした」ジャッフェ大佐の声が和らいだ。「前回あんな目に遭ったせいで、ペッパー・プレスコットの身を案じる気持ちはわかる。だが、彼女は子供じゃない。テロリストの共犯者ではないかもしれないが、なんらかの罪を犯しているはずだ」

ダンは彼女の行動を振り返り、大佐の指摘に反論できなかった。「ペッパーとネイピア将軍について、なにか情報はつかんだんですか？」

「いや、まだだ。調査しようとしたら、ネイピアの司令官から妨害された。だが、なにが判明しようと、わたしの考えは変わらない。ペッパーにはそこにいてもらう」ジャッフェ大佐はきっぱりと言い放った。

ダンにとっては勝ち目のない議論だが、交渉の余地はあった。「了解しました。ですが、ペッパーがここにとどまるなら、ソニーに彼女の護衛をしてもらいます」

「彼にはきみを護衛する役目がある」

「もしも彼女が潔白だったらどうします？　ただの一般市民だったら？」ダンはあえてペッパーを守る情報を開示した――同時に、それは自分を窮地に立たせるものだったが。「彼女が行方不明だったこの土地の所有者だと言ったらどうします？　彼女が戻ってきたのは遺産相続のためだと言ったら？」

「なんだって？　中尉、それは本当なのか？」

「ええ、大佐。作戦中に彼女が命を落とせば、大変なことになりますよ」

ジャッフェ大佐は口汚く罵った。

ダンは自分の勝利を確信した。

嚙みつくように、ジャッフェ大佐は言った。「ソニーに彼女の護衛をするように命じろ。

ワグナーとヤーネルには牧場に続く道路のパトロールをするよう、わたしから伝えておく。だが、きみは自分で自分の身を守れ、中尉。そうすれば、わたしもどうしてこんな厄介な事態になったのか、あとできみに教えてもらえるからな」

「ぼくは殺されたりしませんよ」もう今は。「なにかわかったら、至急知らせてもらえますか？　どんなことでも」

「ああ、わかった」次の瞬間、通信が途絶えた。

ダンはマイクとイヤホンをしまった。ペッパーが戻ってきた理由など、もうどうでもよくなってきた。肝心なのは、彼女がここにいることと、ぼくにやり直すチャンスが与えられたことだけだ。彼女を救うチャンスや、ぼくがなにをすべきかちゃんと心得ていることを証明するチャンスが。ペッパーの心を射止め、彼女を引きとめて……逃げださない理由を与えるチャンスが。

彼は立ちどまらずに母屋へと引き返した。今度はポーチに重い足音を響かせて。またペッパーに物を投げつけられるような目には遭いたくない。

再びキッチンに足を踏み入れると、ペッパーは自分の体を抱きしめながら立ち尽くし、世界に刃向かうように顎をぐっとあげていた。だがダンに気づいた瞬間、その反抗心は揺らいで霞み、ペッパーは彼の腕のなかに直行した。そして思いきり彼を抱きしめた。「戻ってきたのね」

「ぼくはきみから離れないよ」

「わかっているわ、だからわたしは――」

ぼくを愛しているのか？

だが、ペッパーはそんな言葉は口にしなかった。「わたしは答えを求めているの。ミセス・ドレイスがここにいてくれたらどんなにいいか。彼女は昔から物事の本質をしっかりと理解していたわ。いつも的確なアドバイスをくれたから、たとえそれに従わなくても、彼女の忠告はずっと覚えているの」彼女の思いつめた声に、ダンの心は引き裂かれた。「もうすっかり頭が混乱して、誰を信じたらいいのかわからない」

ぼくを信じてくれ。でもペッパーのほうから信頼してくれなければ、なんの意味もない。

時間は刻一刻と過ぎていく。シュスターは、われわれには推し量れない理由で待機している。一方、ダンはなんとしても守り抜きたい大切な女性とともに牧場にとらわれていた。だがペッパーが求めたのは、何年も前に彼女を引きとってくれたミセス・ドレイスで、彼ではなかった。

ダンは納得して言った。「一緒に来てくれ」ダイニングルームに入ると食器棚へ向かい、手を伸ばして一番上の棚から細長い花柄の箱を取りだして、ダイニングテーブルに置いた。

「ほら」

ペッパーは慎重に箱に近づいて蓋を開けた。彼女がなにを目にしたか、ダンにはわかっていた。

年代順に仕切りで区切られた何通もの手紙だ。最初の仕切りにはミセス・ドレイスの文字で〝九年前、ペッパー宛〟と書かれていた。彼女は仕切りをぱらぱらとめくり、その中身に目を走らせた。

ミセス・ドレイスの繊細な筆跡の手紙は、すべてペッパー宛だった。なかには宛先不明で送り返されたものもあったが、大半は投函《とうかん》されていなかった。ただし、どの封筒にも手紙を入れて封がしてあり、ペッパーの居場所がわかり次第投函できるよう切手も貼られていた。ミセス・ドレイスは少なくとも一カ月に一通は手紙を書いていた。全部で百通以上あり、そのすべてがペッパーに宛《あ》てたものだった。

一気に力が抜けたように、ペッパーは椅子に座りこんだ。そして力なくダンを見あげた。

「きみは答えがほしいんだろう」彼は箱を指した。「そこに答えが見つかるか、調べてみるといい」

21

マサチューセッツ州ボストン

「以前のホープは本当に優しかった」ガブリエルはローガン空港に着陸したビジネス用の自家用機からザックと一緒におり立ち、長いリムジンの待つ駐車場へと向かった。「妊娠すると女性は獰猛な狼《おおかみ》に変身し、相手をひと目見るなり心臓を引き裂こうとするなんて全然知らなかったよ」

「それは大げさだ」もっと説得力のある口調で言い返せればいいのだが、とザックは内心思った。臨月が近づくにつれ、ホープはますます凶暴になりつつある。ザックはガブリエルやギヴンズ・エンタープライズ社の顧問弁護士ジェイソン・アーバーノとワシントンDCに飛び、ペッパーを捜すために一時間家を留守にした。今頃、ホープは期待のあまり気が高ぶって、人殺しさえしかねない状態になっているはずだ。

ガブリエルは顔をしかめた。「姉さんのことは愛しているけど、ホープがぼくたちを縛りあげて自分でペッパーの捜索に乗りださないうちに、ぜひとも赤ん坊に生まれてほしいよ」

それはまさにザック自身も危惧していることだった。夜中に目を覚まし、妻が自分を置いて自家用機で妹を捜しに行っていないかと何度確かめたことか。

ガブリエルはザックの肩を叩いた。「姉さんに対処するのが義兄《にい》さんでよかったと、もう言ったっけ？」

「きみも一緒にぼくの家まで来て、報告を手伝うんだ」ザックは言い返した。

「ぼくはタクシーで帰るよ」

「そんなことは認めない」

ザックは低い声で脅したが、半分冗談だった。

ふたりの男性は路肩に停まった黒塗りのリムジンに用心深く近づいた。ザックのお抱え女性運転手のコールドフェルが、後部座席の開いたドアの脇に気をつけの姿勢で立っている。ザックに目で問いかけられると、彼女はてのひらを下に向けてひらひらと揺らし、〝よくも悪くもない〟というジェスチャーをした。

ガブリエルがため息を漏らす。

だが、ザックは胸に喜びがこみあげた。ホープとは片時も離れていたくない。とりわけ、彼女が妊娠している今は。どれほどホープが気難しくても、妻を見るたびにあらためて愛情を実感する。

リムジンに乗りこむと、ザックはボストンの夏日の暑さから解放され、涼しい空気に包まれた。窓はスモークガラス、内装は黒で統一されていて、車内には高級感が漂っている。自分の富でホープに快適な思いをさせられると思うと、彼はうれしかった。

彼女はふくらんだおなかを指で叩きながら待っていた。夫に向けた目つきは、控え目に言っても手厳しいものだった。

ザックは革張りのシートに身を滑らせ、妻の体に腕を回すと、彼女の唇を指で封じた。

「ネイピア将軍との面会について話す前に、まず聞かせてくれ。調子はどうだい？」

「まだ妊娠しているわ」ホープの瞳がいらだたしげに燃えあがった。「将軍はなんて言ったの？　わたしたちを助けてくれるの？」

ガブリエルが車に乗りこんできて、ふたりの向かい側に座った。

「もっと詳しく教えてくれ」ザックは促した。「まだ陣痛はないのか？　医者はどんな状態だと言って……」

「子宮口が二センチ開いていて、出産は二週間後になるかもしれないそうよ。いい？　これで満足した？　もう妹の話を聞かせてもらえるかしら？」

コールドフェルは車を発進させて空港をあとにしたが、運転席と後部座席のあいだの仕切りは開けたままで、三人の会話にあからさまに耳を澄ませていた。ギヴンズ家の使用人たちは一族がペッパーを必死に捜していることを知り、みな、なんらかの形で捜索にかかわっている。

それはホープのおかげだった。彼女はザックを社交界から引き離し、あたたかい家庭に招き入れてくれたのだ。

だから、ぼくもホープが家族と再会できるようあらゆる手を尽くしたい。ザックは丁寧に報告した。「ネイピア将軍とはペッパーの自宅前で会った。将軍は公用車のリムジンでぼくらを待っていたんだ。ペッパーのアパートメントに行ってみると、玄関の鍵はかかっていなかった。そして室内は荒らされていた」

ホープは震える息を吸いこんだ。

「かなり衝撃的な光景だったよ」ザックは、まさかペッパーのアパートメントが破壊し尽くされているとは予想もしなかった。まるで侵入者は彼女に個人的な恨みを抱いていたかのようだ。「誰が犯人にせよ、なにかを徹底的に探しまわったらしい」

「ペッパーの身元とか、居場所とか？」ホープは推察した。「犯人はなにか見つけたのかしら？」

「さあ、どうかな」ザックはガブリエルとちらっと視線を交わした。「ぼくたちも探してみたが、なにも見つからなかった」

「ネイピア将軍も手伝ってくれたの？」ホープは尋ねた。

「いや、彼女は犯行現場を荒らしたくないと言っていた」ガブリエルの口もとに冷笑が浮かんだ。「だが絶大な影響力を駆使して、真犯人より先にペッパーを見つけだすと約束したよ」

洞察力に優れたホープの目が細くなった。「ペッパーはネイピア将軍の補佐官を殺害した容疑で指名手配されているんでしょう？」

「正確には違う」リムジンが速度をあげてボストンの通りを走るなか、ガブリエルが膝に肘を突いて身を乗りだした。「警察とも話したが、彼らはペッパーを〝事件関係者〟と見なしていた。捜査員はペッパーを――いや、ジャッキー・ポーターと彼らは呼んでいた――尋問したがっているが、彼女が実際に引き金を引いたとは思っていないようだ。ただ、ペッパーが現場にいたと警察が把握していることから、ネイピア将軍はペッパーが警察に連行されたら起訴されると確信している様子だった」

ホープは身を震わせた。「どうして？」

「ネイピア将軍によれば、捜査は一向に進展せず、真犯人が見つかる見込みも薄いらしい。だが、ペッパーは――ジャッキー・ポーターは――現場から逃走するのを目撃されている。ネイピア将軍にサインしてもらった本を現場に落としたせいで、彼女は有力な容疑者になってしまったんだ」ガブリエルはシートにもたれた。「ネイピア将軍によれば、警察はペッパーを逮捕して有罪判決に持ちこむことを望んでいるらしい。そして、判断を誤って犯人のように逃走したペッパーは間違いなく逮捕されるそうだ」

ザックはホープがすべての情報をのみこむ様子を見守っていた。出会った当初から、妻の知性には感心させられた。もっとも、最初に印象に残ったのは、妖婦のように彼に呼びかけるホープの声だ。そして、出会ったすべての人を気遣う彼女の度量の大きさに感動した。だが、極めて困難な状況でも、大学の学位を取得しようと努力するホープを見守るうちに、どの女性にも抱いたことのない尊敬の念が芽生えた。

今、ホープはふたりから聞いたことを理解しながらも、信じたくないという思いと闘っていた。

彼女はせっかちに尋ねた。「ネイピア将軍は誰が補佐官を殺したと思っているの？」

「わからないと言っていたよ」ザックは答えた。「将軍はサイン会のあと、補佐官と一緒に地下駐車場におりたそうだ。だが、書類を落としたことに気づいてエレベーターで引き返し、そのあいだに補佐官は車を取りに行った。将軍が駐車場に戻ってきたときには、もう彼は死亡していて、その場からひとりの女が逃げ去った。おそらく補佐官は強盗を取り押さえようとして射殺されたのだと、将軍は警察に話したそうだ」

ホープはふたりの男性を交互に見やった。「あなたたちはどう思うの？」

「その場にいなかったのなら、将軍はなぜそこまでペッパーの無実を確信できるんだ？」ガブリエルが尋ねた。

ザックは答えた。「将軍はサイン会でペッパーと話をして、彼女が更生したという印象を受けたらしい」

「なにから更生したの？」ホープは詰問した。

「将軍の話によると、ペッパーにはかなりの犯罪歴があるらしい」ガブリエルは生い立ちを共有する者の愛情深いまなざしでホープを見つめた。

ホープはいっそういらだちを募らせた。「ペッパーにそれほど犯罪歴があるなら、どうして警察はあの子の指紋を本から採取して、過去の資料と照合しないの？」

ガブリエルがうなずいた。「確かに変だな」

「将軍は部下にさまざまなことを命じる立場だ」ザックは妻に向かって言った。「それなのに、なぜネイピア将軍は自らペッパーのアパートメントまでやってきたんだろう？　おまけに、家のなかに立ち入らないほど犯行現場に対して慎重なら、どうして警察に不法侵入の通報をしなかったんだ？」

ホープが鋭く指摘した。「書類を落としたとき、なぜ彼女は補佐官に取りに行かせなかったの？」

ザックとガブリエルは目を合わせてうなずいた。ふたりとも、そのことには思いいたらなかった。

ホープはふたりに交互に視線を向けた。「あなたたちはネイピア将軍を信用していないんでしょう。それどころか、将軍がなんらかの罪を犯したとにらんでいる。彼女が……補佐官を殺したと思っているのね」ホープは深々と息を吸い、最悪の事態を受けとめた。「将軍にはペッパーについてなんて話したの？」

ガブリエルとザックは意気消沈したまなざしを交わした。

ザックが口を開いた。「最初は、高名なネイピア将軍が協力してくれることに感謝するあまり、将軍の話に矛盾点があると気づかなかった」

ガブリエルも認めた。「彼女にペッパーの本名を教えてしまったんだ」

「なんてこと」ホープは水のボトルを手探りした。「その情報と将軍としての権力があれば、彼女は各州の里子の名簿を開示させて、ペッパーの足取りをたどることができるわ」

コールドフェルがリムジンのアクセルを思いきり踏みこんだ。

ザックはいかめしい顔でうなずいた。「ジェイソンはワシントンDCに残って警察と話している。グリズワルドにはダレス国際空港から電話をかけて、一刻も早くペッパーを見つけなければ、生きている彼女と会うのは不可能だと告げたよ」

22

ドレイス家の墓地は、早春から暑い夏にかけて青々とした芝生に覆われる日当たりのいい斜面にあった。りんごの木が崩れかけた墓石に影を落としている。

真新しい墓石には、パトリシア・ロイス・ドレイスという名前がくっきりと刻まれていた。

ゆうべ、ペッパーはミセス・ドレイスの手紙にすべて目を通したが、一通だけ読まずに取っておいた。今、彼女はシャツの袖をまくりあげ、ジーンズの膝が冷たく湿っているのも気にせず、墓石のまわりに夏じゅう花を咲かせる苗を植えていた。きっとミセス・ドレイスは、古風なピンクや燃えるようなオレンジや黄色のマリーゴールドの香りを気に入ってくれるだろう。

ただ、ペッパーが感じていたのは陽光や、指をすり抜ける土の感触だけではなかった。歓喜の念が全身を満たし、頭を占める恐怖と争っている。わたしたちはセックスをした、と彼女はダンと自分自身に向かって告げた。それは〝ベッドをともにした〟なんて遠まわしな言い方ではなく、ふたりのあいだで実際に起きたことを的確に示す現代的な表現だ。

けれども、ダンはまったく異なる言葉でそれを言い表した。

〝あれは愛の営みで、ぼくたちは愛を交わしたんだ〟と。

ペッパーは身を震わせ、数株ずつ植えている苗をじっと見おろした。なぜダンはあんなことを言ったのだろう？　彼はわたしとひとつになったときも、ふたりは愛を交わしているんだとほのめかした。

ダンはわたしを愛しているのかしら？

いいえ、そんなはずはないわ。彼もわたしがこれまで愛した人たちと同じよ。わたしを愛していると言ってくれた人や、わたしが信頼していた人たちと。最近学んだ教訓は、まだ強烈に頭に残っている。わたしは将軍を――すべてのアメリカ人が尊敬する人物を信頼し、その高潔さにすがろうとした自分の弱さゆえに追われる身となった。

ダンと一緒にいるときは、自分につきまとう危険を忘れそうになる。あと少しで。でも、常に頭の片隅で背後から追いかけてくる足音や銃声に耳を澄まさずにはいられない。

ミセス・ドレイスがどこかで聞いていることを承知で、ペッパーは墓石に語りかけた。

「手紙をありがとう。本当にうれしかった。それに、わたしが戻ってくると信じてくれてありがとう。ここであなたの支えになれたらどんなによかったかしら。でも、あなたの言うとおりね。時間の針を戻すことはできないし、後悔に押しつぶされないようにするわ。ゆうべ、ダンはわたしがなにをしているか確かめに来たと言って、何度もダイニングルームに現れたのよ。多分、わたしが泣いていないか様子を見に来たのね。それと、わたしに夕食を作ってもらえるかどうか知りたかったのかも」彼女は最後の苗を植えつけた。「夕食は用意しなかったわ。でも、作ってもらったツナサンドイッチはおいしかった」

園芸用手袋を外し、ペッパーは腰をおろした。墓石に寄りかかり、あたたかい日差しを浴びながら渓谷を見渡す。はるか彼方《かなた》の渓谷の角に広がる牧草地には牛が散らばり、その手前の道を馬に乗ったカウボーイが進んでいる。母屋や、納屋に向かうダンの姿や、囲いのなかにたたずむサムソンも見えた。でも、芽吹いた葉を吹き抜けるそよ風の音以外、なにも聞こえない。その静寂が心に平穏をもたらした。こんな気持ちを味わったのは……いつ以来かしら。あの駐車場で本を落としてから、味わっていないことは確かね。

ポケットから手紙を取りだし、くたびれた封筒を見つめた。ミセス・ドレイスはこの手紙を最後に読むように指示していたけど、あのなかでは一番古そうだった。封を開けたとたん、その理由がわかった。

さまざまな色のインクで書かれた文字が便箋《びんせん》に縞《しま》模様を作っている。そして、筆跡は次第に弱々しくなっていった。ミセス・ドレイスは九年間にわたって、この手紙を少しずつ書き足していったんだわ。

〝愛するペッパーへ、この手紙には本当に大切なことを書き綴って、なにか思いつくたびにつけ足すことにするわ。わたしの知恵のすべてを詰めこむつもりよ。でも心配しないで、そんなに長くはないから〟

ペッパーは思わずほほえんだ。

〝まず、あなたが逃げだしたのは、わたしを失望させることを恐れたからではないと願っているわ。あとになって振り返れば、学校をさぼったことも、ビールをひとケース盗んだことも〞――どうしてミセス・ドレイスにばれたのかしら？――〝ダンとふざけまわったことも、たいしたことではないもの。わたし自身、これまで大勢の人を落胆させてきたし、夫と結婚したときは最愛の母まで悲しませたわ。でも、すべて自分でくだした決断よ。あなたもさまざまなことを決断してきた。だから、自分の決断は前向きに受けとめましょう。忘れないで。花を育てて、アダムス郡で一番おいしいクッキーを焼くのだって、かなり誇れることなのよ〞

ペッパーは声に出して応えた。「インターネットのショッピングサイトを開くのを手伝って、リタのキルトとわたしたちの苗を売るのはどうかしら？　きっと商売は成功するし、牧場の利益が少ない年には副収入が必要でしょう」

便箋の淡いブルーのインクが黒に変わった。

〝まだ捜していないなら、今すぐ家族を見つけなさい。あなたはきょうだいを必要としていたときに、彼らが捜しに来てくれなかったと傷ついていたわね。でも、彼らもあなたを必要としていたかもしれないと考えたことはある？〞

「今夜手紙を書くわ」ペッパーはつぶやいた。すでにホープ宛の手紙は書き終えている。でも、どうしてみんな家族のことを口やかましく言うのかしら？　〝きょうだいもあなたを必要としているのよ〞とか、〝彼らが病気だったらどうする？〞とか。それを聞くと、きょうだいの居場所や安否を突きとめる前に、命を落としかねないことを思い出してしまう。ミセス・ドレイスやダンによれば、わたしの恨みなんて、未知のことに直面すれば取るに足りないものらしい。認めるのは癪だけど、ふたりの言うとおりだわ。

最後の文面は赤いインクで書かれていた。

〝ボイシの医者から、手術を受けないと心臓発作で命を落とすと言われたわ。手術を受けるとしたら、セントルーク病院に入院して、術後は療養所に移り、その後、看護師を連れて牧場に戻ることになるそうよ――もっとも、家に帰れればの話だけど。わたしは医者なんてまったく信用していないし、老人は自分のベッドで死ぬべきだと考える連中も信用ならないと思ってる。だから手術は受けず、誰にも医者の診断について話さないことにするわ。別に怖くはないし、じわじわと死を迎えるより心臓発作でさっさと死ぬほうがいいもの〟

ペッパーは頬を流れ落ちた涙をぬぐった。これはミセス・ドレイスの本音だわ。でも、なんて厳しい選択かしら。生きのびて不幸になるかもしれない人生を歩むか、愛する土地で突然早すぎる死を迎えるか。

〝罪悪感にさいなまれるのはやめなさい！〟

自分の反応をミセス・ドレイスが見通していたことに、ペッパーは驚いた。

〝わたしたちはきっとまた会えるわ。それに、わたしはあなたから届いた手紙や種で楽しませてもらったのよ〟

ミセス・ドレイスはきっとこの皮肉をおもしろがるだろう。彼女への贈り物が――ネイピア将軍にサインしてもらってミセス・ドレイスに送ろうとしていたのに、もう一冊のサイン本と一緒に駐車場に落とした本が——わたしをこの牧場へと導いたのだ。このわが家へ。

〝昔は、自分が死んだら誰がこの土地を受け継ぐんだろうと想像したものよ。でも、あなたが現れたとき、わたしに負けないくらいこの土地を愛している、あなたに託そうと決めたの。ダイヤモンドの住民は（特にあのいまいましいラッセル・グラハムは）、この土地が売りに出されると思っているはずよ。あなたがここに根をおろして彼の悩みの種になってくれたら、すごくありがたいわ〟

〝それから、ダンの悩みの種にもなってくれる？　あの子は除隊して故郷に戻ってきたけど、胸に怒りを秘めている。そして、体よりも心に深い傷を負っているの。彼を助けてあげて。あの子に必要なのはあなたよ。彼は昔からずっとあなたのことを求めていたわ〟

　ペッパーは両手を膝におろした。こみあげる絶望と共鳴するように便箋が音を立てる。

「でも、ミセス・ドレイス、わたしは本当にトラブルメーカーなの。将軍にあとを追われ、命も狙われているのよ」彼女ははっと息を吸った。「ヴァーガス上院議員にEメールを送ってから今日で一〇日になるわ。もう誰かが目を通していい頃なのに、なんの変化も起こらない。あのEメールは〝変人からの手紙〟の山に埋もれているんじゃないかしら。あるいは、警察はネイピア将軍を尋問したものの、嘲笑われて、彼女の言い分を信じたのかもしれない。テレビに出演したときも、将軍は事実をねじ曲げ、いかにも潔白そうに話していたわ。警察が作成した、わたしとは似ても似つかない似顔絵を見せながら。彼女は捜査を攪乱《かくらん》しているし、きっとまだ逮捕されていないはずよ。ＦＢＩに出向いて真実を伝えたいけど、彼らからネイピア将軍に通報されて暗殺されないかと不安なの」ペッパーは息を吸って小声で言った。「ダンはわたしから真実を打ち明けられることを望んでいるわ。でもリタの話では、彼は犯罪者に対して情け容赦ないそうよ。ダンがわたしを信じてくれなかったらと思うと、告白できないの。勇気がなくて……ああ、いったいどうしたらいいの？」

ベルの音のようにはっきりと、その答えがペッパーの頭に響いた。

〝ダンに警告するのよ〟

ミセス・ドレイスがそばに立っているような気がして、ペッパーは辺りを見まわした。だが姿は見えず、また声だけが響いた。

〝ダンに警告するのよ〟

ペッパーは震える手でつかんでいる手紙を見つめた。ミセス・ドレイスが時空を超えて送ってくれたメッセージに従いたい。わたしは遠い彼方に質問を投げかけ、その答えを得たのだ。

〝ダンに警告するのよ〟

ミセス・ドレイスの言うとおりだわ。不信感を振り払って、ダンにネイピア将軍のことを伝えよう。彼なら誰に連絡してどうすべきかわかっているはずだ。ダンはわたしを有罪だと思うかもしれないけれど、彼に打ち明けることによって、自分の命だけでなく彼の命も救うことができる。

ペッパーの目は否応なしに納屋へ引き寄せられた。ダンはあそこで溶接とか、釘打ちとか、なにか男らしい仕事をしているはずだ。胸に怒りを秘め、心に傷を負ったまま。ミセス・ドレイスがそう書いていたし、わたしはその言葉を信じるわ。これまでは過ちばかり犯してきたけど、もう自分を偽ることはできない。ダンとは時間や別離では壊れなかった絆を共有している。わたしは彼の力になりたい。そして一緒にいたい。

ゆうべ、ふたりは取り澄ました顔で別々のベッドに向かった。あたかも、おとといの情熱的な一夜などなかったかのように。だが、ペッパーはふたりでしたことをすべて思い返し、いつでも好きなときに――気が向かないときなんてないけど――彼のもとへ行って抱きあえるという思いにさいなまれ、細切れにしか眠れなかった。

ダンはすぐそばにいた。隣の部屋に。ペッパーが起きあがってそこに行けば、彼の両手が迎えてくれたはずだ。ダンは彼女を自分の上に引きあげ……。それ以上想像する前に、ペッパーは自制した。乱れた息を落ち着かせようと高鳴る胸に手を当てる。まるで、彼と一緒にボトルのコルクを抜いて甘いワインを発見し、ふたりとも永遠にその味のとりこになってしまったようだ。

ダンはわたしを一時的に求めているだけかもしれない。明日になれば野良猫のように追い払う可能性だってある。でも、ミセス・ドレイスは彼のことを気に入っていたし、わたしも彼を大切に思っている。それは十分考慮に値するわよね。

〝ダンに警告するのよ〟というかすかなささやきには、言葉以上のメッセージがこめられているはずだ。

ダンのもとに行ってネイピア将軍のことを打ち明けてから、ここにとどまる意思を伝えよう。お互いペースを落とし、ふたりの関係が疑念によって暗礁に乗りあげる前に、相手に対する信頼を築くべきだと話してみよう。そこから……どう発展するか、ふたりで様子を見ればいい。

ペッパーは立ちあがってヒップについた草を払うと、ミセス・ドレイスに語りかけた。「あなたの言うとおりだわ。ダンに警告して助けてもらうべきね。そのあと、わたしは彼の力になるつもりよ」口もとに笑みが浮かぶ。「彼がそれを望もうと望むまいと」ペッパーは園芸道具をかき集めて母屋へと歩きだした。

ベッドルームに入ると、彼女はクローゼットへ直行し、昔ダンの気をそそるために着ていた淡いブルーのキャミソールを取りだした。それをバスルームに持っていき、ドアノブにかける。よれよれの園芸用の帽子を脱ぎ捨て、髪をとかし、顔と手を洗ってから、シャツを脱いでブラジャーを外した。頭からキャミソールをかぶって滑らかな生地を体に這わせ……ほほえんだ。

もちろん、ダンとは話がしたいだけだ。けれども万が一、またチャンスが――たとえば、彼の気をそそるチャンスが――めぐってきた場合を考えると、女性は自分を美しく見せたいものよ。

ペッパーは再びシャツを着た。ベージュのカウボーイハットをつかんで浅くかぶる。ベルベットのような手触りの縁を撫でた拍子に、何年も前にそれをくれたときのダンのぎこちなく一生懸命な様子を思い出した。あのときと変わらず、カウボーイハットは……シンデレラの靴のようにぴったりだった。

わたしがしたいのはダンと話をすることよ、ただ話をするだけ。ペッパーはそう自分に言い聞かせなければならなかった。ダンのもとに向かうことだけを考え、マントラのようにその言葉を繰り返しながら家を出た瞬間、危うくハンター・ウェインライトにつまずきそうになった。最初の日に出会ったそのカウボーイは、スクリュードライバーを持って窓のそばにしゃがみこんでいた。

喉もとまで心臓がせりあがり、彼女は甲高い悲鳴をあげた。

「すまない！」ウェインライトはさっと立ちあがった。「驚かせるつもりはなかったんだ。てっきり誰もいないと思って」

「気にしないで」ペッパーは片手で胸を押さえた。「わたしが神経質なだけですから」ウェインライトを目にしてから悲鳴をあげるまでの一瞬、皮肉な可能性に打ちのめされた。長年誰も信用しなかったわたしは、将軍に関する真実をダンに打ち明け、彼を信頼しようとしている。それなのに彼のもとへたどりつく前に殺されたら、悲劇としか言いようがないわ。

今すぐダンのところへ行かなければ。彼女は周囲に目を走らせた。ミセス・ドレイスが警告したとおり、時間は残り少なくなりつつある。

だが、ウェインライトは帽子を脱ぎ、白髪交じりの豊かな髪と驚くほど日に焼けた額をあらわにして言った。「ミス・ワトソンだったね？」

ペッパーは自分の偽名と作り話を思い出した。「ええ、そうです。いったんは発ったんですけど、また戻ってくる機会に恵まれて」

ハンターはその話に興味がなかったらしく、ほぼ同時に説明し始めた。「わたしはこの母屋に目を配って、不具合があれば修理することになっているんだ。ちょっと暇ができたから、調べていたんだよ」

「まあ、それはどうも。感謝します」

ウェインライトは眉をひそめた。「えっ？」

「いえ、その――」わたしがこの家を相続したことを彼に告げるわけにはいかない。「そんなふうに手助けするなんて、ご親切なんですね」

「それで給料をもらっているからね」愛嬌《あいきょう》のあるほほえみに謙虚な物腰のウェインライトは魅力的だった。

ペッパーは好感を抱いてほほえみ返したが、鼻につくカウボーイのソニー・ミドラーがわがもの顔でポーチにのぼってくると、身をこわばらせた。

ソニーは彼女には目もくれず、ウェインライトをまっすぐ見据えて言った。「あんたは南の牧草地で牛を移動させていたんじゃなかったのか？」

ウェインライトは含み笑いを漏らし、年長者らしい寛大さで、生意気な若いカウボーイをなだめようとした。「仕事を探していたら、ここに修理が必要な箇所を見つけたんだよ」

「あんたが仕事を探したことなんか、一度もなかったような気がするけどね」ソニーは辛辣に言った。

「わたしには意外な面もあるのさ。でも、牛を移動させてほしいのなら、そうしよう」ウェインライトはぶらぶらとポーチのステップをおり、母屋の角を曲がってガレージのほうに姿を消した。

ソニーは彼をじっと見送った。「いったいあいつはここでなにをしていたんだろう？」

いらだたしげに、ペッパーは尋ねた。「そういうあなたはここでなにをしているの？　やらなければならない仕事はないの？」

彼女の存在を思い出すやいなや、ソニーはセクシーな男性へと様変わりした。「きみの様子を確かめに来たんだよ。きみがなにか必要としているんじゃないかと思って」

「必要なものがあれば、自分で手に入れるわ」ペッパーは言い放った。

「ああ」彼は挨拶代わりにカウボーイハットを傾けた。「そうだろうね」

ペッパーは嫌悪感に目を閉じたが、まぶたを開いたときには、もうソニーの姿は消えていた。ハンター・ウェインライトを目にしたときのように、彼女は思わずびくっとした。ソニーはどこであんな忍び足を身につけたのだろう？　ひょっとして、ダンを真似しているのかしら？

鼻を鳴らして納屋へと歩きだしながら、彼女はつぶやいた。「きっとそうに決まっているわ」ダンに劣る男性はみな、彼のようになろうとして真似をする。ソニーもせいぜいがんばってちょうだい。

納屋は両側の大きなドアを開け放ち、渓谷を渡る風を招き入れていた。なかに足を踏み入れたとたん、ペッパーは干し草や塗りたてのペンキ、革の匂いに鼻孔をくすぐられた。薄暗くあたたかい屋内を進みながらダンを捜す。

ダンは屋根裏の真下の開けた空間で、壁にもたれて座っていた。半分ペンキを塗った椅子が作業台の上に横倒しにされ、そのそばにもう一脚椅子があった。彼は両手でなにかを包みこんでいた。

ペッパーが歩み寄ると、ダンは見あげてほほえんだ。その思いがけなく優しい笑みに、彼女は心をわしづかみにされて立ちどまった。

「きみはちゃんと卵を探さなかったな」彼は言った。

ダンが手に持っているものに気づき、ペッパーは隣にひざまずいた。「あの年寄りの雌鶏が巣に隠していたのね」

彼のてのひらには、壊れやすそうな楕円形《だえんけい》の白い卵がのっていた。「溶接機の後ろにもまだ三つあって、どの卵も孵化《ふか》している。まったく、ずる賢い雌鶏だ」

卵のなかのひよこがくちばしで殻に割れ目を入れた。その隙間から、大きな黒い瞳がちらりと覗く。白い綿毛は湿って小さな体に張りついているものの、ひよこは必死に殻を破って生まれでようとしていた。

ペッパーは息を弾ませて笑った。「これはわたしのせいじゃないわ。雌鶏はわたしが来る前にその卵を産んだはずよ。そうでなければ、今孵化するはずないもの」

ひよこは殻に大きな穴をあけ、ダンのてのひらに転がり落ちた。うずくまったひよこは、殻から解放されたことや、天井の高い納屋の広大な世界にびっくりしているようだ。

「見てごらん」ダンが驚嘆の声で言った。「新たな命の誕生だよ」ひよこを両手で包み、あたためるように息を吹きかける。

その光景にペッパーは喉が詰まった。ダンは生命誕生の瞬間にすっかり魅了されている……こんなふうになにかに夢中な彼を見たのは、わたしと結ばれたときだけだ。

不意に愛情の波が押し寄せ、彼女は足もとをすくわれそうになった。

ダンが手を開くと、ひよこは足をよろめかせ、まわりを見まわした。

「おっと」彼はまたひよこを両手で包んだ。「母親と間違われたら大変だ。そんなことになれば、あの老いぼれの雌鶏に目玉を突かれかねない」溶接機に近づいて身をかがめ、怒った雌鶏がけたたましく鳴きわめくと、ダンは反論した。「ひよこは傷つけなかったし、ちゃんと返したじゃないか」

彼は立ちあがり、雌鶏の鳴き声がやむまで見守っていた。誇らしげな父親のように顔を輝かせて。「ぼくの息子が一番早く生まれたぞ」

「その子はきっと女の子よ。女の子はいつだって男の子よりすることが早いもの。それはそうと、今のあなたは――」ペッパーはふっと笑った。「間違いなく涙もろい男性に見えるわよ」

「ああ、そうさ。ぼくは涙もろい男なんだ」ダンはシンクへ向かい、両手を洗ってペーパータオルで拭いた。

振り返ったとたん、彼はペッパーの全身に目を走らせた。彼女が小粋にかぶったカウボーイハットをしばらく眺めたあと、その表情が一変した。真剣で、セクシーで、情熱的な表情へと。「ペッパー、きみはぼくを捜しに来たんだね」

びくっとして、彼女はダンの考えを察した。わたしがセックスを求めてやってきたと思っているんだわ。

ダンはペッパーのほうへ踏みだした。彼女がダンを求めるのは、この世でもっとも自然なことだと言わんばかりに。

彼女はあとずさりした。「そういう理由で来たわけじゃないわ」

ダンは狙いを定めた獣のように滑らかな動きで近づいてきた。「だったら、どうしてここに来たんだい、スウィートハート？」彼はわたしの言葉を信じていない。あるいは、信じたくないんだわ。

「あなたに伝えたいことがあるの」彼女は背後のベンチにつまずいた。

ペッパーが屋根裏の下のきれいな干し草の山に倒れる寸前、ダンは彼女をつかまえて腰に腕を回した。そして、ペッパーのカウボーイハットを取って干し草の山に放った。

彼女の顔から喉や胸へと視線を這わせるうちに、ダンのまぶたが重たげになり、ベッドルームで見せるセクシーな目つきになった。彼は言葉を用いずに自分の欲求を伝えた。ふたりのあいだの空気が熱を帯び、もどかしさを漂わせて、欲望に張りつめた。

そのとき、ペッパーは悟った。あれは本当だったのね。わたしなら、ダンを癒すことができる。

だって、彼を愛しているもの。

でも、まずはダンに心からの信頼を捧げよう。

彼の胸に両手を当てて、ペッパーは切りだした。「よく聞いて、ダン。あなたに打ち明けなければならない話があるの」

彼女はネイピア将軍や、殺人事件や、自分の逃亡について語り、ダイヤモンドに逃げてきた経緯を包み隠さず話した。ただし、こうしてダンのもとに来た理由だけは伏せておいた。ミセス・ドレイスにアドバイスされたからだと言っても、鈍感でまじめな現実主義者の彼には信じてもらえないと思ったからだ。

ペッパーが話し終えると、ダンは言った。「ここで待っていてくれ」

納屋を出ながらイヤホンを装着し、ジャッフェ大佐と回線がつながったとたん、ダンは言った。「大佐、テロリストたちがなにを、いや、誰を待っているのかわかりました」大佐がわめきたてると、彼はイヤホンを耳から遠ざけた。

ジャッフェ大佐はダンが説明し終わらないうちに、手柄を独占しようとして特殊部隊に情報を流さなかった軍の諜報機関を罵り始めた。次にスイッチを入れる音がして、スピーカーから大音量が流れだし、大佐が言った。「ほら、ネイピア将軍がソルトレークシティでインタビューを受けているぞ。偶然にも、そこはシュスターの潜伏地からさほど離れていない。

謎を解く手がかりが、まさかわれわれの目の前にあったとは」彼は補佐官に叫んだ。「誰かにネイピア将軍を監視させろ！」それからダンに向かって言った。「これで作戦がすべて水の泡になったら、誰かを死ぬほど後悔させてやる。中尉、また連絡する」ジャッフェ大佐は乱暴に電話を切った。

とりあえず今のところ、ペッパーの身は安全だ。ダンはほほえんだ。安全なだけでなく、彼女はぼくのものだ。彼は納屋に引き返して警備体制が整っていることを確認し、奇襲の気配がないか何度も確かめた。不穏な兆候はいっさいない。ペッパーが作業台のそばの椅子から立ちあがった。細身ながらも力強い彼女は、ダンが救世主であるかのように見つめているが、必要とあらばすぐ行動を起こせるよう身構えていた。

この華奢な謎めいた女性は、将軍から逃れ、国内に張りめぐらされたテロリストの情報網もすり抜けた。この優美な女性は、ぼくが決して忘れないような形で信頼を授けてくれた。復讐心だけに支配されていたぼくの頭はこの奇跡に浮きたち、戦争の恐怖や残虐行為で凍りついていた心は驚嘆とともに和らいだ。

ペッパーは小首を傾げ、目を見開いて彼を見つめている。

彼女は絶世の美女ではない。ダンは頭の片隅でその事実をわかっていた。それでも、黒い巻き毛と大胆な率直さ、はしばみ色の瞳とためらいがちな信頼の組みあわせは、彼にとってこの世でもっとも美しかった。

ペッパーはぼくを愛しているはずだ。本人はそう口にしていないが、すべての真実を打ち明けてくれたし、ぼくの任務をよく知らないにもかかわらず、救ってもらえると確信したのだから……。そうさ、ぼくを愛しているはずだ。

手を伸ばして、ダンは彼女の両手を包みこんだ。「もっと早く打ち明けてほしかったよ」

「言えなかったの……わたしは……」ペッパーはダンにほほえみかけた。そのすばらしい笑顔に、彼は胸が高鳴り、無性に彼女がほしくなった。「その前に、自分で理解しなければならないことがいくつかあったから」

「今はすべて納得できたのかい？」

「ええ」彼女はまばゆいほどの笑みを浮かべてから、頬を染めた。「そう思うわ」

ダンはペッパーの両手の指関節にキスをした。それは庭師の手だった。移植ごてのせいで親指にはたこができ、爪は短く、甘皮はささくれている。てのひらの指のつけ根も皮膚がかたく、彼の指をつかむ手は力強かった。「これからどうするの？」彼女は尋ねた。

ダンは兵士として事実を把握し、勝算を推し量った。テロリストが到着するまで、少なくとも二時間の猶予がある。何週間も前から待機していたので準備は万端だ。とはいえ、来るべき戦いから生還する確率を考えると、一瞬一瞬を大切にしなければ。「どうするかって？」彼はにやりとした。「ぼくたちにできることはふたつある。待つことと、愛を交わすことさ」

23

「なんですって？　今ここで？　気は確かなの？」

ペッパーはさらに問いただそうとしたが、ダンは彼女のウエストに腕を回し、頭をさげて唇を重ねあわせた。その深く満ち足りたキスにペッパーは息を奪われ、決意が崩れて、いつしか彼と同じものを求めていた。

困惑しながらも必死にダンの抱擁から抜けだし、彼女はあとずさりした。「今この瞬間も、ネイピア将軍はここに近づいてきているかもしれないのよ」

彼のダークブラウンの瞳は燃えていた。「いや、彼女はまだ現れない」

「どうしてわかるの？」

「電話をかけたんだよ」

ダンは……うれしそうだ。わたしがふたりの身に危険が迫っていると警告したにもかかわらず、彼の口もとは半分ほころんでいる。ペッパーは通信機に目をやってから、彼に視線を戻した。「いったいどういうこと？」

「きみも、ダイヤモンドの住民も、誰ひとり真実を知らないが、実はぼくは除隊していないんだ。まだ軍人で、特殊部隊に所属している」爆弾発言を口にしながらも、彼はいたって無頓着な様子だった。

ペッパーは絶えず頭から離れないネイピア将軍の脅威には対処できた。その危険と向きあう生活が始まってから二週間近くになる。しかし、ダンの告白には恐怖がこみあげた。「ちょっと待って！　本当に今も軍人なの？　いいえ、嘘よ」そうよ、彼は間違っている。「あなたは負傷して除隊したはずでしょう？」

「その話には続きがあるんだ」

彼女はダンの肩に爪を食いこませた。「続きがあるって、どういうこと？」

ダンはペッパーの体をゆっくりと撫で続けていた。そうすれば、彼がまだ軍人であることを――しかも、陸軍でもっとも危険な部署に所属していることを！――彼女に忘れさせられると思っているように。「今きみに約束できるのは、ぼくと一緒にここにいれば安全だということだけだ――少なくとも今は」

ペッパーは納屋を見まわし、これまで気がつかなかったものに目を留めた。ドアの上に散弾銃がかけられているのはごく普通の光景だが、作業台の隅の隙間から拳銃の床尾が突きでていた。ダンを待っているあいだに、作業台がかなり頑丈なこともわかった。おそらく、銃弾も防げるはずだ。それに、吊りさげられているダークグリーンのダウンベストは……防弾チョッキだった。

ダンは冗談を言っていたわけじゃない。本当に……まだ軍人なんだわ。

呆然としながら、ペッパーは彼の言葉を聞いた。「一時間後には事態が一変するかもしれない。いや、きっとそうなる。当然、きみを避難場所に送らなければならない。だから、この機会を逃さずに人生を謳歌しようじゃないか。ぼくがそのやり方を見せてあげるよ」強引な彼は、またわたしを誘惑しようとしている。いつものように。

でも、なにひとつ確信が持てない。わたしの知っていたことはすべて変わってしまった。愛情、不安、苦痛、危険がないまぜとなり、胸のなかで渦を巻いている。「あなたはどうするの？　なにがあなたを守ってくれるの？　今は現役の兵士じゃないんでしょう？」

彼はペッパーのウエストを両手でつかみ、ダンサーのように優雅な動きで木製の馬房へとあとずさりさせたが、彼女の問いには答えなかった。

ペッパーはダンに真実を告げれば、ふたりの命を救えると思っていた。てっきり、警察か、ＦＢＩか、どこか安全な場所へ一緒に行くことになると。ところが、彼はいまだに軍人だと告白した。任務中に二度も命を落としかけたにもかかわらず！　今日か、明日か、あるいは一年後に、彼は死ぬかもしれない。ペッパーはダンの胸に両手を押し当てた。彼女の心臓は、不安と興奮と苦悩と絶望が入り混じって激しく打っていた。「今、愛を交わすことはできないわ」

だが困ったことに、ダンはペッパーの言葉にいっさい耳を貸さず、彼女の体からメッセージを読みとった。「ぼくを信頼してくれるかい？」

「ええ、でも――」

「だったら、心からぼくを信頼してくれ」ダンは妙に高揚した様子で、強引に彼女に触れた。まるで、ふたりには限られた時間しか残されていないかのように。情熱的な交わりによって、ふたりの死を先のばしにできるかのように。彼のダークブラウンの瞳が興奮に輝いた。「きみの身は必ず守る。もう明日という日は来ないと思って愛を交わそう」

「わたしが望んでいるのはそんなことじゃないわ。あなたにも無事でいてほしいの」

「心配しなくていい」ペッパーの不安を取るに足りないと思っているのか、彼は軽く受け流した。そしてペッパーの頭を自分の胸に押しつけ、髪に頬を押し当てた。世界で一番大切な女性だと思っているように、ダンは彼女をこのうえなく大事そうに扱った。「結婚しよう」

「えっ？」彼に抱きしめられていなかったら、ペッパーはこの場に崩れ落ちていただろう。

「なんですって？」

「言い方を間違えた」だが、ダンはペッパーを放さず、片膝も突かなかった。依然として命令口調のまま、彼は尋ねた。「ぼくと結婚してくれないか？」

　このほうがさっきよりましだと思っているのかしら？「どうして？」

「だってきみはぼくを愛しているじゃないか。このぼくを」ダンは彼女の頭のてっぺんにキスをした。「そうだろう？」

　ペッパーはダンの胸に顔を隠した。わたしはついさっき彼を愛していることに気づいたばかりで、まだその事実に慣れていない。それなのに、彼はもうそのことを知っている。どうやって見抜いたのかしら？　わたしの気持ちは外から見れば一目瞭然なの？

彼はペッパーの背中に両手を滑らせた。「ぼくたちは結ばれたんだから、結婚するべきだよ」

「わたしはそんなことを言った覚えはないわ！」ダンと結婚するですって？　以前ダイヤモンドに住んでいたとき、わたしは不良少年だった彼を手なずけたいとは一度も思わなかった。

今回戻ってきて以来、ペッパーはネイピア将軍の脅威だけでなく、より身近な危険に――ダンや、彼の刺激的な情熱や、約束に――さらされてきた。彼の顔を見つめ、ペッパーはささやくように言った。「結婚なんて考えもしなかったわ」

「それはがっかりだな」だが、ダンは愉快そうな顔で自信満々だった。彼女のシャツのボタンを外し、ブルーのキャミソールがあらわになった瞬間、彼はうれしそうにうめき声を漏らした。「こんな格好でやってきて、ぼくを拒む気かい？　さあ、想像してみてくれ。ぼくたちがこれから毎晩一緒に寝て、毎朝お互いの腕のなかで目を覚ますところを」

「永遠に？」彼女はその概念がよくわからなかった。

だが、彼は理解しているようだ。「もちろん、永遠にだよ」

結婚。永遠。ダンを永遠に自分のものにするなんて想像したこともない。今までかかわった人はみな、ペッパー・プレスコットを愛してくれなかった。でも、彼はわたしを愛しているの？

いいえ、ダンはわたしを愛してなどいない。わたしたちが結ば﹅れ﹅た﹅としか言わなかったもの。

確かにセックスはすばらしかった。だから、彼はわたしを永遠に求め続けると思いこんだのかもしれない。でも、セックスだけで十分かしら？　いえ、十分じゃないわ。

わたしはダンを愛している。それでなにもかもうまくいくと思うなんて、ばかだったわ。人を愛しても傷ついたことしかないのに。「わたしがあなたを求めているから、万事うまくいくと思っているのね」

「ダーリン、怖がらなくていいんだよ」彼はキャミソールの胸もとを縁取るレースを指先でたどった。

ペッパーは彼の心を試す言葉を念入りに選んだ。「あのとき、わたしがセックスに同意していなかったら――」

「〝愛を交わすことに〟だろう」ダンは訂正して、薄い生地越しに彼女を愛撫した。

「あの晩、わたしが愛を交わすことを拒んでいたら、それでもあなたは結婚したいと思った？」どうか嘘をついて。彼女は心のなかでダンに懇願した。お願いだから嘘をついてちょうだい。

彼はくすくす笑って胸を震わせた。「きっと、今きみにプロポーズしようとは思わなかっただろうな」

ばかな人。本音を明かすなんて。

だったら、わたしも本心を告げよう。堅苦しい口調で、ペッパーは言った。「お申し出はありがたいけど、お断りするわ」

ダンの笑い声が途切れ、顔の傷痕が白く光った。「いや、きみはぼくと結婚するよ」

ペッパーは徐々に彼の腕から身を引いた。「どうして?」

「きみが牧師の娘で、善悪の区別ができるからさ。それにこんなことをしたら――」ダンはペッパーのシャツをジーンズから引き抜いた。「こうしたいと思わずにはいられない」彼はキャミソールを引きさげた。目を細めて彼女の胸を見つめ、片方の胸の先端を親指で撫でる。「なんてきれいなんだ」彼はつぶやいた。「みずみずしくて柔らかいピーチみたいだ」

「わたしの胸を果物みたいに言うのはやめて、ちゃんと話を聞いてちょうだい。だめ……」

だがダンの口に乳首を含まれると、彼女は頭を壁に押しつけ、すすり泣きをこらえた。

彼はペッパーの瞳を覗きこんで言った。「ぼくはちゃんときみに注意を払っているよ。そうせずにはいられない。どうか結婚してくれ。ぼくたちは一緒になるべきだ」

ダンの言うとおりだわ。確かに、わたしたちは一緒になるべきよ。ダンを見たり、彼のことを考えたりするだけで、わたしの体は勝手に反応してしまう。彼に吸ってほしくて胸がうずき、期待に胃が締めつけられると同時に両脚のあいだが潤い始める。ダンがジーンズのファスナーをおろしても、ペッパーは止めずに本音を漏らした。「あなたとのセックスはとても刺激的で、すばらしくて、世界を揺るがすような……」

「ああ、そのとおりだ」ダンは彼女の靴を脱がせてから、ジーンズと下着を足首まで引きおろした。「脱いでくれ、ハニー」

ペッパーは足もとにたまった衣類から抜けだした。「でも、自分の身に天罰がくだる前にやめないと」ダンが立ちあがると、彼女は彼の顔を両手で挟んだ。「それにあなたのことも心配なの」胸の奥の不安を打ち明ける。「もしもあなたが命を落としたら？」

彼に優しくほほえみかけられたとたん、ペッパーの心と、膝と、全身がとろけた。「ぼくはもう死なないよ。今はもう……。さあ、また愛を交わそう。今ここで」

ネイピア将軍、軍隊、結婚。それらの不穏な要素が頭のなかで絡みあって渦巻いていたが、ペッパーは欲望や迫りくる死の恐怖に駆りたてられて黙従した。そして彼女の意志に関係なく、ダンの瞳の炎によって体がほてった。

彼がつぶやいた。「ぼくたちが結婚式の招待状を発送する前に愛を交わすのは、これが最後だ」

「だめよ」ペッパーは首を振った。

ダンはその言葉を無視して続けた。「だから楽しんでくれ。さあ、ロープをつかむんだ」

ペッパーが左側を見あげると、ロープの輪が大釘から垂れさがっていた。彼はいったいなにをするつもりなの？

ダンは説明せずにペッパーの手を持ちあげ、彼女がロープの輪をつかむまで待った。「さあ、もう片方も」反対側にも同じように別のロープが垂れている。ペッパーはそれもつかんだ。

ペッパーは壁を背に両腕を広げた格好になった。だらりとはだけたシャツ。胸もとまでさげられたブルーのキャミソール。足で脇によけられたジーンズ。まるで、古い三流映画に登場する純潔を奪われた乙女だわ。でも純潔を奪われた乙女は、わたしと違って相手の男性の表情に見とれたりしないはずよ。ダンの頰は赤くほてり、目は欲望に燃えていた。彼はペッパーの両脚のあいだにひざまずいた。

ペッパーは警戒して脚を閉じようとしたが、ダンは太腿の内側に両手を這わせ、よく見えるようにそっと開かせた。彼の指が秘所をかすめ、さらなる快感を約束すると、彼女の体に甘い戦慄《せんりつ》が走った。「きみはぼくに救ってもらえると信じているのか？　ぼくを信じているかい？」

高まる期待に、ペッパーはほとんど声が出せなかった。「ええ」

ダンはひざまずいたまま彼女を見あげ、目に危険な光を浮かべた。「だったら、わかっているはずだ——ぼくは必ず自分の思いどおりにすると」

ペッパーの手が震えながらロープをぎゅっと握りしめた。ダンはなぜそんなことを言うの？　いったいどういうつもり？　わたしを脅して結婚を承諾させる気かしら？

不意に彼が顔を近づけてペッパーを味わい始め、彼女の頭からあらゆる思考をかき消した。エクスタシーを暗示するようにダンの舌にじらされ、彼女はすすり泣いた。彼の熱い息を受け、体がますます燃えあがり……。

「ああ、ダン。お願いよ、ダン」ペッパーの頭ががくっとさがった。その場に崩れ落ちまいとしてロープをきつく握るあまり、てのひらにかたい繊維が食いこむ。

ダンが敏感な場所に口を当てて吸い、唇で覆って巧みに愛撫すると、ペッパーは恍惚となった。

身を震わせて、彼女はあえいだ。

ペッパーのうめき声や腰の動きに歓びを見いだしたのか、ダンは彼女のなかにいっそう深く舌を滑りこませた。それから舌を引き抜き、またさし入れる。愛の営みを真似た動きだが、そこまでの快感はもたらさなかった。深さも、大きさも足りない。それでも彼が突くたびに勢いを増していくと、ペッパーの欲求は募った。

もっとダンがほしい。彼のすべてがほしい。

今すぐひとつになれなければ正気を失ってしまうわ。「お願い、ダン。あなたが必要なの。わたしを抱いて」

ダンは滑らかにゆっくりと立ちあがり、たくましい体で挑発するようにペッパーにもたれた。今の彼は、かつてないほど大きくて強靭《きょうじん》に見える。ダンのシャツのボタンは留めてあったが、彼女は筋肉質な胸板を押しつけられた拍子に、斜めがけのストラップに気づいた。ホルスターかしら？

なんてこと、彼は銃を身につけているの？

ダンはたこのできた手でペッパーの腕を撫で、腰を動かしてあからさまに求めた。いつの間にか彼がブーツとジーンズを脱ぎ捨てていたことに気づき、ペッパーは危険も苦悩も忘れた。むきだしになったペニスをおなかに押しつけられると、その熱い欲望の証に満たされたくなった。

彼だって、わたしとひとつになることを望んでいるはずよ。さっきよりもか細い声で、ペッパーは懇願した。「お願い、ダン」

彼はペッパーの両脚のあいだに両手を滑りこませ、ヒップをつかんで持ちあげたかと思うと木の壁に押しつけて、両肘で膝を思いきり開かせた。今や彼女は手足を大きく開き、これ以上ないほど自分自身をさらけだしていた。

「よし」彼女を見おろすダンの目が満足そうに光った。「これこそ、ぼくの求めるきみだ」

ペッパーは彼を凝視し、無防備な自分の状態に突然恐怖を覚えた。

ダンはそれに気づいた。もちろん見逃さなかった。もしかしたら、この言葉を口にするために、彼はわたしにこんな格好をさせたのかもしれない。「信じてくれ。きみを傷つけやしないから」

けれどもダンが身を寄せてくると、ペッパーの頭のなかで警報音が鳴り響いた。彼は潤いの中心をペニスで探り、そこを探しあてたとたん、押し入ってきた。徐々に広げられながら、彼女は思った。あまりにも大きすぎるし、強引だわ。ペッパーはすすり泣いて身をよじったが、彼の舌で愛撫された体の奥は欲望で濡れていた。ダンは着実に身を沈めていき、彼女を奪い、自分のものにした。

ついにダンはペッパーのなかに完全に身をうずめ、ぴったりと体を重ねあわせた。彼が息を吸った拍子に、乳首が彼の胸毛にこすれた。ざらついた壁に、彼女のシャツの背中が引っかかる。ダンがペッパーのヒップをつかんで固定すると、彼女はロープを握りしめ、期待に腕を震わせた。

ダンがペッパーを見おろし、ブロンドの髪が額に垂れた。欲望にけぶる瞳は、ペッパーがなにをしようと、どこに行こうと、彼の香りや記憶から逃れられなくなるまで何度も彼女を奪うと告げていた。ありとあらゆる方法で、ありとあらゆる場所で。

ペッパーの視線をとらえたまま、ダンはわずかに腰を引き、再び貫いた。引いては……突き、引いては……突き、短いゆるやかなリズムで子宮の奥まで満たしていく。突くたびに、彼はペッパーの骨盤に下半身を押しつけ、完全に身をさらした彼女は否応なしに快感をあおられた。ダンはゆったりとした動きで、彼女を内側からも外側からも刺激した。同時にまなざしでもペッパーを支配し、彼女が与えられる以上のものを求めた。じらされた彼女は短い叫び声をあげた。

「痛むのか?」彼の低く深い声は、何年間も夢のなかで聞いたものだった。

気だるい恍惚感にとらわれて、ペッパーは答えられなかった。

だが、ダンは動きを止めて質問を繰り返した。「どこか傷つけたかい?」彼女は唇を舐めた。「いいえ」ダンはわたしを傷つけてなどいない。彼がなにをしているのかは……わからないけど、わたしが大丈夫だと言わない限り、ダンは動きださないだろう。

深遠で、謎めいていて、とても親密な行為だわ。だからこそ、わたしはコントロールを失ったことを受け入れられずにいる。ダンに支配されたことや、彼の意のままに快感を与えられていることも。

彼の探るようなまなざしを遮るように、ペッパーは目を閉じた。ダンに……そういうことを許しているのは、わたしも快感を得ているからだ。

ダンにプロポーズされたからでも、ふたりが長すぎる別離を味わった魂の伴侶《はんりょ》だからでもない。人生は短く、愛する人と過ごす時間を享受すべきだと誰よりも知っているからでもない。そういう理由で彼を求めているわけでも、愛しているわけでもないわ。

でも、今は愛情に心を満たされ、ほかの感情の入る余地はなかった。愛情は恐怖を締めだし、彼女を支配した。

再びダンが動き、ペッパーを何度も深く貫いた。彼女は全身で彼を受けとめ、耐えがたいほどじらされた。自分も動きたくてたまらなかったが、ダンと壁に挟まれてその余裕がなかった。身を持ちあげようとすると、彼にしっかりと押さえこまれた。

ペッパーは情け容赦ない欲望に溺れていた。乳首は尖ってかたくなり、痛いほどだ。心臓は激しく打っている。不意に、強烈な歓喜の波にのみこまれた。彼女は小さな叫び声をあげ、身をそらして下半身を彼に押しつけると、その抱擁からあますところなく歓びを得ようとした。

ダンを包んでいる部分が収縮し、彼が根気強く積みあげてきた欲求が最高潮に達すると、痙攣がさらに激しさを増した。彼女はめくるめく絶頂へと導かれた。

そしてダンも……ついにペッパーの求めに応じ、目を閉じて、苦悶と快感に満ちたうめき声を漏らした。彼は激しく彼女を突き、自分を解き放った。妊娠する可能性に気づきながらも、ペッパーの胸は喜びにあふれた。

オーガズムの余韻が引くと、ダンはふてぶてしいほど満足げな表情を浮かべた。ペッパーに額を重ねてこすり、彼女が目をそらす前に視線をとらえた。笑みも浮かべずに彼女をじっと見つめる猛々《たけだけ》しい顔は、われこそが征服者だと宣言し、困難な勝負を制した勝利に酔いしれている。彼は情熱に駆られた恋人そのものだった。

生まれて初めて、ペッパーは自分のか弱さをうれしく思った。わたしはダンの体を隅々まで受け入れただけでなく、この体を味わう権利を彼に与えた。ダンはその権利を利用したのだ。最大限に。

愛を交わすたびに快感が高まり、ふたりの絆は強まった。

ペッパーは呼吸を整えようとして喉を詰まらせ、しゃっくりをした。戸口から吹きこんだそよ風が頬を撫でる。屋根裏でさえずっていた小鳥たちが、開いていた窓から飛びだした。世界は動きを止めていなかったが、その瞬間、彼女の頭のなかにはひと組の男女しか存在していなかった。

ペッパーとダンだけしか。

「ロープを放してくれ、スウィートハート」ダンが彼女の髪に向かってささやいた。「スウィートハート、ロープを放してぼくにつかまるんだ」

言うのは簡単よ。絶頂に達したときにロープをきつく握りしめたせいで、指が硬直している。

じわじわと、ペッパーは手から力を抜いた。腕をおろしてダンの肩を抱き、彼の胸に頭を預ける。

ダンは低い笑い声をあげた。ペッパーをしっかりと壁に押しつけながら、ウエストに両腕を回す。「ぼくに両脚を巻きつけてくれ」彼女が動かないでいると、ダンはつけ加えた。「きみが歩きたいなら話は別だが」

ぐったりした声でうめき、彼女は指示に従った。

ペッパーを壁から離すと、ダンは屋根裏の下にばらまかれた干し草の山へと移動した。そろそろと身をかがめて膝を突いてから、彼女を横たえる。とたんに彼女のまわりで干し草が音を立てた。

身が沈むにつれ、ペッパーは干し草の香りに包まれた。ダンが覆いかぶさってくると、彼の男性的な香りが納屋の匂いを圧倒し、すばらしいセックスと不可解な優しさの記憶が鮮やかによみがえってきた。彼女はダンの重みと、自分のなかの彼自身の感触を味わった。

でも干し草がちくちくして、ペッパーは身じろぎした。「干し草が当たってかゆいわ」

ダンは頭をもたげて彼女を見おろした。「ああ、ぼくもきみを愛しているよ」

彼女の全身に電流のような衝撃が走った。彼は皮肉を言っているの？

別にどうだっていいわ。ダンはわたしにそんなことを言う権利はないもの。ええ、まったくないわ。

つまらない冗談よ。

彼はペッパーを干し草から守ろうとして自分が下になり、彼女の背中を払った。特別なことなどなにも起こらなかったかのように。

だが、そうではなかった。ダンはペッパーがここにやってきた理由を、そして自分の言ったことを、彼女に思い出させたのだ。

彼は結婚してほしいと言った。永遠に一緒にいてほしいと。

棚上げにしていた現実が一気によみがえってきた。今日ダンを愛することや、しばらく一緒に暮らすことはともかく、結婚は……永遠を意味する。そんなふうに彼を愛する勇気はない。ダンが死んだら、わたしも生きていられないし、彼に愛されなくなったら、心が空っぽになってしまう。

もう手遅れでは？

ダンから遠ざからなければ。ペッパーはなんとか肘を突き、震える指でシャツのボタンをはめて、彼から身を引き離そうとした。ダンが彼女のなかから抜けでると、その摩擦で新たな快感のさざ波が立った――それほど激しくないものの、彼がいとも簡単にペッパーを魅了できる証だ。

少なくとも、しばらくのあいだは。

でも、わたしが立ち去ったら、彼は死ぬかしら？

大あわてで下着を探しまわると、ジーンズの片方の脚のなかからようやく見つかった。

わたしたちが愛を交わすのはこれが最後なの？

ペッパーの心の声は、どれも早く逃げろと言っていた。どうなろうとダンがほしいと主張する小さな声を除いて。

素早くショーツとジーンズをはき、ファスナーを引きあげて振り向くと、彼は下半身をあらわにしたまま干し草の上に寝そべっていた。日に焼けた毛深くて長い脚。片方の腿にだらりと垂れたペニスは、いかにも無害そうに見える。穏やかな物腰の記者を演じているときのスーパーマンのように。ダンは両腕の上に頭をのせ、謎めいた表情で彼女を眺めながら待ち構えていた。「ペッパー、きみの行動は気に入らないな。教えてくれ、きみはぼくと結婚してくれるのかい？　それとも、また逃げだすのか？」

24

マサチューセッツ州ボストン

ザックの書斎で、ガブリエルは東洋風の絨毯《じゅうたん》の上を行ったり来たりしていた。ザックはホープを支えて一番快適な椅子に座らせた。妻の足の下にオットマンを置き、水のボトルを手渡す。彼女はそれを嫌悪するように見た。「こんなときこそカクテルが必要なのに、お酒が飲めないなんて」荒っぽくボトルの蓋を外してひと口飲んでから、ザックのほうを向いた。彼女の瞳は愛する者を守ろうとする強い意思に燃えている。「それで、どういうことなの?」

ザックは得意満面な笑みを浮かべた。「ジェイソン・アーバーノが期待に応えてくれたよ。彼はペッパーの逃亡先を突きとめようとして、彼女の顧客たちと会ったんだ。そのうちのひとり、アリゾナ州のヴァーガス上院議員が、ジャッキー・ポーターからEメールを受けとったことを認めた。メールはデンヴァーのインターネットカフェから送信されていて、ネイピア将軍が補佐官を殺してテロリストと共謀していると告発する内容だったそうだ」

ホープは椅子の上で背筋をぴんと伸ばした。「その議員は政府に知らせたの?」

ガブリエルはザックと視線を交わしてから言った。「彼はそうしたとジェイソンに請けあったが、政府の対応については口を閉ざしたそうだ」

ホープの頬がかっと燃えあがった。「どうして?」

ザックは彼女の手を両手で包みこんだ。「よく考えてごらん、ハニー。これは国家の安全にかかわる問題なんだ」

「ザック、あなたにはコネがあるんだから、政府の動向を突きとめられるはずよ!」

「政府関係者には連絡を取って、ペッパーの正体を説明した」彼は辛抱強く言った。「だが、ほとんどなにも聞きだせなかった。あの手の連中は口がかたいからね。彼らはテロリストの問題に関しては明言を避けたが、ぼくたち同様、必死にペッパーを捜索していることは認めたよ」

ホープの顔から血の気が引いた。「そしてネイピア将軍は、捜査当局に事件の真相が漏れないように、ペッパーの死を望んでいる。わたしたち、なぜもっと早くペッパーを見つけなかったのかしら? なぜわたしは――」

ガブリエルはホープが自分自身を責めないうちに口を挟んだ。「それはペッパーがぼくたちに見つけてほしくないと願ったからだ」

その言葉にホープは注意を奪われた。「えっ? どうして?」

「ペッパーは牧師の娘であることをいやがっていた。優等生になるよう周囲から期待されるのにもうんざりして、悪い見本になるようなことばかりしていた」

「ええ」ホープはペッパーより八歳年上だった。「ペッパーはわが家の問題児だって、母がよく言っていたわ」

ガブリエルは続けた。「父さんや母さんが事故死したとき、ペッパーは取り柄のない子だから誰も引きとり手がないだろうと、教会の信者たちが言ったのを覚えているかい？」

その話はザックには初耳だった。「なんて連中だ！　そいつらは八歳の子供に向かってそんなことを言ったのか？」

ガブリエルはいかめしい顔でうなずいた。「役員会は両親が教会の資金を横領したと決めつけ、ほかの容疑者を捜しもしなかった。そのうえ、子供のぼくたちをごみのようにばらばらにしたんだ」

「あの人たちがケイトリンを引きとりに来たとき、ペッパーはひどく動揺したわ。そして、自分の迎えが来たときは金切り声をあげた」ホープはおなかに当てた手をぎゅっと握りしめた。「それなのに、わたしは彼らに協力して、離れるのはほんのいっときだけだとペッパーをなだめたのよ」

「ぼくもそう言った。ペッパーがこの世で愛するふたりの人間が、彼女に嘘をついたわけさ」

真実に気づいたとたん、ホープは涙を流した。「あの子はわたしたちに見つけてほしくないんだわ。きっと、きょうだいに捨てられたと信じているのよ」

「まったく余計なことを」ザックはガブリエルに皮肉たっぷりにつぶやいた。ホープの椅子の肘掛けに座り、妻の首をさすりながら大きな声で言う。「でも、ぼくたちは彼女を見つけだす。そして理解してもらえばいいさ」

ガブリエルは姉にティッシュの箱をさしだした。「それに最悪のシナリオでも、ペッパーの命は救うことができる」

「最悪のシナリオはあの子を救えないことよ」ホープは頬の涙をぬぐった。「それで、これからどうするの？」

内線電話をつかみ、ザックはグリズワルドにかけた。「どんな調子だ？　ちょっとおりてこられるか？」執事が興奮した声で叫ぶと、ザックは受話器を耳から遠ざけた。それをまた耳に戻し、彼は言った。「よし、うまくいってよかった」

ゆっくりとガブリエルが立ちあがった。

「なんなの？」ホープは尋ねた。「なにがうまくいったの？」

「いい知らせがあるんだ」ザックは彼女を安心させるように言った。「グリズワルドが来るのを待って――」

「なにがうまくいったの？」ホープは噛みつかんばかりに詰問した。

ザックが妻をなだめる間もなく、玄関ホールの床を横切る足音が響いた。

勢いよく駆けこんできたグリズワルドは上着のボタンを半分しか留めておらず、ベストにいたってはボタンがまったく留まっていなかった。ザックは長年自分の執事を務めてきたグリズワルドのこんな姿を見るのは初めてだった。

ホープは自分の目の前の床を指した。「さあ、話してちょうだい」

グリズワルドは頭皮にわずかに残る乱れた髪を撫でつけた。「今日、ワシントンDCにいらした旦那様から、ひとつ提案があるというお電話がございました」

ホープは鋭い目を夫に向けた。

ザックは説明し始めた。「きみがホバートから遠く離れたボストンに送られたことをふと思い出したんだ。犯人が家族をばらばらにしようとしていたことを考えると、ペッパーは反対方向に送られた可能性がある」

グリズワルドが続きを引き継いだ。「わたくしはシアトルやワシントンDC周辺の公立学校の記録にミス・ペッパーの名前がないかどうか調べました」

ホープにぎゅっと手を握りしめられたせいで、ザックの指関節がこすれた。

「あの子を見つけたの？」彼女は尋ねた。

グリズワルドは意気揚々と上着の内ポケットから一枚の紙を取りだした。「〝ペッパー・プレスコット、八歳、被後見人。一七年前にシアトルに移住するまでの生い立ちは不明〟彼女は里親に預けられたものの、反抗的な態度のせいで追いだされています。その後、別の里親と暮らし始めましたが、今度は癇癪を起こし、ワシントン州ベリングハムの別の里親へと送られました。そこでもうまくいかず――」

ホープは椅子から立ちあがりかけた。

「さっさと要点を言え」ザックは執事に命じた。

「はい、旦那様。一六歳のとき、ミス・ペッパーはアイダホ州のダイヤモンドという小さな町に送られ、ミセス・パトリシア・ドレイスと一年近く生活をともにしました。それまでの里親のなかで最長期間です。彼女の消息はダイヤモンドから逃げだしたのを境に途絶えました」彼はホープに書類の束を渡した。「旦那様、ミセス・ドレイスのもとに使いの者を送れば、きっと現在の居場所の手がかりがつかめるはずです。そしてミス・ペッパーもおそらく見つかるでしょう」

ホープは書類のなかの一枚をザックに手渡した。「あなたたちふたりはダイヤモンドに直行してちょうだい」

ザックは書類をガブリエルにさしだした。「ダイヤモンドにはガブリエルが行く。会社の自家用ジェット機を使ってくれ、ガブリエル」

「ザック、わたしはあなたに行ってもらいたいのよ」ホープが言った。

ガブリエルは書類を一瞥した。「アイダホ州？　アイダホってどこだ？」

「西部の州でございます」グリズワルドが答えた。

「ザック」ホープはふかふかの安楽椅子から立ちあがろうとあがいた。「あなたが行ってちょうだい！」

ガブリエルとグリズワルドはホープを無視し、彼女の怒りを受けとめる役目をザックに任せて、そそくさと部屋をあとにした。ザックは妻に向かって首を振った。「日帰りで出かけるのはかまわない。すぐきみのもとに駆けつけられるとわかっているからね。でも、ダーリン、きみがなんと言おうと、いくら泣き叫んで怒ろうと、ぼくはどこにも行かないよ。出産を間近に控えた妻のそばからは離れない」

25

ぼくはペッパーに結婚を申しこんだ。

無意識に飛びだしたプロポーズに、ダン自身も驚いていた。

だが、ぼくが驚いたとしたら、ペッパーは衝撃を受けたと言っても過言じゃない。苦しそうにこわばった表情からして、まだショックから立ち直っていないようだ。彼女はジーンズの腰に両手を当てたまま、希望と絶望の入り混じった瞳でぼくを凝視している。そのまなざしから、ペッパーがぼくを愛していることや、それを拒絶していることがわかる。

「結婚するのは理にかなっているよ」そうとも。ぼくはペッパーに欲望を抱いているし、ありとあらゆる方法で彼女を自分のものにしたいと考えている。結婚も含めて。ティーンエージャーの頃は、彼女と過ごすときの開放感や興奮が気に入っていた。ふたりで自由を謳歌しながら……一緒にいたいと夢見たものだ。

当時のぼくは愚かな理想家だった。

だが今は現実的になり、自分が求めるものや、それを手に入れる方法を心得た大人になった。うれしいことに、ペッパーにもそんな現実的な一面が見られる。ダンは立ちあがってジーンズを拾いあげ、ゆっくりとはいた。「以前ここに住んでいたときは、きみは永遠の関係を築く準備ができていなかった。いや、ふたりともそうだ。でも、お互いに年月を経て変わった。きみは事業を営み、ぼくは小隊を指揮している。もうふたりとも子供じゃない」

ペッパーはシャツのボタンをもてあそんだ。「ええ、お互い成長して変わったわ」

「きみは牧場を相続したが」彼はブーツを引っ張りあげた。「それを切り盛りするのに手助けが必要だ。ぼくならきみの力になれる」

彼女はダンをきっとにらむなり、目をそらした。「この牧場を手に入れるために、わたしと結婚しようとしているのね？」

「そんなことは言っていない。ぼくは軍隊で稼いだ金を投資してきた。その資産はきみの牧場の設備改善に大いに役立つはずだ。それにぼくは結婚の持参金も用意するつもりでいる」彼は冗談めかして言った。「きみが土地を提供し、ぼくが現金を用立てする。まさに理想的な組みあわせじゃないか」

「わたしと結婚するためにお金を払ってもらいたくなんかないわ。わたしの命を救ってくれたら、それで十分だと思わない？」ペッパーは辛辣に訊いた。

ダンは自分が戦っているのは利益や、賞賛や、花嫁を得るためだとほのめかされ、血が煮えたぎった。「じゃあ、きみの命を救えば、それを結婚持参金と見なしてぼくと結婚してくれるのか？」

彼女は自分を恥じるだけの礼儀はわきまえていた。「いいえ、とんでもない！　そんなっもりで言ったんじゃないわ」

「言っておくが、きみがどんな決断をくだそうと、ぼくはきみのことを守る。それがぼくの使命だ」

「そんなこと、わたしたちの相性とはいっさい関係ないわ」

「へえ、そうかな？」ダンは皮肉たっぷりに言った。

「あなたは自分の家族が認めないような、よそ者の女性と結婚したくないはずよ」ペッパーは壁に寄りかかって靴下を引っ張りあげ、靴紐《くつひも》を縛った。「絶えずトラブルに巻きこまれるような女性とは」

かたくなにダンを見ようとしない彼女に、彼はいっそう怒りを募らせた。「きみの話はさっぱり理解できない。一時間前、きみはぼくのもとにやってきて、ネイピア将軍のことを打ち明け、すべての問題の解決をゆだねてくれた。それなのに、今は自分が地元出身かどうかなんてことを気にしているのか？　ぼくの親父が認めるかどうかなんてことを。きみが――」ダンはがらんとしたサムソンの馬房のほうを指した。「あのろくでなしと比較した、ぼくの親父のことを」

「ネイピア将軍のことを打ち明けたのは、あなたが殺されてほしくないからよ。それにプロポーズしたのはあなたのほうでしょう」

彼はペッパーの良識に訴えようとしたが、ことはそれほど単純ではなかった。できれば理性的に処理したかったものの、彼女を引きとめるためなら、ぼくはどんな手段もいとわない。

どうしてもそうしなければならないというのなら、感情のことを持ちだすまでだ。「きみはぼくを愛している」

ペッパーは否定しなかった。

「きみはぼくを必要としている」

やはり否定しなかった。

「ふたりで幸せな結婚生活を送ろう」

それに対して、ペッパーは食ってかかった。「わたしたちは一緒にはいられないわ。あなたはまだ軍人だと認めたじゃない。どうせ家を留守にして、イラクかフィリピンか南アフリカ辺りに行くんでしょう」彼女はダンの腕のなかであえいだり悶《もだ》えたりしたことなどないかのように、冷ややかな目で彼を見据えた。「あなたは任地へ向かい、わたしはここに残って、いつあなたの死亡通知が届くか不安な毎日を送ることになるのよ」

そうか。なぜ気づかなかった？　ペッパーはぼくが軍人であることがいやなのだ。彼女が愛する人を何人も失ってきたことを思えば、それも当然だろう。ただ、たとえ可能だとしても、来るべき事態を変えるつもりはない。テロリスト組織が総力をあげてぼくを襲撃しようとしている今は。この復讐はなんとしてもやり遂げなければならない。

情熱に溺れても警報には気づく自信があったが、ダンは財布から通信機を取りだして確認した。やはりジャッフェ大佐からの連絡はない。ぼくとペッパーには、問題を解決する時間があと少しある。ほんの少しだが。「ぼくにはきみを守る以外にも責任がある」

「もちろんそうでしょうね。あなたはまだ軍人だもの。しかも特殊部隊に所属しているなんて、信じられない」ペッパーは倒れそうによろめいた。「九年前、あなたと一緒にいたとき、わたしはあふれんばかりの……」

彼女が言いよどむと、ダンは言葉を継いだ。「愛情を感じたんだろう」

「いいえ、情熱よ」ペッパーは彼をにらみ、若い頃の反抗的な彼女を彷彿させる力強い声で大胆に言った。「激しい情熱を感じたわ。でも過去の経験から、大事な人はみんなわたしから離れていくと知っていた。里親も、実の家族も、誰も彼も」

ダンはその言葉を受けとめ、彼女の言わんとしたことに気づいて愕然とした。「ほかの誰もがきみから離れていったせいで、ぼくを捨てたのか？　だから、また同じことをするつもりなのか？　いったいなんなんだ？　これはゆがんだ復讐の一種か？」

「どうせあなたには理解してもらえないとわかっていたわ」

彼はこんな戯れ言《ざれごと》につきあうほど忍耐強くなかった。「似たようなせりふは前にも聞いた」怒りがふつふつと煮えたぎり、爆発する瞬間を待ち構えている。「ぼくを納得させてみろ」

ペッパーは喧嘩腰にはっきりと告げた。「わたしはあなたに捨てられて傷つかないように逃げだしたのよ」

「きみがぼくの人生を――ふたりの人生を――台なしにしたのは、ぼくに裏切られることを恐れたからなのか？」

「ほかのみんなは――」

「ほかのみんななんて関係ない！　ぼくはそんな連中とは違う！」

「あなただってきっと――」

「いつそうした？　いつぼくがきみを裏切った？」

「わたしの両親も――」

「でも、ミセス・ドレイスは裏切らなかった。ぼくもそうだ。きみを裏切ったことは一度もない」

ペッパーはてっきりダンにつかまれてベッドへ連れていかれ、自分が昔抱いていた不安がいかにちっぽけなものか思い知らされるだろうと思った。でも、彼はわざわざ誘惑する必要はない。わたしは身も心も彼を求めているのだから。

予想に反して、ダンはくるりと向きを変え、修理が終わっていない椅子をつかんでまたがった。腰をおろし、椅子の背の横木をつかむ。「よく聞いてくれ。ぼくはきみを傷つけた人たちとは違う。きみのことは決して傷つけないと誓うよ」

「多分そうでしょうね。でも、心を開こうとすると――」彼女は両腕を大きく開いた。「木のてっぺんに必死でしがみつく猫のようにコントロールを失うまいとする自分に気づくの。木のてっぺんは孤独で恐ろしい場所だけど、飛びおりるほうがもっと怖いわ」そう言って、自分の体を抱きしめる。「わたしは心を開けないかもしれない。あなたとベッドをともにして苦悶と至福と胸をえぐられるような情熱を味わったせいで、すっかり無防備になって、永遠に一緒にいられないかもしれないと思うと心が張り裂けそうだから」

ダンはダークブラウンの瞳でペッパーの苦悩や不器用さを読みとり、彼女が打ち明けるつもりのなかったことまで耳にしたかのようにうなずいた。「言ってくれ」

彼女はとぼけた。「なにを?」

「いいから言ってくれ」

「もうわかっているくせに」

彼は無言で食いさがった。

静かにペッパーは降伏した。「あなたを愛しているわ」

ダンは立ちあがって椅子を脇に放った。竜巻のような速さでペッパーに駆け寄って抱きしめ、信頼をたたえた大きな瞳を見おろす。彼女はダンの胸に拳を押し当て、彼を押しとどめようとしたが、彼は一流の策士だった。ダンのぬくもりがペッパーを包みこむ。優しい笑顔などめったに見せない彼にほほえみかけられ、彼女の防壁が崩れた。「ぼくと結婚したことを決して後悔させせないと誓うよ」

「わたしはそんなこと望んでいな——」

その言葉を遮るように、ダンはキスの雨を降らせた。口に舌を滑りこませて彼女の舌と絡ませ、やすやすと誘惑していく。

ペッパーのまぶたが震えながら閉じた。やがて開き、また閉じる。

ダンの両手が動き始めた。片手で彼女の背中をあたためながら撫でおろし、ヒップをつかんで持ちあげると、自分の股間へと押しつけた。そして、もう一方の手で彼女の頭を包みこんでから、首や背中の緊張をほぐした。

再び燃えあがりながら、ペッパーは気づいた。そうよ、わたしは降伏する必要なんてないんだわ。どうせ彼はわたしの抵抗など存在しないかのように無視するだけだもの。

彼女は頭を傾けて口を開き、ダンを味わい、彼の舌を吸って、どんどん深まっていくキスの感触に溺れた。

ダンの生みだす官能的な誘惑はすばらしかった。彼の指が動くたび、ペッパーの産毛が逆立った。彼の唇が動くたび、彼女の口からかすかなうめき声が漏れた。多分、さっき彼に征服された余韻で体があたたまっているんだわ。だから新たな情熱への期待が高まって、あっさり屈してしまうのよ。でも、無言で約束を告げ、わたしに惜しみない快感を与えようとしてくれる男性を拒むことなどできない。

陽光を浴びて徐々に花開くつぼみのように、ペッパーは拳を開き、ダンの胸に押し当てた。その両手を肩や首へと滑らせてから彼の頭を包んで、散髪したばかりの髪の感触を楽しんだ。ダンは自分の体で彼女の全身をあたため、彼と一緒にいれば懸念や問題がすべて消えてなくなると信じこませようとした——そんなはずはないのに！

ペッパーはダンとともに息を吸い、鼓動が重なった。彼のリズムに導かれて。

やがて、彼はゆっくりと身を引きながら重ねあわせた唇から力を抜いていき、とうとう完全に体を離した。

ペッパーは彼に見つめられているとわかっていた。わたしが目を開くのを待ち構えているんだわ。

ダンはわたしに結婚しようと言ったけれど、愛しているとは言わなかった。本気でそんな言葉は口にしなかった。

彼はなんと言っていたかしら？　ああ、そうよ、思い出したわ。

〝結婚するのは理にかなっている〟と言ったのよ。情熱的な告白ではなく、気まぐれな愛情と絶えまない欲望、過剰なまでの保護欲を示しただけ。

彼女はさっと目を開け、ダンの肩を押しやった。「それじゃ足りないわ」

彼はペッパーを放そうとしなかった。「くそっ、ペッパー！　きみは世界一強情な女だな。いったいぼくになにを求めているんだ？　きみのために血を流せばいいのか？」

ペッパーはぱっと喉に手を当て、彼を凝視した。ダンの顔の傷やおなかに走る傷痕を見て、なぜ彼を手に入れることができないかを思い出した。「いいえ、そんなこと望んでいないわ。わたしのために血を流してほしくなんかない」彼女は戸口へと歩きだした。

だが、ダンに腕をつかまれた。「きみは不安にとらわれて、ぼくたちがわかちあっているものを捨てる気か？」

「ええ、そうよ。だからなんなの？　あなたにはわたしの気持ちなんてわかりっこないわ！　わたしがこれまでどんな思いをしてきたか知らないんだから」

彼は判事のようにペッパーを見おろした。「除隊してほしいとぼくに頼みもしないのか？」

彼女は言葉を失った。彼に頼むですって？　除隊してほしいと？

「ぼくが除隊すると言ったらどうする？」

ダンが除隊してわたしと一緒に暮らすと言ったら、彼と結婚するの？

わからない。わたしにはわからないわ。ペッパーは彼の手を振りほどいて言った。「さっき、わたしを避難場所に送ると言っていたわね。今すぐにそうしたらどう？」

ペッパーが大股で母屋に向かっても、ダンは追いかけてこなかった。憤慨するあまり、彼女はそれをうれしく思った。激しい怒りに涙があふれ、頬を伝う。いらだたしげにぬぐっても、涙はとめどなく流れ落ちた。

母屋に入り、ばたんとドアを閉める。少し乱暴にふるまったせいで気分が晴れた。ダンはこれから戦いに向かうのよね。きっと、死ぬ前にセックスせずにはいられなかったんだわ。彼はわたしと結婚したいと……。思いがけず、すすり泣きが漏れた。あわててバスルームに駆けこみ、ひと握りのティッシュをつかんだ。

もう泣きやんで、自分のすべきことをしなければ。わたしはダンに秘密を打ち明けた。彼はしかるべき捜査機関に連絡を取って、わたしは安全な場所に避難することになった。そして彼は二度と戻ってこないかもしれない――今回か、次回か、その次は。

わたしはそんなふうに、もしかしたら……と思いながら生きることはできない。

どうしてダンは、わたしがまた彼に恋する前に教えてくれなかったの？　そうしてくれていたら、こんなに苦しむことはなかったのに。ダンが悪いのよ。みんな彼のせいだわ。彼のことなど愛したくなかったのに。

ダンのベッドルームを通りすぎようとした瞬間、なにかがペッパーの目に留まった。そのきちんとした古風な部屋は、ミセス・ドレイスの生前のままだった。真鍮《しんちゅう》製のダブルベッド、レースのカーテン、チェスト、木の椅子。ただし、ダンのベッドの上には形のはっきりしない茶色のものがうずくまっていた。りすかしら？　ペッパーは茶色い生き物を警戒させないようにして歩み寄り、それが人形だとわかった瞬間、間抜けな気分になった。その手作りの人形は汚れていた。頭の生地に縫いつけられた黒いボタンの目と、長い不格好なワンピースから突きでた片手がなければ、人形とはわからないような代物だった。

当惑しつつ、痛々しい人形をそっと手に取る。脚がだらんと垂れ、今にも外れてしまいそうだ。思わず赤ん坊のように人形を抱き、頭と背中を支えて、焦げた顔を撫でた。誰かがインクで描《か》いた赤い口と額の黒髪はもう消えかけている。色褪せたブルーの布が頭を包み、頭のつけ根が胴体と縫いつけられていた。

人形は丁寧に手縫いで作られていて、かつては大事にされていたことがうかがえる。でも、頬やワンピースに焼け焦げた跡があるのはなぜ？　どうして片腕がないの？

ダンが戸口から言った。「その人形はぼろぼろだろう」

ペッパーは彼が追いかけてきたことに驚かなかった。「どうしてこんな状態になったの？」

人形を撫で続けながら、ペッパーは火事を連想した。恐ろしいことだが、世界を揺るがすほどではない災害を。

だが、返ってきた答えは世界を揺るがすようなものだった。「爆発で吹き飛ばされたんだ

──その人形の母親役だった四歳の女の子と一緒に。でも、人形は生きのびた」

ペッパーは呆然として、さっと彼を見た。「誰かが故意に子供を殺したの?」

ダンはすでにシャツの上からホルスターを身につけ、ひと目ではわからないようにダウンベストで隠していた。「連中はその子の両親を殺害した。子供を殺したのはいわばおまけで、アメリカ軍に協力しようとする者に対する脅しだった」ダンは静かな口調で恐ろしい惨事を語った。彼が人形を持っているということは……。

あまりのショックでぼうっとしながら、ペッパーは尋ねた。「あなたは……その場にいたの?」

「ぼくはその両親から情報提供を受けていた。さっきも言ったとおり、ぼくは特殊部隊に所属している。さらに詳しく言うと、対テロリスト特殊部隊を率いていた」彼は頬の傷痕に触れた。「光に照らされて髪がちょうどいい色合いになると、ぼくは南アジア人や中東人、モンゴル人のように見えるんだ」

それを確かめるように、彼女はダンをしげしげと眺めた。「彼らの言語も話せるの?」

「片言しか話せない言葉もあれば、かなり流暢《りゅうちょう》にしゃべれるものもある。ぼくはさまざまな役を演じ、多くの陰謀を未然に防いで、大勢の命を救った。ただ、全員は救えなかった」ダンは人形を指した。「あの家族には、決して彼らの身に危険が及ぶことはないと保証した。誰にも正体を見破られないと高をくくり、自分は極めて慎重だと過信していたんだ」彼は人形の額に描かれた髪に触れた。一瞬、彼の仮面がはがれた。「ぼくは幼い少女を膝にのせて、彼女の父親と話した。あの子は大きなブラウンの目に愛らしい笑顔の、とてもかわいい子だったよ。彼女の父親がわれわれの情報提供者になったのは娘のためだ。娘にもっといい暮らしをさせてやりたかったんだよ」

ペッパーはダンに憤り、忘れられない記憶に苦しんでいるのは自分のほうだと言いたかった。だが傷ついた彼を見て、醜い現実に直面した。わたしはなんてわがままだったのかしら。これまでずっと、自分の境遇について泣き言ばかり言ってきた。でもダンのしたことや、その理由を聞いて、わたしが経験したどんなことより、彼の味わった苦痛のほうがより深刻で耐えがたいとわかった。

「その翌日、問題が起こったという知らせが入り、ぼくは数人の部下を連れて駆けつけた」宙を凝視するダンの瞳孔が広がり、魂の闇を映しだした。「到着した瞬間、目の前で家が爆発した。悲鳴は聞こえなかった。ぼくたちは爆風に吹き飛ばされた。それから何時間も耳が聞こえなかったが、視覚と嗅覚《きゆうかく》はちゃんと機能していた。辺りには煙や、炎や、皮膚の焼ける異臭が漂っていた。彼らの家の跡には瓦礫《がれき》の山しかなかった」

ペッパーはそういうシーンを何度も映画で見たことがあった。大きな爆音が響き、爆風で漆喰《しつくい》や小石が飛び散って、そこらじゅうに血や肉が散乱している場面を。

でも、これは現実だ。実際に起きたことだ。彼女の脳裏に、ショックを受けてぼろぼろに傷ついたダンが家の残骸に駆け寄り、前日会った少女を捜そうとする姿が浮かんだ。「それで、この人形は?」

ペッパーがそこにいることに驚いたかのように、ダンは彼女を見つめた。「ああ、その人形はぼくの足もとに飛んできたんだよ」

恐怖とともに、ペッパーは人形のスカートについた茶色の染みに目を留めた。「これはその女の子の血なの？」

「いや、ぼくの血だ」ダンは自分の腹部に触れた。「病院に担ぎこまれたときも人形を手放さなかったから」ナイフのように鋭い目つきで、彼はペッパーを見た。「対テロリスト特殊部隊のメンバーはみな同じ運命をたどる——負傷するか、苦痛に耐えかねて身を引くか、命を落とすか……復讐を望むようになるか」

その達観したような言葉の響きに、彼女はたじろいだ。

「ぼくは哀れな少女や、あの子がどんな大人に成長しただろうということしか考えられなかった。なんて痛ましい死だ。邪悪な陰謀や巨万の富のせいで、美しさや才能や知性が失われてしまった」

ペッパーはナイトテーブルに人形を置いてダンのほうに向き直り、両腕を回して思いきり抱きしめた。彼の心から一日たりとも消えない苦しみを吸いとろうとして。

彼は抱擁を返さなかった。「ぼくは自分の任務を遂行し、正しいことを行った。退院後、あの家族やわれわれを裏切ったやつを捜しに行ったんだ」

ペッパーはぞっとして体をこわばらせた。ダンは自分もほかの英雄のように命を落とすかもしれないと思わなかったのかしら？

いいえ、もちろん思ったはずよ。きっと誰よりもそのことをわかっていたに違いない。

「裏切り者は見つかったの？」

「ああ。ぼくはそいつを殺した」ダンの体が地震に襲われたように震えた。「危うく殺されかけたが、やつの息の根を止めた」

ペッパーはダンの胸に額を押しつけ、鼓動に耳を澄ませた。「あなたを誇りに思うわ」

彼はペッパーの激しい抱擁に応えたくないのか、直立不動だった。だが、とうとう彼女に腕を回し、同じようにきつく抱きしめてきた。

ダンの鼓動がペッパーの頬に伝わり、頭のなかに響いた。筋肉質なダンの体は彼女からエネルギーを吸収し、それを一〇倍にして返してきた。ペッパーは彼にあふれんばかりの愛情を感じた。苦痛や嫉妬を伴わずに彼への愛を実感したのは、これが初めてだ。こんな記憶を抱えながら生きている男性を、どうしてうらやむことができるだろう？

ダンのこわばった顔を見あげ、ペッパーはその真意を理解した。彼が仮面をつけているのはわたしを困惑させるためではなく、父親や、彼に守ってもらったことを知らない町の住民や、わたしに心の痛みを隠すためだ。

すべてを理解した彼女は、ダンを思って胸が締めつけられた。「あなたはその女の子を救えなかったのね」

ダンはたじろいだ。その瞬間、彼が毎日向きあっている苦悩がまた垣間見えた。「ああ」

「あなたには世界を救うことはできないわ」

「ぼくがそう言われるのは初めてだと思っているのか?」彼の悲嘆に暮れる瞳を見つめるうちに、ペッパーの瞳も涙で潤んだ。

「でも、あなたはそれを信じていないんでしょう」ダンの手をつかみ、彼女はそのてのひらにキスをした。そして彼の手を両手で包みこんだまま言った。「あなたのことを心から誇りに思うわ」

「同情なんかまっぴらだ」

「同情などしていないわ。わたしは決してあなたを哀れんだりしない。あなたがつらい目に遭ったことは気の毒だと思うけれど、今の話を聞いて——」彼女はナイトテーブルに置いた人形に触れた。「いろんなことに気づいたの」

「いろんなことって?」

ペッパーは羞恥心を振り払うように咳払いをした。「たとえば、家族のいない里子よりつらいことが世の中にあるとわかったわ。それにあなたとわたしは——魂に傷を負ったわたしたちは——お互いの傷を癒せるはずよ」

ダンは驚いて眉をあげた。「ああ、そのとおりだ。それは取るに足りないことじゃないよな?」

「ええ、とても大事なことよ」

「ぼくは決してきみを傷つけないと約束する。でも、ひとつだけやらなければいけないことがあるんだ」彼の唇がいかめしく引き結ばれた。「仕返し、復讐、なんと呼んでくれてもかまわない」

気に入らない答えが返ってくるのを承知で、ペッパーは尋ねずにはいられなかった。「なにを……しなければならないの？」

「われわれはぼくが殺した男の父親を何年もとらえられずにいる。そいつは国際的なテロリスト組織のボスで、この世でもっとも狡猾《こうかつ》な男だ。だが、そいつには弱点がある。ぼくを殺したがっているんだ」

「だから、あなたはここにいることを彼に知らせたのね」これですべてが明らかになった。「ここの警備がこんなに厳重で、あなたが常に銃を持ち歩いているのはそのせいなのね。あなたは療養しているだけじゃなく、おとりなんだわ！」

「そうだ。もうあまり時間はないが、これだけは伝えておきたい。この作戦が終われば、ぼくは名誉除隊することができるし、そうするつもりでいる」

「わたしはそんなこと頼んでいないわ」

「ああ、わかってる。これはぼくからきみへの贈り物だ」

ダンはわたしを愛しているの？　ええ、そうかもしれない。これが感情表現の苦手な男性なりの、愛情の示し方なのかもしれない。ペッパーはかろうじて言葉を絞りだした。「わたしはあなたのもとにネイピア将軍まで導いてしまったわ」

「大丈夫、ぼくに任せてくれ」

四歳の女の子の死を悼んで、ダンは自分の身を危険にさらしている。その理由がやっとわかった。勇敢な彼は正しいことをしようとしているんだわ。それがいかに困難で、命にかかわるほど危険でも。

わたしだって同じことができるはずよ。

26

ペッパーは夏のそよ風のように、そっとダンに口づけをした。「あなたにはやるべきことがあるわ。部下が怪我をしないようにする準備が。わたしも避難場所に持っていく荷物をまとめないと」

そうだな。確かにぼくは戦いに備えなければならず、ペッパーは荷造りをすべきだが、彼女を手放すなんて耐えられない。でも、それは職務怠慢に当たる。もう一度だけキスをしてから、ダンは彼女を放した。「小さなバッグに歯ブラシと着替えと必需品だけ詰めるんだ。今週中には戻ってこられるから」

「よかった」ペッパーはほほえんだものの、唇はこわばり、目は不安そうに見開いていた。

「心配することはない」彼はなだめるように言った。「ちゃんと間に合うようにきみを避難させるよ」

「ええ、わかってる」彼女はまたダンにキスをした。「あなたも大丈夫よね?」

「町にふたり部下がいて、牧場にもひとり待機している。部隊は所定の位置についているし、テロリストが現れたら迎え撃とうと待ち構えているよ。それに不利な戦いに慣れていなければ、われわれは兵士として失格だ」

その言葉にペッパーが安堵した様子はなかった。むしろ不安が募ったように見える。だが、彼女はぐっと顎をあげた。「わたしも大丈夫よ。それに、なんだって最後には必ず大団円を迎えるのよね？」戦場に向かう兵士のように、彼女は戸口へ向かった。部屋から出る寸前に立ちどまり、振り返ってダンをじっと見つめる。そして、ひどく真剣な声で言った。「あなたを愛しているわ。これが片づいたら結婚しましょう」

ペッパーが自分のベッドルームへと姿を消すのを、ダンはじっと見送った。妙だな。彼女はぼくが死ぬ可能性を恐れながらも、ここから出ていくのが待ちきれないようだ。ふと、いまわしい考えが頭をよぎった。

彼女は自分の身の安全しか頭にないのだろうか？

気がつくと、ダンは古い床板がきしまないように忍び足で歩いていた。キッチンやダイニングルームを覗いたあと、ペッパーのベッドルームのドアへと向かい……。

一瞥しただけで、ペッパーがそこにいないことがわかった。こんな状況では民間人がパニックに陥るのは当然だと自分に言い聞かせ、バスルームへと直行する。だが、そこにも彼女の姿はなく、ダンはベッドルームをあとにしながら憤りを覚えた。危険に直面すると、大半の人間は死を恐れて逃げだす。

でもペッパーは……決まって毎回逃げだした。とりわけ、ぼくのこととなると。歯ぎしりをしながらポーチに出て辺りを見渡すと、古い上着を着た彼女がバックパックを肩にかけ、彼の鍵束を指からぶらさげて、トラックへと向かっているのが見えた。

ペッパーはぼくに愛を告白し、結婚にも同意した。だが、あの言葉は真実を覆い隠すためのものだったのだ。そして彼女はまた逃げようとしている。献身的な愛を誓ったあとで、ぼくを捨てる気だな。ダンは足音を立てずに芝生を横切って未舗装の私道を進み、彼女を追いかけた。

ダンが飛びかかろうとした直前、ペッパーが背後の気配に気づいて振り向いた。彼女は怯えたまなざしを浮かべ、とっさにトラックへとジャンプした。彼はその腰にタックルをかけた。ふたりの体が宙に飛んだ瞬間、彼はペッパーの下になるように身をひねった。バックパックも放りだされた。

ふたりは私道の脇の芝生を転がりながら、同時に口を開いた。

彼女は言った。「お願い、放して。わたしはまたあなたに災難を招いてしまったわ」

「きみはぼくのものだ。ほかの男とつきあうなんて許さない」ダンは自分の言葉や思いに愕然とした。そんなことを考えているなんて気づきもしなかった。

「いいから、話を聞いてちょうだい」ダンに覆いかぶさりながら、ペッパーは彼の顔を両手で包みこんだ。「ネイピア将軍が狙っているのは、このわたしなの。わたしがここから立ち去れば、彼女はきっと追っ手をさし向けるはずよ。将軍がそうやってテロリストをふた手に分ければ、あなたは戦いやすくなるわ」

「嘘だ。きみは怖いから逃げるだけだろう」

彼の容赦ない侮辱に、ペッパーは視線を落とした。「わたしがここから出ていくのは、あなたを助けるためよ」

ダンは逆上した。「そんな戯れ言はやめてくれ。きみが何年も誰ともつきあわなかったのは、恋人と永遠の関係を結ぶのが怖かったからだ」ペッパーが凍りつくと、彼は自分が真実を言い当てたと確信した。「ああ、そうに違いない。誰かを愛したら、そこにとどまって愛を育《はぐく》む努力をしなければいけないから、逃げるほうが楽だよな」

彼女は身をよじってダンの腕を振りほどこうとした。「ばかなことを言わないで」

ようやくペッパーのことが理解できた。これですべてが明らかになったぞ。「だから、ぼくがきょうだいを捜すように言ったとき、あんなに腹を立てたんだろう。きみが家族のことを知りたがらないのは、自分が彼らに釣りあわないんじゃないかと不安だからだ」

彼女は必死にもがき始めた。「わたしの家族のことは今関係ないでしょう」

「ああ、今問題なのは、きみがぼくを愛していると言ったことだ。今回の件が片づいたら、ぼくと結婚すると約束したのに、それを破ろうとしている。トラックに乗ってぼくから遠ざかれば、何カ月もの月日と百万ドルをかけて準備した作戦をぶち壊すことになるんだぞ。それに気づかなかったのか？」

「ええ、そんな話はひと言も聞いてないもの」

「話す必要はないと思ったんだよ。きみはしかるべきときに避難させてもらうのを待つと思っていたから。なぜそう思ったのかって？　それはきみが避難場所に持っていく荷物をまとめると言ったからだ！」傷心のあまり、ダンは怒鳴った。ぼくは――またしても――愛する女性に捨てられた。心から愛している女性に。思いやりと賞賛によって、ぼくを生き返らせてくれた女性に。ぼくが少女を救えなかった苦悩を打ち明けた唯一の女性に。ぼくの最愛の女性に。彼女は命の危険はおろか、ぼくと一生をともにする危険にさらされていると気づいたとたん、出口を求めるごきぶりのように一目散に逃げだした。

彼女はたじろいだ。「それは誤解よ。わたしは戻ってきて、あなたと一生をともにするつもりで――」

ペッパーの誠実そうな態度に嫌気がさし、ダンは彼女を突き飛ばして尻もちをつかせると身を起こした。「心配しないでくれ。今回ぼくが生きのびたとしても、約束を守らせたりしないから。きみのことなんか、もうほしくない。きみはとんだ臆病者だ」

ペッパーは膝を抱えて身を丸め、まるで夢を打ち砕かれたかのようにダンを見つめた。あのまなざしは……。彼女の瞳に浮かぶ表情に、ダンは見覚えがあった。こんな目を前にも見たことがある。あの子を腕に抱いたとき、少女は苦痛を伴う死のショックと呆然自失の表情を浮かべていた。

ペッパーが同じ表情をしていることに愕然とし、ダンははっとわれに返った。彼女はぼくが少年だった頃も、大人になった今も愛している女性だ。とても複雑な女性で、仮に人を信頼したとしても、そう簡単には相手に心をゆだねない。ぼくは自分の直感を信じるタイプだが、これまで彼女が不誠実だと感じたことは一度もなかった。

それなのに、トラブルが起きそうだという強力な直感だけに耳を傾けてしまった。だから裏切りに身構えていた。そして、ペッパーが過去にとらわれて人間関係をことごとく破壊していると責めたてた。ぼく自身も同じ過ちを犯していたのに。彼女を愛していることに気づいたとたん、ぼくはパニックに陥り、愚かなことを口走ってすべてを台なしにした。それどころか、最愛の女性を傷つけてしまった。ダンはつぶやいた。「ぼくがばかだった」

ペッパーは肩を落とし、唇を震わせて、目に涙をためていた。

「聞いてくれ、ペッパー……」いったいどう説明すればいいんだ？

今にもノイローゼになりそうな女性のように、彼女はぎこちなく立ちあがり、悲痛な声でむせび泣いた。演技かと思うほどの大声で。

「すまない。泣かないでくれ」ダンも立ちあがり、彼女を抱きしめようとした。

ペッパーは勢いよくダンにもたれかかった。彼は不意を突かれ、次に起きることをまったく予期していなかった。

彼女はダンの手首をつかみ、彼の膝の裏に踵を引っかけるなり、なぎ倒した。

ダンは仰向けに倒れたものの、訓練された体が即座に反応して、さっと立ちあがった。

裏切られて傷ついた恋人の面影は一気に消え、ペッパー・プレスコットは堂々と背筋を伸ばして立っていた。まるで害虫を見るような目でダンを見据え、彼の手の届かない距離へと素早くあとずさりした。その手には銃が握られている。ダンのホルスターにおさまっている拳銃と同じ、九ミリ口径のベレッタだ。

彼は自分のベレッタを手探りしたが、見つからなかった。

ペッパーは誰にも成し遂げられなかったことをやってのけた。ぼくから銃を奪いとったのだ。

彼女はダンの目つきに震えあがってもおかしくなかったが、完全に頭に来ていた。いや、そんなものではすまない。逆上して怒り狂い、さんざん自分を傷つけた彼を殺したい気分だった。ほかの人々同様、彼女を裏切ったダンを。彼に憎しみを覚えるのは……愛しているからだ。それなのに、彼はわたしの心を引き裂こうとした。

ネイピア将軍のように冷淡な声で、ペッパーは言った。「わたしに永遠の真理を思い出させてくれてありがとう、ダン。一瞬忘れていたわ。みんな自分のことしか考えず、誰もわたしみたいな取るに足りない人間など信用しないのよね」

彼はペッパーを押さえこむチャンスを推し量るように、彼女と拳銃とトラックに交互に目をやった。「銃をしまうんだ。きみにはぼくを撃てない」

険しい声で彼女は言った。「どうぞ、その仮説を試してみたら」

ダンはペッパーがしっかりと握る拳銃の冷たい銃口を見つめてから、彼女の目をじっと覗きこんだ。

彼女は自分を駆りたてる怒りを見せつけた。

ダンは動けなかった。

ペッパーはほほえんだ。唇の端をわずかにあげただけだが、それさえ苦しげだった。「賢明な判断ね。いい、よく覚えておいて。わたしは臆病者でも嘘つきでもないし、あなたがたった今侮辱したような女性でもないわ。あなたを撃つ口実があれば、すごくうれしいもの」

「ああ、わかったよ」

「じゃあ、今後の計画を聞かせて。勝手に出ていけないなら、いつどこにどうやって避難させられるのか把握しておきたいから」

「ぼくの部下にきみを見張らせて――」ダンは部下の到着を期待するように辺りを見まわした。

「わたしを監視させておきたいのね」彼女は皮肉っぽく言った。

彼はペッパーへと一歩近づいた。「いや、彼はきみの身を守っているんだよ」

ペッパーはあとずさりした。ダンを撃ってもかまわないけれど、彼のほうも危険を冒しそうなほど憤慨しているようだ。わたしはよく考えもせずに怒りに身を任せてしまった。これからどこに行くのかもわからない。ただ、ダンの拳銃を手にしている以上、彼の不誠実な謝罪に耳を貸す必要はないわ。「わたしはもっと早く避難できないの？」

「それは無理だ。でも、テロリストが動きだしてから二時間の猶予があるはず――」ダンが口ごもり、彼のポケットから音が鳴りだした。これまで敵対していたのに、彼は妙に礼儀正しく尋ねた。「応答してもかまわないかい？」

「ええ」ペッパーは空いているほうの手で促した。「どうぞご遠慮なく。でも、通信機を取りだすときに銃を取り戻そうなんて思わないことね」

「了解」ダンは銃を向けられてなどいないようにイヤホンを耳にはめたが、相手の話を聞いたとたん表情を凍りつかせた。「大佐、だからあいつらの策略だと言ったんです。それで何人ですか？」

銃が重くなった。ペッパーはバックパックを拾いあげて肩にかけた。

ダンはきびきびした口調になった。「彼女を山小屋に送ります。そうするしかありません」再び耳を傾けてから、つけ加えた。「最善を尽くします」通信を切ると、彼は安全な距離を保って、トラックまで彼女のあとに従った。丸腰のまま、油断なく目を細めている。

「なにが起きたの？」

「テロリストが——ネイピアやシュスターやその部下が——役者を雇って自分たちの身代わりをさせ、ひそかにこの牧場に向かっていた。身代わりのひとりが不審に思って、当局に連絡してきたらしい。大変な事態になった」

ペッパーはか細い声でうつろに笑い、トラックのドアを開けた。「そうしたければ追いかけてきてもいいけど、わたしは射撃が得意だし、あなたを本気で殺したいと思っているわ。今はネイピア将軍より、あなたに対する殺意のほうが強いくらいよ。そう言えば、わかってもらえるわよね」

「ぼくが力を貸せば、きみは生きのびられるよ」

抑制したと思っていた怒りが辛辣な言葉となって、ペッパーの口からほとばしった。「これまであなたの力を借りてきたけど、もうこれ以上あなたに助けられるのはごめんだわ！」

ダンは両手をあげた。「あの古い山小屋に行くんだ。あそこなら補強されていて武器も揃っている。事態が悪化したときの避難場所がわかるよう、このあいだ、わざときみを連れていったんだ」彼はトラックのほうに顎をしゃくった。「でも、あそこには歩いていかなければならない。ぼくがここから山小屋のドアのロックを解除する」

彼女は軽口を叩いた。「自分が入りたいときには、またドアを開けるんでしょう?」

「いったんなかに入れれば、あの山小屋が難攻不落だとわかるはずだ」

「あなたはどうするの?」母屋で鋭い警報音が鳴りだした。

ダンはポケットベルを見おろし、ペッパーの目の前で、復讐心に取りつかれた男に姿を変えた——なんとしても打ち勝とうとする戦士に。「ヤーネルから連絡が入った。武装集団がたった今、ダイヤモンドを通過したそうだ。もうきみはこの牧場から脱出できないし、三〇分もすればやつらが到着する。さあ、行くんだ」彼は素早く動いたようには見えなかったが、次の瞬間には母屋に姿を消した。まるで最初からそこにいなかったかのように。

ペッパーは躊躇したが、やがて現実に打ちのめされた。心臓が喉もとまでせりあがってくる。もたもたしている場合じゃないわ。

ついにネイピア将軍に見つかったのね。

日が暮れるなか、ペッパーは上着のポケットに銃をしまい、古い山小屋へと続く母屋の裏の道をたどり始めた。早足なら一〇分で到着する。走れば八分だが、のぼり坂で、バックパックは重いし、息を切らして山小屋にたどり着くような事態は避けたい。わたしには息も機知も必要だ。

これが長いあいだ恐れていた対決なのね。そして恐れていたとおり、わたしはひとりぼっちだ。きっと……ひとりで死ぬことになるのだろう。ダンとの言い争いで人生が台なしになったけれど、同時に勇気も得た。わたしは命を落とすにしても、必死に生きたいと願いながら戦って死ぬに違いない。生きのびて、彼がわたしを誤解したことを謝罪し、結婚してほしいと懇願して、ひれ伏す姿を見たいと思いながら……。

だが、そこで想像力が途切れた。どうしても、その光景が頭に浮かばない。あのダン・グラハムがひれ伏すですって？　ペッパーは短い笑い声をあげたが、それはすすり泣きに変わった。彼女は涙をのみこんだ。

今はダンのことを考えるわけにはいかない。生きのびることに集中しよう。

坂道をのぼるにつれ、木々が密集してきた。松葉で足が滑る。自分の恐怖の匂いが感じとれそうだわ。恐怖と、セックスと、ダンの香りが。死を目前にして吸いたい匂いではないけれど。

小さな空き地が開けた拍子に山小屋が見えた。ダンが周囲の草を刈ったわけがようやくわかった。これなら誰も山小屋には忍び寄れない。

ペッパーは素早くポーチにあがった。ドアは滑らかに開いたが、その重みは銀行の金庫室の扉を連想させた。防弾扉かしら？　きっとそうに違いない。でも、ロケット弾の爆発には耐えられるの？　怖くて考えられないわ。暗い室内に目を凝らすうちに鳥肌が立った。

なかは暗かった。山小屋はちょうど山脈の陰になる場所にあり、今は日も落ちかけている。窓ガラスにはフィルムが張られていて光がまったく射しこまないが、その代わり、屋内の明かりが外に漏れることもないのだろう。たったひとつの部屋は一部が洞窟だった。湿った地面の匂いを嗅ぎ、頑強な岩を見て、彼女は悟った――ここがわたしの墓場になるのね。

バックパックから懐中電灯を取りだし、四方の壁や部屋の隅を照らす。先日と同じく、部屋はがらんとしていた。中央にはテーブルとスツールとベンチとトランクが寄せ集められ、一方の壁には大きな暖炉がある。用心深く一歩踏みだした拍子に、ねずみの這いまわる音がして思わず歯を食いしばった。でも、今すぐ敵の攻撃に備えなければ、わたしの屍《しかばね》がねずみに食べられることになるわ。

背後の暗闇から声がしたとたん、ペッパーは飛びあがりそうになった。「やあ、お嬢さん」

「ソニー！」さっと振り向くと、彼が尊大な足取りでポーチをあがってくるのが見えた。この若いうぬぼれ屋のカウボーイが……テロリストなの？

ソニーは挨拶代わりにカウボーイハットに人さし指で触れた。「なにか手伝うことはあるかい？」

ペッパーは壁にもたれかかった。「わたしは……その……」上着のポケットのなかの銃を手探りする。「あなた、ここでなにをしているの？」

ソニーはほほえんだが、以前と違って陽気さに陰があった。「ダンから聞かなかったのかい？ぼくは手伝いに来たんだよ」

ポーチの反対側から男の声がした。「なにを手伝うんだ？」ハンター・ウェインライトが姿を現した。「彼女を手伝うだって？　彼女は賢い女性だ。そんな嘘は信じないさ」「いったいここでなにをしているんだ、ウェインライト？」ソニーは足を踏みかえた。「まあ、訊くまでもないが」

ソニーがウェインライトに飛びかかる前に、ペッパーはソニーに銃を向けた。「やめなさい」

すんでのところでソニーは踏みとどまり、あっけに取られて彼女を見つめた。「どういうつもりだ？　ぼくはきみの味方だぞ」

ダンは牧場に部下がひとり待機していると言っていた。でも、ソニーがそうなの？　尊大で鼻持ちならないソニーが？

ウェインライトは嘲笑った。「彼女はおまえを信じやしないよ」そう言って、ペッパーのほうに歩きだす。

彼女はウェインライトに銃口を向けた。「あなたを信じるとも言ってないわよ」だが、彼は年上で分別もある。一方、ソニーは軽薄な若者にしか見えず、軽率な決断をくだしそうだ。賄賂《わいろ》をもらって、わたしを殺すような決断を。

一挺《ちょう》の銃を双方に向けることはできない。それにネイピア将軍がここに向かっている。早く山小屋のなかに入らなければ。そのためにも、どちらかを選ぶ必要がある。

次の瞬間、ソニーが彼女に代わって決断をくだし、老いたカウボーイのウェインライトに飛びかかった。ウェインライトはどすんと音を立てて倒れたものの、驚くほどの強さを見せた。彼はソニーの脚を払って馬乗りになり、激しいパンチで応酬した。憎悪をむきだしにしたふたりは取っ組みあいながら、ペッパーのほうへと転がってきた。

無意識のうちに、彼女は気の進まない決断をくだした。とっさの決断を。

ペッパーが銃の台尻で思いきり殴ると　ソニーはうめいてポーチにうつ伏せに倒れた。

思わず体が震えて、どっと汗が噴きだす。ソニーの頭蓋骨《ずがいこつ》は鈍い音を立てた。彼をそこまで嫌ってはいないけれど、山小屋のなかに入れるわけにはいかないわ。

ペッパーはウェインライトの襟をつかんで山小屋に引きずりこみ、彼はなんとか立ちあがった。彼女は鍵を確かめ、ダンの言ったとおりだとあらためて気づいた。わたしが招き入れない限り、誰もこのドアを通り抜けることはできない。彼女はドアを閉めた。開いたときと同様、静かに掛け金がかかってドアが完全に閉まると、身を危険にさらしてもまた外に出たいという衝動に駆られた。

でも、そんなのばかげてるわ。ダンがここで防戦できるのなら、わたしにだってできるはずよ。とりわけ、彼の部下が協力してくれるのだから。ペッパーは不安げにウェインライトを一瞥した。だが、まったく役に立ちそうに見えない。実際、わたしを手伝って戦いに備えるより、白いハンカチで血まみれの鼻を押さえるのに気を取られているようだ。「テロリストがやってきてもソニーは大丈夫かしら？　しくじったせいで、彼らに殺されたりはしないわよね？」

決断に少し自信を深めた。

「ソニーなんて腹を撃ち抜かれりゃいいんだ。あいつはいつも生意気だからな」

「ええ、そうね」ウェインライトからソニーの欠点を指摘され、ペッパーは自分のくだした決断に少し自信を深めた。

それでもウェインライトから目を離さずに、ペッパーはテーブルの表面を片手で押した。テーブルは少しもぐらつかなかった。この部屋のあらゆるものがそうであるように、驚くほど頑丈だ。彼女はバックパックとベレッタを置き、トランクの蓋を開けて懐中電灯でなかを照らした。その拍子にねずみが飛びだして、思わず息をのんだ。

ペッパーが飛びのいた隙に、ウェインライトは彼女の銃をつかんだ。「お嬢さん、きみが銃を置いてくれてよかったよ。女性を撃つのは好きじゃないが、必要とあらばそうせざるをえないからな」

彼女はウェインライトに突きつけられた銃口を見つめて悟った。ダンが誰か助けを寄こしてくれると信じていたものの、わたしは間違った人物を選んでしまったんだわ。

27

ウェインライトはジャケットから別の小型拳銃を取りだして、驚くほど慣れた手つきで二挺の銃を扱った。ペッパーがさっと蹴ろうとすると身を引いてかわし、薄笑いを浮かべて命令した。「従順な女らしく、戸口まで行ってドアを開けろ」

ペッパーは横柄な態度を取られるのが気に食わなかった。びくびくしたり、別人のふりをしたりするのはもううんざり。男たちの戦争ごっこも、陰謀も、ばかげた思いあがりもうんざりよ。わたしは自分の土地と自由がほしいのに。絶対にこの戦いを生きのびて、残りの人生はダニエル・グラハムを含む誰にも邪魔されずに好きなことをしよう。両手を腰に当て、彼女は尋ねた。「いったいどうするつもり、ウェインライト？　わたしを殺すの？」

彼女のいらだった声に、ウェインライトの薄笑いが消えた。「とんでもない。わたしに気前よく金を払って、きみやダンを見張らせていた人物に引き渡すよ。彼から報酬をもらって、わたしは遠く離れた場所に行く」

ついこらえきれずに、ペッパーはにやっとした。「怒り狂ったダン・グラハムから逃れるために、どのくらい遠くまで行く気なの？　チベットの修道院はあなた好みじゃないと思うけど」

ウェインライトは下唇を突きだした。「ダンにはつかまらないさ」

「ええ、そうでしょうね」ペッパーはウェインライトのほうへ一歩踏みだした。

彼はあとずさりした。「来るな。きみが柔道だか空手だかが得意なことは、ミスター・グラハムから聞いてるぞ」

まったく、ラッセルはなにひとつ黙っていることができないのかしら？　彼女は話し続けた。「あなたは、そのお金をくれる人物が用ずみになったあなたの眉間に銃弾を撃ちこまないと信じきっているわけね」

「おい！　そんな口のきき方はするな」ウェインライトは心底憤慨しているようだ。「きみみたいな美人には似合わないぞ」

「ねえ！」ペッパーはからかうように言った。「彼らはテロリストなのよ。そんな連中があなたやわたしのことなんて本気で気にすると思う？」

銃口が揺らいだ。「テロリストだと？　ばかなことを言うな。彼らはただ、生意気な若造のダンに仕返しがしたいだけで……」彼女が笑みを浮かべると、ウェインライトは銃で指図した。「きみは自分でもなにを言っているのかわからないんだ。さあ、ドアを開けろ」

「あなたは自分より若い人や賢い人が気に食わないんでしょう。だから世をすねているのね」

彼はペッパーの胸にまっすぐ銃を向けた。「ドアを開けろ」

もっと上手にウェインライトに対処して、彼の取引相手が人間のくずだということをわからせ、わたしを解放するように言いくるめるべきだった。ペッパーはひとつひとつ掛け金を外した。ドアを開いた瞬間、夕暮れに包まれた景色が広がった。背後をちらりと見ると、彼は依然としてかなりの距離を置いていた。彼女は表に飛びだし、壁を盾にしようと山小屋の側面に回りこんだ。

誰も目にせず、なにも耳にしなかったが、山小屋の角を曲がった瞬間にいきなり手首をつかまれた。

ダンが言った。「ぼくだよ」

ペッパーは怯えて悲鳴をあげたことは一度もなかったが、思わず叫んでいた。血圧も限界まで跳ねあがった。

激しく鼓動が響くなか、彼の声がもう一度聞こえた。「ペッパー、ぼくだ」

ダン。ダンなのね。

ろくでなしのダンだ。彼はさっきと同じ服装だが、今は広い胸を防弾チョッキで覆っていた。

そのとき、牧場へと続く道を速歩《はやあし》で駆けていく馬が見えた。

サムソンだわ。

ウェインライトが足音も荒くペッパーを追いかけてきた。

ダンはまだ意識の戻らないソニーの隣にペッパーを押しやると、ウェインライトに突進して顔を殴り、ふらついた彼を床に叩きつけた。ウェインライトはうつ伏せのままポーチを滑った。九ミリ口径のベレッタも放りだされ、ペッパーはあわてて取りに行った。

ダンはウェインライトに近づこうとした。

ウェインライトが小型拳銃をダンに向けて撃った。

「この野郎」ダンは一瞬たじろいだが、ウェインライトの手を思いきり蹴りあげ、銃を遠くの芝生に飛ばした。「おまえは最低のろくでなしだ。たとえ今回生きのびたとしても、牢屋《ろうや》行きは確実だな」ソニーを肩にかつぎ、ダンは山小屋の戸口へと向かった。「さあ、行こう、ペッパー。やつらがもうすぐ現れるぞ」

結構だこと。テロリストがまもなくやってくる。ダンもここにいる。わたしが誰を一番嫌っているかは明らかだけど、僅差《きんさ》の争いね。

ベレッタをポケットにしまうと、ペッパーは彼のあとを追った。「サムソンはどうするの？　あんなところで死んだらかわいそうよ」

「あいつは頭の切れる老いぼれだ。遠まわりをして最後には家にたどり着くよ」

ペッパーはドアを閉めた。「ウェインライトは？」

ダンは窓のほうを顎でしゃくった。「見てごらん」

彼女が外を見ると、ウェインライトがサムソンを追いかけてたてがみをつかみ、背中によじのぼるのが見えた。サムソンはまったくペースを落とさず、低く垂れさがった枝の下を駆け抜けてウェインライトを振り落とした。

ウェインライトは背中から地面に落ちた。起きあがって再びサムソンを追いかけ始めたが、もう相手にされなかった。速歩だったサムソンはさらに速度をあげ、小道をそれて林のなかに姿を消した。

ダンは笑って、ぐったりしたソニーを部屋の奥の床におろした。

ペッパーは彼らを無視した。自分は誰よりもハンサムだと思いこんでいるふたりの男性より、もっと重要なことに注意を払うべきよ。開いたトランクに近づいて、しげしげと中身を眺めながら満足感を覚えた。つい口もとがほころびそうになる唯一のものを見つけた——ダンの武器の隠し場所を。彼女は中身をテーブルに出した。長いスコープが装着された重いライフル。ゴーグル……暗視ゴーグルかしら? 試しにかけてみると、見えるものすべてが黄色に染まった。部屋の奥の暗がりで、ソニーが手を伸ばして頭に触っているのが見える。ええ、間違いない、これは暗視ゴーグルだわ。

ソニーがうめいた。

「目が覚めたか?」ダンが尋ねた。

「うっ、めまいがする。吐きそうだ」ソニーは言った。

「ああ、そうだろうな」ダンの口調もどこかおかしかった。

ペッパーはさっと彼のほうに振り返った。

ダンは破れた袖をシャツから引きちぎっていた。しばらくして、彼女は袖の血痕に気づいた。

ゴーグルを外して、ペッパーは訊いた。「どうしたの？」

「あのばかが豆鉄砲でぼくを撃ったんだ」ダンはいまいましげに言った。「手を貸してくれないか、ペッパー？ 出血が止まらない」救急セットを取りだして、包帯を彼女にさしだす。

ペッパーはためらった。

「たいした怪我じゃないよ。弾も貫通している。ただ包帯を巻いてくれればいいから」彼はペッパーが今にも吐きそうだと思ったのか、優しい声で指示した。

だが、彼女が躊躇したのはそのせいではなかった。ダンの体は熱を発していて汗くさかった。もちろん、ひどく匂うわけではないけれど。戦いに備えたり、馬をつかまえて険しい坂を駆けのぼったりするだけでなく、彼の汗ばんだ肌を舐めたいとわたしに思わせることができるのはダンだけだ。仕方がない。彼に触れるしかないわ。包帯の片方の端をダンの腕に押し当て、ペッパーは包帯を巻き始めた。できる限り敵意をこめて、獰猛ながらが蛇になった気分で言う。「チャンスを逃さずにあなたを殺すべきだったわ」

「これできみの気が晴れるかどうかわからないが、男女を問わず、ぼくを倒して武器を奪うことに成功した人間はひとりもいない。きみを除けば」

「実際にあなたを撃っていたら、気分が晴れたでしょうね」こんなに本気でなにかを口にしたことはないわ。

「きみは人を撃ったことがないんだろう。言っておくが、たいていの銃創はこんなきれいなものじゃない」ダンはあからさまに警告する口調で言った。それからソニーのほうを顎で指す。「あいつはウェインライトにやられたのか？」

彼女は黙っていた。

「ペッパー？」

「わたしがやったのよ」包帯を巻き終えてテーブルへと引き返した。「誰が味方なのか、あなたが教えてくれなかったから」

「ああ、ぼくのせいだ」ダンは声高に笑った。「対テロリスト特殊部隊の偉大な兵士が女性の民間人に打ち負かされた話を、ほかのやつらに聞かせるのが楽しみだよ」

ソニーがうめいた。

ダンは急に真顔になった。「ソニー、具合はどうだ、戦えそうか？」

ソニーは答えなかった。

銃の台尻が頭蓋骨に当たったときの音を思い出し、ペッパーは白状した。「かなり強く叩いてしまったの」

ダンはこうした事態に毎日直面してきたかのように――いえ、実際そうだったのよ――自信に満ちた冷静な声で言った。「ソニーはもっとひどい目にも遭ったことがある。それにここから連れだせば、すぐに軍医が診てくれるよ」

案じるそぶりをいっさい見せないなんて、ひどい人。

「町で待機する部下が援軍を率いてくるはずだが、テロリストの策略のせいで、すぐには到着しない。彼らが来るまで生きのびられるかどうかは、ぼくら自身にかかっている。それには賢く迅速に立ちまわらなければ」テーブルに近づき、ダンは重そうなベストを持ちあげた。「防弾チョッキだ」そう言ってペッパーにさしだす。

彼女はそれを身につけた。ダンの広い肩幅に合わせて作られているせいで大きい。

「バックルを締めるんだ」

バックルを締めても、防弾チョッキはペッパーの背中や胸をずり落ちた。

ダンはライフルを手に取った。「これは狙撃《そげき》用ライフル。パーカー・ヘイル社のM85、小さな部隊なら倒せるぐらいの威力がある」次に大きな電卓のようなものを指した。「クレイモア対人地雷用の起爆装置だ」彼女にハンドガンを見せて言う。「取り外し可能なスコープを装着した二挺のデザートイーグルマグナム銃」それから、パッド入りのパソコン用バッグを指した。「電源を入れてくれ」

ペッパーがバッグの蓋を開けると、コンピューターパネルが現れた。縁や裏側に指を滑らせてスイッチを見つけ、電源を入れる。とたんに山小屋に続く斜面が映しだされた。一本一本の木や枝が昼間のようにはっきり見てとれる。襲撃者を迎え撃つため、ダンが斜面のどこかにカメラを設置しておいたらしく、周囲の景色が鮮明にモニターに映っていた。

ダンが肩越しに振り返った。「ペッパー、画面を見てくれ。なにが見える?」

赤く光るなにかが木々のあいだをすり抜けながら、山小屋へと向かっている。

なにか、ではなく、誰か、だわ。

光が人間の形をしていることに気づいて、彼女は愕然とした。

ペッパーはダンに視線を向け、また危険な人物へと戻した。心臓が大きく打ち、鼓動がゴール直前のランナーのように速くなった。だが、戦いは幕を開けたばかりだ。「ネイピア将軍だわ」彼女はささやいた。

「いや、将軍はまだ現れていないはずだ。彼女も、ぼくの宿敵のシュスターも。将軍の第一のルールは、犠牲にしてもかまわない兵士をまっさきに戦地へ送りだすことだ。ふたりのどちらかが姿を見せる前に、戦いはほぼ終結しているだろう」ダンはポケットから小型スコープを取りだしてペッパーに渡した。「これをベレッタに取りつけるんだ。すべてが片づく前に、それが必要になる」

ペッパーは銃を手に取って見つめてから、ダンに視線を移し、彼に言われたことを思い出した。でもダンの力を必要としている今、彼を安楽死させるわけにはいかない。彼女はスコープをつかんで銃に装着した。「一時間前、わたしを臆病者呼ばわりして侮辱したわりには、ずいぶんと信頼してくれるのね」

「一時間前のぼくはばかだった。だが、今は違う」

思いきり横柄な口調で、彼女は言った。「それに関しては別の人の意見も聞くべきだわ。なんなら、わたしが言ってあげましょうか。あなたは今も大ばかよ。わたしが不運にも出会ってしまった人々のなかで一番の大ばか者だわ」

彼は横目でちらっとペッパーを見ると、モニターのなかの光る人物を指して、さっきと変わらない口調で言った。「どうしてそいつがそんなふうに光るか知りたいかい?」

ええ、知りたいわ。だが、彼女は嚙みつくように言った。「それであなたが優越感を味わえるのなら、どうぞ説明してちょうだい」

「カメラは戦闘員を色で示す」ダンはトランクの隅から、てのひらサイズの小さな黒い箱を取りだした。

最初の襲撃者の背後に別の人影が見えた。どういうわけか後者のほうが明るく、もっと鮮やかな赤い色をしている。さらにその後ろには別の襲撃者がいて、グリーンに輝いていた。

質問なんてしたくないけれど、これを知らなければ自分の命にかかわるかもしれない。

「なぜ色が違うの？」

「武器の種類によって色が異なるようにセンサーを設定したんだ」ダンは画面を一瞥した。

「グリーンは擲弾筒《てきだんとう》を持っているやつだ。この山小屋の壁は擲弾筒の爆発には耐えられない。だから、そいつはさっさと始末する」

「どうやって？」

ダンは彼女に箱を見せた。「クレイモア対人地雷で」

射撃は得意でも、ペッパーはこの手のことには――軍用兵器に関しては――まったくの素人だった。でも、知ったかぶりをしてうなずいた。

彼はそれを真に受けなかったらしく、説明を始めた。「この作戦の準備をしたとき、数本の木に地雷を取りつけた。地雷はこれで爆発する仕組みになっている。これは起爆装置だ」

彼女はもう一度うなずいた。やっとわかったわ。「ええ」

モニターに新たな人影が映った。今や六人が山小屋に忍び寄ろうとしている。

「さあ、おでましだぞ」ダンの声はどことなく意気揚々としていた。ペッパーが怪訝な顔で見つめると、彼は説明した。「ぼくは待つのが大嫌いなんだ」

彼女はつい痛烈な皮肉を漏らした。「わたしが大嫌いなのは信頼されないことよ」

「許してくれ」ダンの声は誠実そうで、ペッパーが見る限り、顔つきも神妙だった。

「わたしが死ぬときは——」彼女は画面に目をやった。「それほど長く待たずにすむかもしれないわよ」

ダンは図々しくもペッパーの顎の下に指をかけ、自分のほうに向かせた。「ぼくはあの少女に身の安全を約束しておきながら、彼女を救えなかった。きみまで失うつもりはない」

「あなたはわたしを傷つけないとも約束したわ」ペッパーは彼の手を押しのけた。「でも、その約束を見事に破った」

「きみはちゃんと自分の役目を果たせば生きのびられるよ」

そんなの嘘よ、とペッパーは言い返したかったが、そういう態度は愚かで子供じみている。それに、この約束は彼に守ってほしかった。

ダンは弾薬を指した。「ライフルに弾を装塡し続けてくれ。それから、ぼくが合図したら地雷のスイッチを押すんだ。山小屋の壁は強化され、窓は防弾ガラスになっている。身をかがめて、ライフルの穴には近づくな」

ペッパーはダンのそんな声を——落ち着いて指示しながらも決然とした口調を——一度も

聞いたことがなかった。その声には不思議な影響力があり、恐怖が薄れると同時に、今この瞬間がより現実味を増した。彼女は汗ばんだてのひらをジーンズの両脇で拭いた。「ライフルの穴って?」

「玄関の両脇の壁の低い場所に、不規則な間隔で三つずつ穴がある。それから側面の壁にもひとつずつ」

彼女は床にひざまずいて壁に指を滑らせた。

ダンも隣にひざまずいた。彼のぬくもりが感じとれるくらい近くに。「モニターから目を離すなよ」

ペッパーが肩越しに振り返ると、新たに四人の人影が増えていた。そのほとんどが赤く光っていたが、時々黄色やブルーも見えた。

その色の意味を彼女は尋ねなかった。そんなことを訊いて、なんの役に立つというの?全員殺さなければ、わたしとダンは死ぬことになる。いたって単純明快な話だ。「ダン、あの人たちはアメリカ兵じゃないわよね? ネイピア将軍はアメリカ軍をだまして、自分のために戦わせているの?」

「そう簡単にはいかないよ。誰であろうと、たとえ将軍であっても、許可を得ずにアメリカ人兵士を戦闘に送りこむことはできない」ダンは狙撃用ライフルをつかんでモニターを指した。「そこにいるやつが見えるか?」

ペッパーは木々のあいだを縫いながら山小屋へと駆けてくる赤い人影を見た。「ええ」

「そいつがぼくらの味方なら、アメリカ軍の兵器を持っていると識別されるはずだ。傭兵《ようへい》やテロリストがアメリカ軍の兵器を持っている可能性はあるが、アメリカ兵が他国の兵器を持つことはない。安心したかい？」

「ええ、かなり」

「そいつがここに来たら、ぼくが始末する」ダンは再びモニターを指した。「擲弾筒をこの地雷へと誘導しよう」

木に取りつけられた平らな物体が、はっきりと彼女の目に映った。地雷だ。「ええ」

ダンはもう一度ペッパーの顎をつかみ、今度は彼女の抵抗を無視して強く唇を重ねた。「今のは縁起かつぎだ」そう言って床に身を伏せる。壁の穴にライフルを突きさして発砲し、滑らかに銃を引き抜いた。

赤い人影が倒れた。

山小屋の壁に弾丸の雨が浴びせられた。木々に銃弾が当たり、防弾壁が撃たれて甲高い音を立てる。ペッパーは思わず身を縮め、死を覚悟した。

だが、ダンは落ち着いた声で言った。「よし、擲弾筒の進路が変わったぞ。ほら、見てごらん」

彼女は目を開くまで、まぶたを閉じていたことに気づかなかった。モニターに目を向けると、グリーンの光点が斜めに走っていた。

「大丈夫か？」ダンが尋ねた。

「ええ」わたしは大丈夫。これまでの人生を支えてきた本能が一気によみがえった。

「よし」彼はペッパーに起爆装置を渡した。「擲弾筒がここに来たら、このボタンを押すんだ」

両手が震えたが、彼女はうなずいた。わたしにはできる。自分の役目をしっかり果たせるはずよ。神経が刃先のように研ぎ澄まされた。これが生存本能なのね。今、大切なのは生きのびることだけ。

驚異的なスピードと洗練された動きで、ダンは穴から穴へと移動しては引き金を引き、敵を倒しながら擲弾筒を地雷へと誘導していった。彼は優秀だわ。きっと特殊部隊一の精鋭なのだろう。彼がいる限り、わたしたちには勝ち目がある。

「四人倒した」ダンは言った。

擲弾筒が所定の場所に到達した瞬間、ペッパーはボタンを押した。

爆発で山小屋の床が震えた。

グリーンの光点は倒れて動かなくなった。

さらに八つの光点がモニターに現れた。

まるで〝暴力的な内容〟という注意書きのあるテレビゲームみたい。

「やつらはきみとぼくというふたつの獲物のために、大勢の手下を引き連れてきたらしい。地雷はあと六つ残っている」ペッパーにどのボタンを押せばいいか説明するダンの手は、まったく震えていなかった。「できるだけ大勢始末してくれ。さあ、敵をやっつけよう」

「ええ、勝つわよ」

それ以降の戦いは、起爆装置のボタン、ライフル、爆発という一連の流れが繰り返された。テロリストはどんどん数を増しながら押し寄せてきて、山小屋を圧倒し始めた。

「もうすぐ決着がつく」ダンが告げた。「ほら、あいつらが来た。きみの将軍とぼくの宿敵だ」

死の可能性に直面しながらも、ペッパーはいらだちを抑えきれなかった。「彼女はわたしの将軍じゃないわ」モニターに紫の光点がふたつ見えた。「どうしてあのふたりは紫なの？」

「防弾チョッキのせいさ。まだ地雷は残っているか？」

「ええ、ひとつあるわ」

「それはここぞというときに使ってくれ」

「これまでも、ここぞというときに使ってきたわよ」

ダンは彼女を見てにやっとした。「そうだな。きみにならいつでも援護を任せられる」

それは彼からの別れ際の賛辞だと、ペッパーは気づいた。

ああ、なんてこと。わたしもダンも死ぬんだわ。

彼女は神に祈りを捧げた。どうかダンをお救いください。

モニターから一瞬目をそらし、ペッパーはダンに視線を向けた。彼は効率よく正確に発砲していた。無駄のない動きで。髪はくしゃくしゃに乱れ、顔は汚れている。彼女は自分を裏切ったダンを嫌悪しながらも、彼が生きのびることを祈った。

でも、それがどういうことなのか深く考えたくない。

襲撃者の一団が擲弾筒へと駆け寄った。

「ダン――」

「わかってる」ダンは立て続けに引き金を引き、敵がばたばたと倒れた。

誰かが擲弾筒を拾いあげ、山小屋へと狙いを定めた。

ダンが命令口調で言った。「ペッパー、後ろにさがって伏せろ」

そんな口調も、彼女はまったく気にならなかった。

彼はまだ撃ち続けている。

地雷があとひとつ残っていた。三人の敵がそちらに向かっているのが見える。ペッパーはモニターから目をそらさなかった。あともう少し近づいたら……。

ダンが声を荒らげて怒鳴った。「ペッパー！」

「いやよ」これがわたしの最期の言葉なのね。口応えをして死ぬなんて、わたしらしい幕切れだわ。そしてペッパーは小声でつけ加えた。「あなたを許すわ」

擲弾筒が山小屋に照準を合わせた。

その瞬間、彼女はボタンを押した。

同時にふたつの爆発が起き、山小屋を揺るがした。

気がつくと、ペッパーは床に倒れて両手で頭を抱え、ダンに覆いかぶさられていた。

埃が舞いあがり、山小屋がきしむ。しかしなにも崩れず、梁《はり》が落下することもなかった。

「いったいどういうことだ？」ダンの声が彼女の体に響いた。「やつらは的を外したらしい」

ペッパーは彼を押した。「どいてちょうだい」

だが、ダンはしばらくペッパーを抱きしめて放さなかった。きっと、そうできることを証明したいのだろう。

やがて、彼はクリスマスツリーのように輝いているモニターに手を伸ばした。「やれやれ、やっと機甲部隊が到着したぞ」

28

ダンに見守られながら、ペッパーは自分のコートをたたんでソニーの頭の下に敷いた。「ごめんなさい」彼女が謝るのはこれで五回目だ。「てっきりウェインライトのほうが味方だと思ってしまったの」

「気にしないでくれ」ソニーはつぶやいた。意識はあるものの、割れるような頭痛にさいなまれていることは明らかだ。医師の手当てが必要だわ。ダンはテロリストたちが一網打尽にされ次第、ドアを開けるつもりでいる。

そんな彼の慎重な態度にペッパーはいらだった。彼女もまた汚れ、顎の切り傷から出血していた——でも、生きのびた。

まさに奇跡だわ。わたしは今も生きている。

ダンはアメリカ軍が山全体を投光照明で照らしても、わたしを窓辺に近づかせなかった。今さら流れ弾できみを失うわけにはいかない、と言って。

ソニーに向かって、彼女は言った。「ダンは衛星電話ですぐにアメリカ軍を呼び寄せられることを教えてくれなかったのよ」

「関係ないさ。救援は間に合うか間に合わないかのどちらかなんだから」ソニーは言った。

ペッパーはダンをきっとにらんだ。それは彼がさっきからわたしに言い続けていることと同じだわ。

ダンがつけ加えた。「テロリストの策略のせいで、襲撃が始まったとき、援護部隊は配置についていなかった」

「もういいわ。わかったわよ！」彼女はモニターを指して、ぱっと立ちあがった。「さあ、ここから出してちょうだい。テロリストは全員つかまったわ」

ダンも立ちあがった。「出ていってもよくなったら、仲間が合図することになっている」

ペッパーはせっかちに足踏みした。「どうやって？」

「ほら、来るぞ」ダンは、仲間から離れて山小屋へ近づいてくるひとりの兵士に目を留めた。

ドアをノックする音が響いた。

ダンはペッパーに意味ありげな視線を投げかけてから言った。「ノックするのさ」彼はドアを開けた。

「中尉、周辺の安全を確保しました」軍曹が敬礼した。

ダンも敬礼を返した。「やっと現れたな、ヤーネル」

ペッパーが啞然として見守るなか、ふたりの男性は上機嫌で握手をした。

「ご無事でなによりです、中尉」ヤーネルはダンの肩を勢いよく叩いた。ひょろりとした長身の彼は大きな黒いブーツをはき、迷彩色の服を着ている。

「ああ、生きのびられてうれしいよ。近くに衛生兵はいるか？　ソニーがなかにいるんだが、叩きのめされて脳震盪《のうしんとう》を起こしている」ソニーが完全に回復してからいたぶろうと思っているのか、ダンはことの真相を黙っていた。

ヤーネルが口笛を吹くと、ふたりの衛生兵が山小屋に駆けこんできた。

「心配するな」ダンはペッパーに言った。「彼らがソニーの手当てをしてくれるよ」

ダンは辺りを見渡した。防水シートで覆われた複数の死体。仏頂面で一箇所に集められた捕虜たち。あちこちに積みあげられたライフルや弾薬の山。「ふたりの指揮官はとらえたのか？」

「ネイピアは確保しました。当然ながら、今回の件についてはなにも知らないと言っています」

ダンは唇を引き結んだ。「そうだろうな。彼女がここに居あわせたのは単なる偶然だ」

「なにを言ってるんですか？　偶然などではありません」ヤーネルは得意げな笑みを浮かべた。「将軍はテロリストを食いとめようとしていたんですよ」

「神は彼女の厚意からぼくを守ってくれたわけか」ダンは言った。

「彼女は……食いとめようとなんか……していないわ」ペッパーは歯ぎしりしながら言った。

ふたりの男性は揃って彼女のほうを見ると、おかしそうに口もとをひくつかせた。「彼は冗談を言っただけだよ」ダンが言った。

「そう」ペッパーの怒りは一気にしぼんだ。

ダンはヤーネルに向き直った。「シュスターは？」

ヤーネルは頭を一回振った。

ダンは語気を荒らげた。「くそっ」

「彼はどうなったの？　殺されたの？」ペッパーは尋ねた。

「自殺したんです」ヤーネルが答えた。「テロリストのリーダーは捕虜になるのを潔しとしません。でも、部下は数名とらえました」

「それはかなりの成果だ」ダンは喜んだ。「将軍の処遇は？」

ヤーネルの片方の肩がこわばった。「今夜はここに勾留《こうりゅう》するよう、上層部から指示がありました。暴風のせいでヘリコプターの着陸が困難だそうです。まあ、それが上層部の言い分ですが」

ダンはしばしヤーネルを見据えた。「上層部は彼女が軍用ヘリをハイジャックしかねないと思っているのか？」

「彼女がなにをしてもおかしくないと見ているらしく、リスクを冒したくないようです」

ダンは口笛を鳴らした。

ペッパーは黙っていたが、同感だった。ネイピア将軍の格言のなかに、この手の状況に関するものがある。〝敗北が避けられない場合は徹底抗戦すること。唯一、死のみが許容できる降伏だ〟もちろんそれを読んだときは、将軍がテロリストと最後まで勇ましく戦うことを説いているのだと解釈し、まさか彼らと共謀しているとは夢にも思わなかった。

「上層部は彼女を確実にワシントンＤＣへ連行して尋問を受けさせるよう、明日の朝、輸送するそうです」

「中尉、どうして生きていることを知らせてくれなかったんですか？」十数人の兵士たちがポーチに押しかけてきた。全員ダンの知りあいらしい。どの兵士も完全武装で顔を黒く塗り、元上官に笑いかけている。兵士たちはダンの肩を叩いて手を握り、ダンも彼らを叩き返して握手に応えた。男たちはペッパーには理解できないＭ１６ライフルとか高性能爆薬といった言葉を口にし、死や臨終について笑い飛ばしていた。

彼女はあとずさりして冷たい夜気に身を震わせ、滑稽なほど孤独感と疎外感を覚えた。

これまでだって、ずっと孤独だったでしょう。なぜ今さらそんなことを気にするの？　死の恐怖にも直面したのに。わたしは友人に囲まれなくても平気よ。このままこっそり姿を消して母屋に戻り、自分の生活を築けばいい。そしてホープやガブリエルに手紙を出して……。

ダンが仲間を紹介し始めたが、ペッパーはポーチへと近づいてくるひとりの男性に気を取られ、うわの空だった。その男性はグリーンの迷彩柄のシャツにスラックス、黒のアーミーブーツという格好だったが、袖に記章をつけていなかった。黒髪にグリーンの瞳で、顔立ちはマヤの彫像を思わせる。彼はペッパーをじっと見つめていた。そのあまりにも真剣なまなざしに彼女は居心地が悪くなり、足を踏みかえた。

こっそり抜けだすのはもう無理ね。ＦＢＩ捜査官がわたしを尋問しに来たんだわ。

だが、男性は数メートル手前で立ちどまると、ペッパーに会えたことを喜ぶようにうれしそうな顔でほほえみかけてきた。まるで彼女のことを知っているかのように。そして、ペッパーも彼を知っているかのように。

彼にはどこか見覚えがある……。

あの髪も、あの目も、あの顔立ちも。

ペッパーの八歳の誕生日パーティー。ブルーとゴールドのリボンで飾りつけられた部屋。彼女はテーブルを囲む友人や家族を見まわした。目をあげると、隅から身を乗りだした男の子がペッパーに向かってほほえんだ。

「ガブリエル」彼女はささやいた。

お兄さん。わたしのお兄さんだわ。

まさか、そんなことありえない。

だが、彼はうなずいて両手を広げた。

「ガブリエル」さっきより大きな声で、ペッパーは呼びかけた。

心の奥底に封印していたガブリエルへの愛があふれだす。その思いに圧倒されて、過去の記憶、恨み、長年にわたる孤独な放浪生活がかすんだ。ペッパーはむせび泣きそうになって息をのみ、兄と手を取りあった。「ああ、ガブリエル、本当に会いたかったわ!」

ガブリエルは壊れものを扱うようにそっとペッパーを抱擁したが、彼女が抱き返すと徐々に腕に力をこめた。「おまえを失ったかと思ったよ。ペッパー、永遠に失ってしまったかと」

ダンはペッパーが兄に肩を抱かれて丘をくだっていくのを見送った。ぼくはペッパーが家族と再会することをずっと夢見てきた。そして彼女がきょうだいを心から迎え入れるように願ってきた。だが、ペッパーに家族を見つけてあげるのは自分だと想像し、そのとき彼女はぼくのものになっているはずだと確信していた。嫉妬するなんて愚かだが、うらやましさに胃が締めつけられる。

ぼくはなんて身勝手なろくでなしなんだろう。彼女が兄を見つけたというのに、喜んでやることさえできない。

それというのも……ペッパーが自分のものではないからだ。彼女はぼくと目を合わそうとも、言葉を交わそうともせず、いっさいのかかわりを避けている。ぼくが疑念や心ない言葉ですべてをぶち壊したせいで。どんな言葉を投げつけて彼女を拒絶したかを思い出し、ダンはたじろいだ。どうすればもとの関係に戻れるのか見当もつかない。

ダンは頭を振り、ふたりのあとを追って丘をくだり始めた。「ペッパーを手放すわけにはいかない。彼女はぼくのものだ」

ペッパーはガブリエルと並んで、明るく照らされた小道をよろよろと歩いた。今や、家族の捜索に対する疑念は消えた。兄がわたしやほかのきょうだいを捜し続けてきたことは確かだ。わたしはガブリエルを信じる。昔、必ず信じていたように。

ただ、今は違う意味の孤独がペッパーの心をむしばんでいた。ダンにどう思われているかはっきりと告げられて、わたしは望みのなかから彼の存在を消した。心のなかの彼も消せたらどんなにいいか。わたしは振り返りもせず、ダンのもとから遠ざかった。彼はわたしがいなくなったことに気づいてもいないかもしれない。そんなことを気にせずにいられたらいいのに。

険しい坂道をくだり終えようとした矢先、ガブリエルが悲しげに言った。「ぼくは察するべきだったよ」

彼女は兄に目をやった。「なにを?」

「おまえが恋愛問題で悩んでいることを」

ペッパーはガブリエルのこれまでの身の上話や、彼の知っていることについて、自分がまったく質問していないことに気づいてはっとした。決まりの悪さに、つい笑い声が漏れる。

「わたしったら、本当に自分勝手ね。ごめんなさい。お兄さんがこんなところまで捜しに来てくれて、わたしの救出にも手を貸してくれたのに、自分の問題にばかり気を取られて、まだお礼も言ってなかったわ」

「礼儀を忘れないこと、それが人生の潤滑油だ」母親がよく口にしていたせりふを持ちだして、ガブリエルは妹をからかった。

ペッパーは立ちどまって兵士たちを先に行かせると、ガブリエルにほほえみかけた。「ところで、お兄さんは結婚したの?」

「いや、ずっと独身だよ。まだ理想の女性が見つからなくてね」

「多分、彼女のほうもまだお兄さんのことを見つけていないのよ」ペッパーはまた歩きだし、ミセス・ドレイスの庭へと続く直線の道をくだった。投光照明で照らされた母屋や、四隅を警護する兵士が見えた。「今はテキサスに住んでいるの？」

「いや、ボストンだ」

彼女は目を見張った。「まあ、テキサスからずいぶん遠いじゃない。どうして……。ああ、あ、あの人たちに送られたのね？」

「ぼくたちをばらばらに引き離した、あの情け深い役員連中のことか？」ガブリエルはいかめしい顔で訊き返した。「いや、ぼくはホープを捜しにボストンへ行ったんだよ」

ホープ。わたしの姉。ペッパーは自分が孤独な放浪生活を強いられたのは姉のせいだと思ってきた。だが、この数日間で成長し、今では姉にぎゅっと抱きしめてもらいたいと願っている。「それで――」期待と不安に押しつぶされそうになりながら言葉を絞りだした。「お姉さんを見つけたの？」

庭を横切って母屋の裏手のポーチに回りこむと、身なりのいい長身の女性が待っていた。その斜め後ろには黒髪の男性が彼女を守るように立っている。女性は出産を間近に控えているようだ。おなかに手を当てながら、彼女は近づいてくるペッパーを見つめていた。その切望のまなざしに、ペッパーは心が引きつけられると同時に締めつけられた。

あれはお姉さんだわ。ホープよ。ペッパーは足を速め、駆けだしながら叫んだ。「ホープ。やっと来てくれたのね！」

ホープが手すりを握りしめてポーチのステップをおり始めると、男性が彼女の腕に手を添えて支えた。女性ふたりは庭の真ん中で顔を合わせ、両腕を広げた。

再会の抱擁はホープのおなかに邪魔された。

ペッパーの視界が涙で曇った。喜びと愛情に胸を焦がし、彼女はホープの肩に顔をうずめてすすり泣いた。

ホープは震える声で繰り返した。「ようやく見つけた。ようやくあなたを見つけたわ」

その言葉は彼女の胸のうちで長年繰り返されてきたように響いた。

顔をあげ、ペッパーはホープの顔を覗きこんだ。最後に目にしたとき、姉は一六歳だった。大人びて責任感も強かったけれど、容姿は一六歳らしかった。

それが今や、三三歳の既婚女性となって、力強く光り輝き……妊娠している。

「どうやって？」ペッパーはホープのおなかに手を当てた。「いつ？」

ホープはしゃっくりをして、ポケットからティッシュを二枚取りだし、一枚をペッパーにさしだした。「普通の方法で。そしてもうすぐよ」

ティッシュを受けとって、ペッパーは洟をかんだ。それから、ガブリエルとともに少し離れた場所に立っている黒髪の男性に目を向けた。「お姉さんのご主人？」

「ええ、ザックよ。ザック・ギヴンズ」ホープは誇らしげに言った。「ハンサムでしょ？」

ペッパーはしゃっくりをしながら吹きだした。「ええ、そうね」

「あの人は？」ホープは小道のほうを指した。「あなたの恋人？」

ホープが誰のことを言っているか、ペッパーは見るまでもなくわかった。ダンは庭の反対側で一同を見守っている。ペッパーは彼の視線を感じ、身内の再会に水をさされて憤慨した。やや辛辣に、彼女は言った。「違うわ。理想の相手だと思ったんだけど、うまくいかなかったの」

「まあ」ホープはダンをしばし見つめてから、洞察力の鋭い目をペッパーの傷ついた顔に向けた。「そう」親指を舐め、その指先でペッパーの顎をこする。「どこにいても、あなたのことはすぐわかるわ。いつも顔が汚れてるから」ほほえみが揺らいでひび割れた。「ネイピア将軍があなたを殺すつもりだと知って、手遅れになるんじゃないかと思ったのよ」

「間一髪で間に合ったわ」ペッパーはすすり泣くホープを抱きしめて言った。「泣かないで。こうして再会できたんだから」

「もう二度とあなたを放さないわ」ホープは力強く応えた。「本当にごめんなさい。ペッパー、本当にごめんなさい。何度もそう言わずにはいられないわ。あの人たちにあなたを引き渡すんじゃなかった。ひとりも手放さずに逃げだして、なんとか一緒に暮らすべきだったのよ」

「お姉さんのせいじゃないわ」ホープの激しい後悔の念を目の当たりにして、ペッパーは初めてそう思った。八歳の頃の気持ちからようやく解放され、真実を直視した。「逃げても彼らに見つかって連れ戻され、同じ運命をたどったはずよ」

ホープはささやいた。「あの人たちがお母さんとお父さんを殺したのよ。わたしはそう確信しているわ」

ペッパーは姉をぎゅっと抱きしめた。「なんですって？」

ホープがたじろいだ。

その瞬間、ペッパーは姉が妊娠しているだけでなく、おなかの筋肉が張りつめて痙攣していることに気づいた。「これって普通の状態なの？」

ホープは妹を黙らせようとしたが、すでにペッパーの声は響き渡っていた。

とたんに、ザックが大股でホープの脇に歩み寄った。「やあ、ペッパー、ついにきみに会えてうれしいよ」

彼はマサチューセッツ州特有の歯切れのいい口調でそう言ったものの、ペッパーのほうを見ていなかった。

「ホープ、なにかぼくに言いたいことがあるんじゃないか？」ザックは返事を待たずに妻のおなかに手を当てた。そして彼女に険しい目を向けた。「いつからだ？」

「数時間前よ」

ガブリエルが近づいてきた。

ダンも寄ってきた。

ペッパーはホープが産気づいていることに気づいた。「まあ！　なんてこと！」一時間前、ペッパーは自分の死を覚悟していた。だが、今は新たな命がこの世に誕生しようとしている。

両手を叩いて踊りまわり、叫びたい気分だったが、それをこらえて言った。「ホープ、赤ちやんが生まれるのね！」

ホープは痛みをこらえながらもほほえんだ。「ええ、そうよ」

「何時間前からだ？」ザックが詰問した。

ホープはほほえもうとしたが、無残にも失敗した。「六時間前」

「くそっ、ホープ」ガブリエルは地面に帽子を投げつけた。「だから家で留守番していろと言ったんだ！」

明るい声でホープは応えた。「でも、助産師を連れてきたでしょう」

妻の腰に腕を回して支えながら、ザックは母屋へと歩きだした。「助産師の出番はないときみは約束したじゃないか」

ペッパーは反対側にたたずみ、困惑と羨望を感じつつ会話に聞き入っていた。三人は――ザックとガブリエルとホープは――ひとつの家族だわ。家族ならではのやりとりを交わし、愛情をわかちあい、お互いの秘密も知り尽くしている。それなのに、わたしは必死で彼らを避けようとしてきた。

ダンの言うとおりだ。

わたしはばかだった――あまりにも多くのことに対して。

三人が母屋に向かい始めると、ダンがガブリエルに歩み寄り、手をさしだして握手した。

「はじめまして、ダン・グラハムです。ぼくはここでペッパーと一緒に暮らしています」ダンは彼女を自分のものだと誇らしげに明かした。「ぼくについてきてください。こういうときはお湯を沸かすんですよね」

午前四時、ラナ・ペッパー・ギヴンズはミセス・ドレイスのベッドで誕生した。赤ん坊の泣き声は、庭に野営する兵士全員が目を覚ますほど大きかった。キッチンのテーブルでトランプをしていた三人の男性とひとりの女性も、その叫び声に思わず立ちあがった。

「たばこを吸ってくる!」ラッセルは意気揚々と言って、ポーチに飛びだした。

赤ん坊の泣き声は、軍の野営キャンプの真ん中に張られたテントのなかにもはっきりと響いた。ジェニファー・ネイピア将軍は寝袋にくるまりながら、テントの天井越しに光る明かりを見つめ、ヤーネル軍曹に鋼鉄製のロープで足首に取りつけられた追跡装置を罵った。あの赤ん坊のおかげで、みんなの関心は確実に自分からそれる。今ならおそらく逃げだせるが、そんなことをすれば獲物のように山中を追跡され、兵士たちを楽しませるのが落ちだ。想像を絶する状況下でも、絶体絶命の危機のもとでも、ジェニファー・ネイピア将軍は軽率な行動に出て威厳を損ねたりしなかった。

ミセス・ドレイスのベッドルームでは、助産師が赤ん坊の甲高い泣き声や無意味な蹴りなど気に留めずに、ラナの体をきれいに拭き、母子ともに健康なことに満足していた。毛布にラナをくるみ、髪の生えていない頭にピンクの帽子をかぶせると、助産師は赤ん坊を母親にさしだした。

安全な距離を置いて一部始終を見守っていたペッパーは、このごく自然でありながらすばらしい出来事に驚嘆していた。わたしには姉がいる。その姉の出産に立ちあい、姪《めい》が生まれたのだ。

ホープは大喜びで、泣きわめく赤ちゃんを受けとった。「なんてかわいいのかしら」

ザックがふたりにかがみこんだ。「ああ、とびきりの美人だ」彼の低い声が一オクターブ跳ねあがった。そして、赤ん坊に向かってつぶやいた。「そうさ、きみは世界一かわいい女の子だよ」

たくましい寡黙な男性が真っ赤な顔で泣き叫ぶ赤ん坊にめろめろになる姿を見て、ペッパーはにっこりした。

「ペッパー、こっちに来て、あなたの姪を見てちょうだい」ホープが命じた。

ペッパーはあまり気が進まなかった。赤ちゃんなんて、どう扱ったらいいかわからない。とりわけ、こんなに小さいと。助産師や義兄とともに何時間もこの部屋に閉じこめられ、再会したばかりの姉の出産を目の当たりにし、今度はくしゃくしゃの顔をした赤ん坊に語りかけなければならないなんて……。ペッパーはベッドへとかがみこんだ。

赤ん坊は泣きやみ、ペッパーを見るなり、猿のように下唇を突きだした。

「まあ、ペッパー」ホープは笑うと同時に泣きだした。「この子、あなたにそっくりよ」

「かわいそうに」ペッパーは赤ん坊の小さな拳を撫でた。

ザックとホープが交わした視線には気づかず、ペッパーはいつしか姪を抱きかかえていた。

「まあ」

細い腕を振りまわしながら、ラナは片目や両目を開けたり閉じたりして、小さな口を開けてあくびをした。

ペッパーの目が潤んだ。「なんてかわいいの」

ホープは言った。「ペッパー、ガブリエルがドアを蹴破らないうちに、この子を見せてあげて」

でも、ダンもわたしと会って話をしたいと待ち構えているはずだ。ペッパーは思わず口ごもった。「ザ……ザックが赤ちゃんのお披露目をしたいんじゃない?」

「ぼくはしばらく妻とふたりきりで過ごしたい」ザックはホープの手をつかんで自分の胸に当てた。ペッパーは義兄が姉に向けたまなざしを見て、赤ん坊をぎゅっと抱きしめた。姉夫婦について疑問があったとしても、今のまなざしですべてが明らかになった。ザックはホープを崇拝しているんだわ。

ペッパーは忍び足で部屋を出ながら、赤ん坊にささやきかけた。「ママとパパにはプライバシーが必要なの。でも、心配しないで。あなたを愛していないわけじゃないのよ。ママとパパは愛しあっていてずっと一緒だから、あなたは安心だわ」姉から聞いた両親の話が、ふと頭によみがえる。あれは本当かしら? 両親が殺されたという話は。わたしの記憶のなかのすばらしい両親は本物なの?

お父さんとお母さんは犯罪に巻きこまれた被害者なのかしら?

ペッパーは腕のなかの赤ん坊を見つめ、落とさないように気をつけながらダイニングルームを通り抜けてキッチンに入った。最高の叔母になろうという誓いを胸に。

キッチンに足を踏み入れたとたん、椅子に座っていた三人が立ちあがった。ガブリエルとダンだ。やっぱりダンがいた。だが、そこには彼の母親のバーバラ・グラハムの姿もあった。九年前の短い滞在中に一度会ったきりにもかかわらず、ペッパーには彼女がわかった。バーバラは息子と同じくらい長身で浅黒い肌をしているが、黒髪で頰骨が高く、ダンのネイティヴ・アメリカンの曾祖母に生き写しだった。

愛情深い母親のバーバラは、息子が殺されそうになったと聞いて駆けつけてきたのだろう。

「また会えてうれしいわ、ペッパー」バーバラは本気でそう言っているようだ。昔から彼女は優しくしてくれた。ペッパーはバーバラがろくでなしの息子を育てたからといって、責める気になれなかった。

ラナは天井の明かりに目をぱちくりさせ、猿のような顔を大げさにしかめた。

ガブリエルが駆け寄ってきた。「大丈夫なのか？　ホープや赤ん坊は？　ちょっと見せてくれ」小さな赤ん坊の皺くちゃな顔を見おろしたとたん、彼は仰天した。「赤ん坊っていうのはこういう顔をしているものなのか？」

バーバラが割りこんできた。「わたしにも見せて。まあ！　ええ、そうよ。この子はとってもかわいらしいわ」

「あなたがそうおっしゃるなら……」ガブリエルは半信半疑で応えた。

ペッパーは抱きかかえた赤ん坊に意識を集中し、顔をあげたくなかったが、そうせずにはいられなかった。ダンの視線をひしひしと感じ、否応なしに目を引きつけられたからだ。

ダンは冷静に一同を見守り、その表情と態度からは赤ん坊やペッパーのことを気にかける様子や、ラナの誕生を祝う輪に加わる気配はうかがえなかった。それでも、ペッパーの背筋にぬくもりが広がった。

彼は無関心なわけじゃない。

でも、わたしには関係ないわ。ペッパーはそう自分に言い聞かせた。確かにダンは命を救ってくれた。でも、わたしが懸命に築きあげたプライドと独立心を奪った。そのうえ、彼と結婚すると約束したわたしを最悪の形で疑った。ダンに侮辱されたせいで、九年間抱いてきた愛情は燃え尽きた。ついにわたしは彼から解放されたのね。愛らしいラナを見おろして、ペッパーはほほえんだ。もうわたしには心を満たすものがほかにもたくさんある。

裏口のドアがばたんと閉じた。憎むべきたばこの煙をポーチに残して、ラッセルがダンの隣に急ぎ足でやってきた。「女の子か？」

ダンはペッパーが赤ん坊を抱く姿や、ガブリエルがふたりにかがみこむ様子を眺めながら、喜びと悲しみに心を引き裂かれた。「家族の一員が誕生したよ」

29

一時間後、ペッパーがキッチンに足を踏み入れると、ダンとバーバラとラッセルがまだ眠らずにテーブルを囲んでコーヒーを飲んでいた。

彼女は全員に会釈し、ダンともさりげなく目を合わせてから、賞賛に値する平静な声で冗談を言った。「この徹夜のパーティーは疲れますね」

「ええ、そうね」バーバラは両方のまぶたを指先で押しあげた。「わたしはもう徹夜をするほど若くないわ」

ラッセルは無精ひげの生えた顎を掻くのを一瞬やめて尋ねた。「赤ん坊の調子はどうだ？」

「眠っています。ホープとザックも。助産師はわたしのベッドで」凝った背中を伸ばしつつ、ペッパーはコーヒーポットに近づいた。「ありがたいわ、誰かコーヒーをいれてくれたんですね」

「ダニーがいれたのよ」バーバラは息子の腕を叩いた。「あなたに必要だからと言って」

「ダニーの言うとおりです」ペッパーはマグカップをつかんでポットを持ちあげた。「ありがとう、ダニー」

獲物を求めてうろつく雄を彷彿させる低くあたたかい声で、彼は応えた。「どういたしまして、ペッパー」

彼女は思わずコーヒーをカウンターにこぼした。

トラブルだわ。ダンはたちまちトラブルを引き起こす。ペッパーは愛情のかけらもないまなざしを彼に向けた。

気まずい沈黙がキッチンを満たすなか、ペッパーはこぼれたコーヒーを拭き、マグカップにたっぷり砂糖を入れた。「ウェインライトは見つかったんですか？」

ラッセルが答えた。「あいつは猟銃で尻を撃たれて郡拘置所にいる」

ペッパーはびっくりして彼に向き直った。

「従業員宿舎に立てこもろうとして、カウボーイのひとりを怒らせたのさ」ラッセルはにやっとした。「そのカウボーイには明日、ボーナスをやるつもりだ」

バーバラが愛情深い声で笑った。「ラッセル、あなたって悪い人ね」

「ああ、そうとも」ラッセルは自分のものだと主張するように彼女の手を握った。

ペッパーは言った。「あなた方がよりを戻したなんて知りませんでした」

ダンも驚愕の表情を浮かべていた。「ぼくもだよ」

「人は変わるものよ」バーバラは言った。「あなたのお父さんでもね」

「おまえの母さんでもな」ラッセルが彼女を小突いた。

バーバラはダンとペッパーに謎めいたまなざしを投げかけてから、こう締めくくった。

「離れているとどれほどつらいか、まず気づかなければならない場合もあるのよ」

ペッパーは身をこわばらせた。バーバラはわたしに向けて言ったのかしら？　それとも、そんな気がするだけ？

ラッセルが咳払いをした。「ダン、おまえとわしは牧場の仕事を片づけたほうがよさそうだ。それから、ここにはベッドが足りないし、家に戻ってきていいぞ」

ラッセルの言うとおりだわ。ここには人数分のベッドがないし、危険も過ぎ去った。ラッセルが牧場を手伝ってくれる人を寄こしてくれれば、ダンは家に戻れる。

そのいい知らせにペッパーが考えをめぐらせるなか、キッチンの沈黙が長引いた。

とうとうバーバラが口を開いた。「ラッセル、あなたって本当にしようがない人ね」

「ああ、父さんには本当にまいるよ」ダンは席を立った。「ペッパー、ちょっとポーチで話せないか？」

「彼女はおまえと話したがっていないぞ」ラッセルは言った。

同時にバーバラが言った。「ええ、ぜひそうするといいわ」

ダンの両親はにらみあった。

ペッパーは言った。「いいわよ」ダンがなにを話そうとしているにせよ、どうだっていいわ。わたしには関係ないことだもの。

ダンはラックからペッパーのコートを取って彼女の肩にかけ、ベージュのカウボーイハットを頭にかぶせた。

だが、ペッパーは甘んじて受け入れる気はなかった。シンデレラは死んだのよ。ダンに息の根を止められて。カウボーイハットを脱いで椅子の上に放り投げてから、彼女はきっぱりと言った。「それはもういらないわ」

バーバラがつぶやいた。「あらあら」

一瞬、ダンはペッパーの頭にまたカウボーイハットをかぶせたがっているように見えた。「わかった。きみがまたほしくなるまで、ここに保管しておくよ」彼は誠実な声で応え、自信満々だった。

なんていまいましい人。

夜中にシャワーを浴びたらしく、ろくでなしのダンはシャンプーやあたたかい肌の匂いを漂わせている。ペッパーにはそんな刺激は必要なかった。肌寒いポーチに出たとたん、彼女はコートのなかで身を縮めた。「帽子のことは期待しても無駄よ」

目の前の芝生は一時的な駐屯地に様変わりしていた。庭のあちこちに十数個のテントが張られ、照明で照らされた中央のテントは武装した兵士に取り囲まれている。あれがネイピア将軍のいるテントね。

数人の兵士が目を覚まし、調理係はもう起きていた。だが、辺りはまだ静寂とさわやかな空気に包まれ、新たな夜明けを迎えようとしていた。

ペッパーはそっと言った。「静かに話したほうがよさそうね」

その言葉を聞き流し、ダンは尋ねた。「きみは行くのか？」

やっぱり。ダンはずばり本題に入ってわたしの心を揺さぶる気だ。でも、かわしてみせるわ。彼女は明るい声で礼儀正しく応えた。「ボストンにってこと？　ええ、あなたの言うとおりだったわ。わたしは家族のことをもっと知りたいし、赤ちゃんの世話も手伝えるから――」

「いつ戻ってくるんだ？」

ペッパーはいらだたしげに息を吸った。ダンは駆け引きというものができないのかしら？　もちろん無理ね。ダン・グラハムには。彼が駆け引きをするのは、自分に有利なときだけだもの。「戻ってくるかどうかわからないわ」

彼の顔を光と影が斜めに切り裂き、ダークブラウンの瞳が強烈な光を放った。「きみはこの土地の所有者だ」

もういいわ。わたしも率直に話そう。「この土地を手放さずにいるかどうかわからないわ。だから、あなたにここを無期限に管理してほしいとは頼めない。それにラッセルが買いとってくれるはずよ」

「ミセス・ドレイスはきみにこの土地を託したんだぞ」

まあ、わたしに罪悪感を抱かせようって魂胆ね。「彼女はわたしがこの土地に縛りつけられることを望まなかったはずよ。わたしを助けたかったから遺してくれたの」

「ぼくのことはどうなるんだ？」ダンは近づいてきた。「きみはぼくと結婚すると約束したじゃないか」

ペッパーはつい声を張りあげた。「あなたは心変わりしたじゃない」

彼がかろうじてペッパーの耳に届く程度に声を落としたせいで、彼女は誘惑的なささやきに耳を澄ませなければならなかった。「ぼくたちはきっと最高のパートナーになる。きみはぼくを愛しているし、ぼくはきみを愛して――」

「勘弁してちょうだい。わたしを愛しているなんて言わないで」もういや。ダンなんか大嫌い。わたしを情熱的な思い出で包みこむ彼の香りも、良心の呵責など微塵も感じずに平然と嘘をつく彼も大嫌いよ。「そうやってわたしの乙女心をときめかせるつもり？　あなたが与えてくれるような愛情はいらないわ。愛情というのは、わたしに不利な証拠を見つけたからって最悪の疑いを抱くことじゃない。そういう証拠があっても、わたしを信じてくれるのが本物の愛よ」

彼は息を吸い、吐きだしてからまた吸った。「長年孤独でいると、愛は傷つきやすくなる。ぼくは不安でたまらなくて、銃できみを追い払うみたいに間違った証拠に飛びついてしまったんだ」自分の一語一句に羞恥心を覚えるように、早口で言った。

もうこんな話はたくさんよ。それに自分自身にも我慢ならないわ。ダンの話に耳を傾けて、理屈は通らなくても真実を話しているのかもしれないと信じたがっている心の一部にも耐えられない。「そんなの戯れ言よ」

「ああ、ぼくはすっかり正気を失っていた」

まあ、潔く認めるのね。

「ぼくは過ちを犯して、誤解した。それにきみへの信頼を決して失うべきではなかった」彼女の抗う手をつかみ、ダンは自分の胸に押し当てた。「でも、きみはぼくを許すと言ってくれた。山小屋でお互い死を覚悟したときに。確かにきみがそう言うのを聞いたよ」

ペッパーはダンのそばから離れたかった。彼の言い訳に思い悩んだり、彼の胸に触れたりしたくない。でも抵抗するのは見苦しいし、こちらに勝ち目はないわ。彼女はつかまれた手から力を抜いた。「確かにあなたを許すとは言ったけど、あれはもう二度と会わない相手に与えるたぐいの許しよ」

彼は当惑顔で言い返した。「許しに別の種類があるなんて知らなかったよ」

「そうやって人間は毎日新たなことを学ぶの。とにかく、わたしはまだあなたを愛しているとは言わなかったわ。愛は滅びることもあるのよ。さんざん打ちのめされたあげくにね。あなたはわたしが家族を失って以来、誰にも与えなかった信頼と愛情を手に入れたのに、それに唾を吐きかけたのよ」

「すまない。本当に悪かった。どうかぼくを信じてくれ」ダンは真摯《しんし》な謝罪の言葉を口にしたものの、ペッパーにそれを味わうゆとりを与えなかった。真実を見抜いた彼は単刀直入に言った。「だが、きみの愛情は滅びなかった」

まあ、なんて図々しい！「あなたはわたしの感情の専門家のつもり？」

彼は説得力のある口調で訴えた。「ペッパー、ぼくたちがわかちあっているものは安易な関係じゃない。失望に押しつぶされたり、会えなかった日々で壊れたりするような軽い気持ちじゃないんだ。ぼくたちは愛しあっているんだよ」

彼女は目をぐるりと回した。

「そんな顔をしないでくれ！」前髪を垂らし、次第に怒りを募らせていくダンは、なんでも自分の思いどおりにする自信満々の兵士というより、若い頃の彼を思わせた。

よかった。少なくとも、若い頃のダン・グラハムには真心があったわ。ペッパーは腕組みをして手すりにもたれた。

今や、ダンはあがいていた。滑らかに言葉が出ず、彼女の手も放した。「なにより、きみと、きみへの愛が、ぼくの人生に意義を与えてくれたんだ」それ以上話したくなさそうに顔をしかめる。

好奇心に抗えず、ペッパーは彼をせっついた。「どうぞ、続けて」

「ああ、わかったよ」ダンは手すりに両手を突き、野営テントを眺めた。彼女がじっと耳を澄まさなければ聞きとれないような低い声で、彼は尋ねた。「ぼくがおなかの傷について話したのを覚えてるかい？」

「ええ、覚えているわ」ペッパーは慎重に訊いた。「もう少しで命を落とすところだったんでしょう？」

「ぼくは二度死んだ」

その響きが彼女は気に入らなかった。「えっ？」

「だが、二回とも生き返った」

「そうね」隣にたたずむダンは確かに生きている、とペッパーは自分に言い聞かせた。

「二回とも徐々に意識を取り戻し、高熱や激痛でぼろぼろになったこの体に戻った。きみを思う気持ちに必ず呼び戻されたからだ。きみがこの世にいる限り、死ぬわけにはいかなかった」

ダンはそう認めるのがいやでたまらないようだ。その態度から、ペッパーは彼が真実を語っていると判断せざるをえなかった。

でも……彼はこの告白によって、わたしに負わせた傷を癒せると思っているのかしら？

ダンは話を続けた。「きみの居場所を突きとめ、きみがぼくを必要としてくれるかどうか確かめるまでは……きみを捜しだして、もう一度ぼくのものにするまでは死ねないと思ったんだ」

「あら、あなたはもうわたしを手に入れたじゃない。それも何度も」思いきり侮辱的な口調で、ペッパーは訊いた。「なぜ満足しないの？」

「大切なのは、きみと愛を交わすことじゃないからさ」彼はとたんに制止するように両手をあげた。「そういう意味じゃない」焦燥感に目が光る。「きみと抱きあったことによって、ぼくたちの関係は単なる情事じゃないと悟った。きみはぼくの一部なんだ。そして暗いトンネルのあとに、ぼくを照らす明かりだ。きみがいて初めてぼくは満たされる。だからそばにいてもらうために、自分にできる限りのことをすべてやらずにはいられない」

「でも、わたしが一生ともに過ごしたいと思う男性にはなってくれなかったわ」

「ぼくがその男性だよ。どうかチャンスをくれ。頼む。一瞬のパニックのせいで――ぼくのパニックのせいで――お互いの人生を台なしにしないでくれ」ダンは口調も態度も誠実そのものだった。

でも、そんなことは関係ない。「あなたにもう一度賭けてみることはできないわ。またいつ傷つけられるのかと、常に不安になるはずだもの」

「二度と言い争いをしないなんて約束はできないが、たとえ世界じゅうを敵に回しても、必ずきみの味方になると誓うよ」ダンは彼女の頬にそっとあたたかい口づけをして、耳もとでささやいた。「頼む、どうかぼくと結婚してくれ」

「無理よ」今もペッパーは彼に投げつけられた言葉に傷つき、怯えていた。「わたしは過去の経験から学んだの。もう二度とあんなばかな真似はしない」

「きみが上手に言い表したじゃないか。魂に傷を負ったぼくたちはお互いを癒せるはずだと。これから永遠に満たしあっていこう」

ああ、もう。ダンの誠実な言葉にペッパーの喉が詰まった。気をつけないと屈してしまいそうだ。でも、そんなわけにはいかない。今はまだ。きっと永遠に。

大勢の兵士がごそごそ起きだす音がした。ペッパーは邪魔が入ったことに感謝しつつ、野営キャンプを見渡した。東の空が白み始めるなか、中央のテントからネイピア将軍が現れた。戦闘服に身を包み、髪はきちんと結いあげ、険しい表情を浮かべている。将軍が鋭い口調で話しかけると、兵士たちはぱっと立ちあがり、まわりを取り囲んで敬礼した。まるで彼女がなんの罪も犯していないように。ヤーネル軍曹もその輪に加わったが、いかめしい顔つきだった。

ペッパーはネイピア将軍をじっと見据えた。あの女性は信用できない。絶対に。「彼女はどうなるの？」

「ワシントンDCで尋問にかけられる」ダンはつけ加えた。「きみもそうだよ」

「ええ」ペッパーは調理用のテントに向かう将軍と、あとを追う兵士たちを見守った。「ダン、彼女が危険だってことをわかってる？」

「みんな承知しているよ」

ペッパーは胸騒ぎがした。「こうして追いつめられた今、彼女は極めて危険な状態よ」

ダンはジャケットのなかに手をさし入れてホルスターからベレッタを抜くと、ペッパーにさしだした。「これで安心かい？」

ダンは庇護《ひご》者ぶっているのかしら？　いいえ、そうじゃない。わたしやわたしの能力を信頼することによって、騎士道を示しているのよ。またむなしい求愛行動だわ。「ありがとう」

銃の重さをてのひらに感じ、彼のぬくもりが銃身から伝わってくると、確かに気分がよくなった。

そのとき、ネイピア将軍がペッパーに気づいて目を細めた。薄い唇に笑みが浮かぶ。彼女はポーチへと近づいてきた。最後の戦いに直面して自分の獲物を狙う、強靭で狡猾なピューマのように。

ヤーネルがポーチのステップの手前で将軍を制した。「ここから先には行けません」

ネイピア将軍は彼に軽蔑のまなざしを向けたが、指示に従って立ちどまった。彼女がペッパーを見あげた拍子に、化粧をしていない顔に刻まれた年齢の皺があらわになった。将軍はあらゆることを偽ってきたように、年齢もごまかしていたに違いない、とペッパーは思った。

「あら、ジャッキー・ポーターじゃない。それともペッパー・プレスコットと呼ぶべきかしら」ネイピア将軍はダンに気づいたとたん、目を見張った。「それにダン・グラハム中尉も」

ダンは彼女の敵意を気にも留めていないようだ。「お会いできて光栄です」

「なるほどね」ネイピア将軍は喉を鳴らすように言って、ペッパーのほうをてのひらで指した。「だから、彼女はわたしにつかまらなかったのね。あなたを見つけたおかげで」

丘の斜面から太陽が顔を出し、ダンのブロンドの髪が輝いた。「あなたは彼女を見くびっていますよ、ネイピア将軍。彼女は自分で自分の身を守れます」

ヤーネルが嫌悪感もあらわにネイピア将軍を見つめた。ほかの兵士たちは彼女を取り囲み、興味津々で聞き入っている。

ペッパーの胸騒ぎはますます強まった。この状況の危険性に、わたし以外誰も気づいていないようだわ。男性たちは、ネイピア将軍が女性で敗北したからといって、もはや脅威とは見なしていないらしい。

「冗談でしょう」ネイピア将軍はダンの主張を受け流した。「彼女は負け犬じゃない。サイン会で本人から生い立ちを聞いたわ。よりによってテキサス出身の孤児ですって。両親はけちな犯罪者で、さっさと彼女を捨てたそうよ。無能な彼女は、あなたをつかまえて大喜びしたに違いないわ」

将軍を侮辱するような無関心さで、ダンは淡々と言った。「あなたのこんな姿を目の当たりにすることになって残念です、ネイピア将軍。あなたには潔く敗北を受け入れてほしいと願っていました」

ヤーネルが近づいて将軍の腕をつかんだ。「すみませんが、一緒に来てください」

ネイピア将軍がヤーネルのホルスターから銃を抜きとり、ダンの胸にぴたりと狙いを定めるのが、スローモーションのようにペッパーの目に映った。

ペッパーには警告の叫び声は聞こえなかった。あわててネイピア将軍を止めようとする兵士たちの姿も目に入らなかった。将軍の息の根を止めるべく、ペッパーはダンの銃を構え、息を詰めて引き金を引いた。その反動で手が跳ねあがり、ベレッタの熱が指に伝わって、銃声が耳をつんざいた。

ダンは無傷のまま立っていた。

ネイピア将軍はその場に倒れ、手にしていた銃は放りだされた。撃たれた腕をつかみ、彼女は苦痛の——そして怒りの——叫び声をあげた。

兵士たちが一斉に銃口を将軍に向けた。

ヤーネルは自分の銃を地面から拾いあげ、うろたえながら見つめて、誰ともなしにつぶやいた。「いったいどうやって?」

ダンはペッパーの震える手から銃を優しく取った。「気にするな、ヤーネル。彼女は男から武器を奪うことに長けているはずだ。きっと著書でそのやり方を伝授しているに違いない。そうだろう、ペッパー？」

ペッパーはダンと目を合わせた。彼は生きている。わたしに命を救われて。これでおあいこだわ。「ええ、そうよ」

「ミズ・プレスコット、あんな見事な射撃は見たことがありません」ヤーネルは地面でもだえ苦しむネイピア将軍を凝視した。「将軍の手から銃を撃ち落としてもらって感謝します。本当にありがとうございました」

「どういたしまして、軍曹」ペッパーは将軍の甲高い叫び声がやむと、ポーチのステップをおりて歩み寄った。身をかがめ、怒りに燃える将軍の目を見据えて、彼女の耳にだけ届く声で言った。「本当はあなたの心臓を狙っていたの。でも、あなたの心は標的にするには小さすぎたわ」

30

マサチューセッツ州ボストン

ペッパーは生後四週間のラナを腕に抱き、義理の兄と言い争っていた。「あれは腸におならがたまったせいじゃないわ。ラナは本当にわたしにほほえんだのよ」

ザックが言い返した。「ドクター・バンクスの話だと、赤ん坊は生後五週間になるまでほほえむことができないそうだ」

「ラナはほかの赤ちゃんより賢いのよ」ペッパーは高慢な口調で応えた。わたしに言わせれば、ラナは世界一賢い子よ。ペッパーは優しい目で周囲を見まわした。こうしてギヴンズ邸の温室で家族に囲まれて過ごすのは最高の幸せだわ。

ペッパーは異郷での最初の一週間を——というより、文明社会に復帰する日々を——ワシントンDCで過ごし、あの駐車場で見聞きしたことをFBI捜査官やほかの捜査当局者に説明した。

ドナルド・ジャッフェ大佐もわざわざ自己紹介をしにやってきた。大佐は口数が少なかったが、穏やかなまなざしやにこやかな顔に、ペッパーはいつしか気を許していた。ただ、ダンの恋人だと思われていることには、啞然とすると同時に警戒心を覚えた。

誤解はすぐさま正したけれど、大佐はほほえんだままだった。

おかしなことに、捜査当局はペッパーの逃走をあからさまに非難しながらも、ザック・ギヴンズの義妹である彼女に対して非常に礼儀正しかった。おそらく、ザックの友人で顧問弁護士のジェイソン・アーバーノが聴聞会に同席したからだろう。

尋問の合間に、ペッパーはヴァーガス上院議員と握手を交わし、自分のEメールを信じて対処してくれたことに感謝した。それから、アパートメントの荷物をまとめて家具を倉庫に預け、鉢植えを集めて、顧客をほかの造園家たちに託した。植物や家具を今後どうするかは決めていなかった。

これからの人生をどうするかも未定だ。

すべてが一変した今、ペッパーには異なる選択肢があり、これまでとは違う責任も生じていた。今や、姪と姉と兄と義兄がいて……この世界のどこかに、見つけなければならない妹もいるのだ。

「このあいだ、ラナの最初の言葉を聞いたよ」ガブリエルが得意そうに笑った。「この子は鏡を見て、〝モンキー・フェイス〟って言ったんだ」

「そんなの嘘よ！」ホープとペッパーは声を揃えて言った。

「ラナがわたしに似ているから、お兄さんはそんなことを言うんでしょう」ペッパーはつけ加えた。

「ああ、そうさ」ガブリエルは妹の巻き毛を引っ張った。「モンキー・フェイス」

「実を言うと」ホープが言った。「この子はケイトリンに似ているわ」

室内がしんと静まり返った。ホープとガブリエルとペッパーは、赤ん坊だった妹を思い出した。三人は妹を愛し、抱きしめてはキスをしたが、生後九カ月以降の妹を目にしていない。グリズワルドはケイトリンの手がかりをいっさいつかめなかった。赤ん坊の妹は養子となって名字が変わり、ファーストネームも変更されたかもしれない。捜索は続けるものの、ケイトリンはもう十代の後半だ。果たして再会することができるのだろうか？

依然として行方不明の妹や、自分自身のためにも、ペッパーはラナをかわいがった。そんなペッパーをザックの家族は熱烈に歓迎した。ホープの友人も毎日少なくともひとりは訪ねてきて、長年の知りあいのように話しかけてくれた。そして使用人たちまでもが、彼女と顔を合わせるたびにほほえみかけてきた。ペッパーにとっては、無意識のうちに夢見てきたことがすべてかなったようだった。

ひとつの夢以外は。

でも、わたしは彼のことなんて考えなかったわ。赤ん坊を抱いてあやしたり、げっぷをさせたりするのに忙しくて。それに先週落ち着かない気分になったのは、仕事が必要なせいよ。長年一生懸命働いてきたから、優雅な暮らしに不安を覚えるのは当然だ。だから、その不安が高じて、アイダホ州の牧場にいる男性の官能的な夢を見たとしても、別に深い意味があるわけじゃない。

グリズワルドが戸口に現れた。「ミス・ペッパー、お電話です」

「電話だって？」ガブリエルは仰天して両方の眉を吊りあげた。「誰からだ？　ペッパーには友人なんてひとりもいないはずだが」

ペッパーがラナの洗礼式で一番の人気者だったことを思い出し、みんな吹きだしたが、ペッパーは思わずむっとした。ボストンに友人がひとりもいないからって、なんだというの？お兄さんったら、わたしが孤独なことをからかうなんてひどいわ。

ガブリエルが大好きなたったひとりの兄であると同時に、悩みの種だったことをすっかり忘れていた。実際、兄はラッセル・グラハムに少し似ているときがある。ラッセルといえば、きっと今頃、息子を不釣りあいなペッパー・プレスコットとまんまと別れさせたことにほくそ笑んでいるだろう。

「若い女性からです。あなた様よりずっと礼儀正しい方ですよ、ミスター・ガブリエル」グリズワルドは丁重ながらも冷ややかに答えた。「アイダホ州ダイヤモンドのミセス・リタ・ドコモスです」

ペッパーはリタが電話してきた理由が思い浮かばずに凍りついた。

ダン。テロリストが戻ってきたのかしら？　まさか負傷して命を……。

尊大な執事の口調のまま、グリズワルドは続けた。「こちらは平穏無事だと伝えてほしいとのことでした。ミス・ペッパーとお話しになりたいそうです」

ペッパーは詰めていた息を吐きだして、ラナをガブリエルに預けた。

「二番の回線です。ミスター・ギヴンズの書斎の電話をお使いください」グリズワルドは非難めいた視線をザックに向けた。「ミス・ラナがお生まれになって以来、旦那様は書斎を一度もお使いになっていませんから」

ザックが笑いながら反論し始めるなか、ペッパーは彼の書斎に駆けこみ、後ろ手にドアを閉めた。二番のボタンを押し、意気揚々と言った。「リタ？　元気だった？」

電話の向こうからリタの声がはっきりと聞こえてきた。「ええ、調子は上々よ。ホームページも立ちあげたわ。バーバラが手伝ってくれているの。それで、あなたも種を販売したいかどうか訊こうと思って」

「まあ！　ええ、もちろんよ、ぜひ……」でも、わたしはその計画をすっかり忘れていた。そのうえ、もうダイヤモンドにはいない。ミセス・ドレイスの庭の植物が今どんな状態で、まだ枯れていないかどうかもわからない。ペッパーはザックの大きな革張りの椅子に沈みこんだ。「わからないわ。すぐに植えかえなくてはいけない植物がたくさんここにあるけど……。ところで、みんなはどうしてる？」

「元気よ。バーバラとラッセルは独立記念日にまた結婚式をあげるの」リタは愉快そうに言った。「ラッセルは、みんなにとっては独立記念日でも自分にとっては違うと言い続けているわ。盛大なウェディングパーティーになるわよ。あなたも来ればいいのに」

ペッパーはその知らせを受けとめながら言った。「わたしはラッセルの安っぽいパーティーには呼んでもらえないと思うわ」

「さあ、どうかしら。ちょっと訊いてみるわね」そう言って、リタは大声で呼びかけた。

「ねえ、ラッセル、ペッパーはあなたの安っぽいパーティーに呼んでもらえないと思ってるわよ！」

ペッパーは思わず友人を引っぱたきたくなった。「やめて！　リタ、彼にそんなこと言わないで」

だが、次に聞こえてきたのはリタの声ではなかった。ラッセル・グラハムはあいかわらず不機嫌な声で言った。「当たり前だ、わしの安っぽいパーティーには呼んでやるもんか。きみはまた姿をくらましてダンを置き去りにした。瀕死の状態で帰還して以来、あいつのあんなみじめな姿は見たことがない」

それを聞いて、ペッパーは無性にうれしくなった。もちろん、なぜこんなに有頂天になるのかも、ダンが意気消沈しているのを喜ぶのは執念深い証拠なのかも、知りたくないけれど。

「彼はわたしみたいな哀れな臆病者なんて、さっさと忘れるはずです」

ラッセルは鼻を鳴らした。「あいつはわしのために独身最後のパーティーを企画して、ボイシからストリッパーを数人呼んでくれたが、その女たちの胸を見ながら、きみほど魅力的じゃないなんて抜かすんだ。その真偽のほどは定かじゃないが、彼女たちのおっぱいは立派なものだった。それなのにあいつときたら、きみのことを考えていたなんて――」

バーバラの声が割りこんだ。「こんにちは、ペッパー。だめよ、ラッセル、受話器は渡さないわ。それで、ペッパー、ボストンはどう？　いつ戻ってくるの？　わたしの結婚式には出られる？　ぜひあなたにも出席してもらいたいわ」

ラッセルが背後で叫んだ。「結婚祝いは新品のタオルとシーツにしてくれ！　わしらの好きな色はブルーと白だ！」

「ラッセル、黙っててちょうだい」バーバラが叱りつけた。「ペッパー、お祝いなんて用意しなくていいのよ」

「わしらは赤ワインも好きだ！」またラッセルが叫んだ。「それに、わしはカナディアンウィスキーも飲むぞ！」

「ラッセル！」

電話が勢いよく床に落ちた音がして、ペッパーは思わず受話器を耳から遠ざけた。それから、なにやらもみあっているような音が聞こえた。

リタが再び受話器を取った。「ラッセルはもうカナディアンウィスキーを飲み始めてるの。でも、わかったでしょう？　ふたりとも、あなたに結婚式へ来てもらいたがっているわ。挙式は二時から会衆派教会で行われて、そのあと彼らの自宅でひと晩じゅうパーティーが開かれる予定よ」

「リタ、ダンがわたしにふられてふさぎこんでいるって本当なの？」ペッパーはそんなことを訊いた自分に唖然とした。「別に気にしているわけじゃないけど、ラッセルがそう言っていたから――」

「あなたにふられてふさぎこんでいるですって？　まさか、わたしはダンとよく話すわよ」よく話す？　ペッパーはザックの椅子の上で背筋をまっすぐにした。よく話すって、どういうこと？

リタは続けた。「ダンはあなたにひどい仕打ちをして、言ってはいけないことをたくさん言ってしまったと感じてるけど、あなたも知ってのとおり、ラッセルは大げさなのよ」

「ええ、そうね」でもラッセルの話だと、ダンはストリッパーよりわたしのほうが魅力的な胸をしていると思ったようだ。やっぱり彼は趣味がいいわ。「ダンは今、どこに住んでいるの？」

「ミセス・ドレイスの家よ。あなたが戻ってくるまで、誰かがあそこにいないといけないから。それはそうと、ダンはもう名誉除隊したわ。彼の上官によれば、山ほど勲章が与えられるんですって。でも、あなたは自分をわがままだと思う必要なんかないのよ」リタは明るく無頓着に言った。「あなたが家族と過ごしたがっていることは、みんなわかってるから。その気になったら戻ってくればいいわ。ねえ、ペッパー、これはグラハム家の電話なの。これ以上電話料金を引きあげないうちに切るわね。種の販売についてどうするか決めたら連絡してちょうだい。それから、独立記念日にはぜひ戻ってきてね。みんな待ってるから。じゃあ、また！」

ペッパーはのろのろと受話器を置いた。わたしは招待されたの？　それとも挑戦状を叩きつけられたのかしら？　リタはダンとデートしているの？　そうだとしても、なぜ気にするの？　ダンのことはもうほしくないと、彼にはっきり告げたじゃない。彼は別の女性を見つけて結婚するべきよ。その女性と子供をもうけ、冬に舞う雪や、春に花開くチューリップを眺めて……。

ペッパーはザックの書斎をあとにした。ぼんやりと辺りを見まわす。わたしにはどこにも行く場所がない。そうだ、ラナがホープと一緒に温室で待っているわ。わたしはラナに必要とされ、ホープからも愛されている。この世にはわたしの居場所がある。

温室に戻ると、ホープが眠ったラナを抱きながらひとりで座っていた。彼女はペッパーを見あげてほほえみ、隣に座るよう促した。

ペッパーの頭に警報音が鳴りだした。このホープの表情には見覚えがある。何年も前に見たわ。

ホープはペッパーが望もうと望むまいと、妹の問題を解決する気なのだ。低く優しい声で、ホープは言った。「あなたがいなくなったら、ラナは寂しがるわ」

ペッパーはうろたえた。「い、いなくなる？」

「わたしたちみんながあなたを恋しく思うでしょうね。でも、あなたには管理しなければならない土地がアイダホ州にある。もう向こうに帰るつもりなんでしょう？」

ペッパーは自分の土地についてなにも決めておらず、家族と離れてダイヤモンドに戻ろうと思ったこともなかった。てのひらの上でひよこを孵化させた男性が、毎朝五時にコーヒーをいれ、わたしを叩き起こして仕事に連れだす場所に戻ることなど。

「あなたがあそこを発ってから、もうすぐ一カ月になるわ」ホープは言った。「ダンから連絡はあった？」

ペッパーは即座に答えた。「いいえ。あるわけないでしょう」だが、自分の早とちりに気づいて肩の力を抜いた。「ああ、牧場の件でなにか連絡があったかという意味ね」

「いいえ、あなたと彼のことでよ」ホープはペッパーの視線をとらえた。「あなたは彼のために将軍を撃ったわ」

ペッパーは背筋をぴんと伸ばした。「別に彼のために撃ったわけじゃないわ。自分のために撃ったのよ。彼女のせいで、わたしの人生と理想が壊されたから。捜査員たちには、彼女をさんざん懲らしめてもらいたいわ」

ホープはしばし考えこんでから口を開いた。「あなたにこれを伝えるべきかどうかわからないけど、ザックによると、彼女はテロリストの情報網について洗いざらい話すことで司法取引をしたそうよ」

ペッパーは憤慨の声を漏らした。「だったら、将軍がテロリストの友人に始末されるように、当局は彼女を解放してほしいわ」

「いいえ、彼女は一生牢獄で過ごして朽ち果てるのよ」ホープはペッパーの頰を両手で包みこんだ。「でも、どんな決断をしようと、あなたはアイダホに戻らなければいけないわ」

冗談めかして、ペッパーは尋ねた。「もうわたしを家から放りだすつもり？」

「放りだすんじゃなくて、軽く小突いてるだけ」ホープは妹の瞳をじっと見つめた。「ペッパー、あなたがここにいてくれたら、わたしたちはとてもうれしいわ。でも、あなたは隠れてる。すてきな男性から逃げているのよ」

「ダンのこと？」ペッパーが大きく鼻を鳴らしたせいで、ラナがびくっとした。ペッパーは声を潜めた。「お姉さんは彼のことをなにもわかっていないのよ」

「あなただってそうなんじゃない？」

その瞬間、ペッパーは悟った。家族がいるのはうれしいことだけど、ひとり暮らしも悪くないと。植物と過ごしたり、なにも言い返さないグリーンの葉っぱに話しかけたりするのは楽しいもの。あの植物やわたしの温室が恋しい。長い渓谷も、広大な青空も、蛇がうようよする場所に卵を隠す雌鶏も恋しい。離れていた九年間も恋しかったけれど、今もその気持ちは変わらない。

そしてダンも恋しい。いまいましいことに、恋しくてたまらない。彼が復讐を成し遂げたと知ったときは胸が高鳴った。ダンが戦いを生きのびて、この世界のどこかで生きていると思うと、喜びが胸にあふれる。

ホープは続けた。「あなたたちふたりは解決しなければならない問題を抱えているわ」

ペッパーは怒りにしがみつこうとして無駄な抵抗をしているとわかっていたが、それでも悪あがきせずにはいられなかった。「彼がわたしを悪者扱いしたこととか？」

「わたしはあなたのことをよく知っているのよ、ペッパー。あなたはわざと相手に悪い印象を与えようとするところがあるわ」

恨めしげにペッパーは応えた。「まあ、そうかもしれないけど」

「彼があなたを悪く思うような原因がなにかあったの？」

「あの人がばかなのよ」

「それ以外には？」

「彼のもとから立ち去ろうとしているところを見られてしまったの」

ホープはいぶかしげに小首をかしげた。「男性のなかには、そういうことを重大に受けとめる人もいるはずよ」

「彼はわたしを信じるべきだったのよ」

「昔、あなたがダンに傷つけられると思いこまずに、彼を信じるべきだったように？」

秘密がばれていることに憤慨して、ペッパーは問いただした。「誰から聞いたの？」

「あなたよ」

「ああ、そうだったわ」長年の孤独な生活についてホープに話したときは、まさか語らなかったことまで姉に見抜かれて、それでやりこめられるとは思いもしなかった。

ホープは赤ん坊を胸から離し、肩にのせて背中を軽く叩いた。ラナが大きなげっぷをすると、ホープは愛情深くほほえんだ。「すごい音ね。この子はペッパー叔母さんにそっくりだわ。ほかの面でも叔母さんに似てくれるといいけど」

「ほかの面って？」ペッパーは怪訝そうに尋ねた。

「子供の頃、あなたは決して喧嘩から逃げなかった。なにからも逃げなかったわ」

喧嘩？　ペッパーはこの勝負に敗れたことに気づいた。立ちあがって戸口へと向かい、振り返って言う。「わたしは彼に王子様になってほしかったの」

ホープは吹きだした。「王子様を求めるには、自分も白雪姫にならなければいけないのよ。ペッパー、あなたはそういうタイプじゃないわ」


アイダホ州ダイヤモンドでは毎年独立記念日を盛大に祝う。花火も郡でもっとも華やかで、消防車や青少年教育クラブの馬のパレードもあった。

だが、今年の独立記念日は午後二時になると、どの通りもひとけがなくなった。町民全員が会衆派教会の席につき、ラッセルとバーバラ・グラハムが二度目の結婚式をあげるのを見守っていたからだ。

ダンは祭壇の前で父親の隣に立っていた。再婚する両親から花婿介添人の役を賜った息子は珍しいだろう。おまけに、両親がほほえみあうのを見てうらやましく思う息子は、めったにいないはずだ。

これがぼくの結婚式だったらどんなにいいか。ぼくが花婿で、ペッパーが花嫁だったら。そしてウェディングケーキの上にのっているのが、ぼくたちの人形だったら。

だが実際には、花嫁介添人のミセス・ハードウィックとともに立ちながら、両親のウェディングパーティーのホスト役を務めるこれからの数時間を想像している。それほど大変ではないだろう。ただし、親父がぼくに奇襲をかける女性を十数人用意しているはずだ。シャロン・ケニヨン、テレサ・キャノン、ベス・カーフマン……そのリストは延々と続く。今も彼女たちの視線をひしひしと感じる。ぼくをうっとり眺めながら品定めして作戦を練っている、女性たちの視線を。

ダンは牧師の単調な言葉に耳を傾けた。思わずため息が漏れ、花の香りが漂う空気を吸いこむと、一陣のさわやかなそよ風をうなじに感じた。

彼はぱっと振り返った。

そこには誰も立っていなかった。ダンは列席者で埋まった会衆席や、ほほえむ人々、テレサ・キャノンのふわふわのブロンドの髪や陽気な笑みを眺めた。

今度は顔にそよ風が触れた。すると、彼女が今までそこで彼を見守っていたかのように、教会のドアがばたんと閉じた。

ダンは教会の地下で両親とともに列席者に挨拶し、握手をしていたが、小声で言った。

「父さん、ドレイス家の牧場にいったん帰るよ。仕事をすませて着替えてから、パーティーに間に合うようにまた戻ってくる」

ラッセルはくるりと息子のほうを向いた。「家で着替えればいいだろう」

「でも、仕事もあるんだ」

「カウボーイを代わりに行かせるさ」

ダンは皮肉っぽく思った。親父はさぞかし大勢の女性に、ぼくに襲いかかるチャンスを約束したに違いない。「たいして手間はかからないから、一時間もすれば片づくよ。いずれにしろ、自分のジーンズも取ってこないといけないし」

「パーティーには来るんだろうな?」ラッセルは罪悪感に訴える作戦に出た。「おまえがこの結婚を祝わなかったら、母さんが傷つくぞ」

「もちろん出席するよ、父さん」その手にのるものかと、逆にダンは父親の同情を引きだした。「みんなからまた質問攻めに遭う前に、少しひとりになりたいんだ」

「そうか」ラッセルは同情と不信感の板挟みになった。僅差で同情が勝ったらしい。「わかった、さっさと行って一時間で着替えてこい。それから家に来て、楽しむんだぞ！　ビーフィー・バーバリアンが午前二時まで演奏することになってるからな！」

「ああ、絶対に見逃さないよ」ダンはそろそろとあとずさりしながら、ほほえんだり握手をしたりして人ごみを抜け、教会を出るとトラックに乗りこんだ。ギアを入れ、路面にタイヤの跡を残すような勢いで車を飛ばす。

別にかまわないさ。車は一台も走っていないし、保安官でさえ式場にいる。

ダンはダイヤモンドを通り抜けてハイウェイを飛ばし、ドレイス牧場に続く未舗装の脇道に入ったところで速度を落とした。雄の子牛ははねられると執念深いし、必死な男のために道を開けてくれるほど賢くない。彼は記録的な速さで母屋に到着すると、トラックから飛びおりて辺りを見まわした。

ガレージには一台も車が停まっていなかった。ポーチのブランコをこぎながら彼にほほえみかける人もいない。誰かがここに来た気配はいっさいなかった。

でも、うなじに確かにそよ風を感じたんだ。

ダンは急ぎ足で母屋に入った。リビングルームを素早く確認したが、誰もいない。ミセス・ドレイスのベッドルームも覗いたが、そこも空っぽだった。ダイニングルームに入り、ペッパーのベッドルームも覗いてみたが、なにも、誰も見当たらなかった。キャビネットを開けてコンピューターを確かめても、牧場を警護するレーダーが破られた形跡はない。車も、熊も、うさぎさえも侵入していない。間違いないと思ったのに……。ぼくのあらゆる直感が、ペッパーが戻ってきたと告げていたのに。

キッチンに足を踏み入れたが、やはり誰もいなかった。

テーブルにつき、窓から庭を眺めたが、ペッパーの姿はなかった。彼女はここにいないのだ。ぼくがどんなに望んでも、戻ってはこなかった。

ダンはペッパーが戻ってくると確信していた。ぼくのためではないかもしれないが――いや、きっとぼくのためではなく――この土地を愛するがゆえに。ペッパーの植物や土地、ずっとほしがっていたマイホームは、彼女がティーンエージャーの頃から夢見てきたものだ。一度目は、ペッパー自身がそれから逃げだした。二度目は、ぼくが彼女を追い払ってしまった。でも彼女が三度目に戻ってきたら、求愛してひれ伏すつもりだ。彼女を取り戻すためなら、床に這いつくばったっていい。

なぜなら、ペッパーに告げたことは真実だから。ぼくが彼女に惹かれたのはセックスだけが理由じゃない。彼女といると満たされるからだ。ペッパーのおかげで生きる力を取り戻すことができた。彼女なしでは、ぼくは生きられない。

彼女もそう思ってくれるといいが。

もう我慢できない。孤独にも、待っていることにも、もう耐えられない。ペッパーが戻ってきてくれないのなら、ぼくのほうから会いに行くまでだ。両親のパーティーなんてかまうものか。荷造りに取りかかるぞ。

ダンは立ちあがり、自分のベッドルームに足を踏み入れた。

その瞬間、キルトの上掛けの真ん中に置かれたベージュのカウボーイハットが目に留まった。

わけがわからず、彼は帽子を凝視した。

ペッパーのカウボーイハットだ。ぼくがあげた帽子。それがどうして……？

次の瞬間、途方もない安堵感が押し寄せてきた。

ばたんという音とともに、背後でドアが閉まった。

くるりと振り向くと、そこにペッパーが立っていた。背中を壁にもたせ、抑えきれない笑みに顔を輝かせながら。

ダンの胸にあふれた喜びが体じゅうに広がっていった。彼女さえいれば、ぼくは幸せだ。

彼はカウボーイハットをつかみ、ペッパーに歩み寄って頭にかぶせた。そして唇を重ねてから、彼女の瞳をじっと見つめてささやいた。「おかえり、ペッパー」

訳者あとがき

殺人現場を偶然目撃してしまったペッパー・プレスコットは、犯人から逃れるべく、唯一の避難場所へと向かった。高校時代に里親と一年近く暮らした、懐かしいアイダホ州のダイヤモンドへと。だが、そこで彼女を出迎えたのは、別れて以来ずっと忘れられなかった元恋人のダン・グラハムだった。

クリスティーナ・ドットの〈ロスト・テキサス・シリーズ〉の第二弾をお届けします。このシリーズには、両親を事故で亡くして離れ離れとなったプレスコット家のきょうだいが登場します。がんばり屋で面倒見のいい長女のホープ、お転婆な次女のペッパー、愛らしい三女のケイトリン、優しい里子のガブリエル。四人は両親の死後、お互いの消息を知らないまま別々の地で成長します。

前作では、留守番電話サービスのオペレーターをしながらコミュニティカレッジに通う長女のホープが大企業の社長であるザックと恋に落ち、彼のおかげでガブリエルと念願の再会を果たしました。今回は、次女のペッパーが登場し、高校時代の元恋人と情熱的な恋の火花を散らします。

名前の響きどおり、ペッパーはぴりりとスパイスの利いたヒロインです。幼い頃は、お転婆ぶりを発揮し、優等生の姉と比較されてはお説教されることがしょっちゅうでした。ところが、幼くして両親を亡くし、里親のもとを転々とするうちに無邪気さを失い、心を閉ざしてしまいます。孤独に耐えながら、姉や兄が迎えに来るのを指折り数えていた彼女は、きょうだいに見捨てられたと思いこみ、世間に反抗することで傷ついた心を守ろうとするのです。そんなペッパーに運命的な出会いが訪れたのは高校生のときでした。

アイダホ州ダイヤモンドの牧場主のひとり息子のダンは、当時高校生で、全校生徒の憧れの的でした。クールな車を乗り回し、ハンサムな容姿で女性をとりこにして、ロデオ大会に出れば毎回優勝をさらう。彼の生活はまさに順風満帆でした――ペッパーが転校してくるまでは。彼女にひと目惚《ぼ》れしたものの、まったく相手にされないダンは、生まれて初めて女の子に好かれようと必死に奮闘します。その努力は最終的には実るのですが、幸せな日々は長くは続きませんでした。

別れてから九年以上経ったにもかかわらず、再会したとたん、ふたりの情熱は一気によみがえります。ただし、お互い心に深い傷を負い、重大な秘密を抱えているせいで、相手になかなか心を許すことができません。ふたりの恋がどんな結末を迎えるのか、最後の最後まで目が離せない展開となっています。

また本書では、うれしいことに、前作の登場人物たちが頻繁に顔を覗かせます。出産を間近に控え、意志の強さにいっそう磨きのかかったホープ。そんな妻にあいかわらずベタ惚れのザック。冗談好きのガブリエル。主人をも上回る貫禄《かんろく》を備えた執事のグリズワルド。四人の登場するシーンはあたたかく、ときにコミカルで、この作品にさらなる魅力を与えています。

クリスティーナ・ドットはヒストリカルロマンスの大御所として知られていますが、最近はコンテンポラリーやパラノーマルにも力を入れているようです。ちなみに、新シリーズのコンテンポラリー、〈The Fortune Hunter Series〉の第二作に、ガブリエルが脇役で登場しているとか。本書では〝まだ理想の女性と出会っていない〟とこぼしていたガブリエルですが、いつか彼自身のロマンスが語られる日が来るのかもしれません。

第三作の〝Close to You〟では、ついに末っ子のケイトリンがヒロインとして登場します。彼女は両親を亡くしたとき、まだ赤ん坊でした。そのため捜索は困難を極め、彼女の手がかりはいっさいつかめていません。今後、きょうだいがどうやって再会を果たすのか、ケイトリンにどんなロマンスが待ち受けているのか、両親の死をめぐる陰謀がどう解き明かされていくのか、続きが大いに気になるところです。次作もライムブックスより刊行される予定なので、どうぞお楽しみに。

二〇〇八年一月

ライムブックス

思いやる恋

著　者　クリスティーナ・ドット
訳　者　竹内楓《たけうちかえで》

2008年3月20日　初版第一刷発行

発行人　成瀬雅人
発行所　株式会社原書房
〒160-0022東京都新宿区新宿1-25-13
電話・代表03-3354-0685　http://www.harashobo.co.jp
振替・00150-6-151594
ブックデザイン　川島進（スタジオ・ギブ）
印刷所　中央精版印刷株式会社

落丁・乱丁本はお取り替えいたします。
定価は、カバーに表示してあります。
 ISBN978-4-562-04336-1　Printed in Japan